少年绘

低端玩家

金呆了 著

长江出版社
CHANGJIANGPRESS

图书在版编目（CIP）数据

低端玩家/金呆了 著. 一武汉：长江出版社，2022.6
ISBN978-7-5492-8332-3

Ⅰ. ①低… Ⅱ. ①金… Ⅲ. ①长篇小说—中国—当代 Ⅳ. ①I247.5
中国版本图书馆CIP数据核字（2022）第080212号

低端玩家/金呆了 著.

Diduan Wanjia

出　　版	长江出版社	
	（武汉市解放大道1863号 邮政编码：430010）	
市场发行	长江出版社发行部	
网　　址	http://www.cjpress.com.cn	
责任编辑	罗紫晨	
印　　刷	嘉业印刷（天津）有限公司	
版　　次	2022年6月第1版	
印　　次	2022年6月第1次印刷	
开　　本	710×1000mm 1/16	
印　　张	19	
字　　数	337千字	
书　　号	ISBN978-7-5492-8332-3	
定　　价	39.80元	

目录
CONTENTS

目录
CONTENTS

第一章

二十二岁那年我独自来到 M 市。一个全然陌生的二线城市，和生长的北方城市与念书的南方城市不同，这儿四季分明得刚刚好，就像他一样。我和他通过社交网络认识，那时的豆瓣还是个文艺青年网站，一切还正在建设，所以尚算新鲜。

发了一阵子邮件，好感正盛，和他唠嗑的日子消解了我对于陌生城市的恐惧，同时对一个男生的期待值蹭蹭冲顶。他太棒了，年轻、帅气，还富有幽默。每次聊天结束，我总耐不住躁动的手指，上滑至对话框顶端，回味字里行间的趣味，揣摩他对我有几分意思。

我的相册里放了一张宿舍合影，四个姑娘，他问哪个是我，我让他猜。

他说最左边的，我问为什么。

他说，左边的那个最好看。

我佯装不开心，憋了三十秒回复他：我不好看咱俩是不是就不能聊天了？

他说：没，不影响聊天。

我说那影响啥？

他哈哈两声，插科打诨地糊弄了过去，那天说完晚安后半小时，我刚回味完聊天记录，拉到最底下，发现他难得没立刻睡，发了一条消息给我：没说完，不影响聊天，也不影响别的。

完了，我抱着手机，彻夜未眠。

后来他告诉我，原来在评论区里看到过我和其他好友的互动，确认最左边那个是我，"不过没看评论区的时候，我一眼看过去就觉得那是你。"

"为什么？"

"特别有灵气，就像你发的影评一样，会发光。"

虽然不是没有恋爱过，但是一瞬间我明白了自己对这位网友的感情不一般。

这个男人带给我的感觉难以用语言来形容，我认为这是丘比特在拉弓，是爱神在我耳边敲门。

他的豆瓣名叫 Zach，一个英文名，我加了他的 QQ，发现 QQ 昵称也是这个，职业是路桥设计师。我装傻，问这是什么工作。不过在当时我确实不知道这个职业。

他告诉我，说不定某次经过的道路可能出自他的设计，说不定我仰头看见的某排路灯是他画稿的一角。

我追问是吗，你公司叫什么名字，我以后每走到一条路就搜索是谁设计的。

他卖关子，这个……当面告诉你。

我每日的心跳被他调戏得像撞钟，一是力度很大，二是时间固定。

他每天上午九点上班准时登录 QQ，晚上五点下班准时下线，不加班晚上九点准时睡觉，像幼儿园宝宝一样规律作息。好在他们这行经常加班，吃完饭有时候会再次上线陪我聊一会儿，后半夜加班的时候也会靠我这个夜猫子提神。

我们大概聊了三个月，这期间我和新同事把 M 市兜了一圈，我发现这个城市的晚上特别好看。同事有车，穿行在高架上时，繁灯像燃放的仙女棒，将我那点儿想念尽数点燃。思及他，同事持续吐槽老板的负能量也被我忽视了。

网聊的那几个月，我最喜欢 QQ 上"叮咚"的消息提示音，那简直是我的起搏器，叮咚一下，心跳便能加速。我每天就靠这点儿肾上腺素维持对陌生城市的热情。

全然陌生的人和事放大了我的黏人属性，晚上一个人回出租屋特没劲，室友整日早出晚归，和她住的两个多月里，连五官都没看清。所以我无比感恩，谢谢自己大学用了两三年豆瓣软件，积累了一定的热度，谢谢可以在豆瓣上遇见他，这是老天搁在 M 市的礼物。

聊到第三个月的时候，我们决定见面。出门前我卸了两遍妆，妆化淡了会清寡，浓了会艳俗，不想显得太隆重，搞得我好像很在意似的，可也做不到无所谓，我把宿舍合影揣摩了一遍，最后化着比日常偏浓一点的妆出门。

他说他来接我，从他说出发的那刻，我变得格外紧张，来来回回地踱步，地板都快被我踩出印子了。终于，QQ 上来了他的消息：【在小区门口了，你下来还是我上去？】

我飞快带上房门，捧着一颗心飞奔下楼。

知道我第一眼见他什么感觉吗——一种自卑感。好在强烈的自尊心催使我把嘴巴合拢，娇羞地抿了抿涂了西柚色口红的唇瓣。

初入职场，周围都是搬砖的，我已经算公司里每日最花工夫在打扮上的人了，可见了他我才知道，有些东西靠打扮是不够的。那天我懵懵地想，他比豆瓣相册里长得还要精神，昏暗的车厢给他的轮廓打上一层神秘的光，手扶在方向盘上，姿态像极昨晚台剧的男主。

我走向车门的那几步，徒手打破网络与现实的壁垒，都说"见光死"，他简直是"见光重生"。我承认，那一刻我真的很花痴。二十九岁，开着价格不菲的车，之前聊天中我了解他是本地人，独居。我非常市侩地想，应该算时下最流行的"高富帅"吧。

他由内替我推开车门，淡笑着打了声招呼："嗨。"

我也摆摆手，礼节性地朝他微笑。

"这里堵，没法下车为你绅士开门。"他不着痕迹地打量我一眼，很快直视前方。

那一眼像是四六级考试时，老师拿着准考证身份证和我的脸比较真实度，冷冷抬眸，没有感情，然后机械撇开。

考试我生怕妆浓了不像了，今日我怕五官哪里入不了他的审美。

"我们去哪儿？"

"想好吃什么了吗？"

我和他同时发声，他像利剑，我如软缎，看似势均力敌，实际我毫无承受之力，指尖都抠进皮垫子里去了。

他轻笑着回答我："你选，日式、韩式、中式、法式都可以，我都定了位子。"

"全部？"我十分讶异。

"当然，昨天问你，你没决定好，总不能让你饿肚子等位吧，这是毛小子才会让美女受的苦。"他趁着等红灯的工夫，侧脸朝我骄傲地一挑眉，又嘚瑟又叫人中意。

说实话，这表情换个人来做，这话换个人来说，都显得装。偏偏他，一个简单的"美女"的称呼都能戳进我心坎，让我放下初见第一眼打量所带来的不安。

我面对生人有些局促，何况还是陌生的心上人，这感觉很奇妙，挠得我心慌。我完全没有网络上的伶牙俐齿，假装自在地回答："那吃韩式料理吧。"

"行啊，我很喜欢那家的风味，"说话时他又看了我一眼，我很想像网聊时那样，直接问他，我就这么好看，值得你看那么多遍吗？

我知道自己长得不赖，也不是什么无辜少女，不会把自己不是主角的照片挂到网上，尽管大家素不相识，虚荣心还是有的。

那张合影中的我必然是好看的，然而初出茅庐的好看总是脆生生的，禁不起太高级的审度。

那顿饭挺难吃的，芝士在嘴唇上拉扯不美观，再加上状态并不松弛，我三两口便顶住了。

他见我搁下筷子，牵起嘴角："你们北方女孩不应该很能吃吗？"

"你这是刻板印象！北方也有胃口小的！"

他刚含了口水，扑哧一笑，水自嘴角滴落下来，我忙抽纸给他擦，他笑得不能自已，用纸巾挡去半张好看的脸，刚好掩在鼻峰处，"你太有趣了。"

在如此鼓励式的聊天下，我渐渐放松，说话恢复点网络状态，主动挑起话题，聊他主页被我翻烂的那些电影，试图凸显我在电影上的独到品位，但他似乎对这个没什么兴趣，三两句拨弄至让我臊脸的事上。

他问我上一次恋爱什么时候，一本正经得像问我大学绩点。

我将长发挽至耳后，特矫情地反问他："你问这干吗？"换我现在肯定问，你呢，而不是忸怩到大脑短路，每句话都那么不堪回首，完全被他带着跑。

"聊聊。"他让服务员给我换了杯果汁，不经意地挑眉扫了我眼，把我瞧得又手足无措起来。

"大三吧。"如果没记错的话。我的恋爱总是来去匆匆，周期没一个超过三个月的。

好吧，这会我意识到应该问他了。他很少提起自己的事，多数话题都围绕我，我线下见面的经验少，皮薄起来，完全没有网聊逗趣儿的劲儿。

"那……"我刚要开口又被他下一句话吸去注意力，"那就是有一年多没谈过了。"说着他若有所思般，四指叩了叩桌子，轻轻的敲打声让我不知是呼是吸。

结账时他刷的卡，掏卡动作不刻意，寻常事儿一样。买单的男人当然帅，但我心态不佳，无心欣赏，坐着看人结账颇为尴尬。韩式料理不贵，我也能负担得起，我玩笑问他，要 AA 吗？

他利落地再次接过话茬，在我心口刷了层糖丝儿："要是没什么兴趣呢就 AA，省点钱可持续发展，但是今天嘛……"他说到这里没继续，两指接过服务员送还的卡，绅士地挑了挑眉。

我从不知眼神有重量，猝不及防，压得我一抖，转身往门口灰溜溜地走了两步，飞快调整心态，佯装自在地回眸。他含笑大步走来，一手搭上我的肩胛自然地替我拨开门帘。呢子大衣厚重，可五指的触感依旧清晰地透过衣料传感到我的皮肤。

他比照片上高不少，可见镜拍的俯视角度真是死亡角度。

"你真高。"

"你还说我一米六五呢。"他搬出我当时的话。

我记得当时我说完，他发了好几个感叹号让我再说一次，我故意怄他，逼他又说了那句，见面时好好看看。

"你可太不会拍照了，你那照片看上去顶多一米六五。"

他豆瓣上有好几个相册，多是电影或风景，只有一个叫 *Daily* 的相册与他本人有关，里面仅三张照片，一张鸟笼家饰，灯光错落，笼罩出一种高级感，还有两张健身房全身镜的自拍，质量堪忧，幸好我有眼光，被他主页的寥寥几条动态吸引。

"这么说我本人看起来不错？"他嘴皮子颇起索，把我的那点儿心思拆穿。

"还行吧。"我低头，快走到他车旁，他约莫是在口袋里解了锁，身未动，潇洒地站在那处，车自觉在我身畔双闪，把我带到小男生摆蜡烛表白的进阶版现场。

我怕他靠近，率先拉车门，却尴尬发现拽不动。他打趣地瞄了眼，快步走向驾驶座。

疯了，我一定很土很没见识。

这次还是他从里为我推开的车门，我陷在表现不够完美的情绪里，直到他鼻息凑近我冰凉的耳垂，我吓得一缩，蹙眉惊呼："干吗！"

"安全带。"他示意我，见我恍然，自顾自地伸手拉过，绅士地替我扣上，过程没有任何身体接触，暧昧却在封闭的车厢里放大。

在我警惕的审视下，他还偷闲冲我了然一笑，好似把我的顾虑和紧张都看清了。

我当时没有意识到自己遇见玩家，满脑子都是他不会要亲我吧，会不会太快了，第一次见面，就……

幸好，他没有越矩，很快开出商业中心，带我兜起风来。我问他为什么叫"韩澈"，他漫不经心地说多妈随手翻字典翻的，转头又把话题抛给我，"你呢，为什么叫林吻？"

我的名字太有歧义，在他别有用心的重音下，我赶紧别过头，往窗外望去。说实话，我也算谈过恋爱，太知道男生把话题围着你转的难能可贵，这会不吹几句牛，都不算过来人。

"大概是爱吧。"我随口开玩笑,没想他的笑点简直长在我的玩笑上,竟再度乐不可支地扶着方向盘大笑起来。

城市灯火璀璨,车灯霓虹交映出不同以往的浪漫,我在此刻对城市莫名升起股归属感,柔柔地问,"哪条路是你设计的啊?"

"你还真信了?"

"不是吗?难道你不是路桥设计师?"他很爱开玩笑,我怕自己把他的玩笑话当真,反成了笑话。

"我是啊。"他将导航关了,以免我的声音被导航盖住。

"真的吗?你是哪个大学毕业的?"我有名校崇拜症,看他谈吐的自信劲儿应该不差。

"X大。"

"哦。"我的回应不冷不热,没怎么听过,心里有点失望。

"不满意?"他偏头看我。

"听起来不是很厉害。"我觉得我的大学名号比他响多了。

"X大路桥专业全国第一好吗!"显然戳到自尊心,他声调拔高,腰瞬间杵直了。

我装出一副"傻白甜"的模样逗他:"我以为出来做交警的呢。"好,我知道这话现在发网上肯定被围攻,你母校哪儿,说出来听听,但私下开玩笑时我没了分寸。而他显然承接得很好:"好吧,我骗了你。我确实不是路桥设计师,我为了吸引美女注意特意编的,其实我就是交警。"他故意深沉地瞧了我一眼。

我跟着附和:"车呢?局里的?"

"哪儿能啊,租的,800一天。"他特意学我并不重的那点北方口音。

"早说啊,又不是外人,我们打车去,多费钱啊。"

一谈一笑间,时针歪过九点。

下高架时他抄了个道,单手打方向盘的姿势很帅。他分了心,有点冷场,我怕尴尬于是挤出一个新话题:"你路很熟啊。"

"土生土长,你住的老城区我从光屁股就在这儿溜达,哪里有老鼠洞,哪里有蛇窝,我都知道。"

我一哆嗦:"不可能吧。"

他眯起眼睛:"怕吗?我告诉你,你的友邻小区以前是个乱葬岗。"

我半信半疑,迟疑了会:"现在应该没事吧。"

“有点阳气自然没事，不过听说啊，如果超过一年不交男朋友……”

满嘴吓小孩的低级谎话，可有魔力似的，听者会自动降智跟着演。我咽了小口唾沫假装害怕，“那怎么办啊？”

他轻咳两声，单手假模假样地理了理自己的衬衫领，意味深长地看向我，说真的，那一眼我心跳都要停了。

“话都说到这份上了……”他忽地凑近，黑曜石般的幽瞳一动不动看着我。

我瘫软在他的眼波里，气氛很好，好吧，要吻的话也行，我甚至预备性地活动了下舌尖，却不想他慢悠悠地顿住。

只听“嘎达”一声，安全带嗖地贴着我的胸线滑了上去。

我咽了小口唾沫，“然后呢？”

“然后，”他朝窗外努嘴，“可不就到了嘛。”果不其然，对街就是我那破烂小区。

我僵硬地转头，对今日的会面恋恋不舍。

他主动下车，替我开了门，感叹道：“你住在老城区也好，人多安全，不过就是堵了点。”

我慢吞吞地下车，看着地面紧靠在一起的影子，嘴角不觉翘起，默数了五秒，却见他抬手看了眼表。我识趣，礼数让我挥手说了拜拜。

马路很窄，不到十步，走到对街我再回头，他长身鹤立于灯下，帅得不像话。见我没进去，他指了指头顶的路灯，挑眉示意，我灿烂地回以笑容，自认优雅地朝他挥了挥手。

失眠是肯定的，我来M市后睡眠就不太好，再加上总是睡前兴奋，黑眼圈日益明显。当晚我捧着手机等待，却杳无音讯，我开始设想他是不是手机丢了，是不是出去嗨了，是不是在忙工作，甚至还摸黑去照了趟镜子，担心是不是我并没入他的眼，他的夸赞只是出于礼貌。

就这么一夜，我颠来复去完全没睡着，终于在九点的时候，他来了消息，寻常般：【早啊。】

我松下口气，噘起嘴巴：【昨晚睡得很早？】

他回复：【是啊，昨晚心跳过速，你也知道我三十了，跳太快吃不消，早早就睡了。】

我坐在椅子上，西子捧心，问他：【那你早饭吃的什么？】

没两句他去忙了，一直忙到傍晚。我中间又发去两条消息，他直到晚上九点才回，我关注手机差点成了一个斗鸡眼，不过也幸是如此，黏在位置上，工作效率挺高。

【太忙了，看来今天要通宵了。】他如是哀叹，我同情地安慰他一通，结束和同事的聚餐返回家中。

今日室友带了朋友回来，我一到家便听见她房里有说话声，定住听了两秒，是个男人。

这个男人住了两天，我难受了两天。一是我不习惯和陌生男人共用洗手间，二是这几天韩澈非常忙，我的肾上腺素没了，人也蔫蔫的。

我姑爷的大学室友是我所在的设计公司的老板，这是我不远千里来这座城市的原因，我顺利地通过了面试，加上人家也卖面子，月底实习期一过，我的胸牌换成了正式工。

我告诉韩澈，他说恭喜，请我吃饭哦。

我说当然，什么时候有空？

他凌晨三点回复的我：妹妹，等我忙完，我快不行了。他说完自己还补一句，我行，男人怎么能不行。

寥寥两句，再次将我的落寞扫空。

第一次约会结束，我等了两周都没等来第二次，我尽量理解他的忙碌，但懂事的属性也让我陷入另一层焦虑，"他是不是不喜欢我"的感觉越来越强烈。

他的回复频率越来越低，虽每次热情有佳，理由充足，但我很难不往坏处想。我安慰自己，只是个网友罢了，内心却仍有不甘。我来 M 市后大部分的时间和注意力都耗在他的头像框上，一时根本无法成功劝解自己放下。

我随意地搜索起他的名字，想知道他在哪个公司，说不定能偶遇一下。

叫这个名字的人太多了，没搜到。用韩澈加 X 大的关键词搜索也没找到，我只能叹气。正发呆时，我想到有次他截图给我看一个网页，昵称是 Zach Han，我鬼使神差在微博上搜用户，还真找到了，头像是他，戴着滑雪镜对着鱼眼镜头，身后是白茫茫的雪道，有路人和指示牌入了镜，看得出来不是在国内。

我欣喜若狂地点进主页，相册里没有照片，三四年前有零星几条吐槽的，其他均是转发 NBA 的消息以及知乎问答。豆瓣刚出来时，我们也认为玩豆瓣特有腔调。那年恰是知乎兴起的一年，小众，高端，各种神人在上面显神通，四处是科普论文般全面的知识点。就像当年的豆瓣一样，没有用户下沉，使用体验感极好。

我点进他关注的几个知乎帖子，一个 M 市美食帖子里赞同数最高的 ID 赫然显示：Zach Han。我当即原地起舞，像是窥探到了什么宝藏。

我刷了一下午知乎，颠覆了三观。

他是个知乎小 V，关注者两万多，主要靠他勤奋耕耘。

他的回答一部分是关于路桥设计的，什么绕城高速，什么红绿灯安置。韩澈卖弄观点时的表达幽默得恰到好处，刚显得太装马上又自嘲一句，没什么距离感，和本人很像。一部分回答是关于美食的，他很擅长吃，吃遍海内外，从街边摊到米其林，见解独到。我一边刷一边苦笑，他的知乎比豆瓣沉默的主页精彩多了。

要论最精彩的还是他回答的关于追女孩帖子。他深谙其道，会回答一些男性发出的疑问，一招一招地写下如何获取女孩的好感，最后添一句，女孩们看见了吗？快跑！

无疑，男的女的都得到了知识点。可我却在他细数的招数里渐渐僵硬，我突然意识到我只是一条鱼，而他将我捕上来后，又将我弃了。

我被骗了，像被骗走了全世界，却又无法报警。我气得发抖，当即打开对话框，犹豫两秒，又关上了。

不是我收住冲动，是我想起前几日与另一位网友的聊天。我开心地告诉他我要恋爱了，网上认识的，英俊富裕，幽默有才，还三十未婚，简直太完美了。那网友冷冷回复我，不可能有这种男人，他要么已婚要么爱玩，如有第三种可能，除非你有中头彩的运气。

我没理他，继续沉浸在自己价值观营造的小世界里，此刻想来醍醐灌顶，再没有比男人更了解男人这个物种的了。

我飞快地冷静下来，再次理了理思绪，点开他的头像，这时我才发现他 QQ 的等级才两个月亮 颗星星，明显是个新号。我打开电脑 找到了聊天记录，含着羞耻将对话重新浏览一遍，一边脚趾抓地，一边两手挠头，太可恶了！

晚上八点半，他终于"下班"，回了我一句：【晚安。】

我疲惫地上滑界面，这半个月聊的天还不如以前半天多，这么明显的信号我都没收到，想来他在对面应该皱眉头了，这个家伙到底什么时候才能明白我看不上她？

我没有回复，在认清现实就此放弃还是刨根究底之间纠结，又是一晚没睡好。凌晨两点，我那个室友又带着男人回来，两人似乎喝大了，我敲了敲床板，但声音没传出去。

我沮丧地闭上眼睛，想到那张鸟笼照片，这种内饰的家一定很别致，隔音不会这么差。我住在老城区，他住在新城区，两个区以南环桥为分界，就是这十几米的分界，房价翻了一倍。

由于老城区要保持古朴特色，不能大兴土木，大型购物中心与高层小区全在新城区，我第一次来 M 市就爱上了新城区，那里有一条月光湖，环湖的小区都是高价，姑爷带我去老板家吃过饭，从他家阳台能看到湖，风景极好，我当时都想在他家阳台住下了。我跟韩澈提过一嘴这事儿，他调侃，那你直接住我家就行了，我家正对湖，你说的那个小区风景偏了点。

你敢信，我真的有当真。

疯了疯了。我整个头埋进枕头，躁动地踢了踢床尾，这回歪打正着，外面听见马上歇了声。

我颓废了两天，没有联系，他自然音讯全无，顺理成章地摆脱了我。第三天早上我换了个口红色号，精心描了眉，到公司收到不少夸奖和赞叹，我陷入了沉思，如果我的长相没有问题，那是什么让这个人放弃了我。

这都不是生气，是好奇。

我的自尊心受到了挑战。

当然，这是我为自己再次回头找的借口，我好奇他为什么不喜欢我。从小到大，很多男孩都追过我，时间只取决于对方的羞涩度。

是那晚哪里不妥吗？

为此我又联系了他：【怎么，肉都没到嘴边就放弃了？】

这次他回得挺快：【什么？】

【见一面吧，我有话要说。】

他隔了好久才回复，倒是演得跟真的似的：【妹妹，忙啊，我也想见你啊。】

【多忙，难道忙得不吃饭？】见他不答我继续追加：【就抽吃顿饭的工夫。】

我其实没抱多大期望，没想他说好，明天下午一点开会，我十一点半下班，十二点到你家楼下，行吗？

这会了我也没当真：【我打车去你公司楼下吧，节省你来的时间。】

他说：【不用，我开车接你，只是时间太赶，没法请你吃大餐了。】

我心中冷嘲，别装了：【呵】。

次日我在家睡到十点半，洗漱时看了眼手机，没有消息，于是打开电脑看剧，十一点半，手机响起了久违的"叮咚"。

我深吸一口气拿起手机——【下班了，背着头儿悄悄溜出来的。】

我皱了皱眉头，不知道这算哪一招，等会半路被抓回去加班，还是谎称路上车祸？

他到小区门口时，我对着到达的消息发呆，随手抓了两下头发，冲下了楼。说是小区其实就是一排楼，我住最里面那栋，没几步便见他的车大刺刺地横在小区门口，黑得发亮，亮得欠扁。

我裹了件黑大衣，素面朝天，抄手盯着副驾锃亮反光的玻璃，形象可以想象，那天打扮了都没看上我，今天更别提了。

我没开门，他也没主动开。过了一会门才由内推开，他还是他，笑得很无辜："我不能下车，怕交警。"

好吧，这窄窄的路，确实不方便。我飞快地坐进去，冷冷地觑了他一眼。

他问："怎么不开心？因为迟到了吗？路上有点小堵。"

我完全没注意到现在是十二点十分，好吧："算上你回程，我们只有二十分钟了。"

"是啊，二十分钟能吃什么呢？"他左右看了看，有家苏氏面馆，"面，如何？"

我摇摇头，指了指前面公园的树林："停边上，说会话。"

他没什么意见，目光迟疑地流连在我脸上，我蹙眉没好气，很想扇他，但他又没真的做对不起我的事。

背后一棵大树枝丫伸得长，有些挡道，他别别扭扭靠边停下，歇了火探出车窗瞧了眼，啐了句："停得真差。"

我坐在车里看不出什么，不懂男人在车技上的自尊心，还浸在自己的世界里，唤他一声："韩澈。"

"嗯？"他身子靠近，但脸没扭过来，仍在在意车没停好的事。

我冷声问："你真叫韩澈吗？"

冬日午后，晴好亮堂，寥落虬枝的影子映在车窗，盘踞在我的脸上，我睫毛慢速度眨动，仿佛能在灰飞间揭开一场骗局。

"是啊。"

"不是追女孩用的江湖艺名？"我冷脸戳穿他。

他眉毛挑了挑："什么意思？"

"如果你对我没兴趣应该坦白说，游戏嘛我玩得起，没必要有一搭没一搭地吊着，好像谁上赶着似的。"我十分生气这半月我所浪费的期待和感情。

他歪头懒懒地靠着车窗，目光在我脸上巡睃，似有不解，又似是了然。

光影在四目眨动中明灭，有一会我们谁都没说话。

他率先打破这各怀鬼胎的一幕，第一次认真叫了我的名字："林吻。"

我翻了个白眼，不想承认他叫我名字的时候声音好听得耳朵都痒了。

"那天我很开心，"他耷下眼，指尖在方向盘上抠动，似乎很局促，"你是那种第一眼美女，比我想象的要好看，又瘦又美，"他缓缓抬眼，睫毛颤抖，深深地看向我，遗憾道，"可是你知道吗，我配不上你。"

话音一落，我脸部肌肉肉眼可见地颤动起来，一时不知该哭还是该笑。他配不上我？我一个外地女孩，没房没车，工作一般，除了年轻一无所有，我们的硬件匹配度明眼人立判高下，什么烂借口。

他见我不信，重重地叹了口气："你知道吗？我有隐疾。"

空气再次陷入安静，车子隔音很好，偶有几声鸣笛。他小心翼翼地看了我眼："你知道什么隐疾吗？"

我摇头，我哪儿知道。

他再次叹了口气，表情挣扎，搞得我非常好奇。他望向窗外轻描淡写地说了一句。听得我一愣，不过大概理解了什么意思。我眨眨眼，心忽地坠了下来，迟疑开口，"那你？"

"你上次不是问我多久没恋爱吗？我没回答，其实我怕我说了你会继续问，问出什么来。好吧，"他两手一摊，"我已经五六年没恋爱了。"

"因为……那个？"我谨慎用词。

"嗯，刚开始都好好的，但一到那一步就结束了，所以我怕了。如果你不那么好看可爱又有趣，我可能会试着处一处，看你能不能接受我，但你太优秀了……"

他在我面前交代这种事，一定很尴尬，我被感染，也别扭地绷紧了脚趾："这样啊……"

他自嘲地扶了扶额："我没想到是用这种方式坦白，我还想给你留个好点的印象。"

车厢内气氛压抑，我大脑空白，不知道怎么说才好，犹豫时发丝滑落下来，刚要抬手就被他撩起，替我挽在耳后。

他的手没立刻离开，调皮地拨弄我的耳郭，轻松气氛："别这么沉重，我好歹长得帅啊。"

"嗯，你还有钱，还有临湖的房子。"我笨拙地鼓励他。

"哈哈哈，这么一听还不错。"他无所谓地笑笑，似乎坦然接受了这件事。

我咬住唇，瞥到时间，惊呼道："天哪，十二点五十了！你来不及开会了！"我完全没想到这么几句话居然说了这么久。

"没事儿，大不了回去被骂一顿。"他认真地看着我，目光柔得我心肠发软。

"可我要走唉，我出来急，门没锁。"我心虚地挠挠头，是真的，但怕他觉得我为摆脱而故意找借口。

"我送你。"

"不用，就拐弯那里，几步路，你直接去开会吧。"我松开安全带，手刚挨上门，一个念头飞快闪过。

我愣了一下，缓缓回头。

韩澈在看手机，刚刚对话间他手机确实震了两下。估计是余光扫到了我的动作，他牵起嘴角，伸出指尖替我拨开额角的软发，无比亲呢："怎么了？"

"我有个问题。"对，我是带着问题来的，差点被他带跑。

韩澈冲我扬扬下巴，示意我问。

"你为什么要用QQ小号加我？"

他表情没变，对这没头脑的问题并不意外："大号被盗了，后来也没什么事用QQ，跟你聊天后才用的。我又不挂号，所以等级不高。"

"那你真的叫韩澈吗？"

"不然呢？"他哭笑不得。

"身份证给我看看？"我朝他摊手。

不知道当时我一个孤零零的姑娘哪来的勇气在绝对弱势的车厢密闭环境下，试图揭穿一个异性的骗局。但凡他歹毒点，心眼小一点，游戏精神弱一点，我估计至少得剥层皮。

"没带，出来得急。"他有一丝波动，眉心一瞬拱起小山丘，但看不出恼怒。我也是有心眼儿的，紧挨车门，见着不好马上溜。

我冷脸瞥去："驾驶证儿呢？这总不至于没有吧。"

他嗤笑一声，胸腔起伏，下颌左右磨了磨，倒也不怒，点点头，拉开我膝前的储物格，丢了个透明文件袋给我。我半信半疑，打开他的驾驶证。

应是有一阵大风刮过，周围骑电动车的人外套被风鼓起，身体弓起对抗阻力，我安然坐在车里，对着驾驶证一动不动，仿佛被点穴般。

他也没催我，好整以暇地抄手，脚还嘚瑟地摇摆起来，我感受到了他身体的振幅。

"你的驾驶证快过期了，要换了。"我半天挤出了这么一句。

"哦，谢谢提醒。"他语气不急不缓，似乎在等我下文。

我默数了三秒还是决定问出来："怎么字儿不一样啊。"

驾驶证上是韩彻，而非韩澈。

"初中改过名儿，那会皮坐不住，成绩不太好，我妈跟一位大师求来的解法，说我本浑浊，澈字压不住我，所以改成了彻底的彻，"他自然地伸出手指，勾弄起我的发尾，"所以才考上了全国最牛的路桥专业，多亏那位大师。"

我单指推开他轻佻的指尖，嘀咕道："这样啊……"

"不信？要不我拿户口本给你看？"

"不用，我只是奇怪你为什么告诉我你叫韩澈呢？"

"我现在不浑浊了。就觉着以前的名儿更好，符合我眼下清心寡欲的本质。"他说的是一本正经又逻辑缜密，完全看不出撒谎的痕迹，可就是这份运筹帷幄的自信使我更加怀疑。

我心中打鼓，终是没忍住，冲动地将心中的疑惑道出："我说什么你都准备了说辞，不慌不忙，也没有对问题的出处提出质疑，"我说完喉头一紧，感觉离真相近了，"这恰恰证明我是对的。"

这车太降噪了，沉默被窒息的安静拉长。

"什么是对的？"他笑了！还靠了过来。

我鸡皮疙瘩瞬间起立。那张正派俊气的脸此刻浮出我从未见过的痞笑。我终于知道什么叫二月春风似剪刀了，他勾起的唇角和眼尾撇下的弧度把我的世界裁得粉碎。

"你没有想要恋爱，或者你的恋爱是有时效的，我只是你的猎物，新 QQ、假名字还有甩女人的技能，你深谙此道且运用娴熟，不是吗？"

笑容没有从他脸上褪去，反愈发放大，深邃的眼眸中冒出赞许的目光。他前倾身体，贴上我的鼻尖，眼瞳在我眸里找寻什么。我生怕露怯，跌了下风，挺直背脊，没避没退。

我们贴的很近，唇与唇几乎零距离，但他没吻，只是低低长长地用气音在我唇上呼了两道热气："厉——害——"

真相大白，我心里的石头落了地。果然是个骗子，竟骗得人心花怒放，到这会也怪不得他。我自嘲地说："我知道我长得不好看，劳您之前费心夸我了。"

他捏起我的下巴，稍稍退身，戏谑地将我打量了一遍，"上次是不太好看，今天不错。"我眉头刚皱起，他忽地凑近，在我颊畔留下一个轻吻："素颜更好看，和那张照片更像。"

原来是看上那张照片里的我，那时我才大二，留着黑色的长直发，而今我的发型是栗色的大波浪卷发，五官也更加明朗，风格显然大变。"你是变态吗？"泡妹只喜欢同款？

"想多了，我只是这阵想吃清蒸鲈鱼，再香的红烧肉也吊不起胃口，"他说到这处，又流连地抚上我的脸颊，"但说真的，今天你很好看。"他眼里浮出欲望，却不显轻浮。

我掰下副驾的镜子，意图反驳他，看清自己后，眉心的小山又塌了下去。这瓷白无瑕的皮肤，目光含情，尖尖小小的完美鼻头，配上微微凌乱的头发，当真是美，我一时没舍得挪眼，探出小舌尖欣赏了两秒。

无心插柳柳成荫。

"所以你上次没看上我，冷处理我？"镜子弹回，话题继续。好吧，我心眼儿有点小，兜兜绕绕还是自己的魅力问题。

他挑眉，不置可否。

"所以你真的是 X 大的吗？"

"你猜？"他笑意不减。

"真的在月光湖旁有房子？"

"哈哈哈哈哈哈。"他笑趴在了方向盘上，烟灰色毛衣下的肌肉形状恰被勾勒，"你真的太逗了。"

"真的二十九？真的是路桥设计师？真的是本地人？那些电影真的看过？"我睨他一眼，开始怀疑起人生来，"脸不会也是假的吧？"

他刚缓过来，再度笑抽了过去，半天也没回答我的问题，眼角都沁出了泪花。

我无语地撇嘴，如不是演技，这个男人的笑点也太低了吧，车都被他笑震了。

见事儿都坦白的差不多，我准备走人，刚张口欲道别，又一个恐怖的念头闪过，我整张脸拧巴了起来——

"隐疾不会也是骗我的吧！"

第二章

　　我洗了把脸，电脑上是播放到一半的韩剧，切了网页百度起来，看完百度百科的词条我拍了下脑门，啐自己，想什么呢，就算真有病又与我何干！

　　想是这么想，可又没睡好。睡前，我潜意识里反复回放他从方向盘里擦眼泪的表情，冲我耸肩，苦笑道："你觉得哪个男人会在这种事上开玩笑？"是啊，他硬件极佳，没必要为了追女孩撒这种没有技术含量的谎。

　　我消沉了一阵，参加社交、沉迷网络都没能拯救我的肾上腺素。同楼友邻公司有个男生追求我，一起吃了顿饭，是个老实人，可有一股油腻的体味，并不好闻，我拉长回复消息的时间将其礼貌疏远，某天我突然反应过来，我这不是和韩澈，不对，韩彻一个样嘛。

　　至于韩彻，我当自己被上了一课，毕竟不是每个人碰见渣男都能全身而退的。但人终究是情感动物，浪费过那么多个日日夜夜，一腔热情耗在他身上，难免有一种失恋的错觉。有时候晚上在路上走着，经过某条街、某盏路灯会晃神，想到他，马上摇摇头，失笑着再次投身于真实的生活。

　　我想恋爱，很认真的那种恋爱。

　　以前定性不够，包容心小。学生党穷，我见不得男孩抠抠搜搜，又心疼又尴尬，没几顿饭便打了退堂鼓。表姐说我这样的人肯定不愿意陪潜力股发展，完全吃不起苦挨不了穷，我这个"势利眼"只能找绩优股。本人深以为然，却不知寻一支绩优股犹如上刀山下火海。我下了交友软件，质量参差不齐不说，划去一百个终于有寻着一个顺眼，没几句不是乏味忠厚，就是直白露骨，碰上个万里挑一的有趣的，还要提心吊胆是否是第二个韩彻。

当然，见面方知我想多了，男人也会修图！

韩彻再度跟我产生联系是三个月后——在豆瓣上。

这期间我有关注他的知乎，他在那个网站异常活跃，我以为他不玩豆瓣了，没想到他会回复我。我标记了一部电影，说今晚去看，更新到我的动态中，他半小时后回复：一个人？

我没回，晚上看电影时他发邮件过来了，好吧，我承认一直在等待。

和一个有趣多金的人保持联系并不坏，他是不厚道，但不至于坏到没底线，那条线我又已然触及，在心中拉起防线，无妨无妨。

我有点自以为是，自恋自己的外貌，还错认为自己对男女之事有绝对掌控能力。

二十二岁，啥都不懂却觉得自己什么都懂的年纪，我遇见了改变我世界的奇葩男人。

本以为那三个月网恋是我走过的感情弯路，却不想，他是捷径。

他约我去酒吧，我拿腔拿调，称自己不和男人喝酒，危险。

他发了个问号给我，回道：【危险？我这病恹恹的残躯何来危险一说，我都不知道我在你心里这么厉害。】

论一个帅哥幽默自嘲的杀伤力有多大？总之，成功把我的矫情打败。

我昏头昏脑由着寂寞的催动出发。韩彻立在晚风里，白色长衫，衣袂飘飘，叼着根烟的模样像个公子哥儿。他目光漫不经心地巡睃，完全忽视人潮中的我。好吧，长得有男主的风范，但穿衣风格匪夷所思。我走到他面前站定，冲他迷离的眼睛招招手，他这才恍然般聚焦："整了？"

"你这样说话，身体机能正常也没人要你。"我知他喜好清心寡欲的口味，化了个妖冶的妆容。

他将烟递到我嘴边，"抽吗？"

"不抽。"我烦烟味。

"说到底什么浓妆艳粉，骨子里还是清纯的乖女。"他揽过我的腰，撞进那片颠倒的声色中。我试图挣扎，刚滑出身子，被主持人高亢的"八号卡座开一瓶皇家礼炮"

吓到，身子一猫，缩回韩彻怀里。

这是迄今我们最亲密的一次接触。上次蜻蜓点水的那一下我都觉得是小儿科，好在他手老实，把我当个沙包似的半扛着，径直往里带。酒吧非常豪华，像是高级餐厅挤满蠕动的肉体，每个男人头上平均抹了三分之一瓶发胶，一半以上女人的头发都染着色儿。我大学时去过几回酒吧，一道儿的都是同学，相互照应，当然也玩不开，纯粹瞎胡闹。

我承认，我对成人光怪陆离的世界有向往，但在这里待超过五分钟后，我开始恐慌。与男网友混酒吧？我脑袋上生长出问号。昏光魅影下的男女脸庞瞬间膨胀成牛鬼蛇神，特效般聚在脑袋边吓唬我。我给表姐发了条消息，告诉她我在酒吧，每小时给她发消息报平安，没发就打电话给我。

这种无措在半杯莫吉托下肚后缓解，我舒了口气，脚底升起飘然感，放松地扭动起身体。

韩彻把我带到卡座后跟朋友说了两句话，约莫是看到我局促地望着桌面，过来提醒我不要喝别人给的东西。

我噘起嘴巴想说我不是小孩，不过在别人的场子，我还是乖顺地点点头，刚升起10%的信赖感，他递来一杯莫吉托，拎出浮在冰块上的薄荷叶喂进自己口中，咂了下嘴："尝过了，没毒。"

我接过，刚要喝，被他拦住手，白了我一眼，自己抢去喝了。

我就看着他干了一杯属于我的莫吉托，目瞪口呆，这人怎么这样啊，不是说为骗我赔罪，请我喝酒的吗？

没一会他又递来一杯，我挤出笑，摆摆手。韩彻欣慰地点点头，然后对我说："好了，你学会就行，现在喝吧。"

"哦。"我也不是蠢，知道他是好意，伸出手，还煞有介事地秀了下我刚做的车厘子色指甲，再次被他"啪"地打了下手："还是没学会。"

我，又看着他失望地冲我摇摇头，干了那杯酒。

第三杯我学会了，臭着张脸，一直摇头，直到酒保用托盘给我送来，我才接过。

我可是北方人，酒量挺不错的，不至于半杯莫吉托就飘了，他这一来一回的教学让我放下紧绷，开始享受起这个光怪陆离的世界来。

我到这儿才知道韩彻的衬衫在刚刚玩大冒险喝酒的时候弄脏了，所以借朋友的外套。我说呢，怎么风格大变。

他向我介绍在场的两位男士，一位是个光头，绰号肥仔，带了几个女性朋友来，这会已经走了仨，另一位已婚，滴酒不沾乖乖男，就是借韩彻衣服的那位潮人，现在正在扒韩彻衣服准备走人。

韩彻留他，对方摆手，一副你懂的表情，说不行不行，再不回去死定了。我看了眼时间，九点。

韩彻送他出卡座，回来有点失望，见我又马上扯出笑："妹妹，开心吗？"

"连九点睡觉也是假的。"我恨恨地道。

他乐不可支，没想到我还在惦记那些骗人的话，马上想出了坏点子热场："要不这样，我们拼酒，你猜出一个我骗人的事我就喝一杯，你猜错了你喝一杯。"

"你说真的就真的，你说假的就假的，真假在你一念之间，我压根儿无从查证，当我傻啊。"我鼓起嘴巴，说是这么说，心里还是非常好奇的，"除非有人证。"

"喏，肥仔啊！"他一把揽过肥仔，特别嘚瑟地一指，"我高中同学，我的事儿他都懂。"

他情绪很嗨，有酒的原因，有音乐的原因，窄劲的腰身跟着节奏松弛摆动，工字背心完美地展现了他在健身房苦练的成果，我没有在美色面前完全失掉理智，认真问道："我喝多了怎么办？"

大概我带着戒备，他两手一摊，一脸无辜，"喝多了我给你开间房，或者打车送你回家，不然能怎么办？"

要说呢，我命好，还心大，初出茅庐，虎到遇见渣男还能开开心心地做起朋友来。

后来有天喝多了，拉着韩彻说我可太能了，遇到渣男居然能全身而退，他指着自己，我算渣男？

当然那是后话，先揭露眼前这个渣男的骗局！

肥仔说开了瓶伏特加，我嗤笑，这家伙说的骗人话一瓶可不够。

韩彻与我面对面盘腿坐，酒吧噪声大，为了听清对话，我们膝盖挨在一起。

我轻咳，义愤填膺地开始发问："真的是路桥设计师吗？"

他得意地扭起脖子，将斟满酒的威士忌杯往我跟前一推："如假包换！"

我还不信似的看了眼肥仔，尽管他也可能骗我，结果他一脸"这是什么问题"的荒唐表情。

我仰头饮尽，样子特别豪气，可我喝不惯洋酒，入口火辣辣的，摸黑抓过酒瓶看了眼，算上酒吧掺水的比例，这个度数还行。

韩彻吹了声口哨，眼带笑意看着我，我嘴巴张成一个"O"形，呼出一口气："西交大？"

"喝！"他举起一杯酒，送到我嘴边，遗憾地摇头，"啧啧，想喝酒真难。"

"真的有月光湖的房子？"

他将酒杯往我跟前再一推。

"年龄？"

他下巴往酒桌方向扬了扬，成，我继续喝。

"其实你没有曾用名是吗？"

他玩味地冲我打了个响指，干了一杯。动作间他一直看着我，包括喝酒时的抬额、抿动、吞咽。幸好酒吧昏暗，不然很难掩饰我花痴的本质。

"知乎上发的东西都是真的？"我继续问道。

"知乎？"他僵住，"什么？"

"不是你吗？回答问题的语气还有专业都一模一样。"包括追求女孩时的兴趣取向。我喝太急有点晕，揉了揉太阳穴。

"你怎么知道的？"他表情严肃起来，但没有吓到我。他的严肃并不锐利。

"Zach Han，"我不以为意，"并不难搜啊。"

"你都看过我知乎了，还问我是不是路桥设计师？"他略显不自在，别过眼闷头喝了一杯。

"我哪儿知道啊，万一是你经营的另一副面孔呢？"

"谁有那闲工夫啊！"他又闷了一杯。

"你不闲你撒这么多谎！"我气得自己给自己顺气儿。

肥仔这时候发挥了他最大的功效——主持大局。他问我们还继续不，这都没喝趴呢。

我不懂他们要喝趴下的规矩，只知道我还有问题没问完。我借着酒劲，肢体动作愈发放肆起来，将手高高举起，一副上课要回答问题的积极动作："那天你是不是没有会要开？"

他露出欣赏的表情，喝完酒咂咂嘴："不错。"

"有毒吧，这也要骗我！"我哭丧着脸，"还说头儿会骂你。"亏我还为他担心了。

"哥可是股东哎，谁敢骂我？而且，这也不算骗你，这是一种退路。"说到一半，酒吧的DJ打碟声儿特别大，他贴着我耳朵说，"还有啊，这样可以找借口不回消息或者开溜。"

说完他松开我，一副"恭喜你，获得新的知识点"的表情。

我对他钩钩手指，他很快凑近。我一时没防备，呼了他一鼻子酒气，唇擦过鼻尖，"那……病呢？"

他眸中闪过一丝犀利，很快被玩味取代："你是不是还要病历？"

我摇摇头，彻底失望。

喝完该喝的酒我冲肥仔比了个"OK"。问完了。没有任何收获，就算我喝的比他多，他依旧是个不厚道的男人。

"我不明白，你都不行……还追女孩干吗？"我嘟囔着，可惜老天暴殄天物，白瞎这么好张脸和身材。

"什么？"他靠近我，大声问。

我两手比成喇叭，对着他的耳朵重复，喝的多，说话就大喘气，吹得他耳朵都烫了。

我自察觉不到他眸色渐深，只专注他贴耳的回答："你不懂，我们这种人跟你们不一样。"

"那你干吗吊着我，当时直接不理我不就行了。"白费工夫的感觉。

"你不是说初来 M 市就我这么一个投缘的人，我不能把你唯一的希望拿走吧。"他这次贴着我的脸颊说的，一番话说得我的脸滚烫。

最可怕的是，他说完我还有些感动，唇瓣张合，犹豫地想矫情地说句谢谢，确实是他帮我度过陌生城市最开始的艰难日子，教会我不少 M 市生活的便捷方式，结果刚组织到一半，他先问的我："感动吗？"

我点点头。

韩彻挑起我的下巴，淡淡地说："那我们接吻吧。"

耳内响起一道尖锐细长的耳鸣，我皱着眉头，不知所措，张嘴融化在他的辗转娴熟中。吻到一半，头顶盖下来一件衣服，彻底将周遭那些游移的灯光挡住，那一瞬间我们几乎同时攀上彼此的肩颈，愈加放肆热烈。

吻被狂震不止的手机打断。

只是一件衣服罩着而已，我却差点窒息。这绝对是我这辈子接过的最刺激的吻。

韩彻抽了纸巾掰过我的脸，替我擦腻开的口红。他拿着纸巾靠过来的时候我有些惊讶，如此绅士？却不想动作粗鲁，擦得我口唇生疼。

"又吃了一堆蜡。"

酒品见人品，可见不是个真绅士。我皱眉扭头，说疼。

他把纸巾送我眼前："你自己擦。"

我愤愤地抖着唇，心里骂他亲完就翻脸，真是个渣男，正要接过纸巾，他又继续擦起来，这次没用纸，用的拇指，一点点揩，温柔了不少。"黑灯瞎火的，我都看不见，你怎么擦，别越擦越丑了。"我完全不知道我的脸被烈焰红唇糊得像过敏。

"不是说想吃清蒸鲈鱼嘛，怎么今天红烧肉也能下嘴了？"也没那么有原则。

"这阵换口味了。"

凌晨一点半，他打车送我回家，稀薄的霓虹划过摇晃的车厢里，我们有一搭没一搭地聊着，话题琐碎跳跃。

"其实我始终没懂为什么 Summer 要跟 Tom 分手。"我们聊到了一部电影。

"两个人分手并不需要强烈的理由，有时候就一个瞬间，这个决定就产生了。"他阖着目，语气懒懒。

我眨巴眨巴眼睛，低喃道："真渣。"虽然像极我过去提分手的理由，可如此冷静，不对，如此克制冷血的回答我接受不能。我的分手念头虽然是突然产生的，但多多少少能自辩，比如我是为他省钱，他口音有点重等等。韩彻的说法等于把我也归进了坏人的行列。

下车时，他遥望洞黑的小区，嘱咐师傅别走，低声咒骂："这破烂小区连灯都没有，怎么设计的啊。"

我指了指保安室门口悬着的一盏照明："喏，有灯。"

他不屑嗤笑："月亮都比它亮。"

他没说陪我进去，却跟着我往里走。我们沉默了半程。初夏的凌晨尤带凉意，风将我最后残留的酒精吹散，不知道下次什么时候还能再约，我有些感慨："认识你挺好的，以后我看男人估计会更准一些。"

"嗯，基本遇到我这种人一回，智商正常点的，以后被男人骗的概率就是零了。"

"说不定以后还能跟你们过招。"我得意起来，认为自己掌握了不少知识点。

他不解地看着我："你认为如何算过招？"

"不动感情的你来我往。"

他停住脚，冷笑两声，好像这公认的答案很荒唐似的。他抚上我胶原蛋白丰富的脸蛋，戏谑说："妹妹，不动感情就不好玩儿了。"

"那？"还能是什么？

"是不要沦陷。"他的吻向我砸来，却丝毫没让我沉沦。我平白清醒其中，仰望月光，有如被泼了一脸醒酒汤。

生活是要继续的，那个晚上虽然失眠但并不痛苦，我没有急着入睡，反复琢磨他话里的话，想不明白却觉得有意思极了，手指抚上唇瓣，埋进被窝笑起来，真是荒唐好玩。

没几天，我一个关系不错的前任来 M 市出差，说请我吃饭，我热情赴约，也恰好是那天，韩彻说来玩儿不，人少无聊。

他显然是把我当作凑局的人，我回复他：【跟前男友吃饭呢，没空。】

【吃饭能吃到后半夜？你这小鸡胃九点就差不多了，等你啊。】

【万一后半夜就有安排呢？】

【那一个小时顶多了吧，一点来？我们今天通宵。】

我们这么熟？拜托，他是一个伤害过我的人哎。

我心情烦躁，没想赴约，主要是前男友絮絮叨叨的模样让我想跟他再分一次手。

我突然意识到我还不如韩彻，至少他在对我没什么兴趣的时候，耐心、人性地照顾我的自尊心，违心地夸我。而我面对不合眼缘的人，连敷衍的耐心都没有。

八点二十，我洗漱完，韩彻的消息又来了：【来吗？给你介绍高富帅。】

当我十八岁吗？论这三个综合值谁能超过韩彻：【跟你一样身患隐疾的高富帅？】

他发了一串省略号，我抹护肤品时反复想，是不是我老提，他难过了？正在纠结怎么轻松地把话题圆过去，他的消息又来了：【不是每个男人都会像我一样老实告诉你的……】

我嗅到了一丝低落？

【他们会告诉你自己特别牛，把欢天喜地的你给骗得团团转，等你发现被他骗了，就晚了。】

【打了那么多字！免费教学！这都是货真价实的知识点！】

这家伙显然把我当打游戏组团缺人时，随叫随到的候补队员，我没考虑好要不要加入他的友情队列，但不可否认，他确实是我在 M 市认识的最好玩的人了。

他耐心可真差，我才纠结了 3 分钟，手上都拿起粉底了，夺命消息又追了来：【妹妹，我好想你啊。】

我脑袋上飘过一串乌鸦叫，翻了个白眼：【来了！】

他恍然般发来一串——

【原来是这样啊……】

【既然如此……】

【我好想你啊，林吻。】

【过了，有点油了，到给我介绍高富帅那里停住最好。】我对着手机起了一身鸡皮疙瘩，粉底都笑褶了。这个男人太有趣了。

韩彻：【行。直接下楼，我在你家楼下！】

我看着手机上的时间，第一次有一种，九点，夜才刚刚开始的感觉。

第三章

没有高富帅，韩彻骗我，只是拉着我出来吃夜宵。

他和肥仔刚打完篮球，肥仔累得下车都扶着腿，韩彻拍拍他惩实的背："你这体力真是……"

肥仔反驳："总比你好吧，把人姑娘累死。"

韩彻轻咳一声打断他，将他往里推，自己大剌剌坐外侧，我坐在两人对面，狐疑地盯着韩彻："把谁累死了？"肯定不是我。

韩彻低头摆弄手机："他胡说八道。"

"对对对，我胡说八道的。"肥仔打哈哈，见服务员没来招呼，问了我们要吃什么，去找正在烤串的老板直接点单。

待肥仔一走，我两手一撑，凑到韩彻跟前，咬牙切齿地道："你又有事骗我。"我刚刚竟看到了韩彻难得的闪避！

"不是，"他特意往肥仔方向看了一眼，模样苦恼，蹙眉叹了口气，"这种事我不好跟兄弟讲的。"

"那他刚刚说的什么？"

"姑娘替我挽尊，就像我身体不行，你也不会到处去说吧。"他见我一脸呆滞，紧张起来，"你告诉别人我的隐疾了？"

我用力摆头，绝对没有，主要我不知道告诉谁，我和他关系是架空的，没有交汇线。

他松了口气，"那就好，这事儿我跟你讲是因为你善良，别人不一定这么觉得，"他作势整了整自己的领带，"你也知道，我们成功人士，不能有这种丑闻的。"

他这番话说得无比自然，也颇有几分道理，可我总有一种他在演的感觉。我紧盯住他，几秒后，好吧，我想多了。

"哦。"我踢踢他，"高富帅呢！"

"在你面前！"他冲我一笑，牙白得我晃眼。

"我要健康的高富帅，"我咬牙强调，"各项身体机能完好的。"

"我帮你留意。"

肥仔接了个电话，对韩彻说那人不来了。只见他双手抱头，苦恼地往椅背一靠："没人了！"

"什么？"

"就我们仨。"他问，"去KTV吗？"

我是个夜猫子，熬夜对我来说并不难，但三个人去KTV……我面露难色："你只有肥仔一个朋友吗？"今天可是周五，本地人都约不到朋友吗？

他将手机往桌上一扔，没好气地说："你到我这个年纪看看，这个点还能叫出来的老朋友有几个。"

烧烤上来，肥仔边我递盘子边无奈摇头："估计混不了几年我也要结婚生子了，不然没意思，要么只能跟更小的玩儿了。"他冲我响舌，唤我注意力，"你多大啊？"

"二十二。"

肥仔拱韩彻，意味深长："你真行！"

M市的烧烤没劲，肉很小，玉米粒是一颗一颗串的，最关键的是没有气氛，老板烤好了拿上来，没有参与感，北方边吃边烤热热闹闹的。我就这么一说，韩彻应承了声："好啊，下次一起。"

我撇撇嘴，没当真。我知道成年人的"下次"充满未知。

韩彻照例送我到楼下，也就一回，居然像有了默契。

他转身的那刻我也转了身，看着他融进夜色的寥落背影，我沉了口气，高富帅的寂寞貌似和我无差。

韩彻人不错，由于我算准知晓隐私的我已不在"妞"的范围内，算半个兄弟，所以非常皮厚地要求他给我介绍男朋友。

他有点不乐意，问我他哪里不好。

我发了一串问号过去。哥们儿，你哪里不好这不明摆着呢嘛。

七月我报了个瑜伽班，上完高温瑜伽课走到三十八度的室外，有一种走入空调房的感觉。

整个六月我都没有见过韩彻。他约过我一次，但我临时被调去三组，那里甲方的要求我不熟悉，包装设计一改再改，约的那天正在加班，所以推了。

没想到韩彻的世界这么薄情，一回没参加就没我的事儿了，我跟他之间果然没有友情，我想是这么想，网络上还是跟他聊着。

他去了趟 H 城参加路桥项目的活动，据说有颁奖，我问你能得奖吗？

他告诉我，路桥这种东西基本是国企占大头，他们私企分杯羹吃，参加这种活动主要是扩展人脉。

我总觉得不差钱的人应该去国企：【你为什么不去国企？】

【毕业待过一阵，每个月两千块，你觉得能干吗？】

【可是私企应该更累吧。】

【看个人追求，我不喜欢太拘束，现在带团队压力大，自负盈亏但自由。对了，这个月新来的两个小弟弟和你差不多大，想认识吗？】

【好啊！】我心情瞬间明朗！

【打个预防针，我们工科生非常无聊的。】

我接触的都是艺术生，不以为意：【像你这么无聊就可以了。】

他发了个翻白眼的表情：【要求还挺高。】

半小时后，我想起一茬：【我连你在哪个公司都不知道。】

【下次送你张我烫金的名片。】

我将瑜伽服洗干净，晾衣服时又听见了兽类响动，手上动作加速，赶紧溜进房间。

室友除了带男友之外，还养了只金毛，可怜那只大狗这么可爱，而我竟然怕狗。她一般将狗锁在房间，它有时候待不住会撞门，这让我恐慌，这么大的个，我觉得门不一定牢固。

我一边化妆一边想，合约还有半年，时间一到立马换房子。

打车到 KTV 才知这局人有多少！

一个豪华大包乌泱泱满是人，韩彻的队伍也壮大得太快了吧。我先看到的肥仔，他体型最为醒目，正拿着瓶百事可乐站在一二层之间的楼梯上吹牛，我拍拍他，向他打了个招呼。

他热情极了，"好久不见啊，妹子！"指了指最角落那大长腿搁在沙发椅上的韩彻，"喏，那小子在那儿呢。"

我点点头，惊叹道："一个多月不见，你们找了这么多新伙伴！"

他皱眉头摇头："哪儿啊，这儿我就认识韩彻公司的几个人，其他都是朋友的朋友，还有他合作公司的。"

我了然，向韩彻走去。说实话，一月不见我又有种第一次见面的局促感，幸好他的表现无比亲昵，拉我坐在沙发上，自己则长腿一展，支着沙发扶手。他抱歉道："妹妹，今天让你扑了个空。"

"什么？"我皱起眉头。

"新来的弟弟在加班！"

他今日难得穿了件我看得懂牌子的衣服，白 T 恤牛仔，干净如少年，我一时花痴，点点头："哦，没事。"

"你怎么不问他们为什么加班？"他一脸期待。

我抿抿唇："加班还能为什么？"

"我让的。"他冲我挤了个得意的笑，眼见我脸上的温和破碎，表情愈发嚣张。

我翻了个大白眼。

"你想想，万一你和我下属好了，他就成了关系户，我以后打不得骂不得，还是算了吧，"他大手一挥，"不过呢，我还是带了几个朋友过来，你有合适的可以认识认识。"

我被"关系户"那三字给哄好，还真开始打量起来。

韩彻笃定我找不到中意的，可我那天带了粉色水晶，招桃花很有效，在两首歌后被一个声音好听的男生给吸引，准备喝两瓶鸡尾酒主动出击，却不想人家来搭讪了！

我们听歌的品位相近，都喜欢某位巨星。是的，这年代搬出他，大家都是知己。他见我喜欢还特意点了一首他的歌曲，我笑眯眯听着，有一种回到校园的感觉。

他叫胡闵，也是搞路桥的，我问和韩彻是一样的吗？

他说他属于跑现场多一些，还给我讲起路桥的分工，我点点头，假装听懂了，继续看向 MV 屏幕。

韩彻去洗手间前扫了我们两眼，接着我的手机便震动了一下。

【出来。】

韩彻给我带了烫金的名片，像模像样地递上。

我小心翼翼接过："我会妥善保管。"

得来不易啊，从百度他公司想偶遇，到人家主动告诉我，我还身在他公司聚会里，不可谓不是关系的进步，只可惜这关系已然不复当时。

他公司今日中标两千万的大项目，韩彻被灌了不少酒，呼吸都充满酒精味。我确认了眼他的状态，试探地问："那我回去了。"

他点点头，待我走出两步叫住我，紧闭着眼睛努力找回神志："那人我不熟，就见过两面，你自己考量。"

我在心里切了一声，还能有比你还坏的男人吗，嘴上识趣："知道知道！"

他抓住我的手臂往跟前一拽，我踉跄地差点撞进他怀里。

酒嗝上来，他皱着一张帅脸，抵住气口，艰难挤出一句："记得要小心。"

我没反应过来。

他一副怒我不争的表情："女孩子要有防护意识，这样男的找借口你不会很被动。"

我蹬了他一脚。什么嘛，联系方式都没交换呢！

当然很快，聚会结束前我和胡闵交换了联系方式。

胡闵也是北方人，从小在 M 市长大，我们每天都聊，但不温不火，主要是没有感觉，真如韩彻所说，工科男挺无聊的，无聊到无语。

换作高中大学，我聊聊可能就没耐性了，但那会同学朋友多，跟谁都能玩，现在我孤苦伶仃，珍惜陌生城市每一个新结识的人。

胡闵约我吃了两顿饭，非常实际地袒露自己的财政状况，他有一套两居室的房子，和父母分开住，有点存款，平时没处花。

我看着他离开昏暗 KTV 后暴露的像月球表面一样的皮肤，机械地啃着大盘鸡。房子是很重要，但是脸也不能太丑吧。

表姐知道我在努力社交找对象，一听胡闵工作稳定有房有车，人还老实，劝我就不要太注重外貌，交往对象是需要多维度判断的，外貌只是其中一个参考指标。

我知道自己非常务实，不然不会被一张鸟笼照片给吸引，遇见男人总想考量硬件，也知道自己不实际，碰着一点儿忍不了的地方便打退堂鼓准备撒手，这次我想试试，治治自己的臭毛病。

和胡闵认识第一个月结束时，我们进展到了拉手的程度。我以为我会适应，但低估了男人的乏味性，也忽视了他们小心眼起来有多尖酸。

我性格偏活泼，且越处越外放，聊着聊着，他在我的带领下话多了起来。先是对上司的不满，再是对合作公司的吐槽，这些我还耐心劝解，年轻人嘛，压力大，但他说起韩彻的不是时，我有些尴尬。

我推说与韩彻不熟，主要是我和他的关系也不便细说，于是胡闵松了口气，提醒我韩彻这个人不行，离远点。

我不知道怎么接，回了个表情包。

他说韩彻恃才傲物，说好的合作临了指出一堆问题，导致他们上半年错失最大的一单，辛苦付之东流不说，季度奖也泡汤了。那天 KTV 聚会主要是领导间打圆场，买卖不成仁义在，但他们底下的人都不满韩彻的行为。

这是工作上的事，我不好插话，就看着屏幕上一条条铺满他的吐槽与抱怨，负能量溢出，搞得我中午午休都眉头紧皱。

而韩彻，自从我跟胡闵聊上后，便默默退出我的生活圈，有回晚上他发来一张酒吧嗨图，惋惜了句，要是你没恋爱就可以一起喝了。

我心头刚涌起热流，他马上给自己挖了个坑：【记得我说的事儿。】

我还是很有礼节性地回复了个表情包。

最终，和胡闵的关系没能维持超过两个月，我对着日历惋惜，又觉得怪不到自己，是真的不合适。好在我处理得不错，他说以后还是朋友。

这段关系和我过去的无差，食之无味，弃之无所谓，只是这六十天把我和韩彻的关系拨位至关系原点。

生活起起落落，室友和男友也进入关系疲乏期，他们开始吵架，每到隔音差到我恨不得自己聋的时候，都想换房子。终于有一天，我崩溃了。

那天室友不在，房门没关严实，我下班到家，那只金毛上下跳跃要和我亲近。在别人眼里可能是一只温柔的狗狗在示好，而怕狗的我看到的，是一只变异巨型怪兽披着金色披风预备袭击我！

我腿下一软，尖叫地跪倒在地，使出吃奶的劲推开它，还碰到了它湿漉漉的鼻子，一边逃一边叫救命，逃到小区保安室门口还在心有余悸地回头。

吃完街边摊，天光尽敛。

我蹑手蹑脚地回家，想看看室友回来没，却见家里灯火通明防盗门大敞，两个警察正在问询，室友见我回来忙问我今天回来没。

我这才知道自己出门时门没推上，狗跑了。室友隐有责备的意思，马上又收住，抹了抹眼角的泪，违心地道：“都怪我自己没锁好门。”

我又失眠了。室友和男友找到半夜，还查了监控，听着客厅里来来回回的脚步声，商量明天影印寻狗启事事宜，我将头埋进被窝，懊恼起来。

人在异乡会有很多个孤独的时刻，这刻我对于这二字的感受最为深刻。

凌晨两点，室友睡了，我翻来覆去，打开手机翻找联系人，列表拖来拽去终是主动联系了韩彻：【能聊一会儿吗？】

在被窝看了半集美剧，切回主界面发现他一刻钟前回复了，但这狗手机吞了提醒：【没流量了，面聊省钱。】

我转手给他充了100话费：【这样可以吗？】

我又等了会，每看五分钟美剧便切回主界面，总觉得可能来消息只是手机又没有提醒消息，但实际没有，直到半小时后——

【下来！】

下楼时我摸黑左顾右盼，希望那只狗聪明点，自己找到回家的路，但实际这鬼黑的深夜只有一道修长的身影立在几米外，浅浅的月光投下半片冷白。

韩彻刚从外地回来，上车我发现副驾上放着一包卫生巾，两指拎起，"咦"了一下，不可思议地捻至他眼前："这是？"

他打开车顶灯，冲我挑眉，"这玩意还挺好用的。"

我两条眉毛波浪扭动，一时不知他是真话还是玩笑。

他啧了一声，可惜道："还是有缺点的，就是不透气。"

"你一般都垫哪儿啊？"

他顿了顿，卖了个关子，又在我眼神的威逼下老实交代了："脚。"

闻言我的表情应该很丑。

韩彻哈哈大笑："好了，不逗你了，我们这行要跑现场，都是荒郊野岭，方圆几十里渺无人烟，地势坑坑洼洼，出差有时候特别着急，叫了就走，来不及整理行李，到那儿就开始徒步几十里，这个东西方便，搁脚底当鞋垫很舒服，不然就是一脚泡。"

好吧，听起来他的工作也挺辛苦的。

韩彻将座位放下，与我面对面半躺。开完玩笑见我依旧不语，他朝我伸手，拨开碎发，挠挠我下巴："妹妹，失恋而已，至于吗？"

我拍开他的手，不屑地强撑："我从没为感情难过过。"

"哟，比我还牛啊！"他难得认真，捏着我哭丧的脸问，"那怎么苦着脸？"

我三两句讲完，扁嘴生闷气："我估计在狗找到之前，我都抬不起头来。"总觉得自己也是无辜的，却莫名其妙背上了愧疚与罪恶。

我说要一起找，室友摆手说不用，我这么害怕狗看到狗也不敢领它回来。虽说有道理，但看他们忙碌我好尴尬。

"有个方法可以解决此事。"他食指竖起，在空中勾了个圈。

"什么！"我情绪一震，单手撑头，凑近他半分。

"换房子。"

"说得容易。"像他们这种人把中介费、房租、搬家费当毛毛雨才说的这样轻巧。

"你待在家也帮不上忙，还徒惹人烦，这么郁闷也不是个事儿，不如这样，先找认识的朋友去借住几天。"

我想了一圈却没想起谁，要么合租要么与父母住。我失望地摇摇头："算了。"脸皮厚一点，忍忍吧。

"你瞎吗？"他突然贴上来，将我眼前微弱的车厢灯全数挡去。

我同他的唇瓣仅 0.5 厘米的距离，一张口便会挨上，我努力冷静，抿着唇嗫嚅："这……不方便吧。"

"拿我当外人？"

我摇头。

"拿我当男人？"

我扑哧一笑。

"乖。"

我上去简单拿了两件衣物，拎了化妆包便下了楼。我估计也就住一两天，狗应该很快就回来了。

没想到我真的会到韩彻家，也真的见到了那个鸟笼家饰，悬于客厅一角。

"我住哪里？"来到一个异性家中，我多少有些局促。

"你想住哪里都行？"他将鞋一脱，躺倒在沙发上，疲惫揉起额角，丝毫没有要带我参观的意思。

我站在玄关环顾一圈，三室一厅，看起来本来是两厅，后来被打通，二十多平方米的大客厅直通出去是个不大的露台，摆着一张竹藤圆桌。由露台望出去，是独属于月光湖旁三十三层的风景。

与老城区青瓦白墙的古典风貌不同，新城区才是真的现代都市。高楼林立于城市中，霓虹在黑夜将其勾勒出轮廓，周围几栋楼的窗户零星烁亮灯火，摩登之感猛然撞入。

我没出息地张着嘴，站在十一月的冷风里升华眼界，直到打了个喷嚏，方才回到现实。

我趿拉着一双软牛皮男士拖鞋蹭到韩彻身边，轻声说："有一间客房，我睡那里啦。"

他揉着山根，轻嗯了一声。

"你早点睡。"已经三点多了。我刚起身，他一把拉住手腕沙哑地说："妹妹，我已经睡了两天担架床了。"

我问："为什么要睡担架？"

"加班赶图，"他闭着眼睛，比了个二，"先跑了两天施工地，又熬了两天夜，还大半夜去接你，三十岁的男人真不容易，你要不要考虑报答一下我？"

这人真是，刚升起点感动和温暖，他就来索要东西，时时银货两讫，真是存不住一点好。

我没好气，手刚扶上他的脸，他脑袋一偏迅速避开，还故作惊诧："我是让你给我揉揉腰，你想什么呢。"

我尴尬地僵住。

他得理不饶人，吃痛扭曲，还坚持挖苦我："三十岁的男人真不容易，又要加班，腰又不好，聊个妹妹还引狼入室。"

他一说我更羞了，下手彻底没了轻重。

韩彻低骂一声，触电一样绷紧身子，猛地将我翻转，压在身下，一手捂着腰，一手压住我，痛得嘴直哆嗦："林吻你真狠。"

我嗔道："让你胡说！"

韩彻背光，一半表情隐在黑暗里，幽深的眼瞳中映出了两个清汤寡面的我。他俯身贴面，鼻尖抵着我，厚脸皮地说："我哪里胡说了？"

电光火石间，我闪过了一个念头，一把推开他。

这一晚上是别想睡了。

我站在六人桌侧，双手掌桌，严肃地道："韩彻！你是不是又骗我！"

韩彻两腿间搁了个抱枕，懊恼地扶额，叹息道："我承认，刚刚我起了歹意。"

我气得脸色铁青，指着他手都在发抖："好好说！一句句交代！"

他将我强塞的抱枕往桌上一丢，腾地站起："林吻，你长得这么好看，一个男人想跟你有亲密接触不是正常的吗？"

我说的是这个吗？我说的是："你有病是不是骗我的！"

"什么病？"他带着疑惑靠近我。

我后退一步，以手间隔距离："你心知肚明。"

他沉默半晌，失笑说："林吻，你不会理解错了吧。"

不是吗？

他看我表情便知说中，一时比我还气愤，扬声道："你当我太监啊！"

我心中狐疑，掏出手机再次百度起来，上次没有耐心，看了几个字就关了。想想也是，一个我一辈子都不会得的病，我看它干什么。

这次我仔细了，将病因也一并阅读了，别过眼："好吧，是我误会你了。"

他一副"我就知道是这样"的模样，冷哼一声，慢条斯理给自己倒了杯水，并向我科普相关知识。

不知道为什么，他说得如此淡定，我却听到了他的心酸。"你什么时候发现的？"望着他的背影，我心头涌起伤感，宛如看到一个绝症病人。

"工作后。"

"创业后吗？"

"我也不算创业，我这行没有人脉，只是注资做股东，"他仰头饮尽白水，墙上晃动的影子如内心的无助，"家庭幸福没有童年阴影，感情顺遂每个女孩都喜欢我，智商超群，一流专业随便一考便考上。我也不知道为什么，估计是天妒英才吧，看过心理医生，也吃过药，改善不明显。"

我哽住，内心希望他是伟岸的，更想带着仰视的角度去接触他，那方面的尴尬还是算了吧，安慰他道："没事啦，也不是大问题。你爸妈能给你的都给你了。"

他的脊背倏然绷紧，我不知他在憋笑，当又戳中他的伤心事，咬着唇上前愧疚地揉他肩，兄弟般，想舒缓他低落的情绪。大概是他平时总笑侃此事，我也当玩笑忽视了男人心里的痛。

不知道为什么，站在他身后，我竟有一种为自己丈夫无能的苦恼感，人真是荒唐的情感动物，这也能代入自己。

"这个力道不错。"他反手捞起我的手往腰上一搭，语气理所当然："重新按。"

我心里骂骂咧咧，手倒是老实捏了上去，好吧，非常紧实，手感一流。我按摩还是很有天赋的，一是北方洗浴按摩行业非常发达，二则归功于我爹妈的多年"奴役"。我时轻时重，力道稳准，韩彻舒服地哼唧，完全放松。我心中一柔，挠了一下痒却见他纹丝不动，讶异道："你居然不怕痒。"

"好像是的。"他脸埋在两臂间，声音闷闷的。

"听说这种人不怕老婆。"

他低笑，切了一声："也就你这种小姑娘信。"

我撇嘴："不管真假，用在你身上还挺准的。"

"为什么？"他语气淡淡的，听不出好奇，似乎只是疲惫地顺着我的话题接续。

"你这种人能把老婆骗得团团转，哪会怕。"一嘴的坏本领。

他沉默了几秒，才迟钝般笑起来："这可不一定。"

"是吗？那你以前谈恋爱怕女朋友？"谈及这个话题我瞬间兴奋，手也跟着更得劲。

"怎么能叫怕呢，应该叫尊重。"

我啐他耍油头："少拿知乎那套糊弄我，我不吃这套。"

"看来学精了。"他朝我抛了个满意的眼神。客厅的灯带光线柔和，将他的脸照得无比俊气，像一个拆开包装的贵公子玩偶。

他绕开话题，我自己找回去，继续问："那你以前怕女朋友吗？"

韩彻憋了口气，知道躲不过去，半天吐出一个字："怕。"

我像听到了不得的事，两手攥成狗爪小拳头，殷勤地给他捶背："怎么个怕法？"

"就是听话吧。"

"最久的谈了多久？"我手顿住，认真等答案。

"两年多吧。"

"真的！"我不敢置信，这个人居然正常过。

"干吗？"他坐起身来，活动了下筋骨，非常畅快地伸了个懒腰。

"你前女友知道你的病吗？"

"不告诉你，什么都跟你交代了哪儿成啊，"他还傲娇起来，"我也得留点儿秘密。"

我愤愤地咬牙，换了个问题："那你们为什么分手？"

他冷眼瞧我："还记得我上次说的吗？"

我垂下眼，吞吞吐吐地回忆道："分手不需要理由？"

他弹了下我的脑门，无语道："你这个复述能力真的是九年制义务教育培养出来的？是分手不一定需要强烈的理由，这种分手不是出轨，不是暴力，不是父母作梗，是有太多太多无关紧要的小事堆砌，压垮走下去的信心，分手是无奈的选择。"

我愣了一下："韩彻，我对你刮目相看。"

他肩头一耸，欣然接受我崇拜的眼神。

"所以，那是让你难受的感情吗？"我想起车里我说从没为感情难过过，他说我比他厉害，这说明他有过。只是当时我情绪不佳，没有心情追问。

"嗯，差不多吧。"

"真好。"我眼里闪出羡慕，我也想有一段真正的恋爱。

他看我一副傻样："好什么？"

我把内心的想法说了出来，他拍了拍我的头："你这个年纪这么想是对的，这也是我这种人追一个中一个的原因。"

"你真无耻。"简直是变态。

"谈吧谈吧，谈一段你就会发现爱情不过是荷尔蒙的阶段性产物，然后你就彻底清醒，专心于其他事情。"

我不解："什么事？"

他意味深长："比如我做不了的事。"

我没理他，噘起嘴说："可是找对象挺难的。"谈一段恋爱好难，大学好歹男生多，找对象相对容易一些。

"找对象其实不难，首先要认清自己是什么人，再确定自己要找的是什么人。盲目等没用，瞎出击也徒劳。有些姑娘和什么男人在一起都会开心，她们天生容易满足，什么小事都能寻到甜处，然后放大成幸福，有些姑娘跟谁在一起都不会开心……"

我听到这里立刻苦脸，自动代入："那我是第二种，我挑三拣四的。"

韩彻摇头："不，你是第三种，"他捏起我的下巴，迫使我仰脸，"你呢，只有跟特定的人在一起才会开心，像幽默、有钱，或者英俊。"

我眼神一黯，完蛋，市侩和贪心被看破了。

"比如你和我这样的，就会很开心。"他松开我，笑容充满蛊惑。

我问："那你和那个前女友还有联系吗？"

"没有，怎么了？"

"她结婚了吗？"

"没有，单身到现在。"

我惊讶："那应该挺大了吧。"

"嗯，也三十了。"他点头。

"她为什么没有恋爱啊？"

"小朋友，你问题好多。"他胡乱揉搓我的脸。

"算了，不说拉倒。"他不想说我也骗不出来，拿开他的手准备撤退。

韩彻单手将我箍进臂弯，声音冷冰冰的："你觉得，和我这样的人谈过恋爱，她还能找到男人吗？"

他的脸距离我只有一公分，呼吸稍用点力就会与他碰撞，我努力控制自己的鼻息，不让被震慑的情绪流露。

他的眼神深邃如沼泽，拽我下坠，我有被点名的心虚，但我承住没避让，直直回视，甚至在他映着月光的乌眸里找到一丝与我暗合的情愫。

这一个晚上我没失眠，许是太过充实，疲劳将乱步的躁动压制，一觉睡到大中午，起来时韩彻正在煎牛排，我走进厨房听见油锅的吱吱声，肉香四溢，久违的家的感觉。

他见我醒来，自然地招呼道："闻见味道起来了？"这态度自然得仿佛我是他相伴许久的室友。

我点头，两手摆在身后，小声问："有我的吗？"

他朝左下角一块碎肉比画了下，示意我："你这小鸡胃这么点就够了吧。"

我不爽地指了指米罐："你怎么不说喂我吃这个呢。"

他正在掂锅，听我说完笑得手直抖，手忙脚乱地险险接住牛肉："反正饿不着你，我做什么你吃什么。"

他煎了一块牛排，煮了碗泡面，各分一半给我，好一顿简陋的西餐。

我是无所谓，只是他个大男人，那餐盘的料显然不够他吃。我问："你就吃这么点？"

他疯狂吸食，两三口解决，刀叉一丢，无所谓地道："家里没有存粮，等会去采购。"

我扒完面才开始吃牛排，切了一块细细咀嚼。他只撒了点黑胡椒，我口味偏重，入口几乎尝不出味道，跑去取来调味瓶用力拍。

他冷眼抄手，看我费老大力在那儿加料，淡淡地道："你听说过量子力学吗？"

我专心加料，不知道他要说什么。

韩彻取来另一个调味瓶，走近我。我瞥了眼："你这个是什么味道？"

他厨房的瓶瓶罐罐很多，没有标识，以为他拿来的是更好吃的味道，却不想他从我手里接过瓶子，将两个瓶子的底部螺旋摩擦，原先跌跌撞撞不情不愿的调味粉在他手下轻而易举地流畅撒落。

我目瞪口呆。

他嫌弃地摇摇头："妹妹，做事要动脑子，你这样使蛮力撒调料和你乱撒网找男朋友，是一个行为。"

我抿起嘴巴，不情不愿地切起牛排来。这番工夫，我胃里的泡面已然涨开，将最后一丝牛排的空隙填去，我搁下刀叉，碗推到他面前："你吃吧。"牛排不是泡面，只要不用我的叉，很卫生。

他正在回手机消息，抬首瞥了眼牛排，皱眉将我扫了一圈，"你这就饱了？"

我摸了摸胃，其实也不是饱了，只是不饿了而已。

他下颌左右磨动，很看不惯的样子，一言不发将牛排切成小块，一块块送到我嘴边。

我摆手，来不及说不想吃便被他堵住嘴，一块还没咽下去他马上又一块送来，我飞快咀嚼，眼睛瞪成铜铃，撇头不肯吃。他不依不饶围着我转，幸好只有半块牛排，七八个小肉丁，不然我腮帮子都要撑死了。

见我咬牙切齿，他拿眼睨我："你知道你为什么平胸吗？就是肉吃太少了。"

当我不懂科学吗？"平胸是基因，和吃肉没关系，还有，"我噌地挺了起来，"我根本不是平胸！"

韩彻后退一步，托着下巴，目光丈量后眯眼道："B plus？"

我点头："嗯！"

"Oops！宝刀未老！"他冲我打了个响指，得意扬扬。

我翻了个白眼。

说来也奇怪，我在外人面前不算特别放得开的人，但与韩彻接触后那交流尺度是越来越低。我思考后认为，可能我们相识于网络，没有人际关系的牵绊，所以率先接触的是真"我"，而非社交面具下的"我"，后来即便慢慢产生社会关系，我们之间纯粹的沟通也不会因此改变。

餐后，韩彻领我去了趟超市。

我不想承认自己眼界短浅，但确实在全外文商品和超大包装袋跟前傻眼。在熟悉排布、陌生品牌的环绕下，我憋了十分钟，终于问出口："这是什么超市啊？"

"S Club。"韩彻正在挑牛排，看他比对的模样很是专业。

我来自北方三线城市，在南方二线城市念书，虽不高大上是但好歹吃穿不曾亏待，普通大型超市我都去过。那年 S Club 会员店全国不到 15 家，不了解怪不得我，只不过那刻，我产生与韩彻切实的生活品质差距感。

韩彻将挑好的牛排放进购物车，瞥了我一眼："没来过？"

我没说话，觉得他可能会嘲笑我。不曾想他拉着我把这巨大的超市兜了一圈，塞了满满两购物车的东西。刚进超市的时候，我想这单我买了，毕竟借住人家两天。第二辆购物车开始载物时，我立马打消了这个念头。

自尊这个东西在钱面前，什么都不是。

韩彻这个人就是这么无常，你感动他给你明算账，你得意他给你泼冷水，你局促他又马上给你安全感，我只能尽量保持稳定的心态。但确实如他所说，我和他在一块儿是真的很开心。

回家的路上，韩彻逢红灯便拿起手机回消息，如此两三回后我冷嘲道："哪个妹妹啊，这次感觉魅力很大，回复很积极啊。"

他不以为耻，持手机的手活动两下："你也知道，我们这种人就这么点爱好。"

"你和我聊天的时候也是这样的吗？"

"什么？"

"开车也在回消息？"

他转头挑眉："你觉得呢？"

瞧，我肯定自作多情了，眉心不爽地鼓起小山丘："知道了知道了。"

他低头回复消息，跟我说："不记得有没有开车回复，但好几次下班等红灯想起和你的对话，我笑得停不下来。"

好吧，消气。我勾起唇角，望向窗外，就知道这个人看上的是我的幽默！

到家刚把东西安置好，韩彻便开始躁动，两指捏着手机中点飞快转动："走走走，我们出去嗨！"

"不在家吃吗？"买了不少保鲜包装的食材，这放不了几天啊，瞧我这咸吃萝卜淡操心的。

"明天再说。"他一把揽住我，凑近我的脸蛋，"我朋友家司令去旅游了，走！我们去酒吧。"

去酒吧当然要化妆，我绷着眼皮描眼线，韩彻目不转睛地观察我，搞得我手抖得不行，差点化成波浪线，手肘推他，佯作不耐烦："干吗！"

"看女人化妆还挺有意思的。"他越凑越近，我歪头避开他，对着镜子涂口红，刚触上唇边便被他抢过去，观察膏体，自言自语地嘀咕："这个是有机的吗？"

"不是。"

"别涂了。"他拧着眉头冲我摇头，"不好吃。"

我从化妆包里捞出另一支，冲他扬扬眉："好看就行了！"去酒吧不涂口红，妖冶鬼魅的灯光一打，是要我装鬼吗？

我出发前只当这两天陪他嗨，毕竟吃人嘴软，但没想到接下一周我们几乎天天去酒吧。

我只带了双运动鞋和两件通勤毛衣，央求韩彻带我去趟商场，不然我没脸进酒吧。

　　他倒是穿了件绣金边的黑衬衫，人模狗样地几乎能去走红毯，我就算站在旁边就算不像女朋友，也不能像推销酒水的。他本来不肯，直到看到我那点家当，抬手看了眼手表，让我抓紧时间。

　　我怕他变卦，拉着他一路狂奔，熟门熟路地走到跑车旁催他快开锁。这会他又不急了，站在一旁泊着的黑色跑车后面欣赏起来，若有所思地摸着下巴，朝我抛了个眼神："觉得这车怎么样？"

　　我不屑一顾："轻浮。"刚说一完，那车像受到感应一样，扁窄的小屁股在我眼前亮起灯来。

　　"走！我们今天开这辆。"

第四章

坐上跑车的那刻，就像刘姥姥进大观园，我承认自己虚荣心爆棚。

我笑意盎然，脖子扭动不停，小小的车厢一分钟内被我看了十几遍。韩彻被我感染，唇角不觉温柔牵起："妹妹，这么开心？"

我没再为自己的没见识羞愧，主动拉过他的手摇来摇去："韩彻，你有这个病真好。"我超级真心，要不是他有这个病，怎么能轮上我和他做朋友。世界上美女太多，幽默的也不少。

幸好我善良不歧视"病人"。谢谢爸爸妈妈生得好！

我半仰躺，屁股安然地贴在真皮座椅上。副驾驶座视野很低，有一种与地面仅一尺之遥的奇妙零距离感。我没喝酒，却自带开心醉态，肩膀一扭一扭。韩彻失笑，手搭在我颊畔，眼神暧昧："那你知道在跑车里什么最刺激吗？"

我眼睛一亮，期待不已。

他倾身靠近，凑至我耳后轻嗅，意犹未尽地望进我的眼："香车和美人最配。"

我不想在商场耽误时间，一副食堂打菜晚了就没的架势，随手拿起条裙子。

韩彻这会倒不急了，像模像样地巡睃起来："能接受穿短裙吗？"

我思考了两秒，点点头。

他后退一步再次拿人眼"X光样"扫描我："低胸呢？"

我忸怩，不是很愿意。他让我试他手上那件带亮片的连体吊带裤，我拨了拨头发，随意照了下镜子，"你确定这件不会太露？"

他见我不信，与我一同立在镜前，比画两下："你去试试不就知道了。"

肉眼看这件衣服领口偏低，没想一试却恰到好处，仅露出胸口颈间一片甚少见光的白皙，我站在更衣室的镜子前傻眼，为这男人恐怖的眼力叫绝。

韩彻在外头没了耐心，喊了嗓子："别照了，让我也看看。"

我强压下翻白眼的冲动，拉开木门，亮相在他眼前。到底是见惯美女的人，韩彻波澜不惊，淡淡点头，将卡递给了店员，我忙摆手："不行，我自己买！"朋友是要明算账的。

店员默认我们是一对，笑眯眯躲我，不接我的卡，还劝我："美女，给男朋友表现的机会嘛。"

我噎住，左右不是，韩彻附和："就是啊，给男朋友表现的机会。"说完又小声凑到我耳边，央求我，"妹妹，让我在大庭广众下做回男人。"

这男人替人买单，还要给个台阶说是成全他，我不得不佩服这情商，难怪小妹妹们被他哄得团团转，路上我又开始八卦起来："你第一次见我为什么没有开跑车？"如果开了，我应该沦陷得更快。

他瞟了我一眼："说实话？"

我一听，感觉不好，迂回战术："不如你先说一下假话吧。"他那句"上次是不太好看"可太戳心窝子了，我尤有忧意。

韩彻直视前方，不紧不慢道："假话就是，跑车太不稳重了，怕影响在你跟前苦心经营的成功男人形象。"

中听。我问道："真话呢？"

韩彻唇角勾起，不怀好意："真话就是……"说到一半卖起关子来，由着拖长的尾音，我狠狠瞪他一眼，"真话就是乖乖女和跑车并不搭。"

一个皱眉的工夫，他立马恢复成持方向盘的稳重模样，我又想气又想笑："那你见不同的美女会开不同的车？"

他并不否认："有时候会。"

我惊得大张嘴，"你这么无聊？"

"这叫认真对待女孩！"他反以为荣，"大家开开心心来，和和气气散，一个完美的男人，一场完美的约会，一段完美的记忆，不好吗？"

我无言以对："完美是对你来说吧。如果你第一次见我觉得我很漂亮，你会如何？"应该不是冷处理吧。

他眯起眼睛，用危险的语气靠近我："你确定你要知道？"

我点头，随着他的凑近，安全带"啪"地弹回，韩彻说："到了。"

我忙着下车，话题一岔开，便也忘了追问。

这家酒吧隐在闹市街区，我原先从不知那扇不起眼的红蓝霓虹窄门后，藏着别有洞天的巨大空间。

韩彻说这就是都市流行的找门酒吧，大隐隐于市，神秘的夜生活开关。

他似乎是这儿的常客，直走上楼，往右打拐，直奔他们最常占的卡座。

我们来得晚，沙发上坐满了黑压压的陌生面孔。大家玩儿开了，也没有要介绍彼此的意思，见人就自动招呼，仿佛认识许久，酒径直往手边送。

韩彻灌了一杯，和兄弟吹起牛来。这个卡座位置极好，差一个位便正对舞台，此刻追光灯下，摇滚乐队正在嘶吼呐喊，脏辫贝斯手晃动着半个身体般巨大的辫子，现场躁动不已。

我饮了半杯长岛冰茶，理性慢慢飘空，韩彻问我，去蹦迪吗？

我忘了我是怎么反应的，几下眨眼后双脚已经踩在了舞池上。方型舞池设计如拳台，巨大的灯球三百六十度旋转，廉价的彩光在每一张兴奋的脸上流溢。舞池里有几人戴着面具，气氛好到爆炸。我就像从上帝视角的电影镜头里被丢到了拍摄现场，画面熟悉又陌生。

我站到震动钢板的瞬间表情就解放了，四肢细胞开始跳跃，身体的自由一秒便实现了。韩彻两手搭在我腰上，与我一道扭动。世界都在晃动，快乐从脚趾蔓延至头发丝，我的汗液出动，腰臀失控，没一会便脱离了韩彻，由边缘融入人群。直至精疲力竭，汗水淋漓，才发现自己嘴都笑僵了。

我扶着栏杆左右张望，扫见人群缝隙，韩彻和一位美女打得火热，此刻正唇贴耳说话。

我缓了会气，转身回卡座，半路遇见人搭讪，说要请我喝酒。我定睛瞧了一眼，腼腆地将肩带拨正，掬起温和乖巧的笑，摇摇头："不好意思，男朋友不让。"此人花臂、断眉还肌肉健硕，不管骨子里是否绅士，邀请的姿态都给我带来压迫感，一个简单的摇头怕不能摆脱。却不想这个理由都能被笑讽一句："男朋友这么小气啊。"

我眨眨眼，正想说他就这么小气，一条长臂由我腰后探出，大力将我捞入怀里，我跟跄地倒退两步，撞进熟悉的木质香调中。

"不如这样，让我来请你喝一杯吧。"韩彻直视那哥们儿，直到对方面露尴意，才徐徐勾起唇角，冲我附耳低声道，"看在他这么有眼光的份儿上。"

待那人走了，我推开他，朝他身后张望："那姑娘呢？"

"谁？"他作势与我一道寻找。

我啐他一口，装什么装："刚刚不挺热乎的嘛。"

他掩口轻咳："你看到了？"见我仍想追问，他反手一摊，昏暗中，我看清掌心一排数字尾巴上一个浅浅的红唇印。

我惊愕："韩彻你行啊。"酒吧搭讪要电话或者请喝酒的影视剧常见剧情，原来真是来源于生活。

韩彻拇指将掌心的内容揩去，遗憾冲我摇摇头："但是，有一点不行。"

"什么？"

"和你之前一个原因，"他冲我笑，一口白牙漂亮得晃眼，"长相不是我的菜。"

我舒了口气，咬着唇掐他，倒要看看你喜欢什么款。恰好一高挑美女经过，我手悄悄指了一下："这个如何？"

"靓。"

"那个呢。"一位长腿美女。

"美。"

"那她左边那个呢。"是个娃娃脸妹子。

"俏。"

"我是在考你语文吗？"我知他在糊弄我。

他揉揉我脑袋："我只是告诉你，女孩各有各的美。"

"说人话！这里没有人给你点赞同！"又开始搞知乎两边讨好的那套中庸话术。

他抿唇闷笑，认真地捧起我的脸，灯球璀璨在眸中，低沉的声音被嘈杂吞掉大半，却清晰地传到我耳朵里："此时此刻，她们都没有你美！"

随口一句话，戳破那点不安。我不白痴，知道他说的是假话，但非常受用。

他的兄弟溜出去打了个晚安电话，回来拉着韩彻拼命喝酒，不停吐槽婚后生活状态。没一会儿韩彻喝多了，跑来找和肥仔还有女伴玩骰子的我。他伏在我肩上叹气："妹妹，我刚刚骗了你，那个美女留完电话让我去洗手间找她。"

我手一顿："然后呢。"

他苦着脸叹气，"我没办法，只能指着你说那是我女朋友。"

我也喝得头重脚轻，安慰起他来："没事啦，下次等你快露馅需要撤退的时候，我就借你当女朋友。"

"真的啊！"他一把搂住我，我推他，却被越发搂紧。他像是感动得要以身相许："妹妹，你真好。"

"你也很好，借我地方住，以后有用得上我的地方尽管提。"

他用鼻尖拱我，盯着我的眼睛，试探道："什么用得上的都可以提？"

谁说酒后吹牛是男人的专利，我作为一个女人，喝完酒也极其容易感动，忙不迭地点头："尽管提！上刀山下火海在所不辞。"

他扑哧一笑，酒气热乎乎地喷在我的脖颈上。我被他黏腻的动作搞得娇笑不止，估计也喷了他一脸暧昧的酒气，40度的酒精在我们的脸颊上冷热交织，彼此眸中的火燃得旺盛，最终没吻成，被零点登场的钢管舞给搅了。

看完钢管舞，我们又去蹦了会迪，这次喝得很多，头重脚轻的感觉十分强烈，我错觉头晃掉了，好几回拉住韩彻问："你快看看，我头是不是掉了？"

他醉笑。

"哈哈，还在。"

"在。"

"没掉没掉。"

见我反复问，他还把住我的头，试着拔了拔，安慰我道："我摘都摘不下来。"

如是三回，我拍拍胸，大着舌头说："那就好，我刚刚眼前都黑了。"

估计看我太嗨，韩彻问我喝别人给的东西了没。

我摇头，全喝的酒桌上的。他扒开我的眼皮对着暗光确认瞳孔状态，可他也喝得晕乎乎的，手抖地戳进了我眼睛。

结果就是我一个美瞳掉出来了，今日的局就此结束！

出门前他指着洗手间前喝得找不着北、躺在地上的人说："看到没，女生这样很危险的。"

我努力睁了睁眼："那你有试过吗？"

他高起嗓门："我需要？"

"你不需要吗？"

他反应了一会儿，动作卡带了一样，半晌，哈哈大笑起来，默认了我的讽刺。

到家卸妆洗漱搞完，我酒醒了大半，躺在床上略有疲意，却精神振奋得怎么也睡不着，耳边隐隐有幻听，索性跑到露台看风景。毕竟不是自己家，有一种旅游景区看一眼少一眼的留恋。

"没睡？"韩彻听见动静，端着两杯水走来，递给我一杯，"喝了酒容易渴，等会拿到床边省得半夜找水。"

我意外："没想到你还是个暖男。"

"别给我扣帽子，这只是经验之谈。"

我叠手撑下巴，平静地俯瞰月光湖。圆月映在粼粼湖面，被风一吹，皱成银纱，漾得人心肠柔软。M市政府没有用过度的灯光将月光湖打造成俗气的霓虹湖在，周围仅有一圈并不亮堂的照明灯光，如此月光好时，譬如今日，会有独特美妙的风景。

"睡不着？"韩彻没走。

我没应，心下认为他打扰了我赏月。

"要不要看电影？"

好烦哦。

"看电影？"

我继续沉默，他歇了声，没一会，身后传来电视声。他站在投影仪边冲我招手："我每次半夜睡不着都想有个人陪我看电影。"他的酒没我醒的快，声音尤带沙哑，立身时人还微微晃动。

我把他给的白水饮尽，赤足跑到客厅。

韩彻拍了拍身边的懒人沙发，我一屁股将自己埋了进去。

电影是跳跃性叙事，色调清新，失恋时昏暗，恋爱时明亮。

我们都看过这部电影，且不止一遍，聚焦电影没一会，我们在男女主接吻的时候也吻在了一起。

我从来没有在接吻时将对方看清楚过，也不总那么投入，好像只是惯性，我会闭着眼睛。

偌大的客厅，光影在我们脸上明明暗暗。

迷离的夜光几乎将我浸透，我淌在混沌中游泳，先只是浅浅的水塘，后来水越来越深。

我矐地睁眼，见韩彻正垂着眸子，漫不经心地配合，双目清醒享受地看着我迎合、沉沦。

我心跳隆隆，突然涌上一丝恐慌，却不知这感觉由何而来。

在韩彻家的第一个 24 小时，我像度过了一周。

清晨，在室友回复的【还没找到】中，我的快乐指数直线下滑，刷牙都哭丧着脸。虽然对毛绒生物无爱，但好歹有基本的善良，想到那只没有野外生存能力的大金毛饿得骨瘦如柴、没粮吃的样子，我心揪得一阵疼。

我拧巴着一张湿漉漉的脸，握上洗手间扶手，开门迎面是韩彻的鸡窝头。

他下巴泛青，冒出胡楂，怒目圆睁地用吼一根食指指着我："林吻！你为什么不把我弄到床上！"

昨晚我们嘴对着嘴的快乐时刻，他竟然睡着了，我唤他几声都没反应，于是我在他脑袋下塞了个枕头，丢了条薄毯，自认仁至义尽，却不想他竟还气上了。

亲亲都能睡着，真的服了。

"你那么大块头，我怎么把你搬到床上去？"当我是男人啊！

"那你就自己睡床了？"他不停转动脖子，揉捏左肩，似乎非常不舒服。

我有点愧疚，声音低下来："难道我要陪你睡冰凉的瓷砖地？"

不这么说还好，一说韩彻更炸了："你也知道那地儿冰凉！我睡了一夜血液循环都快停了，"他夸张地狰狞了一下面孔，朝我失望摇头，"算了算了，我自己揉吧。"

我撇了下嘴，手搭上他的肩，没好气道："这边吗？"

"下面点。嗯……对，大力点。"

初冬午后，冷风拂过枯枝，最后一点残叶摇曳飘零，二十二层丝毫不受温度影响，24 小时中央空调恒温。我穿了件昨日新购的 T 恤，抱了个抱枕窝在沙发。荧幕里，安妮·海瑟薇一头爆炸长发，正颤抖着手往嘴里扒拉药。

韩彻在露台打电话，一只脚高跷在竹藤桌上，姿态闲散不羁。

外面风大，露台上的一盆绿植残喘地摇晃萧条的叶片。他好似完全不惧冷，只穿了白 T 恤和运动中裤，大剌剌敞在风里，不密不疏的腿毛将白皙的小腿着上雄性笔墨。

一个大男人，腿还挺好看的。我看看电影又看看他，一心两用，不对，是一心三用，我时不时还要关注屋内的动静——身后的开放式厨房，阿姨正在处理食材，地面一只名叫"瓦力"的扫地机器人在努力找垃圾。

薯片噼里啪啦于口中碎裂，炸在脑海，好像生活的一角也如是颠覆了。我这个工人阶级家庭出来的孩子竟可以心安理得地享受别人为我干活，资本主义真是害死人。

韩彻这个电话打到电影过半，阿姨饭刚煮好，他像是闻见香了似的，跑了进来。

他冻成一个冰块，狂抽几张纸巾擤鼻水儿，扑到沙发上紧紧搂着我，颤抖不止："冻死我了，妹妹。"

我贴着他冰凉的皮肤，无效挣扎两下："那你干吗不多穿两件？"

"多穿两件怎么给你展示我锻炼的成果。"说着他中裤一撩，大腿肌群一鼓，见我反应不大，又将袖管撸到肩头，手臂曲起，展示他恰到好处并不夸张的肱二头肌。

说是私密空间，毕竟有第三个人在，还是长者，我羞答答地点头，逃出他的臂弯，敷衍道："挺不错的，继续努力。"

我逃到厨房，帮着阿姨将菜端上桌，昨天我还担心自己三脚猫的厨艺处理不了这些材料，今日阿姨就上门了。

刚趁着韩彻打电话，我与阿姨闲聊了两句。

她说她一周来这里做两天工，分别是周三和周日，每次三两个小时，就打扫打扫卫生，做一顿饭。我夸她手脚麻利，这么大个房子打扫加做饭居然只要两三个小时，她腼腆地笑笑，现在工具都很现代化，而且小韩蛮干净的，弄起来快。

她没问我和韩彻什么关系，并且由于她良好的职业素养，眼神里也瞧不出好奇。

我们这边开始吃饭，阿姨那边将"瓦力"送去主卧干活，接着飞快将异型茶几上的文件、书籍、零食袋还有各个电器的遥控器整理归位。

我一言不发地吃着饭，眼睛时不时关注阿姨，韩彻扫了我几眼，脚凑近碰了碰我小腿。

我踹他："好好吃饭。"

他不吃米饭主食，所以吃得比我快，此刻正塌着腰二郎腿跷着，懒洋洋地看起电影。没一会男女主角关系进展至同居，他上身纹丝未动，下身像上次一样将我的腿束住，在我光裸的小腿上作祟。

我推他，不许他动。见我一脸冷漠，脚也钉死在原处毫无互动性。

韩彻笑道："妹妹，在家呢，这么紧张干吗？"

"家里有人，你别闹。"说完又觉得语气太像亲密关系，我不自在地将头埋进碗里。

"谁啊？"他学我偷偷摸摸的模样，凑到我边上压低声音问。

我白他一眼，专心喝汤。阿姨手艺不错，我也很久没有吃到像样的家常饭了，吃了不少。

他见我不答，提醒我："那是打扫的阿姨，不是我妈。"

他当我傻吗？"你当我智障吗！是你妈的话，我估计被你藏起来了吧。"

"那倒不一定。"他轻哼一声，脚不老实地带着我晃荡起来，"我可能把你送到我妈面前当贡品。"

"你妈也催婚？"

他无奈摇头："不同的世界，同一个妈。"

"那你妈会来这里吗？"我警惕地看了眼门，"不会有什么突然袭击之类的吧。"电视剧常这么演，女孩借宿男主家，随后男主妈突然袭击，要么拆散要么撮合的戏码就上演了！

他问："你怕吗？"

我点头。我并没有准备接触他妈妈，毕竟这关系挺尴尬的。

韩彻转头问阿姨："王阿姨，我妈回来了吗？"

我一颗心吊了起来。那阿姨温和地笑笑："本来回来了，昨晚又说转机到澳门玩两天，你关心她就自己打个电话给她。"

"我打过去能听一小时的旅游流水账，算了算了，"他打开微信，划拉了两下朋友圈，"我就朋友圈看看吧。"

王阿姨又说了几句韩彻爸爸这两天的饮食，韩彻点头说这老爷子是要控制控制了，口味太重了，吃药也白搭。

我听他们交流，咬唇思索半晌，两手扩成小喇叭，附耳低声问："你们认识？"

他忍俊不禁，又学我低下声："我爸妈家的阿姨。"

"那她会告诉你妈妈你家有女人吗？"我声音彻底低成气音，像两人上课偷偷说话。

他示意了下阿姨的方向："你自己问她啊。"

我摇头，"算了，我明天就回去了，告诉也无所谓，反正是你扛着。"

韩彻调侃的神色僵住，问道："你要回去？"

"是啊，明天礼拜一，我要上班啦！"我总不能在这里久住吧，孤男寡女，每天卿卿我我又没名没分，耽误我找男朋友。我笑眯眯拍拍他的肩，郑重其事道："为了感谢你这两天的豪宅招待，我给你准备了份小礼物。"

他没注意到我语气的别有用心，反倒一副生气的样子，拔高音调："睡两天就走？"

他的声音也太大了吧，都盖过吸尘器了！我捂住他的嘴，蹙眉压着声音回他："我在这里久住也不像话！"

他冷嗤一声："我作为屋主都不知道哪里不像话。"

说到这里，我的笑意又止不住了，推推他："唉，你不好奇我送你什么吗？"

他不好奇，听说我要走，他笑容都没了。

饭后韩彻改手下人的设计图，我下楼取了个快递。

韩彻对我挺好的，带我吃喝玩乐，这也就是个男的，且不差钱，如果是个女性朋友应该直接越级晋升为我此生挚友，仗义到没话说。我绞尽脑汁，终于想出了一个东西聊以报答。

我在他家观察一圈，香水、领带、皮带、电子产品他什么都不缺，我买了也不一定达到他的水准，于是乎，本人另辟蹊径，简直了，我都为自己的机智叫绝。

韩彻说去过医院，吃过药，看过心理医生，但不一定试过我大中国的药酒！我同事的爸爸开计生用品店，同时经营某副业。她在饭桌上讲男客人的趣事时，我完全没想过会有一天找她帮忙，她也没想到我来 M 市没多久就能支持她家的生意。

我兴奋地把药酒从盒子里取出，是个透明玻璃瓶，里面泡了一堆黑乎乎的东西，我拧开盖子闻了闻，浓浓的老白酒味道。

我倒了一杯殷勤地敲开书房门，韩彻正在用 CAD 软件画图，但并不专心，上面还铺了 QQ 界面，见我来也没个好脸色："干吗？"

我�’嘴："你对客人这么凶？"

"客人会这么忘恩负义，说走就走？"

"这房子又不是我的，可不就是说走就走嘛！"我口舌上绝对赢不了他，所以在他再次反击之前，我马上用杯子堵住了他的嘴。

为了提高口感，我加了冰块，为了加强视觉，我用了威士忌杯。所以这一杯琥珀琼浆可以说是赏心悦目。

我期待地看着他，坚信这酒很不错。韩彻估计没想到这是酒，抿了一口，推到一边不肯再喝。

我哄他："喝嘛喝嘛，喝了就开心啦。"同事说每天饭后一小时一杯。我算了算时间，差不多。

他狐疑："这什么啊？"

我一字一句揭晓谜底："这是补酒！"

韩彻愣了一下，幽幽将目光再次投向那杯酒，发现有不明杂质，反应过来。他脚下一蹬，转椅急速后退撞向墙面，指着酒吼道："林吻！你给我喝这种酒？"

哪种酒？怎么听起来怪怪的。

"就是药酒，喝了对男人身体好。"我同事说这个会慢慢改善，长期喝效果很好。

当然，我知道不一定真的有用，但这是一份心意。

韩彻的反应像喝了鹤顶红一样，卡着喉咙拼命咳嗽："不行，我难受。"他飞快灌了半瓶矿泉水，精神肉眼可见地萎靡下来。

我看他表演，翻了个白眼："没毒，别演了，给你喝之前我偷尝了一口，就是酒。"

他无语地摇头："你是男人吗？"

"那人家喝了是有劲儿，你怎么反着演呢。"真想打他，他辜负了我的一千块钱。

他托着下巴若有所思，眸中闪动着一股无法遏制的情绪："我在你眼里这么失败？需要喝这个？"

我语塞，这人提起这茬一会骄傲一会悲伤，我摸不准，只知道此时此刻戳到了他痛处。

第五章

再次踏入 Swindlers' 酒吧，我自如了许多。估摸心里装了事儿，不是纯粹来消遣，
所以神态并不轻松。

和韩彻两人吵吵闹闹一下午，嘴皮子都闹酸了。

他当着我的面将那杯药酒一口闷掉，非常严肃地向我科普这类补材并无实际医疗
功效，只能让人心头上火。

说完，他一言不发继续干活，轮到我这个马屁拍到马腿上的人心惊肉跳，这不是
买错品牌的小失误，而是往人心上扎针。我把自己北方的属性卸载干净，扯着他的袖
子撒娇道歉："别气啦，我换个东西送你？"

他紧盯着电脑屏，一副抽空理我的样子："什么？"

"你喜欢什么？"我这次直接，不装聪明了。

他抄起手来，斜睨我："你觉得呢？"

"我只知道你喜欢美女。"

"那就送这个吧，"他再度靠近我，摩拳擦掌般迫不及待，似乎要把我生吞活剥，
"正好喝了一杯酒无处发泄。"

我任他动作，完全没当真，大脑飞转，怎么送他美女？我在 M 市并不认识长得好
看且随时可以断绝来往的美女。

这时，我突然瞥见他书房的吉他，激动地抓住他顺势而下的手，欣喜若狂："今晚酒吧我做你的助攻如何？"

我当然知道韩彻这种人根本不需人帮忙搭讪，但不代表他对这种搭讪方式不好奇。看惯了英美剧的人，猎奇心理和行为尺度会比普通人大，他更是尤其者。

果不其然，他眼睛一亮，不可思议地看着我。我知有戏，这烂摊子算挽救回来了。

但我没想到，是我太天真了。

高脚凳将美女的长腿效果拉伸至极致，酒吧的昏光魅影将暧昧气氛衬得恰到欲说还休之处。我第一次在酒吧如此殷勤认真地找寻美女，不负所望，这个世界上美女就是比帅哥多很多，随意巡睃一圈，全是美女，类型俱全。

同时也不负我隐隐盼望，捕捉到一枚帅哥，还与他目光相撞。

我对韩彻说："吧台那个穿黄裙子的姑娘很不错。"

他摇摇头。

我又指向那位红色马甲衫的熟女："那个呢？"那姑娘是我的菜，我喜欢在闹吧还自带文艺风的人。

他摇头："女文艺青年太头疼了。"

"宝蓝色吊带衫的辣妹如何？"

"在你眼里我这么野？"

你不是吗？我含怒瞪他。

他敛起挑剔的表情，掂了口威士忌："好吧，其实我是怕她带我去洗手间。"

真惨。我默哀后重拾耐心，没个三两句他又把我打发了，我叉腰怒道："你到底是来干吗的？"

他失望："我只是没想到你和我的品味差这么多。"

"我哪儿知道你喜欢什么样的！"

"你照照镜子不就行了吗？"他一副理所当然的语气，把我给说红脸了。

我抑住快乐的唇角，还真准备掏镜子，他拉住我的指尖："现在不行，现在需要一面照妖镜。"

这个男人多气人。我没理他，强行在黑暗里补了个口红，他好整以暇地看我，冷笑道："说男人是骗子，女人又何尝不是，大家都经不起时间的考验，甚至你们露馅得更快。"

"我们是修饰外貌！"

"我们是修饰内心！妹妹，殊途同归！"

谁有工夫跟你谈两性。我皱起眉头，"那我兑现不了礼物了？"看他这副不上心的样子。

他挑眉："谁说的？"

没想到他早有目标，我见他一直闷头喝酒，当此事全权交由我。该想到的，玩家的眼神犀利，隔着衣服都能扫出某个部位的尺寸。韩彻低头饮了口酒，沉声说："三点钟方向，那位西装男旁边的女士。"

我抬眼望去，赫然是刚跟我眼神对视的帅哥那桌，我刚还惋惜他有女伴了呢。"可是人家有伴啊。"

"关系不清楚，但除了坐在一起没有亲密举动，而且，"他势在必得地挑了挑眉，"她刚看了我好几眼。"

我语塞，那还要我干吗。

他玩味道："你去帮我拉个线呗，不是要当助攻嘛。"

"如果没有我，你平时会怎么做？"我起身将那圈人看了个清楚。

他也不遮掩："我会点一杯鸡尾，在酒保指向我的时候同她对视一眼，这样可以的就可以，不行的就不行了。"

可真简单粗暴。"不应该还有一种可能吗？"

"拿腔拿调豁不开的？"他举起酒杯，别有深意地与我碰杯，话里有话地强调道，"那我也喜欢，有征服感。"

我用酒杯掩住张皇，被戳中了脊梁骨似的，没由来的一阵慌张，我就是个不敢上前又极度渴望的人，好奇心总攀在自身尺度之上。

将余酒饮尽，空杯用力砸在桌上，我开始伸懒腰热身，一副要上战场的样子："等我信号！"

他拉住我："你准备过去怎么说？"

"告诉你哪儿成？"我矫情了一下，走出两步回头看他一眼，指着他的领口说，"你把衬衫扣解了。"

他顺从地解了一颗，我扬了扬下巴，他低笑地又解了一颗，我摇摇头，自己上手，粗鲁地把第三颗也抠开："这样好看。"

他朝我舔唇，不可思议道："你喜欢这样的？"

我学他："我今天喜欢这样的。"

我健步走到那位抹胸美女那桌，先那位美女看向我的是那个男人。

他没有韩彻俊秀得无可指摘的五官，脸型偏国字，但发型利落，身材健硕，气质超群，一双鹰一样锐利的眼睛在酒吧这种地方，自带信号弹功能。

我眨眨眼，努力把不自在的稚气卸下，大方地打了个招呼。那男人轻咬拇指，用审度的目光上下打量我，我承认有被击中，呼吸都乱了。

我坐到那位美女身旁，柔声问："嗨，你的耳环设计好特别哦，可以问一下是什么品牌吗？"

美女笑眯眯地说了句谢谢，接着打开手机，替我找那家设计师的店铺。

她说她叫糖糖，刚刚就有注意到我肩颈比例很好，体态漂亮，问我是不是跳舞的，我夸她眼光真好，是有点童子功。

互相吹捧几句，我立马沦陷，她可太甜了，当真人如其名。方才对视的那个男人为我叫了杯鸡尾酒，我抛媚眼致谢。

将店铺收藏，确认了一下款式，刚要开口提韩彻，糖糖便邀请我去洗手间，提议我试戴一下，看看效果。

我的良心被猛地敲了一下。天哪，这么好的美女万不能被糟蹋了！

我咬住嘴唇，向二层的半弧形吧台望去。此时韩彻胸襟半敞，执杯陷于昏黄暧昧的灯光下，养尊处优的皮肤反出诱人的色泽。我咽了咽口水，撑住身体，问糖糖："你觉得那个男人怎么样？"

糖糖往后一瞟，一眼便确认了我说的是谁："你们是不是认识？"

我迟疑。

"我觉得他好帅，"她没在意我的答案，附到我耳边，"他的头身比很好，虽然坐着但估计身高在一米八以上，而且，"她眼睛一亮，语气兴奋极了，"他应该有健身的习惯，你看他那胸肌线，还有衬衫勒出的手臂线条。"

我吃惊："这黑压压的，你居然看得这么清楚！"

她嘿嘿一笑。

那个耳饰很夸张，非常吸睛，我戴上后一张脸被衬得超小。她边补妆边羡慕我："我要是有这肩颈比，能戴的款就会多很多。"

我彻底被女孩的甜言蜜语俘虏，一脸惆怅，跟着她走了出去。我没想到糖糖会主动跟我说："那个男的你觉得怎么样？"

我为难地抿起嘴，假装无知。她说，我准备去要号码！

我以为我会吃味，或是酸涩，万没想到竟担心地脱口而出："那人一看就是渣男！"

她疑惑地"啊"了一声。

"我刚看见他踮脚俯视你……"韩彻在半二楼，糖糖在一楼，我这么说纯粹是想毁了糖糖的好感。

她惊讶地捂住嘴巴，下意识护住胸，又提了提抹胸，显然不敢相信眉来眼去的帅哥竟这么低俗。

我没有回座位，主要是不敢，跑到吧台瞎晃，没一会那个鹰眼男人来了。

"酒量好吗？"他是男低音，声音大提琴一样低沉撩人。

和上次KTV面对胡闵的搭讪不同，胡闵一看就属于招数很少的老实人，而眼前这个男人的攻击属性很强。我想起了韩彻刚刚的那句话，挺起背脊，拨了拨耳侧的头发，莞尔道："还不错。"

我有纠结要不要喝，我确信这个男人没有放东西，他手没有碰杯子，服务生将酒上桌后，他只做了个邀请的手势。

我在他的眼神下感受到压力，深呼吸两次后没有扫兴，与他干杯。

他叫张铎，是个证券分析师，我心猛一跳，这个职业简直是男人的天赋领土，一本正经张口忽悠。但好在我不炒股，他也没有给我卖安利，浪酒闲茶配上风花雪月，简直自带电影效果。他偏锐利的眸光在我们的聊天里渐渐温柔顺眼，我完全没有意识，本还隔着半个座的间距，在某次话题激动处，他将凳子挪前了点，等我反应过来，我们的膝盖已经贴在了一起。

不得不说，这种进展性的搭讪十分美妙，节奏感良好，我的心动指数直线飙高，当然我也时刻谨记着韩彻说的"不要沦陷"。

"所以，下次你有空我们可以一起夜跑。"张铎说罢又碰了碰我的杯，他们这行好像说一句话就要碰一杯，没几句我已经喝了三杯鸡尾酒、一杯威士忌。

我抚上被他盯到发烫的脸颊，佯作含羞点头："好啊，下次一起。"

看，不是只有男人在追女孩时会说大话，女人也会，天知道我这种信奉"生命在于静止"的人怎么会喜欢夜跑呢。

果真，男女的谎言殊途同归。

张铎还要为我叫酒，我假装好奇："我不常来酒吧，这里除了鸡尾和威士忌还有其他什么酒吗？"

他滔滔不绝为我介绍起酒，还点了杯苦艾酒。

酒保横茶匙倒酒、点燃方糖时，我极其捧场，他骄傲得好像自己发明的："这叫悬乳效应。来，喝喝看。"他做了个邀请手势。

"有点清香。"

"茴芹味，苦艾酒还有杯中杯之类的喝法，下次一起啊。"他眯起眼睛，目不转睛地看着我，再次与我碰杯，我咬唇应下，手指无意识地捞起耳侧一绺头发打圈。

欲说还休这个词是韩彻形容我的。

就在我们相谈甚欢，掏出手机交换微信时，一只湿漉漉的手搁住我后颈，力道不重，满是酒渍。韩彻含怒附至我耳畔磨牙："你这叫哪门子助攻？坑队友啊！"

你能想象上一秒正在与人眉来眼去调情，下一秒像被抓包出轨一样被扼住咽喉吗？我大脑一片空白，慌张地撑上桌沿。

张铎反应迅速："你干什么！"他伸出手欲拉开韩彻，保护我。

酒吧热闹非凡，四下躁动，只有周围几个人往这处投来目光。

我手臂拧了一下，却被韩彻抓得更牢，我低吼："你干吗！"

他没理我，宣示主权般把我揽进怀里，直勾勾地盯着张铎，在我太阳穴边印了个尤带酒意的湿吻："不好意思，处理点家务事。"

十一月的冷风三百六十度无死角环绕。

我怒道："韩彻你坏了我的好事！"

韩彻冷笑："你好意思提这茬？"

我双手抱臂冷到发抖，单薄的裙摆被风吹得狂拍大腿，他两手抄兜完全无视，潇洒站在风里："你跟人说什么了？"

"我说什么了？"我心虚地避开眼，"说你玉树临风英俊潇洒，三十不到事业有成，全身各个零部件堪称完美！"

"哦？"他靠近我，假作疑惑，"那人家为什么一直防备我？话语夹枪带棒，关键是……还护着胸？"

"可能人家美女是个老行家，一眼勘破你的本质了。"我冻得唇都颤了，说完欲溜，被他一把拉住，"急着要跟那男的解释？"

"才没有呢。"我拼命跺脚取暖，"冻死了，我们进去说。"

他恍然才发现我冷似的，不紧不慢道："这样啊，早说嘛。"

我们去了对街的7-11，我抱着杯热可可找到人间的温度："然后糖糖就泼你酒了？"

韩彻咬牙嘀咕了句，反问我："你觉得呢？"

我自知理亏，扶了扶晕乎乎的脑袋："对不起呀，我搞砸了。"我这人比较擅长顺杆儿下，所以认错特别快。

大概没想到我这么快认错，韩彻吊起一口气未及撒出，张了张嘴只得叹出口气："你呢，聊得如何？"

我捧起脸蛋朝他醉笑："嘿嘿，挺好的。"要是没有你打扰那就更好了。

他不屑："看你高兴的，遇到个花花公子而已。"

"谁说的！"我白他一眼，"人家是证券分析师，名校毕业，三十三岁，而且很懂酒。"

韩彻冷嘲："哟，被人一杯杯酒地灌还给人挽尊，你傻不傻啊。"

他说就说，还戳我脑袋，给我戳得气越发足了，没好气地冲他："别以为每个人都和你一样。"

"你信不信，你们换完微信，他会从你的朋友圈发掘出新的话题，然后再灌你几杯酒，今晚你就交代在他怀里了。"

我语塞，那人酒确实喝得挺起劲的。但，我绝不嘴软："你猜的也不一定准。"

他冷哼一声："当然，你要是有那意思就当我没说。"

我垂眸努力回忆方才与张铎的对话，是否他给过暗示，只是被我忽略了，结果想到自己胡说八道说爱夜跑，扑哧笑了出来。我又何尝不是个骗子呢。

韩彻见状，表情像看傻子一样失望："你还真想过夜了？算了算了，当我看错你了，"说完严肃问，"给我看你的包？"

"什么？"我一脸呆滞。

他打开我搁桌上的包，一样样地数："粉底、口红，这是什么？"

我歪头辨认了一下："哦，吸油纸。"

他盯着我，无语地将我的小包倒扣抖了抖，肉眼可见的东西再没有了："你就带了这么点东西？"

"不然呢？"来酒吧还要拖行李箱吗？

"我上次不是跟你说过吗？女孩子要懂得保护自己。"

我活到二十二岁，竟然需要一个非亲眷的男人提醒我如此私密的事，而我只能像小学生忘带作业一样，委屈道："忘了……"

韩彻看智障一样看我，低头掏兜："算了。"

我见他小人度君子，损他："不是每个人是来酒吧都是目的不纯的！"

"来酒吧单纯喝酒的人是不会跟你搭讪的。"有单纯享受放空的夜生活，也有不少安了艳遇心思的。

我是傻的吗？我没有感官吗？最关键的是，我根本不会在酒吧与人怎么样，我对于男女关系还是有标尺的。

我说："你酸！"

韩彻没理我，低头扒拉了几下钱包，拍了两下口袋，陷入思考。

我等了会，问他："怎么？"

他揉揉我的头，带我去柜台买，让我留着备用保护自己。

我没由来涌上温暖，圈住脖颈，挂在他肩上，两腿腾空晃荡："韩彻，你真好。"

他轻笑着领我共振："那你今晚还陪别人？"

"我哪有。"

"去吧。"

"去哪儿？"

他拉开我的手，拍拍我的背："不是还没换微信嘛。"

我愣住，点点头。

再度进入酒吧，张铎看我的表情多了道意味。我挤出笑，朝他和糖糖道歉，说自己和朋友开玩笑呢，如有得罪请一定原谅我。

糖糖喝多了，理性边界模糊，拉着我称姐道妹，估计都没搞清楚哪一茬，挥手说都是小事。张铎则有些不信："是吗？那男的挺不错的。"

我憨憨一笑："嗯，我表哥不错是吧。"

这年头大部分亲密行为，血缘关系都能撇净。而一个谎言后面也跟着无数个谎言。

韩彻和我约好，如果半小时还不出来，他便自行打道回府，没想到我与他们冰释得速战速决。

Swindlers'的红蓝霓虹招牌宛如伊甸园那片遮羞的无花果叶。我推门而出，闯入人间烟火，韩彻立身在华灯绽放的白格中，一眼便瞄见了街区对面的我。

他快步走出 7-11，朝我招招手。

我拎着包儿一动不动，且歪头瞧他。

机动车与非机动车在我们之间穿梭，喧闹不绝，见我不动，他也不动。

手机震了一下。

他朝我示意，我点开微信，别开脸，努力抑住笑，却没憋住，最终荒唐地笑出声来。

一辆公交车驶过的工夫，韩彻从斑马线那端飞了过来。他一把将我抱住，凌空转了个圈，再次相视，烟尘陡乱。

我捧起他的脸，认真唤了他一声："韩彻！"

他没放我下来，手臂紧紧把我箍牢在怀里："怎么？"

"我想接吻了。"

"你能想点别的吗？"

"我……唔……"

周一晨会结束，我开始了遥遥无尽头的设计稿修改。甲方简直是伏地魔一样的存在，听见电话都能恶心两下，有时候还要自欺欺人假装没听见。

我是包装设计师，我很想这么说，但事实上不到一年从业经验的我只具备初级职称：包装设计员，主要负责包装设计应用升级等。

这行需要天马行空无边想象力，算艺术家，同时也需要吃苦耐劳卑躬屈膝，算苦力工。

距离股市开盘三十二分钟，张铎发了个表情包给我。

青天白日，理智在线，我转头打开网页，在页面上找到了他，见姓名年龄职业都对上号，方才回复：【早安！】

待我修改完设计图，韩彻终于醒了。他上周太忙于是本周一调了休，问我晚上想吃什么。

是的，凌晨我答应继续住在韩彻家，理由竟是谢礼都没送上怎么能走。

我一时不知是他不想我走占比多，还是我想留下占比多。

我说起张铎来找我聊天了，韩彻很晚才回复我：【刚在健身，暴汗！爽！】【你别对酒吧里的男人付出什么真心。】

我的一颗真心早交代在豆瓣知乎之间的人格差里了，哪儿还有余量共享。【那你呢？】

我发出去后又觉得不妥，却不想他秒回：【我们当然不一样啊。】

我刨根究底：【哪里不一样？】

【我们……亦师亦友……亦情人。】

韩彻到底是韩彻，这省略号用得简直是恰到好处。

张铎在聊天里数次提起我的"表哥"韩彻，夸赞他的手臂和肩背练得很漂亮，问韩彻什么职业，我说学的工科，平时跑建筑工地。他说难怪，像他这种工作一天到晚盯大盘写分析，下班没完没了地应酬，特别亚健康，你表哥这种工作挺好。

如果可以，我希望这两个男人可以为我打一架，而不是互相欣赏。

我将话题抛给了他：【干金融听起来很爽。】

果不其然，男人都很吃这种幽默，大盘还在起起落落呢，他照旧一心两样，回复速度飞快。

韩彻从健身房直接来公司接我，我战战兢兢地脱离大部队，从侧门出来绕了一圈路。他见我鬼鬼祟祟，一句话戳穿我："怕我太帅，同事问东问西？"

"我的同事好多单身的，我需要用平民的身份潜伏在她们身边。"我拉开镜子，将乱发理顺。

他沉吟："这么说你不是单身？"

"我是。我的意思是，我要带着一种男性绝缘体的愤慨与大家共处。"女性的友谊必须平衡，资源太强容易脱群，我一个孤身外乡妹要时刻为自己的交际圈筹谋。

"Oops，学到了。"

下班前我特意精致地补了一个妆，当然只补了底妆，着上提气色的唇膏，恰好今天穿的白色风衣，仙气扑面而来，站在 LOGO 前就能拍画报。韩彻在我脸上多瞧了两眼时，我虚荣了。

下车前他又看了我一眼："两天就圆了？不至于吧。"

我送了他两颗超级大的白眼："狗嘴里吐不出象牙。"

"那个炒股的能吐出象牙来？"

我鼓起嘴："至少人家觉得我很美。"

"你本来就很美啊，"他强调，"我没有谤过你不美，我只是说，你有时候并不是我的菜。"说着又开始语重心长起来，"你的美是自己定义的，你只有坚定自己的标准才能遇到符合你标准的人，如果你一直跟着别人的取向和审美波动，很难发掘出真正的自己。"

三十岁、逛知乎的老男人很爱讲道理。而二十二岁、渴望注视的小姑娘完全听不进他的道理。

韩彻还在继续："那个炒股的夸你美肯定是有目的的。男人是极其自大的物种，如果没有什么目的，他们的话题都只会围绕自己的成功，且心安理得认为你们的美丽是自己的献祭品。"

"你不是男人吗？"我反问。

"我是，但我是清醒的男人。"

踩同类还要捧高自己，果然自大。我瞪他："那他夸我的目的是什么？"

韩彻眸中闪过一道犀利的光，一字一顿："你猜？"

"不猜！"

"请问美丽的林小姐，你认为他的目的是什么？"

一股气流在我胸中涌动，答案呼之欲出，但我多少说不出口。这件事无比正常，可在他眼里却被黑白颠倒得像个笑话。

他打趣地看着我，道出我的欲言又止："跟你谈恋爱吗？"

我僵住，深知灵活处理好男女关系和情绪，属两性中的技术工种，无一定经验无可能练达，可仍无法在烂漫的年纪一下推翻童话认知，总觉得自己是命定的白雪公主，适合水晶鞋的灰姑娘，会被王子吻醒的美人。还有，终结浪子的傻白甜。

我们打了个赌，入局时我便知道自己赢面很小。

到达 Swindlers' 时已是晚上八点半，灌了一杯咖啡，才勉强应局。

二楼半吧台，张铎坐在韩彻昨天的位置附近，朝我热情招手。今日他穿的比较休闲，倒是我显得正式了。

"连着两天来酒吧，新人吃得消吗？"

他要帮我点威士忌，我推说自己只能饮一杯鸡尾，揉揉太阳穴，露出疲惫。

张铎与我聊了一小时，话题琐碎。酒吧很吵，男女距离会比咖啡馆或是普通餐厅近，是个天然的暧昧场所。韩彻推翻张铎是个好男人的理由便是正经约不会选酒吧。不知是没有酒精助力，还是头顶悬着一把刀，我整个人很紧绷，所以张铎邀请我去蹦迪时我欣然答应。

蹦迪时他就有逾距行为，虽然在尺度内，但这仍让我感到不适。

他可能看我也不太开心，提议要不要出去兜兜风。我思考了一下，还是以表哥说等下要送我回家婉拒了他。

韩彻目送张铎离开，驱车经过我身旁摇下车窗，道："搞金融的就是不如我们工科生老实，这才第二次见面，就约你出去。"

"人家没有好嘛！"我否认。

他牵起嘴角："有没有你自己清楚，你是二十二不是十二。"

我倒在座椅上阖目养神，抄起手一副防备姿态。

第二个红灯的时候我问韩彻："你以前不是浪子的时候，喜欢什么女孩子？"

他拆解道："我就是不知道自己喜欢什么女孩子，所以才成为浪子的。"

我脑海里出现他躺在万花丛中的模样："都喜欢？"

"女孩子这么美好，每款都想试试。"

"你当吃自助火锅啊。"

说到这处，车厢陷入半刻静谧，他突然问我："饿吗？"

我们晚上吃的法式铁板烧，原因是我说想吃很贵的东西，但这玩意真的不顶饱，花样多环境好但不自在，我忙不迭点头："刚刚喝酒，一口下肚我胃都刺痛了。"明明是吃了饭来的，却有一种空腹喝酒的感觉。

他振奋道："我们去吃夜宵吧！"

路光穿过窗户泼洒半片车厢，我睁开眼睛和他在半暗处对视，见他一脸期待，我拧起眉头，假装很遗憾："可是我脸圆了。"

"谁说的！"他一脚刹车，捧起我的脸蛋揉了揉，"都皮包骨了。"

"那你说我美不美！"我仰起脸，想趁火打劫，骗句违心的夸奖。

"美！你是我这几年尝过的最特别的一款调味料。"

我鼻尖轻动："……什么味道的？"

"要不这样，我调给你尝尝。"

我们去吃了海底捞。一个鸳鸯锅，他点了十个菜，口味很重，鸭肠、猪脑、牛肚……吃过他做的淡口牛排，没想到他吃火锅这么"丧心病狂"。

我是第一次见人吃火锅调料要调两碗，一碗蘸荤一碗蘸素。

热辣的红汤，原醇的清汤，不断翻滚热气，饥饿的人闻见味蕾大动，再加上时间是接近零点的深夜——平添一层破戒的刺激。话题则在追女孩和饮食之间来回跳跃。

韩彻是孤独的，他说玩家艺术生命很短暂，大概终结在 28 岁。这无所谓，独乐乐与众乐乐没差，但痛苦的是想吃夜宵或者试哪款新餐厅叫不到人陪。

"那么多妹妹不都可以陪你吗？"

"吃东西要以舒适为主。"韩彻烫了片毛肚，蘸了下辣锅的汤，夹到我荤料碟里，"吃美食的时候绞尽脑汁想话题，同时还要逻辑通畅地圆谎，这样很累的，再香的美食口味都要打折，再美的美人都会消殒掉部分颜值。"

我讽刺他："我以为你们这种人说谎是本能呢。"就好像拿筷子吃饭一样，长在细胞里的功能。

"是技能点，但不是本能。这是需要训练的。"他喝了口可乐，"就像我坚信那个炒股的在打造成功男人身份的基础上，一定有蒙蔽你的信息点。"

我的筷子僵在半空，没好气地收了回来："为什么？"

韩彻神色笃定:"每一个抛给你的信息都是精心设计过的,对你这种女孩一击即中。"

"万一他就是这么优秀呢。"张铎男性荷尔蒙很足,一看便无可能是乖仔类型,但要说多坏我真感觉不出来。搭讪、要联系方式,再到约会、身体接触,这是大部分男女关系的进展流水线,张铎顶多算进程倍速,要说哪里骗了我,我不认同。

"优秀的男人又不是绝种了。"他将蔬菜下锅,待清汤咕嘟咕嘟,用漏勺捞起,滤过汤汁,送进他为我调的素料碟中,"来,尝尝素的……我要说的是他可能优秀,但其中必然存在谎言或者隐瞒。"

"比如什么谎言?他的名字年龄工作都是真的。"取一个和真名极其近似的假名,这才是谎言中的大师,张铎的谎言再厉害也不可能绝过韩彻。

"这个就要你自己发现了,"他露出欣赏的笑容,"妹妹,这不是你最擅长的吗?"

我吃惊到瞪眼:"我擅长?"

韩彻失笑:"你是第一个拆穿我的人。"

我愣住。

"当然可能是因为你碰巧发现了我的知乎。"

"以前没有人发现过?"

他眯起眼,有点不爽:"从未!"

女孩太天真了,要善用网络引擎啊。我摊手:"好吧,只能说明你的谎言并不完美。"直男的隐私敏感度不如女性,我每个网站的 ID 都不一样,那么多文艺可爱的好听网名,换都换不过来,怎么可能就用一个。

"说一个成功的谎并不容易。"

我将生菜浸入料汁,嘀咕道:"我觉得挺容易的。"在和张铎的聊天里,有些瞎话我脱口而出,毫无破绽。

"谎言不是凭空捏造的,这是很多人对男性谎言的误区。首先,它一定是建立在部分的事实真相之上。否则时间一长,缺乏记忆支撑点,说谎者很难圆回来。这不是小说电视剧,捏一个人物,一群编剧会结合资料整合人物的逻辑,我们是社会里的螺丝钉,各有工种,工种具体又一再细化,很容易被拆穿,所以我一半内容是骗你的,一半则是真实的。"

"你要说张铎也是?"

他见我仍不愿相信:"并不是所有男人都会骗你,但能让你快速产生好感和完美错觉的男人,一定要警惕。"

我不耐烦："知道了知道了。"他在摧毁我对优秀男性的信任。

"我并没有说他是个十恶不赦的坏蛋，我只是希望你明白，和某类人相处要抱有游戏精神，知道对方要什么，清楚自己的底线是什么，这样暧昧才能抛接得愉快，没有那么多后顾之忧。"

"之所以有那么多女生被骗后歇斯底里，多是预期与实际落差大，你一开始不要设定那么高，痛苦会少很多。"

隔着沸腾的火锅，我沉默地与韩彻对视良久，渐渐迷失在他黑曜石般幽深的瞳仁里。

显然深夜并不适合消化大道理，这晚我失眠了。

我脑海内辗转播放韩彻的话、张铎的举动，一颗少女心在半梦半醒间浮浮沉沉。

睡前我发了个消息给室友问她狗回来了没，发的太晚了，她到早上才回复我，说没，还问我什么时候回来。

我估计外宿的原因不用明说，对方也能意会，于是推说过几天。要我在房间看他们进进出出找狗，估计愧疚得呼吸都困难。

刷牙的时候，我正在 58 同城上看同城金毛狗的价格，谁料韩彻顶着鸡窝头一脚蹬开门，没等我把问候说出口，头便埋进我颈窝，使劲抱着我。我第一下完全没感觉，待反应过来尖叫着坐到马桶上，两腿乱蹬："韩彻！你疯了！"

他的主卧有一个洗手间，我默认这是客用洗手间。大清早带着困意，迟钝到都忘了他有病。

韩彻靠着墙懊恼地挠头，控制呼吸失败，一个劲儿问喘。

我一脸蒙地保持防备姿态，白色泡沫顺着嘴角流下，一动也不敢动。几个呼吸吐纳的来回后，他一头扎进淋浴间，打开淋蓬头，冷水浇自己，一头乱发一下给淋踏实了，精壮的上半身瑟缩在冷水下。约莫十几秒，呼吸终于平复。

他颓然滑坐淋蓬头下，沙哑声音抱歉道："对不起，吓到你了。"

我盯着他犹豫片刻，沉默地把牙给刷完。他依旧没起，只是抬手将冷水调成热水，洗手间瞬间蒸起雾气，我打开排风问他："不洗漱吗？"

"还没缓过来。"

我对着镜子飞快化妆，大脑迅速清明，给他加油打气："赶紧准备准备搬砖！"

他任水流浇着，仍旧不动，整个人被水线雕出诱人的线条。我瞥了两眼，不对，十几眼。好看的人谁不会多看两眼。

"你知道贤者时间吗？"

我哪儿知道啊："不知道，但我知道你头发长了！"一睡就炸毛，一个好好的帅哥，早上起床丑成鸡窝头，在同一屋檐下真是败幻想。

他双手将过眼的头发向后一薅，仰头迷茫地看着我："是吗？"

中午张铎打了个电话给我，问候我中午吃的啥，我在同事八卦的目光里，一本正经得像跟爸妈打电话："红烧肉、青菜、榨菜肉丝汤。"

他在电话那头低笑，大提琴般的声音低得更厉害："吃得很一般呢，想晚上调节一下口味吗？"

张铎没提昨晚过夜邀约后我拒绝的事，这让我讶异，竟还生了点愧疚感。我挂完电话溜到茶话室，拨通韩彻的电话。

他那边很吵，一群男人在狂欢。他没有应声，吵闹声越来越小，直至一道关门声传来他才开口："想我了？"

我悄悄翻了个白眼，随之叹了口气："你今晚自己去剪头发吧。"

他多玲珑心的人，立马反应过来，怒道："你为一个男骗子放我鸽子？"

人家哪里是骗子了！"我只是去吃顿饭，然后顺便找找他的破绽。"真是为自己的机智鼓掌，好一个不重色轻友的理由。

这次不是酒吧，是一家西餐厅。整个过程我享受无微不至的绅士关心，这份温柔有别于之前交流的暧昧，和张铎冷峻的外貌不甚相符，我努力提醒自己要清醒，然而吃到半程，还是被蛊惑了个彻底。

他说起自己的投资，问我这家环境如何，他也想开一家类似风格的西餐厅，小门店、精致小众、需订位的风格。

我马上有种对面不是个高级打工仔，而是未来小老板的感觉，淑女腿都在桌下自觉摆了出来。

我承认，吃完饭他没有再次邀约而是送我回家，这让我有一瞬间的失落感。虽然他提我也定不会答应，可他没再提，我一颗心便忽上忽下患得患失起来。

待张铎的车驶离视野，我招手打车去了韩彻那儿。

一开门，我吓了一跳。

发型对女孩很重要，换个发型便是换风格，但我第一次知道男人换个发型也能脱胎换骨。

说完全不认识了绝对夸张，但第一眼真的错觉是别人。

韩彻理了个寸头，一洗先前的熟男精英痕迹，清新利落如刚毕业的大学生。亮堂饱满的前额露出，整个人白了两个度。最邪门的是，他戴了个纯银耳钉，十分帅气。天知道我以前审美定式般认为，男人戴耳钉娘里娘气的，而今只一眼，便颠覆了我的认知。

我傻眼良久，鞋都忘了换。

韩彻身着白色工字背心，正站在客厅靠墙处举铁，负荷运动后肌肉充血，亮晶晶的汗液和闷哼的喘息迷人到近乎邪性。他没搭理我，冷哼一声，故意别开脸看向露台。

"健身的男人太帅了吧。"我装出玩笑的口吻夸他，实际省略了二十个以上的形容词。

他放下哑铃，牵起一侧唇角怼我："重色轻友的人不美。"

明明是一个人，怎么连熟悉的表情与语气都换了个调性。此刻的韩彻像是个年少轻狂的学弟。

"我也觉得。"我认可地点头，三步并作两步行至他跟前，拿眼近距离扫了个仔细。我失控地直接上手，穿过衣服摸上了腹肌，滑溜溜的汗液附上指腹，引导我在格子冰道上探索，"外面的男人真的不如家里的香。"

如果没有韩彻，我此刻应该在床上翻来覆去，揣测张铎是什么意思，有几分真心。但有了韩彻，我完全分心，转头便扔了个一干二净，抚上眼前帅哥质感良好的寸头。

他理得很短，近看几乎可以看到健康的头皮，雄性荷尔蒙顺着发根升腾的热意灼热我的掌心。我仰头望着他，满目含情："怎么想到剪这个头？"

他冷眼瞥我："帅吗？"

我含笑反问："你觉得呢？"

他居高临下地看着我，眼神复杂。在我踮起脚尖、噘起嘴巴靠近他时，他幽幽伸出一根手指抵上我的额头，记仇地说："我并不觉得家里的女人香。"

第六章

　　月光湖有一家特色临湖清吧，就在韩彻小区附近，他拉我出去寻欢。此刻他的耳钉换成了一颗灼目的蓝钻，与我保持一臂距离。

　　出门前他让我帮他挑耳钉，我盯着那一排耳钉，指了个粉色，他鄙视我："挑耳钉的眼光和挑男人一样不行。"

　　我瞪他："那你干吗买这个？"

　　他得意扬扬："以前戴的。"

　　真是低估了他的浪荡水平。路上我问他之前的事儿，人家最后知不知道。他缄口不说，表示保密。

　　我猜测："你戴粉钻，女孩应该把你列为死党吧。"

　　他意味深长地看我："和现在一样是吗？"

　　被他痞气的外表蛊惑，我完全没明白其中关联，小口咽了咽口水，傻乎乎地点头。

　　清吧叫"Night Breeze"，地方不大，入门便可窥见一斑。小型演出台下环着两排桌椅，地方小略显拥挤，却不见烦躁。酒精将疲惫卷走，大家微醺着随音乐打拍。一圈落地玻璃外是几张临湖的露天座，十一月的天气坐在外面多少有些冷，我倚着玻璃看韩彻端了杯 Mojito 走近那位独坐风中的姑娘。

他说那姑娘情绪不好，去劝儿句，我看他跃跃欲试的模样，讽刺他，别劝得两张嘴巴黏在一起。

他说："你以为都跟你一样？"

外面应该很冷，我在窗玻璃上呼出一片白雾，待我用纸巾擦净，韩彻已由对面坐在了姑娘旁边。我眨眨眼，这什么神级进展，好奇得抓耳挠腮，恨不得放个录音笔听现场直播，转播也行。

我目不转睛地盯了一会，那个忧伤的姑娘心情似乎好了不少。我只能看到背影，隔着并不单薄的衣料，她的背脊的弧度较前舒展。

我忍不住掏出手机：【你使了什么招？】

韩彻没回复，直到半小时后两人眉开眼笑地进来。我以杯掩唇，定睛追随。

他走到吧台打了个响指，应该是问喝什么。那姑娘托腮沉吟后，附至韩彻耳畔，捂嘴说了句什么。两人在温暖的酒吧亲密交耳，画面美好。

男歌手在台上唱情歌，音乐催动下，要说心理完全没有波动是不可能的，我有一刻觉得自己是被丢弃在角落的动物，类似"单身狗"。幸好，手机震动时我意识到我并不孤单。

张铎发来：【睡了吗？】

十点一刻，怎么可能睡，我可是夜猫。【没呢，刚洗完澡。你呢？】这不明摆着两人都没睡吗？但我还是秉持只要我不想结束话题，便抛一个问号出去的原则，有一搭没一搭地聊了起来。

面对面聊的都是正经话题，毕竟没有刚认识就释放真我。

他说：【睡不着，你呢？】

我瞥了眼韩彻，敲下：【我也是，准备找部片子来看。】我特意没用电影这个词。

【一起啊。】

【好，你说看什么呢？】

他分享了链接给我，电影名听着不像什么正经电影。我手边没有电脑，也不想暴露自己还在外的事实，佯装正在下载。

他说去调杯酒，等会一起。我随手百度，找到了在线资源，快进进度条大概浏览，嘴角浮动起诡异的笑意。

韩彻回头的时候，我正隐在黑暗里偷笑，他发消息来：【哟，我追女孩你这么乐？】

【我在找下一个对象。】

【什么？】

【毕竟你马上要抛弃我了。】我知道韩彻的德性。

约莫一刻钟，他坐到了我对面，我抬首，慌张地看向那个女孩，吧台角落却空了。人已经离开了。

我疑惑道："她不理你了？"

他懒洋洋地活动脖子："不然呢？"

电影的进度条走过三分之一，我和韩彻才晃至家中。由于不专心，我路上不知道回了些什么，一进门便上滑聊天记录开始回忆重点。

张铎可真是个妙人儿，在女主和男友边刷墙边逗乐的时候，他发来：【久站很考验腰胯力量。】

韩彻眼尖瞥见，嘴角不屑撇起："你回'如果腰胯力量很强的话，核心力量也不能弱，不然站久了还是会累'。"

军师指挥不用动脑的感觉真好，我跟着韩彻的指导回复，笑得不能自已，也不知道笑点在哪儿，我们笑到了一块儿。

【那我改天带你练练？】

我抓着手机尖叫："他要带我怎么练？"

韩彻挑眉："你问啊。"

我问：【怎么练啊？】

【明晚带你？】

"你问的是方法，他回答时间，避重就轻。"

"我都觉得我快要成为情场高手了。"

我回复张铎：【怎么带？】

"你不是吗？"韩彻斜睨我，"如果不是的话，那你很有天赋。"

"是吗？你觉得我要修炼多少年？"我感受到与韩彻这类人棋逢对手、擦撞技能的刺激，突然想置换自身的乖顺属性。我也想体味不一样的人生。

他意味深长地看着我说："不需要多少年，只要一个够格的男人。"

我若有所思："张铎？"他是骗子或不是骗子都挺够格的，反正我们能扛住彼此的招，就算我扛不住，后面还有军师韩彻！

不想韩彻脸色倏然耷拉，生气地掰开了我的手："那你们俩玩儿吧。"

"哎哎哎！他回了！"我赶紧招手，"韩彻别走，快教我！"

我在主卧洗手间门口堵住他，见他欲要关门，我直接跳上了他的背，一把圈住脖颈，撒娇道："快点教我啦！"

他憋了口气："笨蛋！也不看看现在几点了。"

我估计了下时间："十二点。"

他斩钉截铁："所以不要回了！你是女孩子，十二点就该不小心睡着了。"

"啊？"我反应了一秒，高手啊！

次日我自然是娇滴滴地赔罪，困顿的清晨都没那么无趣了。

我刚坐上地铁，张铎的消息便来了，说自己睡得太晚，现在很困，让我发条语音给他提神。

我看了眼时间，才七点半：【你这么早就上班了？】

【我们上班很早的，要早起看国内外资讯和股票所有公司的最新消息，看完还要回客户领导的邮件，所以……】

我发了条一秒的语音，说了句"加油"过去。张铎很开心，说自己听了好几遍。

我们没继续深夜戛然而止的话题，也是，天都亮了，有些话不适合了。他很自然地提出今晚的邀约，我无师自通地拒绝了。

连续三天约会太频繁，搞得我很闲似的，太上赶着了。而且昨晚放了韩彻鸽子，此人心眼时大时小，我又人在屋檐下，有求于人，必须跟着讨好。

【请你吃大餐。】我主动示好，发了几个大众点评的链接过去。

韩彻倒是替我省钱，挑了个人均一百的素食馆，【我这个发型不能胖，不然脸会变成倒三角，从今天开始我要控制饮食。】

我变相夸他：【很少见男人对外貌要求这么高的。】

他照常自大：【我不是一般男人，我的放纵会耽误我的兴趣。】

今天空闲，我与他插科打诨说到胖瘦的问题，他说自己最胖便是恋爱时，人懒散贪食，不求上进，一副此生了了的状态。

【后来呢？】我对他的感情问题还是很好奇的，是什么女孩曾经跟韩彻恋爱过？韩彻恋爱时也是这般精于算计吗？

【后来我减肥成功了！】

【然后你就把人家甩了？】

【是人家把我甩了……】

我回了一串省略号。

我们没有继续，结束在此处。

我有强烈的预感，接着问他也不会回答，省得他编一堆瞎话影响我的思路，到此为止应该都是真话。

"分手不一定要有强烈的理由""人家把我甩了"，我心头分析，他应该在两人关系的平台期被对方用一个并不撑得住脚的理由给分道扬镳了。啧啧，每一个渣男都有一段酸心情事。

我刚来 M 市带我遛弯的有车一族同事张杨前阵相了亲，最近情绪高涨，每日拿着手机痴笑。我吃完了饭，她的盒饭才动两个小角，我只能将她的注意力唤离手机，催她快吃，她笑眯眯将快餐盒一丢："吃好了。"

当真是有情饮水饱。

公司下午茶时间，女孩爱围在一块儿唠嗑，有时吐槽客户，有时聊聊美妆。当一个人恋爱的时候，那她必然成为某一日的主角，话题默契围绕着她的爱情转悠，大家将心中或多或少的不屑压下，全数换上羡慕的脸孔。

张杨说："他昨天给我带了个奶油小方！我们刚认识的时候，我说过我喜欢吃这种，没想到随口一句他居然记住了。"

同事们附和："哎哟，这个男孩子老体贴了！"

张杨说："我们每天都要聊天，互问早晚安，出门都是手拉手的。"

"小情侣刚在一起就是这么黏人。"

张杨说："我们每次出去吃饭他都会买单的，有时候我要买他都不让。"

"不舍得你花钱啊，这种男人好，以后钱都是你的。"

我混迹在一群婚龄少女中，努力与周遭同事一道感受这份甜蜜，可情绪却像手上的白水一样平淡。

我眨眨眼，望向窗外，摩天大楼反射刺目的金光，照得我人发蒙。是否在认识韩彻之前我也会满足于这样一种幸福？

晚间我问了出来，为了避免自降身段抬高了他，我特意斟酌词句："你说我认识你和不认识你的生活会有不同吗？"

我这个话题开启得太突然，也没个前因后果的，韩彻愣一下："是指哪一方面？"

我两手从上至下比画了一下："各个方面。"

他替我冲了冲碗筷，举动间相当了解女性："最大的改变应该是让你在 22 岁看到了 30 岁女人看到的世界。"

"30 岁的女人就有火眼金睛了？能直接分辨出渣男？"

"不会，她们只是更清楚，或者更能够接受，男人本来是什么德行。"他定睛看了我一眼，将手机推至我手边，两张截图在右画了画，是张铎和一个麦色皮肤的女人，姿势一看便是情侣，亲密无比。

他说："男人就是这么个德行。"

我一动不动地凝视着照片，说没有心理准备是假的，毕竟韩彻耳提面命，但没有冲击也不可能，毕竟我们的暧昧指数很高，交流无比顺畅。

我呆坐在位置上，任服务员一道道菜上，一筷子都没动，韩彻吃了会催我动筷子，我这才慢吞吞嚼了两口，和恋爱中的同事一样，含着心事，就这么饱了。

"你至于吗？"韩彻不爽地看着我，把韭菜卷吃光，"你不吃拉倒，这道菜归我。"

我耷拉张脸，努力玩笑："你不是不信食补吗？"

"哟，终于来精神了？不就两张穿衣服的合影吗？又不是那种照片。"他冷冷瞥我，"一副被绿的惨样。"

我也不知道怎么了，可能站在花花公子身边，本能想用一种游戏精神去体验男女关系，证明自己玩得起。可这份经验与勇气是揠苗助长而来，没有扎实存在于我的行事逻辑中，这种当头泼冷水毕竟经历得不多，且有韩彻赐过我透心凉，这么快来第二回，我需要消化消化。

做一个美梦起床还要遗憾为何我会醒，更别提如此真实的交手与暧昧，总是失落的。

我向服务员招手，问有酒没。

人很容易被同化的，这就是少时爸妈不让我们跟"坏小孩"玩的原因。我以前不开心，打开美剧看看分分心，这茬也就过去了，跟韩彻混了之后，我不开心，第一个想到的便是喝酒。真是又伤心，又伤肝。

最终没喝素食馆的啤酒，韩彻带我去了酒吧，还叫上今日终于得空的肥仔。

素食馆的单被韩彻抢了，到了酒吧，我仗义地拍拍他的肩："今天我请客。"

他捏起我的下巴，指了指自己的脸："我看起来需要小朋友买单？"

"我们是朋友，我吃你的住你的喝你的，这样不好。"我虽贪财，但好歹明事理。

"有什么不好的，你是我的助攻。"他靠近我，"我告诉你昨晚我怎么跟人聊的，好吗？"

我漫不经心点点头，学得再多也无用，并不能完整消化成自己的东西。韩彻见我对平日最感兴趣的话题都意兴阑珊，蹙起眉头，不敢置信地问："林吻，你别告诉我，就三天，你真喜欢上那个炒股的了？"

我否认："我哪有，我只是为自己没有先你一步找到破绽而自省。"明明是我跟张铎接触比较多，却完全陷落在对方的完美陷阱里，幸好我身体保守，没把自己交代进去。

韩彻愤愤地道："你知道用社交网络找我的破绽，怎么没想到找他的？"

"因为我没有 INS。"我没觉得张铎是骗子，也压根没想过他会有女朋友。这个时候，我不可避免地想起网友的话，除非有中头彩的运气，不然这类男人不是爱玩便是已婚。我低头扒了扒手指，问："那个女的是他女朋友还是老婆？"

韩彻摇了摇威士忌的冰块："女朋友，谈了很多年。"

"你怎么搜到的？"他展示的 INS 截图上 ID 是一长串英文还有下划线，和"张铎"并无关联性。

韩彻冲我挑眉："我认识他们券商，他非单身这事儿圈内都懂，且清楚他的私生活状态。"

我愣滞。所以，张铎完全没有要跟我交往的意思，那张"西餐厅未来老板娘"的大饼可真是画到我的虚荣心上了。真该死，我又当了一回鱼。

我点了杯长岛冰茶，快速饮尽，昨日还风生水起的夜生活，今天一下便归了零，生活真是起起落落，当然还没落到底部。我看着面前神情复杂的韩彻，扯起嘴角："韩彻，亲我。"

他身子往后退了退，睨我："大庭广众，不合适。"

我噘起嘴巴，什么合适不合适的，你想亲就合适了是吗？"真不够朋友。"

他呛我："你跟朋友接吻啊？"

我酒劲上头，大脑钝了，情绪渐渐高涨，开始放狠话："谁给我画饼我都不信了！"

韩彻欲言又止，舞台鼓声"Duang"地一响，他猛地将我圈进臂弯。长岛喝得太快，酒劲猛烈轰击我的神志。

我陷入混沌，听见惊呼，随之是调侃的口哨。

我迷失在热吻和声浪中，待我目光聚焦，一曲结束，唇风干带来凉意。韩彻正若有所思地看着我。

我开始絮絮叨叨没头没尾地发酒娇："哎，韩彻，说句实话，我们差点就不能接吻了。那天氛围超好，他开车送我回家，画了张大饼给我，聊得好快乐，只要我一个眼神，"我一个酒嗝上来，卡了话口，挣了挣额头才缓过来。韩彻正认真听我说胡话，没有嫌弃的表情。我深吸一口气，继续道，"本来呢……我和他肯定就接吻了，可那个眼神我始终回避，你知道……为什么吗？"

韩彻没说话，定定与我对视。

我等了会，见他不答，语气不觉嗲起来："你猜猜啊。"

他喉结滚动，一轮呼吸后终是没说话，依旧在静候我，像是在等我自己失去耐心。

我当然耗不过他，射灯晃过两圈就缴械了，嘿嘿一笑："我想到我要是跟他亲了，就不能跟你亲了，怎么说呢，突然就有点难受，所以我……"矫情话没说完，我的唇再次被韩彻堵死。

知道我再次看到张铎示好的消息是什么感觉吗？我脚心涌起了一股凉意，男人原来是这样的，我当即把他删除。渣滓！吃着碗里的还要偷舀锅里的，混蛋！

我一边练直拳一边气鼓鼓告诉韩彻，把眼前的教练当张铎，面露凶狠，实际绵软地出击。

韩彻倒是淡定，坐在一旁好为人师地给我开"三观不正"课堂："那还不够凉，当你面对这种男人照样释放魅力，忽略其劣根性，不再嫉渣如仇的时候，你才是真的勘破，才有可能成为游走男人间的玩家。"

没儿拳我便气喘如牛，说话全靠吼："那我不是小三吗？"

我若继续与张铎交往，他女朋友多无辜啊。自己的男友在外面骗人身骗人心，还装单身画大饼。

"妹妹，你怎么还这么天真呢，"他替我拨开汗湿的乱发，无奈摇头，"女人天生有'警犬'基因，你面对陌生的我都能大海捞针抓出把柄，人家相处几年的情侣会不了解品性？"

想想也是，一个喜欢混酒吧玩乐的人，女朋友没可能没点心理准备。我疑惑："那她为什么不管束或者分手？这种渣男也能在一起？"

韩彻一副看幼儿园小朋友的表情："没听说过男人不坏女人不爱吗？"

我俩像看智障一样对视良久，终究是我败下阵来。我说不出反驳的话，毕竟韩彻这么坏，我心头还是喜欢的要死。但张铎不行，我和他没有革命友情。

教练带我进体测间测试，为我量周身围度，再根据我的状况我制定健身计划。韩彻大刺刺跟着，我瞪他试图将他推出去，却听他咬耳低声道："我要看看你的核心力量如何。"

还编理由，你就是想偷听我三围尺寸！

教练当我们情侣开玩笑，还打趣："男朋友估计是不放心我。"

韩彻抄手倚着墙角，嘴上占我便宜，轻松道："没有没有，我对你们的专业性很放心的。"

我撇起嘴角，张开双臂，死闭上眼睛听教练报软尺上的数字，韩彻时不时发出一点别有用心的语气词，也不知是夸还是贬。

教练让我闭上眼睛单腿直立，测试平衡能力，结果我五六秒就歪倒了，韩彻惋惜道："Oops，不能蒙眼了。"

我一口老血，还来不及愤慨，教练拿着体脂测量的报告对我说，"林吻，你偏肥。"

晴天霹雳！我活了二十二年，站在任何一个人面前都不会有人用"肥"这个字形容我，我斩钉截铁，像拒绝医院的诊断报告一样，"不可能！"

"你的体脂21，算正常标准，但实际偏肥一点，要有好看的肌肉线条的话你需要减肥。"

我扶着墙差点没站稳，一根手指颤颤巍巍："我要是要减肥，那大部分女的不都要减肥吗？"

教练竟然点头："是啊，来健身房大部分人都需要减肥。"

我呆若木鸡，难怪健身事业如火如荼，是个人都在减脂，就这颠覆性的身材认知谁受得了。我瞥向拿拳头抵住笑意的韩彻，没好气问他："你体脂多少？"

他撩起T恤，向我直面展示腹肌，无比骄傲："我12.1。"

我心里飘过北方骂，老老实实交了私教的钱。年卡直接用的韩彻当时办两年健身卡送的亲情卡，我问他，你爸妈不用吗？

他捏捏我纤细的手臂："他们不用减肥。"

精神世界受到重创！男人背叛是小事，身体居然也背叛了我。我一直觉得自己是个保守辣妹，没想到在健身界，我是肥妹！

我坐上跑车再无兴奋感，看着教练给的饮食餐表，芥蓝、西蓝花、生菜、紫薯、鸡胸肉、牛肉，心塞道："你也没有按照这个吃啊，你火锅酒精照样摄入。"

他嘚瑟挑眉："因为我体脂12.1，有放纵空间。"

又提，又提，真幼稚。

下午下了场暴雨，我趴在桌上午休，醒来脑袋昏昏沉沉的，韩彻说我这是人虚，需要锻炼，于是非常臭屁地接我下班，把我捞去健身房看他打拳击。

说实话，谁天天去酒吧，外加高密度技能输入输出，还能精精神神应付工作。

看韩彻与教练一对一打拳我也好奇，感觉很酷，于是借了护腕与小号手套试着打了两下，这个坏蛋真心机，纠正动作，传授巧劲，没两下软拳就能生小风了，瞬间把我带入股。

我捏着这份食物单，想到自己有酷酷的腹肌、虎虎打拳的酷飒模样，决定忍！

人减肥的时候，就是靠着自己瘦下来的幻想支撑。

跑车经过积水路段，压过坑洼间的水塘，溅起高高的泥水，韩彻看着车窗上的水渍，摇头不满："这条路排水做得真差。"

"你要是开凯迪拉克，也不至于这样。"我张望出去，眼前满天泥星。阴雨天的，非要劳什子开跑车。

今天是周五，这周的工作日结束了。

我等于在韩彻家住满整整一周，一直没兑现当助攻的承诺。我心血再度来潮，大言不惭："韩彻，我决定今天报答你！"

经过张铎那番心路跌宕，我看清了友情与爱情的持重比例。男人可以有很多，韩彻只有一个，我必须把他捏牢在我的交际圈里。

他不以为意地单手操着方向盘，任车屁股的红黄尾灯在脸上闪烁不停，淡淡道："怎么报答？"

我嬉皮笑脸："以身相许！"

他眉毛耸动，不可思议："开窍了？"

我凑近他，两眼聚光："我今晚一定帮你介绍全场最靓的姑娘！"我也就是随口说说，也要那个姑娘中意他才行。不过我对韩彻的硬件和嘴皮子工夫还是很自信的。

他一听原来是这般，冷嘲一声："算了吧。"

我清清嗓，正色声明："我昨天不是说了吗！我以后要游戏人生！今晚我给你殿后！"我越说越大声，像是要把心里那点杂念给吓跑似的。

"真的？"韩彻不信似的眯眼，试图在我眼里找出犹豫或是玩笑。

我直起脖子，坚定道："当然啊！"

"没有什么指标什么的？"

"什么指标？"

正说着，前面的车突然减速，眼见追尾，韩彻一个急刹踩死，我抓紧安全带前倾，脑门还是磕出了大响动。

他低骂了几句，见我捂着脑袋，沉下气温声问："怎么样，没事吧。"

我揉揉，摇摇头，瞪了眼开车的那人："算了，你继续，什么指标啊？"

他帮我揉了下，确认我不痛，叹了口气："别我从温香软玉里回来，你再审问我细节。"

"我们是朋友！我问这干吗！"我有那么小心眼儿吗！我提起气儿，"我们谁也不干涉谁！"

真酷，我为自己鼓掌，但掌声在我离开酒吧的瞬间便歇了火。

千万别高估自己对情感的支配能力，它要是听我的话，我也不至于单身。

车窗上的泥珠滑落，斑驳成丑陋的线条膈应在视觉中。

Swindlers'酒吧耀着红蓝霓虹，迎我们入内。

周五，上班族松下紧绷的神经，韩彻叫了几个朋友来，向我介绍："以前一起玩游戏的。"

他们估计对韩彻的私生活无甚兴趣，喊了我句"美女"便轻松地聊了起来。

等韩彻与好友们臭屁完，我已经观察了一番，拉过他问，这些人是实战类游戏还是虚拟类游戏的朋友？他不解，问我什么意思。

"混酒吧追女孩认识的朋友，还是普通认识的朋友？"我比了个打枪瞄准的姿势。我看这些人都不帅，和韩彻不是一个颜值等级的。

韩彻扑哧一笑："我是不是在你眼里只会追女孩？"

我当然摇头。

"那我还会什么，说说。"他摆出小学生等待小红花的傲娇样。

我暗笑，原来你也喜欢听好听的。

我开始掰手指："一，你长得特别帅，穿衣很有品位。"

他微笑。

"二，你很有教养，不会甩脸子，不让人下不来台。"

他点头，欣然接受。

"三，你吻技一流……"说到此处，我顿住了。韩彻仍沉浸在我的夸奖里，牵起嘴角，满足地等待下文，我叹气，"可惜……"

突然卡在这里，韩彻表情瞬间耷拉，明白我膈应他之意。

我点了杯马提尼，见一个姑娘羞答答缩在角落打量，也没人招呼，我过去搭话，给她叫了一杯珍珠红甜酒，度数低，适合小姑娘。

聊了会才知道人已经24岁了，正在读研。也不知怎的，才几回，我便有一种酒吧常客的风尘劲儿。不得不说，有师傅带，成长和见识呈倍数增长。

冰块在酒杯中阔落阔落响动，我倚在二楼半的栏杆处将内场巡睃了个遍。

周五太热闹了，韩彻说要不是认识老板这个座根本保不住，场内有卡座的坐卡座，没座位的在吧台边围了一圈，还有站着的散客。

我问同座的一个哥们儿："今儿怎么这么热闹？"

温度比平时燥热，音乐风格温和不少。

"今天有个小有名气的民谣歌手来演出。"

"外面已经不让进了。"

"民谣歌手来这里？不该去清吧或者音乐酒吧吗？"

我眯起眼睛，难怪那么多青涩的漂亮妹妹，有几个还带着股学生味，短裙、及踝袜配运动鞋，青春烂漫，好奇又局促地打量这个光怪陆离的地方。

我拉过韩彻："今天是个好日子。"

他显然也知道此事，摇摇头："我最怕文艺青年。"

"你被她们纠缠过？"

"你见过……"他猛然咬住嘴唇，唇形一变，"接吻前要跟你讨论哲学，接到一半突然停住，非要我讲出个二四六来的人吗？"

我挠挠耳根，讪讪道："也不是每个文艺青年都这样吧。"

"结束还要写篇诗歌念给我听，我一个工科生哪懂这啊。"他扶住额头，"我栽过两回，没病都要处出毛病了。"

我别过脸，掩饰自己曾自称"文艺青年"的尴尬，和写诗念给男人听的姑娘比，我真是铁汉了。我讽刺他："那你还上豆瓣勾搭，豆瓣女文艺青年最多了。"

"你是我在豆瓣第一个勾搭的人好吗？"

"真的啊！"我惊喜，"我在豆瓣不文艺吗？是什么风格啊？"是什么风格吸引了韩彻！

他奉送我一个白眼和四个字："一个傻妞。"

我刚张嘴想要反驳，强调自己是幽默，便见楼梯处走上来一位白皮红裙的妖冶美人。

她太扎眼了，奶白色皮肤在乌暗的酒吧空间内自带追光效果，礼服很好衬托出她的仪态，几步路走出了红毯风采。

像是电影慢镜头，为了凸显女主的美貌，周围需要一群普通人的目光衬托。我也是被美貌惊艳的其中之一。

我抬眼看向韩彻，果不其然，他亦不动声色地打量她。

我挪开一步，与他间隔开距离，问他："这个总是你的菜了吧。"

他垂下眼帘，若有所思，再次转头看向那美人落座的方向，嘴角一撇，"这是每个男人的目标吧。"

"你呢？"

他眯眼反问："我不是男人吗？"

我冲他挑眉："那？"

韩彻轻笑，指尖在栏杆上点动："你别又要卖我。"

我推他肩，还不信任我了："那你自己去好了。"

他拽过我的胳膊，凑近我："如果是这个人，今天还真得你帮我。"

"为什么？"

"她是跟一群女的过来的，如果我贸然过去会打破局面平衡。"

一听便知道他有心思，已经把对方友人与各中计划都考虑了进去。

我托腮沉思了会，拽过韩彻："我把那姑娘带到你面前，你有多几成把握能留住人？"

他抬眸，扫见那美人笑得东倒西歪，下颌动了动，"保守估计五成。"

我很想讽刺他盲目自信，可他说话时眼神的笃定与认真让我把话咽了下去。上一次看他这副神情还是在书房面对电脑图稿。

我一口闷尽马提尼，脑海里撞进多个美剧片段，自己内心编排了"你长得好像明星，可以给我签名"的桥段。行至她所在卡座，我大脑一空，老老实实向她周围一圈姐妹打了个招呼："姐姐你好，可以请你喝一杯酒吗？"

她意外，没想到是女孩子来招呼，犹豫了一下。

我弯起眼睛，扯开嘴唇，用最温柔的声音说："姐姐，你看见栏杆那边那位穿黑衬衫的男士了吗？"

她迟疑了一秒，点点头。

"我不好意思搭讪，姐姐可以帮我吗？"我咬唇，娇滴滴地撒娇。

她很可爱，还鼓起嘴巴想了想，看得我都心动了。她问我："要怎么搭讪啊？"

我趁机把她拉出来，小声问她："姐姐，你觉得他帅吗？"

她捂住嘴巴，不好意思地笑笑："问我他帅不帅干吗？你觉得他帅就行了。"

我嘴甜了几句，拉着她三步并作两步往韩彻处走，行至跟前，抬高音量："姐姐，他叫韩彻，是个路桥设计师，幽默帅气。最关键的是，"我超级真诚地睁大双眼，站定在韩彻身边，右手一展，摆出介绍人的姿态，"他对你一见钟情。"

她这才恍然，看着我娇嗔道："你骗我。"长长的睫毛蝶翼一样扑闪扑闪，朝我，不对，朝韩彻抖动。

韩彻歉意道："不好意思，是我让的，唐突了。"

美人笑眯眯地娇羞，我视觉是享受的，但说不来，嘴里莫名其妙泛苦。

功成身退，我溜回卡座。天哪，人类这该死的占有欲，要说友情的平衡多容易打破呢，只消一方陷入异性享受，另外的人难免失落。如果韩彻方才在一群女人里独选中那姑娘搭讪，就算关系再好，总有个微妙的失衡瞬间。

真好，他真聪明，都算到了。

我和肥仔聊了会，听他吐槽程序员那点破事，编凑点网络段子对答，也是有说有笑，可我知道自己心不在焉，目光时不时往二楼半的栏杆处飘。上次在Night Breeze，我在失落时立马找到了情绪的落点，免于自怨自艾，这刻我照例打开了微信。

张铎发现自己被删了，下午发来好友申请，问我是不是手滑，我一直没有通过，鬼使神差的在这一刻，大拇指点击了通过。我紧闭上眼睛，奋力挣扎三秒，准备回复他秒速发来的消息，没想一睁眼便见韩彻眼神暧昧，舔了舔嘴角。这个动作极其低俗，又非常高效，但凡换个丑点的男人来做估计都要挨白眼，可他，撩得人姑娘嘴角都颤了。打情骂俏意味颇浓。

关闭微信界面，我叹了口气。我明知这个信号弹不是冲我发的，还是可耻地缩了缩小腹。

雨后，路面坑洼积水，每处水洼都映着一轮月。走出酒吧，我脑袋一抽不怕脏似的，开始走水路，踩碎一地月光，光裸的小腿泥泞不堪。

走到街区尽头，我伸出手准备拦车，身后不远处传来嫌弃的声音——

"我看你还是打车回去吧，我今天开的跑车！"

第七章

　　我蓦地转身，细高跟没控制好平衡，稳了下精神，方才站稳。

　　像是做梦，电影里的男主角穿过幕布跃至面前。

　　我疑惑地看向韩彻，他襟前衬衫皱褶，胸扣解了两个，外套搭在腕上，显然是匆匆出来。

　　霓虹闪烁，人潮涌动。我耳边有一个音叉，"叮"的一下敲了心弦。

　　我问："你不是在追女孩吗？"

　　他看着我，答："是啊，我在追女孩啊。"

　　我皱起眉头，"那你怎么出来了？"

　　他叉腰，笑得不能自已。

　　几步之遥，我就这么一脸蒙地看他笑，直到他缓过劲儿，眸光徐徐聚起，深邃不见底，表情却轻佻如挑衅："我不出来怎么追女孩？"

　　像第一次见面，他落在我身上那道有重量的眼神，我肩头陡然一沉，居然鼻酸了，霓虹字样有一瞬间斑驳成了五彩。这个坏家伙。

　　他走来，一把箍住我，将我紧在臂弯里。我噘起嘴，不依不饶，"那姑娘呢？"

　　他做了副夸张的嫌弃表情："我给甩了。"

　　"你有病啊。"我都要弯了，他一个大男人能做到面对极品美色不动摇？

"这你不知道了吧，"他吻住我风凉的耳郭，压低声音告知秘密般，"得不到才是最好的。"

我蹙起眉头瞪住他，满脑袋问号，这又是闹得哪一出。

他半真半假道："你看我现在不是很稀罕你嘛。"

我假装不屑："那你岂不是稀罕每个女人。"

我们都喝了酒，不能开车，找代驾开跑车，我则与韩彻乘坐出租回家。

回家，思及这二字，我嘴里的那点苦涩开始回甘。

我们在车上便商量好回去看电影，锁定恐怖片，我整个人激动得无法自拔，要知道上回和异性看恐怖片还是大二，本想娇滴滴做个软妹，结果男孩叫得比我还厉害，差点把我手给捏骨折。

出租车晃过大学城的夜市街，稚嫩的学生仔们成群将街头拥堵，车徐徐驶过，半开的车窗飘进烟火香气，混着孜然胡椒味，我和韩彻眼睛一亮，默契对视，我说："现在下车买？"

他眼睛一转："不，回去定外卖，我家附近有一家烧烤特别灵！"

行近小区，阴沉沉的天气终是坠下雨珠。

"幸好撤退得早。"韩彻说。

玩笑推搡，狂奔上楼。

我拂开颊上的微雨，原地蹦高，心情好似喝高了般嗨。韩彻也跟着皮，猛地打横抱起我，垫排球似的将我在肘弯小幅度抛高。

我身体失重，脑袋一晕，慌得两脚在空中乱晃，抱住他的脖颈乱叫："啊啊啊啊——"

他哈哈大笑，我们又莫名其妙乐成了两团。

卸完妆洗完澡出来，韩彻正在厨房打烧烤店电话，嘴里叽里咕噜报了一串单，我咽了下口水，假装没看到沙发上的健身房减脂饮食表。

我将橱柜里的啤酒搁至冷冻，先冻上，韩彻打完电话抱住我，深嗅了一下，享受道："我的味道。"

"我用你的沐浴露，自然是你的味道。"薄荷味，可把我冻死了。

"嗯，"他埋在我颈间细细嗅，卖起关子，"但……多了股不一样的味。"

我问什么，他答是体香。

我翻了个白眼："不是每个女人都喜欢听到这句话的？"

他蹭上来，低笑试探："真的吗？没有开心一下？"

他是不是在我心里装了显微镜，那点偷乐连我自己都没细究。我绝不让他占上风了，强调道："我身上只有一种味道，那就是女人味，体香这种骗小姑娘的词你留着用别人身上吧。"

他揉了我好一会，我尽量忽视这份温馨，但抵不住唇角自发的笑意暴露的快乐。

外卖送达，我兴冲冲将啤酒取出，用力嗑哈了一下，发出舒爽的喟叹。

我们看的是一部很有名的恐怖片，客厅全暗，只有雨滴携夜色敲打窗户，我屏住呼吸，与电影中的人一样，没两串下肚，我便止住动静，屏息浸入电影气氛。这部恐怖片以制造心理压抑感为主，我禁不住这种，还不如突然蹿出个鬼头吓我呢，毛孔竖起，欲知下文又不敢继续，一口口地灌酒，想把胆子喝大。

韩彻表情淡淡，像看综艺一样，时不时鼻子里还嗤声冷笑，我本距离他一臂，在某一瞬间扑进他怀里，和他揉作一团。

我见他不怕，颤着指头指向荧幕："你不怕鬼吗？"

他冷哼："我们这种人心里就住着鬼，怕什么鬼啊。"

有理。

四听啤酒都被喝没，我溜了趟厕所，尿到一半突然害怕，叫了他一声："韩彻！"

他似乎没什么意外，自然应道："在呢。"

尿完我飞奔向厨房找酒，扯着嗓子嚷："还有酒吗？"

韩彻窝在沙发上，继续着电影，淡淡说："干吗，喝那么多？"

他按下暂停，与我一道翻箱倒柜，最终空手败兴。我没想到，他堂堂一个高富帅，家里没有 82 年的拉斐镇宅就算了，连普通酒都没有。

我嘟嚷着脸挂在他身上，任他把我驮回荧幕前。脚沾地的瞬间，我一个激灵用力勒住了他，他骂了声："没有酒至于动手吗？"

"啊啊啊啊啊！"我跳下来，酒意让我的兴奋翻倍，手舞足蹈起来，我冲进客房，搬出了药酒，冲到他面前，乐感十足："当当当当！"

他想挤出鄙视的表情，但今晚太美好了，"鄙视"不伦不类地温柔漾在唇角。他取了两个威士忌酒杯，我们又喝起酒来。

由于打断，恐怖气氛没那么浓郁了，我问他："好喝吗？"

他摇晃杯子，酒波浮动："就是老白酒的味道。"

这酒好歹一千呢，老白酒才几个钱。我开始心理暗示："有没有热血沸腾的感觉？"这酒可是有活血作用的。

他眯起眼睛："你醉得不轻啊。"

我很想就这个话题跟他掰扯一下，也不知怎么，酒精让情感泛滥。我软绵绵地倚进他怀里："我命这么好，遇见渣男不仅全身而退，还做起朋友来，我太幸运了。"

朋友和恋人哪有两全的，但凡换个身体健康的男性，我的快乐值也不会这么高，所以残缺有残缺的好处。我很满足。

韩彻胸廓迅速起伏了一下，似乎要说话，但终究只出了一口气。我继续道："韩彻你真好，得了这么忧伤的毛病，还能这么快活。"

空气一时与电影里无声气氛一致，半晌，韩彻若有所思地出声："我是渣男？"

我的笑意僵在唇角，眨眨眼："是啊。"

他一把推开我，来气了："你见过渣男吗？我这么好的男人怎么能叫渣男！"

我被推得晃了晃，扶住沙发，撑着下巴歪头问："你是在跟我开玩笑吧。"他应该是在讽刺自己，我觉得。

韩彻不乐意了，他的酒喝得比我少，人比我清醒，列出条条框框有理有据地为自己辩白："渣男应该是那种没有责任心的人，你懂吗！"

我仰起头望着天花板，试图消化这几个词，但加载失败，用力摇了摇头。他可不就是渣男吗？

"我有骗钱吗？"

"我骗得到色吗？"

"我有说话不算话吗？"

"我有放鸽子吗？"

"我有脚踩两条船吗？"

他越说越快，边说边压向我，我大脑迟钝，反应跟不上他的语速，在他强大的气场下被迫点点头，"哦。"完全忘了渣男骗情这桩老官司。

"那我是渣男吗？"

我摇摇头："不是。"

他将我揽进怀里，摸我的头，语气温柔蛊惑："这才乖。"

我觉出不对味，但没几秒又被电影情节迷住了，两手紧紧环住韩彻，直到电影结束都没松手。

他没吱声，只将我的手握住，认真看电影。我手被控制住了，鼻子开始不老实，探入他脖颈间使劲嗅，在他锁骨间呼来擦去。我听他沉了口气，另一只手出动，扣住了我的脑袋。如此，我终于老实了，直至电影结束，都没机会再动手动脚。

这一系列动作好像本能，房间里是一对亲密无间的爱人，所有的举动都不违和。

电影结束，演职人员表上浮，我们沉默了许久，韩彻先打破气氛："这部还可以。"

我窝在他怀里，不想动："现在还不到一点，我们再看一部电影吧。"

他直了直腰，拍拍我的背："那你先起来。"

我两手紧箍住他的腰，耍赖道："我不要。"一个姿势久了，换姿势没有安全感。

我感觉他动了一下，拿了个刚喝空的饮料瓶敲敲我的脑袋。

我推开他："你好烦啊。"

他边起身边说："你不上厕所啊！"

"那你就说啊，"我瞥了眼茶几，待他拎着裤子走出来，我故意切了一句，"没劲。"

他打开电脑，开始找电影，随口问："什么。"

老白酒是真的很上头，喝多了酒吧掺水的五十度，完全低估了我国本土酒精的厉害之处。

韩彻侧脸对着我，好似完全聚焦于电脑屏，鼠标不停咕噜，可界面实际已经到了底端，不再滑动。

"林吻，你喝多了呢。"他哑声说。

"嗯，有点。"我鼓鼓嘴，又倒了一杯，玻璃瓶见底，"再来最后一杯。"

他按住我的手："我们试另一种喝法。"

分享完这杯酒，半小时后，我素来的伶牙俐齿随机应变彻底陷入失语，气得玩笑都不会开了。

我埋在被窝听雨，好像塑料桶倒扣在头上，任凭雨滴叩打。直到后背上吹来凉意，我才知道为何雨声那么清晰。原来他开窗通风了。

这夜他主动戳破自己的谎言，用实际行动告诉我什么是高阶玩家。

他开口问："要喝水吗？"

我继续沉默。这个谎言贯穿半年多我们相处全程，蓦然在这样的情形下拆穿，我多少有些发蒙，表现形式是生气。这个混蛋撒这种谎是为了什么，占了那么多擦边球便是图一个乐吗？没熬得住，我问了出来："你为什么骗我？"

"如果我告诉你没有呢。"

我一把掀开被子，瞪住他："那行，你没有骗我，那再编个理由说服我。"

他僵住了，慢动作转身，终是拉开抽屉，拿出一盒药扔到我面前。

"韩彻，我后来有查过，"我指尖抠入药盒，这个家伙连这个谎戳破的下文都接上了，我气到完全没了战术，"你要是还想骗我呢，我就说信，但如果你真把我当朋友，你就说实话。"

他垂首静默。这个表现对于韩彻来说几乎等于放弃挣扎了。

我脑门一热，嘴巴一扁，委屈道："韩彻，我想哭。"

韩彻懊恼地把我拥住，声音低沉到宛如胸腔发出："对不起。"

我更蒙了，左右看了看，光影点滴斑驳在白墙上，雨声未止。我眨巴眨巴眼睛，是我刚刚表现得太撕心裂肺了吗？

我哑然："我……"

"对不起，林吻，我有私心。"韩彻拧着眉头抱住我，头埋进颈窝，胸口好像有一吨气要叹，不停重重地呼出。

我第一次见如此脆弱的韩彻，但他弱我必须得强，不然等他情绪缓过来，我大概又要被当驴溜圈了。"你为什么骗我说你有病？"我强迫他直视我的眼睛，不容他逃避分毫。

韩彻 话少得惊人，喉结滚动后吐了两个字："好玩。"

我好想抽他啊，虽然这个答案并不意外，早已埋下伏笔，只是浮土而出罢了。

"好玩在哪里？"

"我骗你你也信了，后来那么多次你都信了。"他苦笑，捏捏我的脸颊，宠溺地看着我，"你知道自己多好玩吗？"

我都懒得强调自己是幽默不是好玩了："那你想过我会知道吗？"

"当然。"他牵起唇角，温柔又残忍，"这事儿一定会真相大白。"

"那你准备这东西干吗？"

"因为你太好玩了，所以我想看看，还能不能继续骗你。"

我问一句他答一句。我第一次意识到，原来诚实是如此刺痛人。仿佛被尖刀刺中，我强撑地问道："那你怎么不继续骗了？"

他两手搭在我的脸颊，亲昵地揉了揉，"不舍得了。"

"可你刚刚很舍得！"我咬牙切齿，不想承认"不舍得"三个字非常戳心。

"对不起。"他吻上我的额头。

我热爱且享受的那些友情瞬间，不过是韩彻耍弄我的赏赐。他坦白的时候我没有多少情绪，等在家中躺了一天，肺后知后觉地给气疼了。

这个家伙说和我在一起很开心，很喜欢我。我反驳他，喜欢一个人是没法眼见她和别人约会的。我代入了我的逻辑，喜欢是占有，却忽略了高端玩家的逻辑——

"你知道什么是高端玩家吗？大家一起杀怪，但人头……也就是最后一血，必须是我的！"

他笃定我不会与张铎或是酒吧的男人好，钓鱼一样钓我，上钩了放走，又上钩了再放走，任我花枝乱颤沦陷游戏，还感恩戴德他的倾囊相助，赐我那么多饵与一片海。

我三观有如经历了地震，拉开窗帘有一瞬，眼前的一切都是扭曲的。

电脑里的剧集发展到无比关键的场景，画面一暗，屏幕上映出一张茫然的脸。二十二岁，有一种苍老了十岁的心境。

张铎那种"伤害"到底还是太微不足道了，韩彻才是那个有能力赐我透心凉的混蛋。

我打开微信，张铎昨晚的一串消息我都不曾回复，不知怎的，我突然想报复社会，与渣男"鱼死网破"。

约在 Swindlers'，我化了伪素颜妆，皮肤清透吹弹，唇抿了层粉底，进去前点了滴眼药水，双眸含情。

我一见他便扑进他怀里，一个劲地哭。起初还感叹自己戏真好，可委屈太多了，笨想营造泫然欲泣的林妹妹状，最后号啕成一张涨红的关公脸。

"怎么了？"张铎在我的哭泣里急了，不断问我。

糖糖也在，显然认出了我，没想到我和张铎关系进展如此神速。我曾问过韩彻，糖糖和张铎是什么关系，会不会像我们一样。

他神神秘秘地说，我们的关系独一无二。而他们，估计就是金融界志同道合结伴寻欢的友人。

我光顾着哭，哭到后来不知怎么开口。到底道行浅，不晓得如何编这么大一个谎，于是憋着没吱声，光埋在他坚实的胸口流泪。哭着哭着，眼泪止了，我的关注点转移到侧脸下的胸膛。他见我缓了，鼓了鼓胸肌，我抹了抹泪，夸他："真结实。"

这么轻易拥美人在怀，可不得展示无限的绅士风度。张铎追问我："到底怎么了？为什么删我？为什么哭成这样？"

糖糖也凑在一旁安慰打气。

我呜呜咽咽："我觉得我配不上你了。"

我一杯杯灌酒，张铎在一旁陪着。

说完那句我如何也不肯再说，而成年人估计也能猜到些什么。没上钩的鱼估计被别人先骗了去，好在眼下的状况显示"心"在他这处。

一瓶威士忌过半，我的伤心酒杯难填，索性举起酒瓶对嘴干。我一口没咽，但这个姿势让我看起来伤心欲绝。

张铎十分入戏，面色凝重得像被绿了。

一口闷尽手上的酒，用力摔了杯子，一点不乐意的火在酒精下燃了起来。终于，我在嘈杂嘶吼里听到他沉下声音，问道："是谁！"

没有后顾之忧，不想与这种人有所发展，如此，玩弄起来便不会手软。是这样吧，韩彻。

我觉得我变坏了，肉眼不可见地腐烂了。像是一颗鲜嫩多汁的黄桃儿被有心人去掉天真的核儿，片成成人需要的形状，加入柠檬酸，拧上盖儿。尝起来还是黄桃味，但充满了人工算计的味道。

占有欲很可笑，追女孩还能有先来后到，男人有时候真让人费解。

但他们喝了酒又可爱的像少年人，冲动，易怒，暴躁，热血。我头也没抬，指向二楼正中偏右的卡座："我'表哥'。"

糖糖一听，惊呼道："天哪，是那个人，那天他还看我来着，幸好幸好。"

"畜生啊！"

我正要解释他不是我真的表哥，上次我是开玩笑的，但我连他手都没来得及挨到，张铎晃着身体，撸起袖子，像一只离弦的箭蹿向二楼。

我当下只有一个反应，跑。冲到酒吧出口时，听见内场忽起一阵大动静，保全人手直往一处聚，我加快脚步，心跳如雷，出门拦下车，急道："师傅！快开车！友邻小区！"

出租车驶过 M 市的声色喧嚣，我钻进被窝，头埋进去好久，都没缓过来。

吓死了吓死了。万一喝了酒下手没个轻重怎么办？我拿出手机，百度挑唆打架有没有事，一条条往下翻，也没看明白。直至深夜一点，韩彻打来电话。

我攥着被角，看手机屏幕一明一灭，想，能打来电话，应该是没事吧。

【下来！】

韩彻又开始发号施令了，我是一条狗吗，你让下来就下来。

我气得用力一摔，手机猛地被掼在了地上。我被那声儿响吓到，赶紧捞起，果不其然，屏幕碎了。按了按 home 键，也没反应。人倒霉的时候喝凉水都塞牙，当真祸不单行，我正在消化生活的剧变，生活却告诉我，我还没变完。

这年头手机就是半条命，门声响时，我另外半条命也没了。

"干吗！"暧开一条缝，我膝盖死死抵着，生怕他强行进来。

楼道黯淡的昏光映出韩彻的脸，眼角多了条未结痂的血痕，看着就疼。我喉头一紧，真的被揍了？张铎真爷们。

他冷眼瞥来："要么你出来，要么我进去。"

韩彻痞起来我压根兜不住，于是苦着一张脸披了件袄子跟他下了楼。临关门前，室友的门缝下那道光才缓现于黑暗的客厅。

"为什么不接电话？"

"手机坏了！"

我把手机送到他面前，他接过看了看，发现还真是："怎么坏的？今早不还好好的吗？"

我没好气地说："它气坏了。"

韩彻兴师问罪的脸蓦地柔和，嘴角噙起笑意。

我以为他会质问我今晚怂恿张铎的事儿，却不想他拉过我的手，好声好气问："疼吗？"

我垂下眼帘，心中冷笑，这个男人的关心是真还是假，是一步棋还是下意识，我当真无从分辨，可我不想主动挑起酒吧的话题，只能顺着他的话回答："疼。"

"上车吧，外面冷。"

我摇摇头，宁可吹冷风。

他无奈，转头上车拿了一管药膏给我："涂个两次应该就好了，消炎镇痛。"

铝管在我手心瞬间变形，我举到他面前，不敢置信道："我自己涂？"太羞耻了吧。

他盯着我，一本正经："那我帮你涂。"

我白他一眼，把药膏塞进了口袋。准备回去就给扔了。

我双手抄兜，等他下文。可韩彻只是静静地看着我，一言未发。

我在沉默的一呼一吸间收敛了那些矫情火。

黑暗里，冷风中，我们有一瞬间目光对上了，又被我飞快错开。静峙中，我平静了许多，怒目圆睁的面孔也趋近柔和。

"干吗？"我先开的口。

"我在等你消气。"

"消不了。"我故意用阴阳怪气的口吻，"有些伤害过不了。"

我已经习惯了他的残缺，突然完整，身份天平自会摇摆，我完全蒙掉，脑海里还飘出歌来——"超过了友情，还不到爱情"。

正陷在左右为难的忧伤里，韩彻叹了口气。

我那一瞬间气到不知做何反应。一天到晚说自己不行的男人，突然说自己行，奇怪得不行。

"妹妹，别气了。我请你吃好吃的，喝好喝的，好不好？"他哄小孩一样揉我的头，我用力一甩，避开了。

相比较于生气，我更多的是不知所措。凌晨五点半离开韩彻家时，我对他说，我这辈子再也不想看到你这个大骗子了。我看到他的凯迪拉克跟着出租车一路到小区门口，又在我下车后于拐角消失。

我心里是恨的，恨他是个坏男人，但好歹，算个好市民。

只是没想到，"这辈子不见"这么快又见了。

我好讨厌他什么都懂的样子，显得我咋咋呼呼，像个半瓶水晃荡的小学生："韩彻，你真的是个混蛋，我后悔认识你！"

你看，我都矫情出了些什么对白。一阵冷风刮过，我一个哆嗦，抖了抖。

"林吻，我混蛋？"韩彻面色骤冷，一步一冷哼，携着凛冽的眼锋靠近我，"我在追你的同时，你也在跟我好，何必把自己摆在一个情感弱势的立场，你在跟我接触过不是也学到了很多东西吗？只受到了伤害吗？没有在和我的聊天里找到不同的自己？没有在失落里唤醒新的视角看待问题？我们这场男女关系一开始就是游戏，只强调掉血，不说杀伐的快感，就是没有游戏精神。"

今晚无星无月，世界黑得畸形。他字字诛心，我气血倒涌，汗毛竖起，两拳在身侧攥得死紧。

这个男人是真的渣，事后便说如此无耻至极翻脸不认人的话。不知是冷的还是气的，我牙齿颤得直抖，被架在受害者兼受益者的立场不上不下。

"你不傻吗？一个男人亲你摸你，你却把他当朋友？"他说话的气息像巴掌一样扇在我脸上。

怒极之下，绝望之时，我"啊"地尖叫出来，抓住韩彻的手张口便咬，下了狠嘴，眼泪一边咬一边肆虐。上面动嘴，下面下脚，拼命踹。

我真的是遇见了极品渣男，才会在被调戏之后，还要落得被数落到哑口无言的下场。

韩彻抬手，将我凌空吊起。我气头上，恨不得鱼死网破，不休不止地发泄，按照后来韩彻的说法，我当时像影视中中疯掉的人。

见我如此，韩彻严肃冷厉的表情变脸似的倏然柔和，揽我入怀，箍腰晃荡。他蹙着眉心，急得不停地顺我的后脑勺，好声好气地安抚道："怎么哭了呢。完了完了，吓唬你这招演过了，不好使，怎么办，妹妹，我错了。"

心头的锐矛瞬间化成丘比特的箭，这个男人真的是混蛋。我仰起涨红的脸，用尽全身的气力瞪住他，委屈得要命："韩彻你刚刚好凶！"凶得我童年被老头吼的阴影都上来了。

我肯定哭得丑死了，毫无表情管理，但我已经不在乎了。说实话，他骂我的瞬间我真的绝望了，虚伪的调情不可怕，那确实是成人游戏里掉血的代价，但怕的是翻脸无情，那最后一点关于人类的信任都消耗殆尽了。

他可以不是好男人，但得是个好人吧。

他蘸了蘸我的眼泪，点在我眉心，挤出一个赞许的苦笑："还是你这招好使。"

我哪有招，全是气急败坏的本能。但我还是极有胜负欲地吸了吸鼻子："哼，你输了吧。"

"我输了！我输了！"他说是这么说，但我抽抽噎噎得停不下来，委屈泛滥成灾。

他又叹了一口长气，捏起我的下巴，不似往常花招百出，此刻更像是一种温和的安抚。

好奇，沉浸，融化。

我止了哭，鼻子也通了，双脚渐渐落地，复又踮起，拥他回吻。

他亲完："接吻这招还真是百试百灵。"

我待在那里，愣愣看着他，湿漉漉的嘴唇湿漉漉的眼，楚楚可怜地映在韩彻眼里。

他看了我一会，终是叹息一声，没再继续玩笑："不过呢，我也是第一次用，以前觉得只有没用的男人才会用这招制'敌'。但怎么办呢妹妹，"他两手揉着我的耳垂，声音像化骨绵掌，"我现在在你面前什么招都没了。"

我费劲地换气，彻底没了脾气，一上一下像跳楼机一样被操控着情绪，我兜不住了。我抬眼将缴械状的韩彻扫了一圈，冰凉的手触上眼角的小伤口："疼吗？"

"怎么会疼呢，"他按住我的手，浮起意味深长的笑，"妹妹出师了，我心甘情愿。"

"我……"我听他这么说，真以为自己有能力操控男性，还不好意思起来。

但，事实是我天真了。

张铎冲到二层，一副凶态拎起韩彻的领口，欲要拽他下楼，向我道歉。是的，只是道歉。

韩彻说张铎来时正是他郁闷的时刻,我问他,你郁闷什么。他说酒不好喝,我撇起嘴角继续听。

他说,当时听我在楼下,还和张铎一起,而且张铎的衣领松散,一看就刚折腾了番,他当即拎起张铎的肩领,反手一甩,想自己下楼找我。可能由于心急,力道失控,张铎摔了个措手不及,被掼至楼梯角,姿态不太好看。

原本抢风头的事最后搞得如此狼狈,张铎自是不愿,于是追到一楼,拦住韩彻,两人扭打了起来。

说到底,起因是我,但最终干起架来,纯粹源自男人那点虚无的自尊心。

"妹妹,下次想报复我可以换个聪明点的招。"

我破罐子破摔没风度地否认道:"谁想报复你,太给自己长脸了。"

"你不想吗?"他钩钩我下巴。

我扭开脸,懒得理他。

不过好歹他和张铎因打架滋事闹进了局子,算折腾了下这俩男人。

但韩彻说,他们做笔录时,酒醒了,态度良好,互相谦让,在警局聊了起来,谈起最近股市的动荡,握手言和完便与捞人的朋友走了。警察都说第一次看到打架的人是这样走的,玩笑道,希望以后都是高素质人才闹事。

我脑袋顶着问号:"你别说你俩还约了下次一起喝酒。"

"你怎么知道的!"他一副"你真聪明"的表情。

我翻了个大白眼,俩神经病。

下一秒,他摸摸我的头,交代道:"想得美,在警局做脸好走人,实际我们谁都看不上谁。"

"是吗?"

"是!"他亲亲我的额角,"看上同一个女人的男人,这辈子都成不了朋友。"

我突然有些局促,眼睛都不知道往哪儿摆,知道他在哄我,所以他问我"听了开心吗"的时候,我并没意外。但这股霸道的甜意,戳得我喉头发紧。

"妹妹,"他拉过我的手,"你要生气就冲我来好了,搞那么迂回干吗?白费那美人计的工夫。你又不是他女朋友,这种人是不可能费那劳什子劲儿帮你出头的。"

我气道:"我怎么冲你来!我玩得过你吗?"

他鼓励我:"你不试试怎么知道!"

"我怎么试啊!"神经病啊!实力明摆着,我被遛得到这会儿都没缓过来!

"你知道怎么报复我这种人最好吗？"

我眨眨眼。

"让我也爱上你。"

第八章

网络时代，网友与网友之间的关系就像蒲同英，看似聚拢，实际风一吹便散了。

我作为一个在社交网络沉浮的达人，深谙其理。

那夜之后，我和韩彻继续做朋友，但没有彻底原谅他。没原谅他是我的说辞，主要是，我根本没有想好要如何与他相处。

我和他一开始做朋友，便以一种他残缺、我不计较的互惠关系平衡，掌握他的秘密，替他保守，与他打趣。现在的他正常且完美，如此我真的落到一个普通女网友的平地上，毫无特别性。

年底各家公司忙着收尾，年度报告总结，各种新年尾牙，韩彻很忙碌，前两天在朋友圈发了张拳击手套的照片，心情是——忙疯了！

我点开看了两眼，又关上了。

上周肥仔叫我出去喝酒，我真是要笑掉大牙，肥仔虽然和我关系很好，但绝不会越过韩彻来邀请我，只有一种可能，韩彻让的。

我终究是个填空局的人，于是回复：【有约了。】

回完肥仔，没几分钟韩彻便来叨叨了：【姑娘大了，会跟别的男人跑了……】

我学他的幽默套路回复：【是啊，总不能在一棵树上吊死吧……】

离了韩彻，我的生活骤然落空。在夜夜笙歌的罅隙中享受了两天安静，接着便无底洞似的空虚了。我灵机一动拉着同事去酒吧，就是那个谈恋爱的张杨，却被喂了一嘴狗粮，她男友八点就来接她，说女孩子去酒吧不能太晚，坏人多。

这是清吧哎。

我目送她离开后，一个人坐了一晚，听着靡靡之音，寂寞得无病呻吟。临走时，我注意到角落的男人，西装革履，正襟危坐，与松快迷离的亚热带风格酒吧格格不入。许是多瞄了两眼，他察觉到了，朝我笑笑。

我到家依旧蹑手蹑脚，看见客厅没有怪兽，松了口气，丢丢被领进了房间。

丢丢是我从 58 同城上买的狗，送给室友做补偿，她将那个月的水电费承包，如此，这一段尚算和谐的室友关系便要告一段落了。

我最近在找房子，准备搬家，不再合租，开销会比原来大，但一个人的空间终究更自由些。

终于不用经历被陌生男人、庞然大狗支配的恐惧了。

找到房子那天，公司也发布了过年的休假安排。我定了机票准备回北方老家过年，梳妆后出门见一个女网友，约在那家清吧。

表姐听说我要回来，问我，你带男朋友回来吗？

我翻了个白眼，八字都没一撇，但非常积极地敲下：【下一年再接再厉！】

新手机是韩彻给的，坏的次日便闪送到我家。这像个笑话，作为"赔偿"，换了台苹果手机？

我转账给他，他一直没收，24 小时后钱自动退款回到账户。我心里一直惦记着欠人钱了，也不知他会不会惦记，他欠了一个姑娘相信人的真心，或者，他更可能惦记着别的。

我很意外，酒吧里那个男人还在，只是今天穿着休闲了许多，T 恤牛仔，没有那日的精英气，倒像个 IT 男了。他举着杯酒沉思，依旧独坐。

我和女网友是因为喜欢喝酒结识，约好今天把酒单的酒都尝一遍，饮完几款热门酒，兴致寥寥，不够刺激。于是我提议，猜酒的成分，猜中较少的人去找那个男人要电话号码。

她一听很是兴奋，大概是觉得自己必赢，而恰好，我并不想在这局做赢家。

果不其然，我压根没想到会有枫糖浆与低咖，于是半推半就，举起酒杯向他走去。

他没有多帅，长相中规中矩，但忧郁独坐的气质非常吸引人，我莫名想到了救赎这个词。

我走过去，打了声招呼。他眼中闪过讶异，似乎猜到我来干吗，忙低下头，耳根泛起红晕。

我见惯了韩彻张铎这种厚脸皮，害羞倒像是男人稀世珍宝一样的属性了。

他叫王端之，文绉绉的，是个国企的中层干部，三十三岁。这个年纪，其实不用问也知道，离异，一个孩子归太太。

我性格深处是孤僻的，跑到人前尚算活泼。

我们没有多少共同爱好，毕竟年龄差在那儿，但男女的互相吸引可以擦碰出很多莫名其妙的话题，连附近菜场都可以侃上两句。我与他越聊越带劲，直到女网友给我发来微信，我才意识到自己不是一个人来的，差点忘了。

走前我问，可不可以交换联系方式。

他飞快掏出跃跃欲出许久的手机："我扫你？"

我们默契一笑，那一刻我想，新生活开启好像不难。

巧的是，当晚韩彻发来消息：【妹妹，过年回去吗？】

【回。】

【那不知我是否有荣幸在你回去前请你吃一顿饭？】

我想了会：【你不是说忙吗？】

【Yep,but never for you.】

他发来地址给我：M市中心商贸72层。

我记得那是旋转餐厅，问他：【我需要穿晚礼服吗？】

【生意难做，催款失败，兜里钱只够在普通餐厅吃。明年估计要吃软饭了。】

就知道贫嘴。我随手回复：【跑车利用率这么低，可以先变卖它，就不用委屈自己吃软饭了。】

约得好好的，结果那天女领导挺着五个月的肚子见红了。我们一阵忙碌，问候领导，收尾工作，临下班时接到了领导来自医院的电话，让我把她午休摘在桌上的浪琴手表给她送去。我看了眼时间，勉强来得及，可忽略了下班高峰两个区之间的拥堵，光南环桥我就叹了20分钟的气。

我打电话给韩彻让他等等。他说盒饭已经吃掉一份了。我失笑，就知道开玩笑。

赶到中心商贸，好不容易等到电梯，只能直达68层，我问72层为什么不能到，服务人员告诉我在另一边，我气急败坏，绕了个大圈子终于杀到72层，美好的心情统统殆尽。迟到了整整一个半小时。

我喘着气问这里除了旋转餐厅是不是有一家普通餐厅。对方摇头，我灵机一动，问他，有没有一位韩姓先生的定位？

服务生点头，带我径直行至露天餐厅入口。透过玻璃门，我看见韩彻身着深蓝色丝绒西装，英俊笔挺地端坐，正低头看手机。

下一秒，我手机一震：【妹妹，到哪儿了？】

我往往玻璃定睛一照，瞬间晕厥。上了一天班妆掉得差不多了，只有上楼前补的口红还在，单肩毛线衣，牛仔裤，通勤粗高跟，与这个场合、与韩彻格格不入。

这种事关女生形象的事情怎么可以开玩笑！我气恼自己没有好好查查这里的餐厅类型，信了这个人的邪。

我绝对不会穿成这样和他面对面进餐，那堪比凌迟。

我拨通电话，他秒速接起。

他看见来电自然而然浮起的微笑，化了我心头百分之二十的怒火。但我第一句话还是非常暴躁："韩彻！"我喊了出来，隔着玻璃见他肩头抖动，手掩着唇偷笑起来，这有什么好笑的，他是不是猜到我会这么狼狈！

我质问道："你什么意思！"

"怎么了？"他这才反应过来我在生气，笑容微滞。

"你为什么约在旋转餐厅？"鉴于公众场合，我降了两格音量。

"你上次不是说想吃贵的吗？"

"上次都是两个月前了！"

"那……"他迟疑在那处，似在思考。

没有包装愠意的韩彻真是难得一见。我眼珠一转，话锋一转："不过呢还是谢谢你这份心意，鉴于你骗过我那么多次，所以我以牙还牙、骗了你！"

他脚一蹬，手掌桌欲要起身："你没来？"

"嗯！"我对着声筒干笑两声："就问你现在生气不生气！"

他愣了一秒，低笑起来，不信似的："真的？"

我来了火，每次就知道耍我："什么真的假的，就许你骗我，不兴我骗你？我就是没来！"我，林吻，放你鸽子了！

还没得意两秒，听他沉声唤我："妹妹。"

我一个人在角落翻白眼："干吗？"

"我愿意被你骗。"

神经病。我挂了电话便往外走，行至柜台想起要不把单买了吧，还欠他手机呢，刚要唤服务员转念一想，我买了单不就证明我来过了吗？我摇摇头赶紧溜，做戏要做全套，虽然知道这种"骗"无比低廉，但好歹骗到了，管我过程是不是比他还心酸。

电梯里没有信号，出电梯时信号格慢慢回升，弹出一个未接来电和一条微信：【妹妹，你要不要考虑骗我一辈子？】

这男人这时候还不服输，非要扮演白马王子扳回一局。

【不好意思办不到！按照男女平均寿命，男人比女人短命八年，你比我大七岁半，我骗不了你一辈子，你在我半辈子的时候就挂了。】

我气得手指使劲戳屏幕，上了出租车又傻乎乎地笑了，两个人穷折腾什么呢。

事实上，我们在那晚之后便僵在了那儿，聊着聊着便能杠上，你一句我一句，非要较个高下。我有天疑惑，我和他以前也是这样对话的吗？这才发现不是。他以前说什么，我都是傻乎乎奉若圣旨、信条，难怪尽让他占上风了。

他那天的原话是"让我也爱上你"。什么意思？底层逻辑就是我爱他。

这个人自恋到放了个显微镜在我心里，还顺带摆了个放大镜。但我没反驳，怕越说越乱。我啐他："你想得美，休想再耍我。"

此人花样百出，半真半假，骗我跟他转悠，还要骗我去偷心。偷心又不是摘桃，哪儿那么容易，何况有些人的心就是红色石头，我绝不中他的圈套。

他就是喜欢跟我闹，想找个伴儿，装病的招儿使过了，便换一个招逗我。

是，我承认我也享受和他在一起的日子，被骗也乐乐呵呵的，但一直处于下风的我就像一个美丽废物。

我不愿意时时被耍弄，事事后知后觉。但我也不会蠢到与他一刀两断分道扬镳，这是气头上的决定，气平了立马收敛那意气冲动。我一个人在M市孤苦伶仃，无亲无友，万一擦磕碰撞，感冒发烧，我还可以找他。如此势利眼，不愧是我。

和韩彻浪荡的日子不是白瞎的。不用歌来唱"童话里都是骗人的"，我亲身经历过一段难以名状的风月后，醍醐灌顶，清楚自己不是最美的公主，不是合适水晶鞋的灰姑娘，不是等得到王子来吻的睡美人。我不再做"傻白甜"的梦，至于那个浪子谁爱终结谁终结吧。

第二天一早，我一样样打包装箱，细心分类，还在箱子上贴上卡通贴识别箱内容物。

我拧了瓶水，喝了一口，见王端之搬完这些，腊月天满头大汗，赶紧找纸替他擦，左右在空房间扫视，再没矿泉水了，不好意思地说："你要不嫌弃……"

他本能地摆手手自己不渴，见我递到半空不上不下，憨厚一笑："那我不对嘴。"

我托着下巴，这才是第三次见面，我就敢支人给我搬家了。在酒吧开拓的第二性格未免也太彻底，我几乎成了一个自来熟。拜托人帮忙的同时也找到由头请他吃饭，增进了解，他开着他的本田带我到了一家本帮菜馆。听他说，这里的菜便宜好味。

富有生活气息的男人便是如此，接地气，我看着档次骤降的车内饰，竟没什么落差感。这就是我该过的生活。

我倒不是多喜欢王端之，只是在酒吧多看了几眼，生了点兴趣，人是越交流越擅交流的动物，韩彻与人交流的技术绝非一蹴而就。

他不幽默，话不多，有的只是阅历与沉着。整个场子全靠我热，我倒也不累，叽叽呱呱说个不停，说起我在M市不认路走丢、租房和中介小哥看楼时刻防狼的各种糗事，他被我的描述逗得直乐。

不知道是不是我自作多情，有一瞬间他看向我的眼神像是要娶我。

后来上豆瓣无意中看到一句粗鄙的总结，男人最容易高估的两件事，一是自己的机能，二是前女友对自己的感情；女人最容易高估的两件事，一是自己的外貌，二则是异性对自己的感觉。

好吧，我承认，这句话不一定准，听起来像老年朋友圈咋呼人的标题党，但不巧，完美印证在了在下身上。

虽然这头与王端之交流状态良好上升，但年关的临近也意味着一段异地。肢体进度条中止加载。

韩彻说好要送我去机场，我答应了，却忘了告诉他我搬家了。

下午三点的飞机，他十点便出发来接我，说要补我一顿简餐，我这会儿才想到：【我搬家了！你开到景城花园南门口。】

他过了一会才回复：【什么时候的事儿？】

【就上周。】

韩彻来得很快，主要是小区离新城区比较近。简单梳妆后，我站在南门口等他。这次因为搬家，行李顺带打包寄回了老家，只有一个简装背包，无比轻快。

一开车门，摇滚乐队便飘了出来。我笑说："你还挺嗨嘛。"这是我第一次见他开车听歌。

他没看我，调低音量，淡淡问："他人怎么样？"

我倒也没多意外，他一向聪明。

"三十三，不帅，不幽默，贵在老实。"瞎说的，我和王端之发乎情止乎礼，压根没提及进展关系这一层。

韩彻蹙起眉心："三十三？"

"哦，结过次婚。"

韩彻点点头，没继续这个话题。被调大音量的音乐打断了对话气氛，我们难得在车上安安静静的，一言未发。驶至市街闹市街区，韩彻兜了一圈在自行车、电动车的空隙中艰难停车。下车他看了一眼，一把拉住我扭头就走："快跑！"

我疑惑："怎么了？这里不让停吗？"

他脖子像打了石膏，没法回头似的："停得太丑了。"

我好笑地转头，他赶紧把我的头掰过来："别看别看，不能毁了我英明的形象。"

韩彻带我来的是位于 M 市老菜场里的一家餐馆。笼屉的蒸汽浮在面上，大铁锅中的鲜香味唤醒食欲。如此烟火气的餐馆，倒是出乎我意料。

我们到达时恰是午餐排队的中高峰，店里坐满了堂吃的叔叔阿姨。

他熟门熟路，礼貌弯腰打了声招呼。拼到座位后，韩彻指着墙上被油垢浸匀的菜单问："喜欢吃什么？"

我撑起脸："红汤馄饨？"我重口味。

"这家店的泡泡馄饨很有名，"他指了指外面排队打包的食客，"他们基本都是来买这个的。"

"好啊，我不熟，你点，我不挑食。"

韩彻点了三碗泡泡馄饨，一屉小笼，一碗甜豆浆，一碗莼菜汤。

我们是拼桌，点的太多，小半张桌子堆不下。

韩彻将两碗馄饨并成一碗节约空间，我们手搭在桌边艰难又舒适地吃着，这是我熟悉的平实环境。

"你怎么想到带我来这儿吃啊？"我舀了个泡泡馄饨，吹了吹，张嘴一尝，眉峰不觉挑起。这个馄饨味道不见多独特，但由于皮薄，每个小馄饨都鼓起一股气，挺着小肚皮儿浮着，一口咬下去，汤汁儿饱满，葱香四溢。

"我从小在这条街长大的。"

"真的？"我向塑料帘子外张望。

这条窄街年代久远，是十几二十年前本地人的居住区："我看你像是养尊处优的大少爷，没想到也是巷弄里出来的。"

"我养尊处优？"他指着斜前方蔬菜摊位的老阿姨，"你知道我小学每天放学要去那里干吗？"

我看了眼农贸菜场那入口的摊位，摇摇头。

"我每天都要去捡菜叶。"他见我不信，笑着耸肩，"我小时候有几年新鲜蔬菜都吃不起，爸妈又忙，我捡完烂菜叶回去，自己拣完、洗好，等我妈下班回来煮。"

我惊讶得嘴都合不拢，下意识看向他的手，白白净净，不像干活的，"真的啊？"

他两眼一眯："假的。"

我脑门轰地雄起一股子无名火，眉心隆起小山丘。

"好啦好啦，真的。"他看我表情不对，马上摸摸我的前额，"哈哈哈哈，总想逗你。"他舀起莼菜汤，喝了几口，还让我也喝。

我夹起一小嘬叶子尝了尝，口感甚是奇怪，滑溜溜的，他说："我小学得了荨麻疹，总起风团，又老挠，去了好几家医院都看不好，有天莫名其妙就好了，后来发现，就是家里特别困难，捡菜叶那段时间好的。"

"为什么啊？"

"当时没想原因，后来没几年又发了，那会条件好了，去更大的医院看还是不见好，就想着算了，反正死不了。有次我妈做这个汤，我吃了之后风团褪得很快，早上起来就消了大半，现在我每个季节都要喝莼菜汤。"

"这么神奇？"

"并不适用每个得荨麻疹的，我查了，估计我的诱发因素是中医里讲的'上火'，这菜恰好有降火的功效。"

我哈哈大笑："你也信中医？"中医是那年知乎上热议的"玄学"。

他抿起嘴角，一副知乎大神的高深表情："我持保留意见，但不一概否决。"

吃完我问他，后来哪来的钱去投资路桥设计公司，怎么听都觉得是富二代干的事儿。

他说唷老，后来家里条件好了。那年他妈下岗，卖了嫁妆和乡下几亩地，果断下海，没想到风生水起，三年搬离巷弄，住进了楼房。后来他爸从国企出来凭人脉与他妈搞起小商品批发，又做产品经销，一路干了不少行当，走上致富之路。

三言两语，说得轻巧，我听着莫名沉重，感觉他现在日子虽好，但童年还挺跌宕的。

韩彻在一户住户前停下，窄门半开，红漆半脱："我小学三年级之前都住这儿。"

我猫身探了一眼，从缝里看，是未经修缮的青瓦白墙老风貌，典型两户小院。

我问他："怀念吗？"

"有点，偶尔来这儿吃东西会看一眼。不过，不会怀念以前的苦日子，只是那么苦还能那么开心的感觉还挺怀念的。"他扯了扯嘴角，略显苦涩，在我捕捉到的下一秒，他冲我一咧嘴，"走啦，妹妹，送你回家。"

到达机场时，他抱了我一下，很快便礼貌地松开。

我朝他挥挥手转身便走。刚走出两步，身后便传来不甘心的声儿："妹妹我都带你去我长大的地方转悠了，你不礼尚往来一下吗？"

我立在那处没动，背着他翻了个大白眼，我说怎么变性了，如此真诚，与我交流少时往事，原来雷埋在了这处。

"怎么礼尚往来？"我明知故问。

他上前一步："这我得教教你，就是成人之间的客套。你就随便说句邀请，然后我礼貌地说下次。这样我们都不会太尴尬。"

我"哦"了一声："谢谢你带我去你长大的巷弄，有空请你去我家那块儿吃烧烤。"

"好啊，我有空。"他抄兜，笑得无比真诚，真诚到刺眼。

我猜到了："我没空，改天吧。"

他掏出机票朝我晃晃："改哪天啊，我现在改。"

我震惊得抢过他的机票，和我竟是同一班，皱起眉头不解地看向他："你没事吧。"

他两手一摊，理所当然："今天周六，我可不就是没事嘛。"见我愣着，一把揽住我，"妹妹，走！我们冬游去！"

我的机票是托肥仔帮我用他单位的服务器抢的打折票，韩彻和他狼狈为奸交互信息并不奇怪，要揩人油水，总是要牺牲点隐私的。

春运，高峰，机场也人山人海，我担心韩彻回不来过年，问他："你回程的票买了吗？"

"定了，明晚。"

"这么赶啊。"我嘀咕了声。

"舍不得我也不行，我必须要回家陪老头老太太过年的。"他钻我话锋空隙，故意曲解我。两小时航程极快，我捧了本杂志打个盹便到了，我问他你平时出门是不是都坐商务舱。

韩彻表示我受影视剧影响太深，像他们这种基层技术人士都是经济舱，自己出去旅游如果带妹妹才可能自掏腰包出点血。

我捧起脸，朝他眨巴眼睛："我算那种妹妹吗？"

他点了点我的鼻子，牵起嘴角，神神秘秘地反问："你觉得你算吗？"

我俩嘿嘿一笑，没继续说这茬。

下飞机我又带他坐了两小时大巴。巴士上我们脑袋挨着脑袋，睡得贼香。韩彻先醒，扶正我的脑袋，自个儿揉眼睛伸懒腰，乘务员阿姨估计急着下班，冲韩彻说："把你老蒯也叫醒。"

"啊？"韩彻没听明白，还好我已经醒了，拉他下车。

他问我，刚刚乘务员阿姨认识你？

我笑弯了腰，他见我笑更好奇："你小名？"

我边笑便打他："你小名才叫老蒯呢。"

出了汽车站，灯火稀疏，路灯之间间距极远，出租车上明暗交替晃过疲惫的面庞，我半眯着眼，即将入梦。韩彻精神抖擞地张望："你们市这块城建不行啊。"

我闭着眼睛，手盲伸到他嘴边，用力捂上。家乡是自己可以说，但是别人说不得半句的地方。一股热乎乎的气流呼在掌心，我听他威胁道："我伸舌头了……"

我赶紧缩回手，这个臭流氓。

韩彻被我安置在家附近的快捷酒店，定了间标间。

我到家和爸妈打了声招呼，他们做了一大桌子菜，而我在 M 市那秀气地方待久了，蓦然看到这么夸张的阵势，兜头一盆幸福的热水，心头淋得滚烫。

我拍了张照片给韩彻，他问我能不能打包给他吃吗。

我取出饭盒，吃完打包带走。

我爸妈还不解，朋友就领回家住，家里有空屋儿。

我摆手："她们南方人讲人家有讲究，不像我们。"

我准备开溜，我妈不乐意地在后头嘀咕，"头晚就不住家，难得回来趟，都没瞧仔细呢。"

我怼到我妈脸前，捧起脸一挤："胖了胖了，长老多肉了呢！"

为了男色我背叛了久别的父母，一边过马路一边骂韩彻。一进房间，他正在看电视，冲我惊奇道："南北的电视台都不一样呢。"

"应该多了些本省地级市的台吧，"我打开食盒，"吃吧，我爸妈煮东西口味重，你等会多喝点水。"

韩彻一边吃一边夸手艺好，没一会，神神秘秘推推我："我刚刚百度了一下。"

我正在和老同学约聚会，没抬头："什么？"

"老蒯。"

我瞪着他："吃你的饭！"

韩彻问我晚上去哪儿玩，我说带你去按摩，要知道北方的按摩业是非常发达的。

他问："是健康的还是不健康的？"

我拿出手机，准备找个男同学问问："要不我给你问问不健康的在哪里做吧，我只知道有营业执照的那种。"

当然最终我们选择了溜冰。墙上的电视机正好播放到这个情节，他说喜欢在北方溜真冰。我带他去了我以前常去的露天溜冰场。换了冰刀鞋，韩彻兴奋得像个孩子："你知道吗！有年我在什刹海溜过！太开心了！"

我十分冷漠："这儿没什刹海那么大。"

他兴奋得根本听不见我说什么，左右打量露天溜冰场："你们北方孩子太幸福了！"

我生理期要来了，整个人情绪振奋不起来，恹恹的。在他自嗨的"夜场叫麦"带动下，勉强提起点劲儿，突然想到个问题："你会溜吗？"

他递了个眼神给我："我什么不会！"说罢借我掌心的力，反手一推倒溜了出去。

说实话，北方太冷了，我蓦然从湿冷走到干冷，在抽巴掌一样的冷风里哆嗦，他拉着我溜了会，人才暖和起来。身边的男女老幼都穿的深色，我隔着手套捏捏他，他回头。"你想到哪部电影了吗？"

他思考了一下："跟你想到的一样。"

我用力点头，真想抱起他的脑袋用力亲一口，我可太喜欢这种默契感了。

"那还差点什么。"他松开我，左右开道，找到块稍空的地儿，张开双臂，腰胯摇摆，跳起舞来。

想韩彻在夜场，激光灯球为他铺就灯光，腰身一扭，自是帅气。但这会我们裹得像球，肢体笨重，像在跳机械舞。我笑得直不起腰来，要不是掏手机太冷，我可真想录下来，以后好嘲笑他。配上溜冰场的乡村迪斯科背景音乐，他可太土了。

他见我笑，跳得更欢，冲过来环住我，试图带我一起。我完全没准备，一下猛的冲击后，一番左摇右摆，终是笨重地双双倒地。韩彻压在我上面，大口喘气，冰凉的鼻尖拱拱我脸颊："妹妹开心了吗？"

"我哪有不开心啊。"他沉，我推他，"快起来。"

他作势一撑，又跌回了我身上，还蹭蹭，要赖道："完了，我起不来。"

我打他，厚厚的手套捶进厚厚的棉服，也不知他感觉到没，故作凶态提醒他："你别乱来！"

遛了个冰，出了一身汗，我的肾上腺素回来，拉着韩彻去吃我回来必吃的烧烤。

他拿着菜单开始乱点，我吓得赶紧拦着："我们这里的菜量很夸张的！"

他没听我的，还说自己吃得掉，结果上了两盘串他就哑口了，最终还剩了好多东西，一路上我都在翻白眼，像个管家失败的小媳妇，嘟嘟囔囔。

送到快捷酒店楼下，韩彻还在不开心："林吻，这么没劲，待客就是把客人一个人留在房间？"

我好笑道："难道要 24 小时陪游？"

"也不是不可以啊。"韩彻作势要拉我。

"我不要。"我扭身，远他一步。

任谁看我们估计都是闹别扭的情侣，不过确实，说到过夜这个话题，我还是有些避讳的。

他扑哧一笑，脸马上又垮了下来，似乎接受了这件事。"好，那我送你到你家楼下吧，毕竟北方民风彪悍。"

我拧巴："不许说不好。"

他对着风大喊："好，我太喜欢北方的风了，想多吹吹。"

喊完他便低下头，没再说一句话。这种沉默在他身上极为罕见，他从来不是故作深沉的忧郁王子。

等红绿灯时，我踌躇："要不……"

他像是终于盼到了，脑袋猛地抬起，一把拉住我，头也不回地往酒店走："不什么不，我绝不动你！"

第九章

我出门时便知道韩彻一定会留住我。我对这家伙的套路早已熟悉。

我就想遛遛他，看他如何不知情地挽留我，顺带催发他那点愧疚感。

韩彻洗完澡哼着小曲擦湿发，心情美得很，自以为苦情计留住了妹妹，却不想
是妹妹故意说走，欲拒还迎。

我在手机上继续约饭。刚溜冰那会群里疯狂呼唤我，怎么人没了，我正给大哥
大姐们赔罪，边打字边笑。

韩彻一个眼锋扫来："你跟谁聊这么欢？"

"跟同学。"

我投入在手机屏中，忽略了空气中凝滞的那几秒。韩彻问："你和那个33在
一块了吗？"

"还没。"我老实回答。

"进展到哪一步？"

阳光穿透隔空对嘴的矿泉水瓶的画面就这么撞进了我的脑海。我把间接吞了，
说了个："接吻。"

韩彻撑起头，一动不动盯着我，眼神复杂。我被他瞧得不自在，问他怎么了。

"妹妹，你好渣啊。"

我愣了一下，下一秒怒了，腾地坐起："你说谁渣？"

"接吻了还说没好上。"

我皱起眉头："那行，那就好了。"

又安静了会，韩彻今天跟我斗嘴的间隔时间有点长，一看就是在打坏主意。果不其然，他指尖在我手臂上轻轻地挠痒，漫不经心地问："你说我的接吻技术好还是 33 的接吻技术好？"

我一言不发，斜睨他。韩彻理所当然："我就想知道吻技和实战有关还是跟年龄有关？"

什么玩意儿。是不是我说 33 的更好，他立马不服气，申请再次实战验证？休想得逞，于是我说："你的更好！"

但我低估了韩彻的战斗力，他了然地点了点头："所以我鼓励你多谈恋爱，多谈之后就知道什么更好了。"

我给气笑了，拧身拳打脚踢。这个男人真是嘴上花招百出，又气人又好笑。

他圈我在怀："不过呢，既然你都不确定在没在一起，那就是没在一起，如此我就不怕挨揍了。"

"你被人揍过？难怪要练拳击！"我说呢，这运动项目不算热门，原来是用来防身。

韩彻为自己辩白："是我有原则，不碰有主的姑娘。"

"这么有原则？你也没那么渣哈。"

"那是，我有底线。"他冲我扬下巴，还抵得意。

我睨他："你的底线是？"

他握上我的手腕，抬至空中，掰起食指，比了个一："你情我愿，"掰起第二根，"安全措施，"第三根无名指开始打弯，他用指力控制住，"彼此单身，"竖起第四根，"休要恋战，"他张开我的五指，"最后一点，在尽可能的范围内不要让姑娘太伤心。"他说罢，五指插入我张开的指缝，与我十指紧合，搁在身侧，问我："你呢？"

我蹙起眉头："我怎么了？"

他故作了然，点头道："懂了，你就是没有心，所以不觉得自己渣？"

"我没有心？"

"没有心的人不会觉得自己没有心的。"他说，"你谈过那么多次恋爱却从来没有伤心，你知道为什么吗？"

"因为短！"我说的是恋爱时间，他故意解读为另一种时间和长度。我气得踹他，转念想到另一件事儿，"对了，我没怎么见你抽烟呢。"与韩彻日夜相对一周有余，平时也会碰面，我只见他抽过一回烟。

他闷在我肩头："我不抽烟。"

"我那天怎么看到你抽烟？"

"装呗。"他做了个夹烟的动作，口唇噘成圈，"你不觉得很帅吗？"

这个男人到底为追女孩学了多少东西啊？"不觉得，只觉得你神经！"我拿起手机，继续回复消息，他枕在我肩头，与我挨着，一点儿不见外地问我，这人谁啊？那个呢？

我给他讲，这人应该勉强算我的初恋，那个好像拿走了我的初吻。哦，对了！这个仙女头像是我们班班长，你知道吗！她大学曾和现在某知名影视小生谈过恋爱！

我无比激动，两眼迸发出八卦的火花，指望从他眼里瞧出同样的意思，却不想他对明星不感兴趣，指着在我每句话后面回个"哈哈哈哈哈哈"的人问："这个是不是也是你前男友？"

我想了想，点进头像，不是好友，没有备注。"应该不是吧。"我和前任们关系都还不错的，没印象应该不是。

"林吻。"韩彻猛地坐直身体，面部肌肉扭曲起来："你知道你刚刚都用了些什么词吗？"

我歪头："什么？"

"你用了'勉强算初恋''好像拿走我的初吻''应该不是前男友'这种不确定的词！"

我苦着脸想了想，貌似是这么说的，遂自我辩解道："之前的事儿，多少年了都，细节记不清不很正常吗？"

"拜托！是前任！又不是路人！我当时的同桌，一百天的时候我们吵了一架，这我都记得！"

"我的天！你一百天才吵架！"我捂住嘴巴，"一百天我都打架了！"不敢想象，韩彻曾经是个如此乖的男孩！是什么导致他现在如此变态，一定是之前太压抑了。

"先别说打不打架的事儿，我问你，你没谈过比较长的恋爱吗？"

"没有。"我的记忆里是没有的。校园里男生总是直来直去，而我同样直来直去不解风情。

韩彻失望地摇摇头，半天没说出话来，垂头思考了会，摸摸我的头："不错，你是这块料！"

"什么？"

"你没有心！"

我不满道："你就是说我渣咯！"

"你也这么觉得是吧。"他牵起嘴角，握住我的手，一副你终于承认了的表情，"同道中人。"

夜里朦胧间，我听见隔壁床翻来覆去的动静，惺忪着睡眼透过黑暗，轻声问："怎么，睡不着吗？"

旁边传来一阵叹气声："没。"

次日，我醒得很早，韩彻还在睡。蹑手蹑脚洗漱完，出来时韩彻已经醒了，正单手枕在脑后玩儿手机，看到我招呼也没打，还冷冷瞥我一眼。

我疑惑："怎么了？"起床气？

他打量了我一圈："你昨天做梦了吗？"

我垂眸想了想："不记得了，怎么了？"

他说："你知道你说梦话了吗？"

我踹掉拖鞋蹬了他一脚："神经病。"

"真的！"他盘起腿，懊恼地双手抱头，"你知道昨晚你吵得我多难受吗！"

我愣了一下，立马羞红脸，用力推他，强调道："你胡说！"

韩彻像个不倒翁，摇晃着又稳了回来，来劲了还："你要不要我给你场景重现一下！"说罢哼唧模仿我，羞死人了，我捂住他的嘴，脸拧巴成一团，"那不是梦话！"

他皱起眉头，有些不信。

我睁大眼睛，尽力将眸中的诚恳展现："真的！"

说实话，这事儿我爸妈都没发现，还是住集体宿舍才知道。我睡觉时，尤其入睡那阵会断断续续发出鼻音。室友当时也惊奇，见过磨牙打呼，没听过哼哼唧唧。

我解释完，怕他不信还补充了很多细节，却不想退完房他还沉浸在这茬中，问我："那你听过自己说的梦话吗？"

"啊——"简直了，我挂在他背上勒住他，"那不是梦话！"

我们在酒店走廊上闹腾，恰好有人经过，音量没控制好，见那人投来好奇的目光，我捂住脸，一字一顿强调："这是睡眠呻吟！有学名的！"

韩彻等那人挪着步子终于消失，拿出手机开始搜索："真的哎。"

我懒得理他，留他一人在出租车上刷相关知识点。他对着学名定义分析："你这个应该不是睡眠呻吟，你的睡眠质量还不错吧。"

"不好，我经常失眠。"

他意外："你在我家也失眠？"

"有时候会，"我不耐烦地推他，"别看了，我就是哼唧而已，我未来男朋友都没嫌弃呢！"

"你怎么知道人家不嫌弃？"

我怒道："他敢！"

他斜我："他敢……"我疑惑地看向他，他"嘶"了一声，变了调儿，"就是，你这么牛，谁敢嫌弃你。"

我和韩彻认识许久，因电影结识，却净约了些与文艺青年无干的事儿，今日是第一次去看电影。走入电影院，人山人海，入目皆是手拉手，他自然地将我揽入怀里，我也丝毫没有挣扎的意思。

身体有过亲密接触的男女，只要心无抵触之意，肢体语言是难以做减法的。

临近新年都是老少皆宜的阖家欢电影，我捧了盒爆米花从头吃到尾。韩彻则在旁边补眠，电影结束我俩都神清气爽。

天气灰蒙蒙的，几道金光穿破云层，阴晴不定。北方的冷空气他适应得比我快，我走到室外蓦地吹上冷风还哆嗦了两下。韩彻说我要加强锻炼，问我最近去打拳了没。

我心虚地说去了两回，他点头，并不意外："回去我督促你。"

我们轧了会马路，途经铁栏杆，他问我："这东西真的会黏上吗？"

"会！"我笑着推他，他自是不动。

他问："你舔过吗？"

"哈哈哈哈哈，我没，但我小时候骗别的小男孩舔过。"

他不信似的手指碰了碰栏杆，见没黏住，手指径直捅进看热闹没合拢的我口中，作恶似的，绕着我惊愕到忘了活动的舌头打圈，还戳了戳。

"真吸上了哎。"他试了下，关节活动后才拔掉手指，"不过不太牢。"

我傻乎乎在那里吞咽，撇撇嘴："你要么试试舌头。"

他飞快附至我唇畔，贴着唇角暧昧道："那我试舌头？"

我别过脸，这个无赖。

韩彻没让我送他去机场，轻轻抱了我一下，干脆利落地招车走了。

点开手机，王端之无甚新趣的问候躺了小半天，倒不是我故意不回，只是人的注意力是有限的。我顾得了这头，就顾不了那头。

这个新年我参加了小学、初中、高中同学聚会，每天都开心得像一只小飞机，飞东飞西。只有离开家乡才知道家乡的意义。回到家乡，我意识到自己有那么多朋友，可以约到手软，吃到嘴软，说话说到睡着，半梦半醒还能接着唠。

韩彻新年间或发来消息——

【妹妹，在干吗？】

【玩！】

【在干吗？】

【嗨！】

【不会又在嗨吧。】

【是的！】

【是和你的前男友们吗？】

【我也有很多女孩子朋友的，不过前两天碰着两个。】

【有没有后悔当年没把握住的潜力股？】

我骄傲起来：【没有，不得不说，我看男人的眼光还是很毒辣的。】

韩彻秒回：【谢谢！】

我好笑地语塞。

而我和王端之的聊天显得饱满多了，经常需要我组织半天语言。回来的前一天韩彻打来电话，问明天要不要来机场接我。我保证我就愣了两秒，轻轻"额"了一声，他立马冷哼："知道了。"

我当话题结束了，准备继续收拾行李，没想他闲聊般问："你和33平时都聊些什么啊？"

我想了想："我们聊的都是很有内容的东西！"

他懒散地说："这只能说明你们不熟！"

"胡说。"我和王端之从家庭成长环境、人生五年计划，再到婚嫁雏形构想都聊了。不得不说，虽然聊得有点累，但我思考了很多道理。跟这种人相处还挺能增加思想厚度和思考深度的。

"林吻，真正关系好的应该是像我们这样天天插科打诨，说些有意思没内容的废话，只有跟同事才会说条条框框的内容，只有跟领导、父母才需要汇报未来计划。"

我陷入了思考，本能地否认："不是的。"

"聊天90%都是废话的，才是真正的关系好。"

我没理他，因为我陷入了另一层焦虑，王端之紧着两天问我，那你的结婚计划会提前吗？

我玩笑说，经历过一次婚姻的人应该不会渴望第二次婚姻吧。

他简明扼要，会。

男人当然不都像韩彻这样，三十了还嬉笑玩闹，没个正形。我身边的男同学与我一般大，在本地工作，竟已经积极思考婚事，这叫我震惊，他们活明白了吗？

王端之来接我的那天，天飘着毛毛雨，那渗入毛孔的阴凉叫我再度陷入不适。我带了很多家乡特产，给了他一包，指导他哪一部分放冷藏，哪一部分要尽快吃，见他含笑看我，我问，你怎么了？

他赞许道："你的条理很清楚。"

倒真像是长辈的语气，我不懂怎么接，嘿嘿一笑，腹诽韩彻可真会洗脑。

回M市后我恢复了拳击的训练，但一次都没遇见过韩彻，他说一堆活儿，天天睡在公司，整日狼狈得如同拾荒者。我发了个心疼的表情，却没信他。有一种他曾冷处理我的场景重现感，是啊，男女哪有维持长久暧昧友谊的。

我们的关系一定会在某一方恋爱时戛然而止。

韩彻惯来冷静，也好，我早就习惯了：【你忙你的吧。】

我以前觉得女人是复杂的，心头九曲十八弯，天气一变心思便能颠个身。男人相对来说比较简单，比如我谈过的那些愣头青。韩彻这种脑回路清奇的复杂男性生物属于变种，我遇见算是长见识了。

但否定之否定规律告诉我们，事物发展变化是波浪式前进、螺旋式上升的一个过程，我们会在曲折中前进，我对于男性的认识在王端之身上又经历了一个颠覆。

有一天，我们约在初遇的清吧，他主动谈及了前妻。随着明显增高的约会频率与聊天密度，我们清楚知道关系正走向何处，尽管我的态度比较模糊。

王端之知我酒量好，为我点了杯长岛冰茶，自己则指着杯气泡水细抿。他比较养生，每周饮酒量精确控制，作息甚是规律，他说再往后，身体机能就会慢慢变差还是得早做保养。

我低头喝了口酒，内心替韩彻默哀，他生病的谎言没几年可能要成真了。

他问我介不介意听他和前妻的事。

我摇头，称自己喜欢听故事。

王端之讲起他和前妻的相遇，非常中庸的叙述与内容，无起伏，和万千夫妻的心路别无二致。在条件一般的年纪相遇相知，婚后分歧吵架频频，终是烦恼堆积下意气离婚，幸好两人关系处理得不错，最近他们有约饭，聊孩子的养育问题。

"成人的世界要考虑的东西真多。"

"你也是成年人啊，"他如是说，见我讪讪地，他解围道，"我们这种叫中年人，被线团一样的社会关系包裹、绑架，没法像你们小姑娘，想干什么就干什么，我们这个年纪瞻前顾后的，很多事真的说不清。"

他深深地看了我一眼，我眨眨眼，怎的越说越深了。

回去路上，王端之心情没有去时好，我猜可能与说起往事有关，主动安慰他，他拉过我的手，问我："林吻，你有什么打算吗？"

我心头咯噔，歪头笑问，打算什么？打算下周好好工作，过年回来后我一直没找到工作状态。

他定定地看着我，我不觉紧张，随着脸慢慢靠近，呼吸紧促了起来。我以为吻会停在脸颊或是唇角，符合王端之冷静沉着的性格，但他的吻如少年一般，猛烈直接。

我不禁心想，世上的吻原来不总与性格一致。

那些少年的吻，冲撞蛮横，全靠荷尔蒙撑着。先婚男人的吻，冲撞蛮横，恨不得一通吻把你收拾明白了，但宽厚的怀抱和沉稳的性格将周围的风带出了不同的节奏。

公共场合接吻不好，我却没有慌张，心知他一定都考虑到了。

回到家我还假作惆怅，哎，怎么办呢，好像就这么要恋爱了呢，好久没恋爱了，他比我大那么多，我还没想好呢。

可第二天、第三天、第四天，王端之再没有主动发过一条消息。

正在我彷徨低落，人懵懵懂懂再次失去方向的时候，韩彻打电话说刚加完班，明天下午述标，让我请顿烧烤，给他打气。

他约在我家附近的烧烤店，肥仔也来了，带了新女友，两人如胶似漆。

我推推韩彻，你的酒吧拍档是不是又要少一个了？

他不以为意，接受了这个事实："等挣了大钱，我自己开家酒吧。"

"真的吗？"我快速拉开啤酒拉环，朝他敬酒，"那老板以后记得给我免单。"

"22 岁以下免单。"

"我怀疑你针对客户。"

他满脸堆笑："恭喜啦妹妹，月底就 23 岁了，有什么想要的礼物吗？"

我咬着罐头边缘，狐疑地看着他："你要送我礼物吗？"

"可以吗？"

看他诚恳的表情，我问他："你最近是真的忙吗？"

"你不会觉得我在耍你吧。"他失望地看着我，指着自己的黑眼圈，"看到这没，这是岁月的痕迹，熬夜的证据。我们都到这关系了，你居然不信我？"

我后退半个座，一副提防表情问他："我们到什么关系了？"

肥仔和他女友也好奇地等待，一时桌上三人都看向韩彻，他没出声儿，朝我做了个口型，还那七个字，亦师亦友亦情人。

我知他在调戏，白了他一眼，继续喝酒。

喝了四听，两脚松快不少，我问韩彻："问你，男人亲了你之后却没有再联系你，这是什么意思？"

他看都没看我，自然地说："就是字面的意思。"

"啊？"

他搁下筷子："就是，亲了你，没有再联系你。还需要什么意思。"

"什么嘛！"我不爽他敷衍我，虽然我从中隐隐摸出了点苗头。

"那男的没联系你？"他凑近我，试图从我眼里找答案，我两眼一瞪，"不关你事儿。"

"我们都这关系了，还不关我的事儿？"他将我拉了出去，站在风里审问我，可我半个字说不出口。

我提了打啤酒，坐在路口一听一听地喝："每当我自以为懂男人的时候，就会发现我什么都不懂。"

"你哪里懂了？"

我扭头撇嘴："男人不就是喜欢美色嘛。"说错了吗？

他扑哧一笑，"是，但男人也贪心。贪名贪利贪地位。"

"那他贪什么？"

他明知故问："谁？"

"算了。"我继续喝酒，懒得说了，昨日过客罢了。

韩彻对待工作还是很认真的。他要保持大脑高度清醒，不能喝酒，今晚很乖地静静吹风。

我想起王端之说的保护前列腺，提醒他："你记得要少喝酒，少熬夜，多养生。"

他眯起眼睛，不阴不阳地夸我："跟 33 到底还是学到了点东西的。"

"人那岁数不是白活的。"

"所以你知道吗，岁数不是白活的。我们这个年纪的男人动心是很难的，喜欢一个人很容易，漂亮小姑娘谁不喜欢？谁不想亲？可亲能代表什么？约会又能代表什么？"

我替王端之解释："他不是那种人。"他说话做事都很认真，也极有分寸。

"那更容易理解，要他们牺牲打拼多年才获得的稳定生活，陪你去玩、去闹，任你吊着，是不可能的。老男人对生活的控制欲很强的。"

"我哪有吊 ……"说到一半顿住了，埋头灌了口酒。好吧，我有。

我被韩彻的活法激发了灵感，想在 22 岁开启与异性相处的新模式，但胆子又不够大，小心翼翼抬脚试水，不够深情也不够薄情，卡在半空，节奏失控。所以，王端之看穿了？

可有话为何不直说，又不是蒙眼局，这种事就是你来我往。我越想越气，在韩彻的点拨和酒精的刺激下，我拨了通电话过去。没响几声，他竟挂了，我来了气，继续拨打。

韩彻伸手拦我："不是吧，人家的态度已经摆明了，别闹。"

我不依不饶，着了魔似的连拨三通，第四通终于接通。我冷不丁一激灵，都没想好要说什么，一道尖厉的女声传了出来："有毛病吧，大半夜不睡打骚扰电话！再打我报警了！"

我呆滞地看着中止通话的屏幕，陷入第二重迷茫。

我又失眠了，感情这种事充满了随机性，毫无道理，并且很费睡眠。这次倒不是伤心，而是吓到了。我又看错男人？难道我无意中破坏了别人的婚姻？我越想越恶心，半夜跑去刷了个牙。

早上六点，我接到了王端之的电话，那是他晨跑的时间。我困顿着双眼，将愤怒的骂词卡在了喉咙，心跳在他最后一句话里平复——"困在生活死局里的人是得不到救赎的。"

电话挂断好一会，来了条微信。

【喜欢不总是勇敢的，喜欢有时候是懦弱的。抱歉，林吻。】

我想了想敲下：【我理解你。】点击发送，却发现他已经秒速将我删除了。

我为男人的薄情与冷静哑口。

韩彻下午去投标路上打了个电话给我，说晚上就解放了，聚一聚。我坐在椅子上打瞌睡，毫不犹豫地回绝了，心道，下班了我得回去补个觉。

真佩服韩彻这种高手，一个又一个大美人，一边动心一边还不伤心，活得跟百事通似的。反观我，每多认识一个男人三观就碎一回，闹心。

下班，关机，闷头睡到晚上八点半。

我睡得很沉，做了很多奇奇怪怪的梦。有一个梦好真实，面目不清的男生拿了个大声公站在宿舍楼底下表白，我可太讨厌这种浮夸的男生了，我要泼一盆洗脚水给他！

睡梦中惊坐起，我揉了揉脑袋，呼了口气，现在哪还有人这么俗站在宿舍楼下表白啊。我耸肩一笑，掀开被子准备去厕所，忽地听见梦中那熟悉的大声公再次响起——

"林吻！我爱你！请你嫁给我好吗？我保证一生一世照顾你爱护你，给你美好的生活！"

"林吻！我爱你！请你嫁给我好吗？我保证一生一世照顾你爱护你，给你美好的生活！"

"林吻！我爱你！请你嫁给我好吗？我保证一生一世照顾你爱护你，给你美好的生活！"

我点穴般定在黑暗房间，听到第三遍才在立体的环绕音效中确定这不是梦，飞快冲到窗边。

小区健身器材的中心位置，韩彻被一群大爷大妈围着，白色的大声公搁在地上。我住三楼，隔得远，但很清楚他正在笑，那肩膀欠扁地一耸一耸。

我两手扩成喇叭，大骂："韩彻！你神经病啊！"

我戴了个口罩，恨不得裹个斗篷，在周遭近邻的一片艳羡目光里，领走了这个丢人的家伙。

韩彻还礼貌冲他们挥手："叔叔阿姨，我先走了，下次见！"

我心头又羞又恼，韩彻真是个疯子，只是关机没接电话而已，不知道门牌号就别来，有事明天说，委屈道："你让我以后怎么做人！"

他两指转动手机，不以为意："信息时代，等会回家电视一开，明天都没人记得这事儿，"他身体一倾，附至我耳边，"当然啦，当事人会记一辈子。"

"你想得美！"我很快就忘了。

"那我问你，这辈子第一个跟你求婚的男人是谁？"

我嘲讽："你是没机会了。"

他说："为什么啊？我又不是不结婚了。"

"哇，韩彻，我以为你对自己几斤几两是有数的，你这种人结婚对得起人家姑娘吗？"

"哪里对不起了！"他拍拍自己，"长相、工作、动产和不动产，我哪样比别人差！"

我捂嘴偷偷对他说："你知道你哪里别人差吗？"

他挑眉，示意我有本事就说出来。

我懒得理他，都是过季的玩笑了。

他说："我跟你说，只有婚前见识的东西多了，才会踏实过日子……"

我反手捂住他的嘴，用目光恐吓他："这话留着骗别的妹妹吧，你这套在我这儿磨破嘴皮子，我也不会吃的。"

他吃瘪，转头观察起我一室半的小居室。

我事先在公众号和知乎上研究讨合理收纳的文章，找室内设计的同学帮我稍微设计了一下空间，买了些增加空间感的不规则橱与镜面墙饰，阳台上摆了盆仙人掌和吊篮，色调清新，环境舒适。

韩彻点点头："生活有滋有味。"

"那是！"我从冰箱里取出自制的蜂蜜柚子柠檬茶，倒了半杯，朝他一递，"喝水。"

他接过，随处转悠，其实也就40平方米，没必要看这么久，我躺在小沙发上，等他下文。果不其然，原地三圈后，他开口问："那个33后来找你了吗？"

"他复婚了。"

"这样啊，如果你实在喜欢可以等等，过不了几年说不定还会有机会。"

"应该不会，很坚定。他说认识我的时候就在考虑复婚的事，是我打断了他的计划，如你所说，他这种男人一砖一瓦都是自己熬出来的，不会浪费时间陪我谈一场结局未知的恋爱。"

"哦。"他点头，"这个结果不意外。"

"那什么结果你会意外？"

"如果你被个已婚男骗了，我会比较意外。"

"为什么？"

"还不明白？"他俯身捏捏我的脸颊，"妹妹，要知道，骗现在的你太费劲了。"

我将他的话咀嚼一番，深以为然。

在我准备送客的时候，韩彻说，走吧，他们都到了，我们迟了很久了。

我一惊："谁？干吗？"

他将我推进卧室："快点靓女，梳妆打扮，我们争取十点赶到。"

"不是说了不去了嘛，怎么不早说啊，我刚被男人骗，需要梳理心情来着。"
我嘴里嘀嘀咕咕，动作倒是无比配合，打开衣橱，手直接伸向夏装的那堆，拎出件
露脐背心。最近打拳小有所成，终于找到机会秀秀了。

韩彻站在卧室门口避嫌，安抚道："你不是不懂男人，是不懂人性，不懂生活，
不懂压力。我带着你，你年纪小，自己一个人危险。"

我没空回答，借支架戴上美瞳，冲进去洗脸化妆。

韩彻问我可以进来不。

"进来。"

我瞥了他一眼，见他正打量我："怎么了？"

"妹妹，你是不是因为腿好看所以喜欢穿短裤？"

我将腿一伸，傲娇问："我腿好看吗？"

"好看。"

"你嘴里是不是没有说过谁不好看？"

他没答，只说："其实你除了腿好看，其他地方也挺好看的。"

上车时我见着一包烟，讶异道："你又抽上了？"

"这话说得我跟个烟鬼似的。"他往兜里一揣，"等会带给他们抽，你们小区
不让循环播放喇叭，刚送保安用的，买多了。"

我鄙视道："一包烟就能放？这也太没原则了。"

"胡说，谁说一包的。一人两包烟！两个保安，我给了四包！"

"你不能问吗？"我学他的语气，"有没有一个小姑娘住这里啊？"

韩彻冷笑："你知道这个小区有多少小姑娘吗！"

"你加个前缀呗，就问最漂亮的住哪户？"

他斜我："啧，还是你聪明，我怎么一点没想到呢。"

我俩贫嘴，一眨眼便到了。

逢周五，Swindlers'前的闹市街区聚满潮流男女，我们艰难地跻入红蓝霓虹中。

朋友还是那帮老朋友，位置还是那个老位置，我下意识地往糖糖他们常坐的卡座看去，那坐着群cosplay职业装的陌生男女，我松了口气，后来张铎还给我发过微信，问我有空没，我装死没回复。

扮演警察的男人正在巡睃，拿着假警棍一上一下，扮演护士的男人握着巨大针筒来来回回，又无聊又让人忍不住看。

我好笑："今天是什么主题日吗？"

"应该没有吧，非年非节的。"

"要是我就扮演这个，"我伸出一根食指徐徐戳向他，直到挨到他胸口，他都没有反应，我不爽道，"你没猜出来吗？"

他眯起眼睛，"没有。"

我掐他："是ET！"

他揽住我，指着那帮人说："这你不懂了吧，他们扮演的是国外女性最想嫁的两个职业。"

"啊？"

"国外女性最想嫁的职业排名第一第二的是医生和律师，在国外这两种职业经济收入、社会地位都很高。"

"那你算什么啊？"

他贼得意："我们工科生上得办公桌，下得建筑地，更是出色。"

后面的朋友不爽了，骂韩彻重色轻友，来了就知道跟女朋友玩儿。我笑笑，将他推去卡座。他们为了避免称呼上引起的误会，统一将朋友的女伴称为女朋友。不得不说，这是非常聪明的行为。

我喝了两杯，玩闹几句，便下了舞池。这里对我来说就像泳者热爱的泳池，自由徜徉。可能有危险，但因为熟悉，或因为有韩彻，所以无惧。

蹦完几曲回来，我全身汗湿。韩彻他们正玩儿行酒令，嗨得不行，要拉我一起，我摆手说先去补个妆。

他喝的很急，脸颊浮上瑰色，抱着我大腿不放："妹妹……我跟你说……这个标……五千万！要是中了我今年就可以不干活儿了……我们去旅游好不好？"

他说完周围一群醉鬼起哄——

"韩总该带妹子出去嗨了！"

"就是，都辛苦多少年了！"

我一根根指头用力扒开："我要上班呢。"

他理所当然："请假！"

我又不是什么贵太太，一个普通员工哪有资格为了旅游请假，但我没与大舌头的醉鬼继续纠缠，嘴上应好。

拎着小包走进洗手间，我一眼便看到上次的美女姐姐。她今日未着红裙，穿着一件简单的白 T 恤，显得干净利落。我上前朝她招手，见她迟疑，"姐姐，还记得我吗？"

她喝了点酒，醉眼憨萌可人，歪头回忆："你是？"

"那天我要搭讪一个帅哥，找你帮忙来着。"我朝她眨眨眼，试图用当时的无辜表情唤醒她的记忆。

她的表情告诉我她想起来了，只是和我想的不太一样，她面露尴尬和犹豫。

"姐姐，怎么了？"

"哦，没什么，好巧啊，今天你也来玩？"她温柔地笑笑。

我打开包包，与她站在一面镜前。

她急补了个口红匆匆转身，朝我摆手："我先走啦，朋友在等我。"

我愣愣地转身，叫住她："姐姐。"

激光灯制造的暧昧光影，能为本就酒醉迷蒙的神经注入致幻剂。

我一步一拖沓，烦躁地走回了卡座。

回去时，我看韩彻眼神都不对了，这个混蛋，那天撤退的理由竟是——"不好意思，我和我女朋友玩真心话大冒险，冒犯了。"

姐姐带着酒醉的赌气，想报复一下韩彻和我联合耍她的事，噘嘴说，你知道吗！那天我和他都差点亲上了！

她估计想看我暴跳，气男友的背叛。等了会，见我没她预想的反应，咬着唇懊恼地走了，像是在后悔失言，留我一人傻站在洗手间墙角，大脑里循环着谩骂："韩彻有病吧！韩彻有病吧！韩彻有病吧！"

"韩彻！你是不是有病！"我拉过他的手臂又掐又咬，想叫醒他，但都失败了。他今天述完标彻底放松，喝得特猛，睡了过去。我倒了威士忌，痛饮三杯，总算把背锅的火压了下去。好不容易认识个美女姐姐，还把人惹了。下次能不能商量好，甩锅的时候别拉上我，我还想交朋友呢。

半小时后，韩彻被架去吐了一趟，凌晨两点迷糊转醒，那会我正要和肥仔一起收包走人。

他问："结束了？"

我说："天亮了！"

他扯唇笑了笑："我睡着了。"

我无语："…… 你喝醉了！"

"半醉半睡吧，我感觉有好一阵没好好睡了。"他靠在我肩头，慢条斯理地扯平衬衫，长长叹了口气，"上月 X 市桥梁坍塌，你看到了吧。接到通知，从创公司以来所有经手的大小工程项目全部排查，找初始设计图，重算交通承载量，同时这次投标的设计图需要重新对交通量进行控制计算，上面还提出很夸张的要求。手下两个弟弟又是新来的。我就快住在公司了，努力了几个月，从年前就在准备，请客陪饭喝酒，要是最后不是我们公司中标，我一年都不来酒吧了。"

"那这一年你准备干吗？"

韩彻磨起下颌："我重新进行职业规划。"

我狐疑。

他被我一看立马萎了："好啦，开玩笑的，投不中就等下一个，还能怎么办，我又不能跪下求他们。"

走出酒吧，韩彻伸了个长长的懒腰，肥仔正要招手拦车，他叫住肥仔："你先回去，我和她散会步。"

他走得很快，看起来酒确实醒了，我跟在后面有些晕乎，撒娇道："你走慢点。"

他朝我招手，诱骗我："快点，你看过凌晨三点的月光湖吗？"

"看过，在你家！"我还是在三十多楼的天上看的呢。

"那我带你近距离看一次。"他揽住我，迎着寒冷的春风，替我裹紧风衣，"妹妹，今天这衣服还习惯吗？"

他说这种类型的衣服很美，让我考虑展现一下。我犹豫一秒，终是兴冲冲地尝试了。

女性和男性审美的鼓励是截然不同的，女孩的鼓励更倾向于你很美，你要做自己，而男伴的鼓励安全感优于前者，尤其去酒吧，会传递一种"我保护你"的感觉。二十出头多少有些虚荣，想要获得一些目光，做不到从容地将美丽视作私有品，尚停留在渴望认同的阶段。韩彻让我自信了很多，我有一瞬间觉得自己不像二十二岁了，当然除了腰包。腰包还是属于年轻人的瘤。

韩彻问我生日想要什么礼物，恰好问到了点子，我两手比成小喇叭，对着空旷的桥洞大喊："啊——我想要变得有钱！"

韩彻掏出钱包拿出几张一百的："够吗？"

我嘟着嘴数了数："五百块，你对有钱这个词好像有点误解！"

他低骂了声，把剩下的几张红票子和一张绿票子全数掏出，特大爷地拍在我手心："数数！"

"一千三百五，看来你也没多富。"

长桥洞底下待了会，我们漫无目的地环湖继续走，他就33的事儿劝我："多谈恋爱好啊，恋爱本来就是越谈就越有经验的。"

"你怎么也这么好为人师，是不是老男人都喜欢讲道理？"

"讲道理是因为，人总会很天真地想把经验直接告诉你，希望你少受伤少走弯路，但实际上，很多南墙是要自己撞了才知道的。可就算知道这个道理，看到你走向那堵南墙，我还是下意识会做劝阻的动作，因为怕你受伤。"

"那你还会受伤吗？"

"我这个年纪的人受伤都是内伤，看不出来的。外表铜墙铁壁，内里千疮百孔。"

"怎么千疮百孔？"那些工作的烦恼我也有，不停校稿，烦人的甲方，包装设计可能含有不良影射，打回重做。这只能算打工人的烦恼吧。

"多了去了。大二那年我去见习，每天灰头土脸，建筑地条件艰苦，女朋友生日没空飞回去陪她，她说分手，我当时就想，谈什么，省吃俭用一个月省一次来回的飞机票，撑了两年。末了一个生日陪不上就说分手。"

我眨眨眼："其实她是想让你哄她。"

"现在当然看清楚了，虽然后来我气劲儿过了马上回头死皮赖脸地求和了，但没多久还是败在了异地恋上。"

"这种经历也算千疮百孔？"

"好，那我再说一个，这个就厉害了。大学毕业我不是进过国企嘛，觉得没意思就出来了，被我老头追着打，接着我就进了现在这家私企。我是本科，那年开始有不少硕士压本科了，我在读书深造和投资捷径里选择了啃老。"

我没听明白："啊？"

他解释道："有个合伙人移民，转让股权，我回家问老头要钱，他不肯，没有哪个自己创业苦出来的人会放心把这么多钱给一个 23 岁的毛小子。"

我来了劲："然后呢？"

"然后我就跟他赌气。"他认真地向我投来一个复杂的眼神。

"真的？"

"真的，我这辈子干过的最无脑的事儿，"他顿了顿，意味深长道，"当然喇叭求婚算第二件。"

"那是玩笑，"我好奇，"然后呢，你爸答应了吗？"

"不然呢？独生子女时代，不给我给谁？不过我爸真的狠心，说给我一半。哎……哪儿够啊，我当时做了一个很勇的决定。"

"什么？"

"有个合作方是个大富婆，她给我递了一张名片。"

我捂住嘴，抑住尖叫。天哪，我简直在听深夜电台："你吃软饭？"

"不过最后我还是想靠自己。"他抬起左手，送到我面前。

我不敢相信，高傲的韩彻曾经差点为了钱讨好富婆。

"我那会真的很想成功，国企的无聊日子受够了，年轻气太盛了，没原则没底线没耐心。不想一步一步慢慢熬成领导，想在项目上有话语权，"他扯了扯嘴角，冲我苦笑，"那会我很激进，幸好素质教育比较成功，没走上违法犯罪的道路。"

"后来呢？"

"我的性格还是和我爸有点像，吃软不吃硬，最后我们和平解决，我打了借条，每年按银行利率给利息。"

我松了口气："那还好，现在也算苦尽甘来。"

"甘什么。还欠四百多万呢。我这种不叫富二代，叫负二代，负数的负。"

我愣住："那你的房子车子？"

"房子是以前就在我名下的，车我自己买的。"

"那跑车呢？"

"我买的啊。"

"那钱你干吗不还债？"

"那债是我老子的，我想什么时候还就什么时候还。"说是这么说，声音很快低了下来，"我要是中标了我就不是'负二代'了。"

我大笑，"难怪你这么想中标。"

"嗯，感觉长跑的终点就在眼前了。"他朝空中虚挥拳头，"我想想都激动得睡不着。"

我听得酒劲都散了，笑开了花，同他一起期待起来："多久出结果？"

"下周，你生日那天！"他捧起我的脸，在我额头盖下一枚重重的吻，"给我点好运，林吻。"

我蓦地紧张，怎么日子还和我扯上关系了。"怎么办，我有压力了！"

"没事儿，中不中都不关你的事儿，你只要想好你要什么生日礼物就好。"

我低头拉开拉链，从包里取出一把钱："这个不是生日礼物吗？"

他没说话，深深看了我一眼。我们自然想到了那晚，我又有点不爽，噘起嘴巴："我知道我要什么生日礼物了！"

"什么？"

"你还记得你那天说让你也爱上我吗？"

他哈哈大笑："你信了？"

我气得唇都抖了，我就知道："不信，我做梦都想你爱上我，我再用力地甩了你，然后你跪在我面前求我爱你。"我越说越大声，把自己给振奋出了汗。

韩彻跟着我笑，只是笑意未及眼底。

我来劲了，问他："你这种人怎么才算爱？"

韩彻看了会天空，好像真在思考，自问自答："对啊……怎么算爱？说'我爱你'算爱吗？"他跨出两步，站到湖边，扯开嗓子大声喊道："林吻——我爱你——"

凌晨三点的月光湖，开春寒意深重，可见隐隐一层凉雾，他的声波在平静的湖面砸开波澜，一层一层掀翻死寂。

韩彻说完轻笑起来，低骂一句："好幼稚！"

我一动不动，面无表情，却被那突如其来的一句万箭穿心，周身蚁爬般酸麻。风衣被吹开，衣袂飘起，煞是好看。

他转身，与我四目交错时，眼里荡漾的笑意登时凝固，勾起的唇角也一道僵住。

我扯开嘴角，脸部肌肉不自在地颤动，不知所措地附和他："是啊……好土啊。"

第十章

不用想也知道会失眠，所以我没有急着睡觉。

脱了外套，径直走到淋蓬头下，任水浇头。先是刺激头皮全身寒战的冷水，再是温热抚慰的热水。身上的单衣与热裤浸水沉重，地心引力拽我下坠。

我双手拂去睫毛上的水珠，又淋了会。

不得不说，如此心事重重，我走到铙了前第一反应竟足，这个睫毛膏防水效果不错。心可真大。

前半夜的"大声公"效应——"林吻！我爱你！"如紧箍咒般箍着我的思维，我坐在沙发上跌进计算。

认识韩彻后，我与男人最有头脑的一次互动还是向张铎卖惨，虽然结果以失败告终，但给了那句决绝的"再也不见"一个台阶。

我脑海中的进度条开始回溯。

刚刚韩彻喊了我爱你，我不记得是否有男孩这样对我喊过，若换作别人我铁定恼了，又蠢又俗，可韩彻喊出来，只会让人错觉"我被选中了"。

当我试图掩藏被"我爱你"击中的震撼时，韩彻回眸与我对视的那一秒慌张也传染给了我。

不知怎么，气氛微妙了起来。回来的出租上，我们几乎一言未发，这在我们两个话痨之间几乎是不可能时刻。

我暗喜，无措，又怀疑。如此矛盾，难受极了。

中间几度我想开口，问他为什么推开美女姐姐出来找我，如果我早晚是他的囊中之物，又何必急于那一时。

他醉酒时，我是带着恼的，坐上出租车，再思及这个问题，我无耻地害羞了。

我反复回忆，全是他没正形的眼神和挑逗，脚趾都急出汗了也没思考明白，最后睡眠拯救我于水火，咣当跌下去，一觉到下午。

晚上，我和同事约了饭，整一顿烤肉两小时，韩彻都没有消息。倒是有个贼心不死的前任给我发了两条消息，唯一的长处是帅，但他的穿衣品味能把你拉到二十世纪九十年代。

我把消息屏蔽了，接着手机彻底安静，再没有震动过一次。

其实过了最初网聊的日子，后来我很少会等韩彻的消息。他被我的潜意识挪至"不可能的人"那一栏，就是什么都能干，什么都能说，百无禁忌，但关系无法进展。

我鼓着嘴回到家，背倚着门愣了好一会，茫然转了半圈，后背惊起了一层凉汗，这个家伙不会又在耍我吧，故意说"我爱你"，然后再遛我一圈。

他这种人什么情话张口就能来。太可怕了太可怕了，我倒了杯蜂蜜柚子柠檬茶，定了定心神，编辑道：【刚刚前任找我复合呢。】

晚上十一点，韩彻方才回复：【那我要恭喜他吗？】好不容易盼到回复，却被这句话给鲠到，好在 30 秒后他很快发来，【喜提好人卡？】

【我会替你转达的。你前任找你复合你会复合吗？】

他果断回复：【会！】

我脑袋上飘过问号，半天没反应过来。

韩彻补充道：【还记得我的遗憾吗？】【男人未必都想复合，理性来说复合很容易重复过去感情上的错误，我是抱着别的目的。】【不过呢，我前任是不可能找我复合的。】

我问：【为什么？】

【她性格要强，就是打落牙齿活血吞也绝不说后悔的类型。绝不会因为找不到比我更好的而吃回头草。】【当然，她看我这几年这副德行，转了性也不会找我复合，说不定心里还庆幸，幸好分得早。她看待我，估计就跟你看待你前任一样，瞧不上眼了。】

我看了眼时间，赶紧去洗澡，待洗漱完吹完头发，才看到韩彻半小时前发来：【妹

妹，今天怎么想起问前任？不会真想复合吧？他是漏网的潜力股？】

正想要不要逗逗他，屏幕一闪一闪，电话来了。

我表情瞬间猥琐了起来，下意识就切断了，发了条微信过去：【正在等电话呢，不太方便。】

我对于一个可复合的前任，还没有大概的形象构想，接起电话我不懂咋圆。缓兵之计，丢个假雷，试试他。

韩彻说：【那就微信吧。】

我飞快阻住他继续问问题的可能性，先发制人：【好啊，问你个事儿，上次你是怎么从那个美女姐姐那里脱身的？】

他问：【哪个？】

【红衣姐姐，我做助攻的那天！】

【哦……干吗？】

【突然想起来，问问嘛，万一哪天我搭讪成功，又聊得不得劲，可不得学习学习怎么撤退。】

等了会，约莫五分钟，韩彻说：【我说我家狗走丢了，得赶紧回去找狗。】

我埋进被子，闷声大怒。混蛋！我不遛你我不姓林！

生日的前一晚，肥仔女朋友问我有喜欢的颜色吗？

我随口答，紫色。

对方回了串省略号，好吧，换个问法，蓝色粉色金色你喜欢哪个颜色？

【都不喜欢。】

【当我没问！】

生日零点，收到很多祝福，室友们、同学们、网友们，零星两个关系不错的前男友都很准时地送上祝福，关系亲疏不同，客套与调侃的程度不一。

我等到一点，非常不爽地睡去了。睡前咬牙想，怎么就没把韩彻教的那些给融汇呢，人都说了，失望是因为期待值太高。

林吻！降低期待！他就是个无赖，你指望他有心？

约莫是睡前想着韩彻，导致梦里他的戏份吃重。我梦见他哭丧着脸说，原来谎言说多了是会成真的，我问，你怎么了？

他拿出医院诊断报告，我哈哈大笑，却听他说："老婆，你笑什么？你不应该跟我一起难过吗？"

我震惊，一把推开他："你叫我什么？"

"老婆！我叫你老婆！"他靠近我，表情僵硬，两眼无神，都不需要医学诊断，我一眼就能看出症结所指。

我吓得拔腿就跑，可脑海里循环播放着"大声公"的声音："老婆——老婆——老婆——"

听了一夜老婆，我醒来时都恶心。韩彻在一小时前发来：【妹妹，生日快乐！】附带一个红包，封顶两百块。不多不少，数字不让人尴尬，也挑不出什么错处。

发来祝福的时间和我爸妈一样，呵。

【几点出结果来着？】

【13 点左右吧，估计等会老大会打电话去问。】

【好运，晚上见。】

我对着 B 站视频描了个妖艳妆容，等会又要去见网友了，二郎腿优哉晃荡，跟见朋友一样毫无心理负担。

花间是同事新下载的交友软件，甚为吹捧。我问这和佳缘、好合网有区别吗？同事很认真地说，名字好听些，你说的那两个年代感太强了，使用起来有心理负担。

不知是不是因为新用户，推送的男性十分优质，同事给我展示了几个男的，建议我可以试试。我一瞧简历，直呼太假了。同事遂又把该社交软件夸了一通，怪我不识货。

她上周见了一个，特别优秀，条件是这样的——"184，体型匀称，211 本科，本地人，有房有车，不抽烟不喝酒，生活习惯良好，还有一条温柔的拉布拉多。"

听了我都怀疑是韩彻在上面追女孩，尤其还附了张很帅的照片，明显是个健身的，我更怀疑其真实性。偏同事深信不疑，见我一脸抗拒，安利的热情直线下降。

上周她与他见了三面，没说进展细节，我估计非餐桌缘分。她让他把花间上的状态改为"恋爱中"，那男人推三阻四，连聊天频率都下降了，同事陷入患得患失的状态，办公效率大打折扣。

她问，是不是我让他改状态不好？他生气了？哎，都怪我，我不该让他改状态的，应该彼此信任。

我说他是个骗子，骗感情骗色的！

同事想了想，摇摇头，他人很好，不会的，可能是忙。他今天早上还回我消息呢，说下周带我去看他的狗狗。

我脚尖一踮，转椅背向墙壁，翻了个大白眼。当天下午下载花间，我一点点筛选，手指划拉了两小时，终于找到了这个男的，我看了眼趴在桌上"奄奄一息"的同事，点了一下打招呼。

由于抱着目的，我精心挑选了张头像，来自韩彻的直男拍摄，一张吃饱发呆的照片，又傻又好看，一看就容易上钩。

他回复得很快，我气得手都抖了，男人不肯改状态还能是什么，还怪同事不信任他，你配这份信任吗？

我三言两语羞羞答答夸了他一通，他问我头像本人吗，我说：【你猜】。

此人尚算有趣，不是韩彻那种有深度的趣味，他的趣味稍显油腻，我抱定他是个骗子，聊了三天，半推半就同意见面。

保险起见，约在中午。

完美假象，待我戳穿。

这人说自己叫王正阳，在某汽车公司售后服务部工作，我走进约定的潮汕菜馆，一眼便见到了他。若说照片上给我的观感是 8.5 分，那见面则在 7.5 分左右，没有光线加持，气质差了一些。

他显然也看到了我，迟疑着动了动，不确定是我，微张着嘴以眼神询问。

我朝他挥挥手，娇羞地打了个招呼："嗨！"

他忙帮我拉开长板凳，目光在我脸上流连："我刚都没认出你，你和……照片上长得不太一样。"

睁着话滑的，如此挑剔，还出来干什么，差评。

他察觉到不对，赶紧找补："本人更惊艳。"

我跟他聊他的工作，他说了几句我没听明白，了解车几乎是男人的必备技能，韩彻看一眼车内饰就能知道什么牌子、新款老款，我怕他唬我，撒娇要他的名片，他有犹豫，我咬着吸管，且等着他反应。

估计舍不得孩子套不着狼，他挣扎后掏了一张，开始吹起牛来。我半句没听进去，脚尖不小心擦过他的裤脚，他明显愣了，下一秒脸色一转，问我平时有什么爱好，我说就看看书看看电影咯。

他说那我们去看电影吧，我点头。

我捧起脸，笑眯眯看他结账。

两人吃了 126，第一次约会出手甚是谨慎，肯定不会付出什么豪华约会的代价。

网络交友成本廉价，信任也廉价。他深深地看了我一眼，其赤裸不言而喻，我没避没让，冲他眨眨眼。

他说就前面那家吧，我没拒绝，只是嘀咕了句，X 城影城 Imax 厅的座位舒服。

他果断说，那我们去那里吧，他招手拦车，我问，你你有车吗？

他说有，以为今天会喝酒就没开。

第一次见面，男人总会表现出有求必应的绅士风度，这个时候面具包袱最重，有什么要求都赶紧提。

一场电影，他尚算规矩，半程才上手，我装作羞涩，低声提醒："别闹，都是人。"

他收回手，凑近我说："我家有投影仪，和电影院效果一样。"

我两眼一亮，假装惊喜："真的啊，好厉害啊，我一直想买一个呢。"

"我下次送你一个，不贵，很好用的。"

"好啊！"

他犹豫了一下："那么我们……"

我主动搬台阶："走吧。"

出了影院，他步伐飞快，我放慢步速，漫不经心聊天状："你平时除了上班都干些什么。"

"健身，遛狗。"

我惊讶地捂嘴："你家有狗？"倒退一步假装害怕，"我很怕狗。"

他想了想，安慰道："没事，我等会把他关进房间。"

我摇头，不情愿起来："我对动物毛过敏，会一直打喷嚏。"我捂住口鼻，仿佛听见"狗"都难受。

"这样啊？"他低头思考，"那我们……"他拉起我的手，我反手五指紧扣，靠近他给予暗示。

他没想我会主动提出来，一激动，作势要亲我，我头一偏，躲了过去。

我娇滴滴指着一家耀在十字路口阳光下的时尚五星级酒店，他迟疑了一下，我说："这家挺好的。"

他骑虎难下，不着痕迹掩住心痛，和我一样开开心心地飞奔向那里。进酒店前，我说你先进去，我打个电话给我朋友，取消下午的约会。

"你下午还约了人啊？"

"这不都陪你嘛。"

他点头，迫不及待地去登记了。我憋不住地心跳开始失控，拿着手机附在耳边假装打电话，飞快调整呼吸与思路。

王正阳开完房间一边收卡一边出来找我，我看了眼大厅的人："走吧。"

见他迟疑地看我，我说："你说你一个人住的吧。"

"他们没问。"

"哦，我以前有个男朋友是警察，他告诉我这种开房记录都是可以查到的，谁跟谁住一块，我一个女孩子有点怕这种名声影响的。"

他安抚我："我知道，我知道。"

进了房间，听见浴室的门咣当一声，我忙抚着心脏喘气儿。确认他进去了，我打了客房服务的电话，叫了两份菲力牛排、高级水果拼盘，外加一瓶很贵的红酒，他们问我，红酒需要醒吗？

我咬紧牙根："全给我醒了！"

挂电话时，我手抖如筛子，牙关都在打战。我飞快拎起包，走到门口没死心，打开酒柜把里面的几瓶酒一并拧开，拧到第三瓶，浴室的水声停了，我吓得一抖，飞快逃走。

酒店长长的蓝印花长廊，仿佛是逃生通道，再次站在十字路口，我人都傻了，直到晒了会太阳才恢复理智，颤着手打开花间，王正阳发来消息，问我，你人呢？

我拍了张他的名片发了过去：【以后不要再在网上借着谈恋爱的名义骗色了，渣男！】

发完我便卸载花间，找了家咖啡厅，稳定心神。终于熬到五点，韩彻说他来接我。

我选择了自己打车过去，本想一进门就拉着韩彻讲述今日这一壮举，心头都快憋坏了，却不想一走进红蓝霓虹，"砰——砰——"头顶炸开礼花。

一时彩片缎带飞舞，我在一片乱七八糟里看见了韩彻。几个常一起玩儿的人齐声喊："生日快乐，小美女！"

我懵懵懂懂地挤出笑容，"谢谢大家。"

我人生的第 23 个生日，心脏经历了巨大的考验。

Swindlers'这个点没正式营业，他们借场地为我庆生。我说呢，这么早叫我过来。

肥仔女友装饰了常坐卡座，还真是紫色的气球"HAPPY BIRTHDAY"。她说找起来可费劲了，我感动得抱着她直蹭。

韩彻问他有没有这个待遇，我这才猛然想起来他下午投标结果出来了，我问："韩主任！中标了吗！"

他神神秘秘一笑："你猜？"

哼，这一瞥不就知道了吗？

我们唱了生日歌，吹了蜡烛，许了愿望，整一个少女心生日会。他们有人带了拍立得，拍了好多照片。相机不停劳作都发烫了，我们也没放过它，直到耗尽最后电量。

我捏着张和韩彻互相贴脸搂着的合影，拿远了看，感慨道："这任谁看都是情侣啊？"

肥仔女友点头，我觉得你们和恋爱也没差了。

韩彻说，我看看，凑过来瞥了一眼："啧，普通情侣哪有我们这么好的关系。"

我故作不爽："那我问你哦，哪个男朋友不零点准时送生日祝福？别往自己脸上贴金！"

"你知道为什么吗？"

我斜眼："因为我们不是情侣。"这还用说嘛。

"不是。我故意的！"他挑起我下巴，"我知道肯定很多人给你祝福，你也肯定会等我，而我要做你 24 小时里最特别的一个！"

我没好气地拍开他的手，心里嘀咕着骂他，就知道逗我，无耻。

六点多，陆陆续续来了些客人，此刻的酒吧更像清吧，虽然音乐依旧吵闹，但酒客的状态很松弛。

我吃了块儿蛋糕拉过韩彻，说起今天这桩刺激的事儿。没想他越听神色越不对，最后脸色一沉，将我拽到一边，厉声质问："你想过这样做的危险吗？"

我被他认真严肃的表情吓得肩头耸起："什么啊？"

韩彻一副训话模样："要是你遇到不负责任，人品坏的，你叫天天不应，叫地地不灵！还敢把人骗去酒店，他门一关就能直接让你没法逃，会发生什么事，你想都想不到。"

我张口欲要辩白，王正阳人看着没那么坏，又听他继续咄咄道："还等人洗澡！"他戳我脑袋，逼得我连连后退，"你当每个男人面对欲望都能一步一步按照你的节奏来？怕人报警还发消息威胁，你这消息就足够给人留证据报警的了。"

我被他一句一句逼得，跌进后排空卡座的沙发上，委屈得都快哭了，脸瘪成梭子，带着哭腔道："你好凶啊！"原本的刺激一下化成后怕。

即便我软化成这样，他脸色依旧严肃："别给我来这套！"

我耷拉下眼："怎么办，我突然很紧张，"我扯韩彻的衬衫袖摇晃，"会不会出事啊，他会不会顺藤摸瓜摸到我，怎么办，我不懂怎么表达我的紧张，反正现在心跳得乱七八糟的。"

正在我焦虑的时候，前排的肥仔女友看热闹一样扒着沙发："完了完了，那对小情侣吵架了。"

肥仔掰过她的脸，捂住她的嘴。我转脸继续可怜巴巴看向韩彻。

韩彻好整以暇抄手，冷笑道："现在知道怕了！"

我忙不迭地点头，搂着他的手扒拉，消减慌张。

韩彻长吁短叹，似乎在绞尽脑汁为我想解决方案。半晌，他十分为难地扶额："这样吧，为了安全起见，今晚跟我回家。"

"啊？"

我跳上韩彻的背，环住脖子："你坏不坏啊！这时候还要遛我！我都吓得发抖了！"

韩彻冷厉的表情终是在如是这番动作中缓和。他将我放下来，替我拽了下裙摆："你知道后怕还敢不敢了？"

我苦着脸，解释道："我知道那是个渣男，知道他在骗我同事，可同事不信他是渣男，还觉得他们在恋爱。"

韩彻哂笑："他们是在恋爱啊。"

我震惊："什么？"

"对于男的来说是在恋爱，对于女的来说也是，只是不处于同一种定义里而已。"

"哇，好渣的说法啊。"

"渣？那你知道这段恋爱里的第三者是谁吗？"

我眯起眼睛，细细一品，心中咯噔，竟然是我。

"还记得我说的吗？有些南墙是要自己撞的，有些渣男得自己遇见一回。你告诉同事他是渣男，你知道同事为什么不信吗？"

我说："因为她被蒙蔽了！"

"是，感情是'渣'的天然滤镜，这不是道理或逻辑可以劝解的。你们女人爱好劝分，知道为什么常劝不掉吗？因为还有感情。"他拍拍我的脑袋，靠近我，压低声音，"有时候，就算看清了'渣'的本质，还是会因为感情而继续。"韩彻牵起一侧唇角，点漆般的眼睛里淬着通透与复杂，意味深长道，"你说是不是啊，妹妹。"

我面无表情，只作未明白他的言外之意，别过脸："知道了。"

他直起身，揉揉我的头："别管闲事了，这种事你是管不过来的。"

我垂下眼帘，情绪丧到底："我事儿成的时候还想，以后说不定可以专门收拾渣男，替天行道。结果就一回，人还不定有动作呢，我就吓得腿软。刚出道就准备金盆洗手，我真是老鼠胆。"

"都送到猫嘴边了，还老鼠胆？就差替人把自己剥了，扔到炕上。"见我不开心，他挠挠我下巴，话音一转不再严肃，"妹妹，生日快乐！恭喜你来到二十三岁。二十三岁就是做傻事的年纪，我二十三岁还跟我爸赌气呢，记得吗？"

我想起这茬扑哧一笑，笑意刚及颧骨，又耷拉下来："如果他报警，我会怎么样？会赔钱吗？"

韩彻说："你想赔也没几个钱。"

"一万块的红酒呢！"我抬高音调强调。对于他来说是没几个钱，对于我来说是一个月的收入。

韩彻取了杯鸡尾，拎起樱桃喂进自己口中，将酒递给我："妹妹，你一看就是酒店去少了，酒店的红酒都是当着客户的面开瓶、醒酒的。"

我脑袋跟挨了千斤锤似的，登时眼冒金星："啊？就是说我今天的活儿都白干了？"

"是的，恭喜你，你只是浪费了一个下午，那个男的连吃饭、房费、餐费估计费个两三千。这么点钱，按照你对他的经济描述，不至于去报警。谁都丢不起那人。"

蠢到家了。我瘫软在座位，打开微信朋友圈，同事发了条伤感的心情，我默默点了个赞，想想又取消了，回复她：【礼拜一带好吃的给你！】

刚准备关掉，朋友圈秒回提示：【好呀，爱你！】

她怕还带着滤镜，抱着手机等待呢。

韩彻说得对，关于渣男终得实践出真知。他往我头上扣了顶生日帽，跟我说，因为我过生日，今天我的酒水老板免单，不喝醉不准走，不然亏了。

"哇，想把我带我回家居然用这招。"

"林吻真的出师了，这你都不上当。"

"我现在算明白了，只要把男人每句话背后的目的都解读为要骗色，那怎么都不会受骗，不会乱感动，还能见招就能拆招。"

"悟性很高啊，"韩彻"嘶"了一声，苦恼状，"怎么办，骗不到你了。"

我与他碰杯，收下他的表扬："为了迁就你的旧系统，我可以假装被骗。"

由于心情糟糕，整个场我都不嗨，不似平时乱蹦乱跳乱玩笑，一个人窝在角落发呆。他们怪韩彻与我吵架，把寿星妹妹惹不开心了，韩彻挪了个座，挨至身旁，左右打量我，装无辜："我有吗？"

我捧起脸，佯装受伤："今天智商情商遭受打击，想请在场最会甜言蜜语的小王子韩主任来安慰我，可以吗！"

肥仔嫌弃道："那你们俩私聊吧。"

韩彻被他们玩笑推搡，故意脱力倒在我身上，直起身时自然地环上我的腰，拨正我倾斜的生日帽，非常幼稚地扯了下皮筋，弹我下巴，就在我瞪眼的瞬间，再度将我嘴巴捏成鸡嘴："怎么安慰？"

"你不是很会说吗？说点好听的。"

"那你知道我在哪里说话最好听吗？"他顿了顿，见我低落得完全没有猜测的意思，直接道出答案，"被窝。"

我料定答案不正经，他料定我会笑，两双眼睛瞬间弯成四弯月亮。我那低潮期的心跳又蹦了起来。

我拉拉韩彻，假装自暴自弃，想骗点好听的："我是不是很笨？"

"妹妹，这不是聪明或是笨，这是年轻、莽撞又热情、缺乏评估意识，如果你行动前瞻前顾后一下，比如想想如果你同事知道了，会不会反过来责怪你多管闲事？比如想想那个男的穷凶极恶的可能性？比如想想自己是否有必要浪费一个美好的下午，去做一件并不利己的事？比如想到一个词叫'关我何事'，那么你可能什么也不会干。"他叹了口气，"其实也许你是对的，但趋利避害是人的本能，所以这种你的这种能力会随着年岁渐长而退化，逐渐变成我这样，漠视。"

好吧，以后冷静点，保护自己。这茬过了！

我大声说："韩彻！我要去蹦迪啦！"

"一起！"又喝了两杯酒，我们走向舞池。

"单位弟弟要去见女网友，我顶多说一句，记得买单。"

"那我下次就说，约会的时候使劲吃！"

周五很多人蹦迪，我和韩彻一度扭散了。

全身零件随性地活动，表情迷离，发丝摆动。男男女女融进音乐，游走暧昧。

我拒绝了一个油腻男的搭讪，转换阵地继续蹦。某一个扭头间，余光捕捉到了"韩彻"，我倾肩两个扭胯跳至他身边，两手扶上他的腰，掌心熟门熟路地衡量，大声说，"你最近忙得肌肉都没了！"

头顶没有声音，我也全未在意，直到脑海里飘过一个意识，韩彻今天的动作未免也太局促了吧，跟根木头似的。慢吞吞地酒醉般抬头，恰一道激光灯光划过他的脸颊，我惊得猛一个倒退，这人飞快搂住我的腰，往怀里一捞："小心！"

我不知所措地咬着唇，指尖像做错事一样下意识揪紧他的衣料。我讪讪道："不好意思，认错人了。"

他略显局促，似乎对这个场合并没么适应，挠挠头："没事。"

这个男人年纪不大，舞池灯光昏暗，模样看不太清楚，但皮肤白到反光，我夸他："你好白啊。"

他说，你视力真好。

我怀疑他讽刺我，好像我故意揩他肉似的，两手立马老实垂至身侧："还行，平时不戴眼镜。"

"那你的隐形眼镜是没有度数的吗？"

我讶异："你视力也很好啊。"这么黑，我看得出他白不难，毕竟这么大一张脸，但就这么几眼，他看得出我戴彩片，那是相当精准了。

"我是飞行员，视力还行。"

我突然置身沙漠般，又热又渴，舔了下唇，撩了撩头发："你今天一个人来的吗？"

"和朋友。"

"坐哪儿？"

"二楼。"

"东还是西？"

"东边第三桌。"

我心下有了计算，是最低消费 5000 的卡座。

"常来玩儿吗？"

"不常来。"

估计是我目光过于直喇喇，他喉结滚动后低下头，挠了挠鼻尖。

"下次什么时候来？"

"什么？"

我攀上他的肩，唇贴上他的耳朵，拉长气息："下次什么时候来玩？"

掌下他呼吸频率起了变化，半晌，他摇摇头，始终没看我。

我跳到衣服衬衫湿透才离开舞池，一边拎着前襟透风，一边目光追随他快步远去的身影。

韩彻两手插兜，倚着栏杆斜靠着，面无表情道："你确定心情不好需要安慰？"

我手捞着长发散热，回头确认机长走远了，拉着韩彻兴奋地压低声音尖叫："好帅！好帅！"我原地转了两圈手舞足蹈，激动得根本停不下来，"简直了！这绝对是我在酒吧见过最帅的男的！"

如果说刚刚在舞池没看清楚，那经过吧台的灯光时，我绝对不可能看错，气质一流，蹦迪时风度也极好，完了，现在我满脑子只有，我愿意！

韩彻冷眼看我这副没见过世面的模样，一言不发，末了问我："那你心情好了吗？"

我眉头皱起，使劲摇头："不好！"

他转身，甩下句："那再喝点酒好了。"

"不是那件事儿了，"我拽住他的袖子，"我没要到电话号码！"

不是没要到，是没机会。他一直不抬头，音乐躁得吞声儿，我没有空隙插入话题。太生硬了显得我急迫。本准备去他卡座要，正思考怎么张口，这不碰着韩彻了。

我一把抱住他的胳膊，两手勒得贼紧，使劲摇，撒娇说："韩彻，你是我的助攻！"

我坐在卡座上，跷着二郎腿，一脸期待。本人完全信任韩彻随机应变的能力，虽然没怎么见过他跟男人打交道，但信任就是很莫名其妙的东西。

我咕嘟咕嘟灌了两杯马提尼，激动得脚趾都在跳舞，我有预感，只要这个男的给了我电话号码，我的春天即刻开启！

实战的号角即将吹响！

我摇头晃脑，抖得卡座的朋友一并颠。肥仔女友问我是不是蹦迪的劲儿没消，今儿音乐这么猛啊？

我只说你下去试试，还不错。目光继续盯着漆黑遥远的东三方向。

过了半个小时，韩彻才回来。那会我已经开始跟他们玩 21 点斗酒了。

我盘腿在沙发上，见韩彻回来，直接起立，借着高出优势挂在他背上，迫不及待地问："怎么样？怎么样？怎么去了那么久！"

韩彻不紧不慢，背着我喝了一杯酒，才淡淡地说："没找着。"

"什么！怎么可能！"我立马奔向东三，还真是，那里坐着波完全陌生的人，是个中年江湖局，几人都文着花臂戴着金链，看气质不可能跟机长一伙。

我不死心一个个卡座找，最后连吧台都去了，依旧扑空，他应该是走了。我两脚跟灌了铅似的。都怪期待太高，失望可太不好受了。

是不是我刚刚太轻浮了，所以他给了我假座位？

也是，他有点点正经，估计觉得我油腻。我搭讪是依葫芦画瓢韩彻的，果然这种东西不能跟男师傅学。

等我回了座位，韩彻没提这件事，而是对我说："妹妹，现在过零点了，为了不影响你生日的心情，我一直没说，"他两手一摊，"我没中标。"

我在舞池被点燃的那点快乐彻底熄火，萎得像风中摇曳的稻草人："啊？"

韩彻张开双臂："要不要换你安慰我一下？"

我心口顿时堵了块沉重的石头，一点不比王正阳那事儿好过。我拥抱他，下巴无力地搁在他肩头说："那怎么办啊？下一个标是什么时候啊？"

"这么大的标，一年就那么几个，我们这种小单位希望向来不大，靠点儿碎活儿养活。"

我就这么抱着他，先还膝盖跪在沙发上，最后沮丧让我完全失去保持距离的力气，直接跌坐他大腿上。我们抱了很久，他看着精瘦，实际肩膀很宽厚，舒服得我差点睡着。

韩彻在我耳边说："困了就回去吧。"

我瓮声应好。

"去我家。"

我身子稍稍后退，与他隔出对视的距离，满眼鄙视。我半天都没说话，倒是韩彻先没忍住，加筹码道："我只是想找人看电影，你白天不是没看完嘛，我晚上陪你看。"

我且这么定定地瞧着他，不动声色。他估计被我看毛了，灌了杯酒："就看电影，别多想。"

"看什么电影，你别告诉我看那些乱七八糟的电影。"

"看喜剧好不好？"

我扑哧一笑，捏起韩彻脸："韩彻，这个世界上有一种受骗叫作，看破你所有的骗术，还愿意被你骗。"

韩彻牵起嘴角，苦笑道："林吻，我早就没招儿了。"

第十一章

千万别信韩彻，我上了出租车想到自己没有卸妆的东西和换洗衣物，转念想回家，这厮刚还向我举白旗表示赤子投诚心，立马又祭出了一招："你的生日礼物在我家。"

"是什么？"

老实告诉我就不是韩彻了，他神神秘秘地说："我保证你会喜欢。"

"万一不喜欢呢？"

"我今晚任你处置。"

这真叫人骑虎难下，我脑海里瞬间蹦出几个处置方法。"你别后悔哦，我让你搞个女装 cosplay 你也得认。"

韩彻自信满满："只要你忍心说不喜欢。"

在 24 小时便利店购入简单的卸妆用品，我们回了家。

回家。这个词可真容易让人产生幸福的错觉。

等待电梯时，我把花间交友软件下了回来，还是忍不住好奇王正阳是否暴跳如雷。我吊着心输入账号密码，除却一堆打招呼的人，这男的只发了两个问号，中间各间隔一小时，后来再也没动静了。

我有点蒙。韩彻倒是不意外，他说，你要这么折腾我，我除了发个问号还能怎样。

　　我顺手挨个点开打招呼的人，浏览了一下照片与资料，没意思，不是猥琐，就是憨。直到电梯到达，我也没刷到一个靠谱的搭讪者。

　　韩彻准备的礼物确实让人无法挑错，源自我们共同看过的一部美剧中的道具——蓝色圆号。

　　"是周边吗？"我双手捧着圆号，爱不释手，眼睛都直了。颜料是新涂上去的，漆蓝色极其漂亮，一下赛过我最中意的那个鸟笼装饰，拿在手里如此沉，像是当助攻的荣誉奖杯。

　　"看清楚了，"韩彻倒了杯水，指着 Logo 强调道，"雅马哈！我买了个圆号找人涂的漆料，特意比对过颜色，剧里的都不会有这个好，绝对独一无二。"

　　想到了雅马哈的钢琴，我一阵肉痛，细细抚过节节管腔，不会乐器可太"暴殄天物"了："很贵吧。"

　　韩彻："不贵，也就上次给你的两倍价钱。"

　　我感动地说："韩彻，你人可真好。"

　　韩彻与我太熟了，以往的那些动作撩拨或是口头情话我早已耐受，甚至将那套把戏融进自己的话术中，估计他也遭遇了史上最强撩妹瓶颈，坐在长沙发的另一头，撑着头陷入沉默。

　　那部电影我看过两遍，深夜此刻，多少缺了电影适合的轻快气氛，我长腿交叠，脚趾勾勾韩彻："要不我们看点别的吧。"

　　他压根没看进去，漫不经心说："你点。"

　　我切了灯，找到资源，刚点击下载，电脑上跳出了个弹窗，提示 C 盘存储容量不足。我点进 C 盘，发现存储空间都红了，鄙视他："你下了多少片啊，都内存不足了。"

　　他疲惫地揉着太阳穴，陷在昏暗间，眼都没睁："你下多大的片子，怎么会内存不足。"

　　"没有多大啊，3.6G。"

　　"你下的什么这么大，一部电影一个 G 差不多了，"韩彻赤足跨至茶几旁，我垂眼，动作间白皙的脚背趾骨分明，我夸他："你脚真好看。"小腿也好看，我对男性的审美点可真奇怪。

　　韩彻删除了几个文件夹："上回过年给我妈下的黄梅戏，忘了改存储路径，"删完他点开迅雷，一看电影名乐了，"妹妹，你这只许州官放火不许百姓点灯啊。"

　　"我是看你今晚情绪不高，放一部全程高能的电影让你快乐一下。"

他今日情绪是不高，尤其零点后，估计是为了我生日配合我，零点后彻底放松，陷入痛失五千万的负二代身份中。

"有些快乐不必电影。"

"但电影的快乐不痛。"

等待资源下载途中，我琢磨了一下，还是决定试探番："上次你告诉我，当男人让你觉得忽远忽近的时候，他就是没那么喜欢你。"

他不动声色，静静等我下文。

"但我又有一个问题了，"我食指一曲，钩起他的下巴，压低声音，"如果他随叫随到，有求必应，供大于求呢？"我目光直白热辣地落在韩彻脸上，试图擒他七寸，却不想蛇从来狡猾，哪儿那么容易中招。

他不避不闪，冷冷回视："两种可能，一种，他很喜欢你。"

我心中擂鼓："第二种呢？"

韩彻起身，点了下手机屏，屏光映亮他的脸，话家常般的语气："他是个渣男。"

下载器的"叮咚"和 QQ 消息提示音很像，打断了我们的对话。

我挑衅地问他："渣男，看吗？"

韩彻退回至他的角落，淡淡抄手："我没意见。"

这部电影毫无美感，各种场景极尽浮夸，我一边挪不开眼，一边翻着白眼。

我主动问："你在想什么？"

"你放这个希望我想什么。"

这部电影画面假得我都能挑出一堆漏洞。我开始默默念经，怀念起之前看过的高分电影。

伤敌未知，自损数千，我可真坑。

最后，是我主动关了电影，重新打开一部老电影荡涤身心。没一会儿又乏味了，我拿起手机，下意识地打开花间，这个动作在这三天的聊天里成了习惯。

我正准备关闭卸载，花间更新了置顶推送：你可能感兴趣的人。

我点开，瞳孔地震。恰是此刻，韩彻突然开口："我下周去 X 市两个月，妹妹，你会想我吗？"

我自然当韩彻编了个谎话，没有当真。我把他踹进卧室，感谢自己非常坚定地抵抗了诱惑。

次卧的东西都没动过。上次我遗落了一包纸巾，这会儿安然搁在床头柜上。洗手间的牙刷杯里，我的蓝色牙刷依旧在。这让我有一个错觉，我没离开过。可惜韩彻睡了，不然我会抱一下他。

雄起起硬了一整晚心肠，又在小事物里柔软成棉花糖。若现在韩彻出现在身后，问我，妹妹，感动吗？

我大概率会扑进他怀里，说，臭渣男，你赢了。

但他此刻已经睡了。

我抱着蓝色圆号，抚摸它一下，瞧一眼手机，如是几十番，那个对话框毫无动静。

我又点开那个头像，左瞧右瞧，有点像又有点不像。我和机长只一面之缘，实在无法确认他的脸。一张简单的旅游照，那人身着黑色背心，笑得一脸阳光。花间的资料显示他28岁，国外某理工大学毕业，职业赫然是飞行员，我原地尖叫，还能再有缘一点吗？

我没想到他会在花间，这个我印象并不佳的网站。

我移除了王正阳的对话框，看着碍眼，专心致志等待机长回复。半梦半醒间，我还在想，在酒吧这么害羞，竟也是个寂寞的男人。

我是接近中午时分才醒来的，睁眼源自一股莫名其妙的压迫感。我迷蒙地睁开眼缝，被眼前一张大脸吓到惊叫。

没想韩彻恶人先害怕，连退好几步，挨至衣柜门拍心口，"吓死我了！"

我缩在墙角，又想气又想笑，最后脸拧成一团丑模样："你有病啊！"

韩彻认真道："你说你只有入睡那阵会说梦话，我发现不是。"

"啊？"我挠挠头，顺了顺碎发，迷茫着张脸，"是吗？我也没听过，都是我室友说的。"

韩彻叹了口气，做出一副牺牲的表情："要不我试着听一晚？"

"啊——我要杀了你！"我飞扑到他身上，韩彻来了个急转身，露了个后背给我。

他索性将我两腿一捞，背了起来往外走。

客厅乱七八糟，饮料瓶、遥控器、餐巾纸等等，像经历了一场无地心引力漫游。我飞快地转移注意力，想到自己是在别人家里，嘀咕了句："哎，等会得收拾收拾。"

韩彻说："不用，我明天走了，王阿姨会来收拾。"

"啊？"我手下意识地箍紧，"对不起对不起。"

这小子还假装咳了两下。我赶忙松开："你真的要走这么久啊？"

韩彻苦笑："妹妹，你没发现吗，我已经很久没有骗过你了。"

他背着我，温热的后背贴着，说话时胸腔共鸣的声音带给我一阵温暖，我不觉温柔："是吗？"

"你信了？"

"你居然信我信了？"

这人存不住片刻好感！

韩彻没放我下来，反倒将我背好，一边走一边深蹲："今天不去健身房，早起扛只一百斤的猪锻炼锻炼。"

我稳住重心，向他强调："我哪有 100 斤！我 96！96！没过百！"

"哟，上次不是有吗？"

"要还是 100 斤我的汗不都白流了！"我还是有在努力节食健身的，粉色的拳击手套都买好了。

我见他不放我下来，虽然待着舒服，但我还没洗漱呢，指挥说我要刷牙。没想到，韩彻还真背我去了洗手间，在我准备够手取牙刷时，他手方便，帮我挤了牙膏，很自然地递给我。

我迟疑地接过，慢吞吞地塞进嘴里。

阳光穿过半开的小窗，浸透年轻男女。我望着镜子里失真的美好，有刹那晃神，几乎要陶醉在这一刻的岁月静好里。只是韩彻一开口，便把我打回了渣男的噩梦："妹妹，你喜欢这样吗？"

我顷刻炸毛，这个家伙是不是又在温水煮青蛙，被骗怕了，立马冷酷道，"不喜欢。"

那一刻，我看见了韩彻脸上闪过失望，我再眨眨眼，大中午眼花了，还是那副又坏又帅的模样。我抚了抚他的脑袋毛，说："你的寸头长了，不算寸头了。"长度超过了两厘米了。

他不以为意地歪头与镜子中的我对视："长了就长了呗。"

"可是我喜欢你很短的那种。"

"我为什么要照你喜欢的长？"

我哑然，说得是，为何我那么理所当然地脱口而出。

他见我愣住，又将我往上托了托，捏捏我大腿："不过呢，我可以为你再理一回寸头，当然有条件的。"

我一把捂住他的眼睛，将口中爆出的白沫吐掉："你想得美！"

打开花间，结果显而易见，机长依旧没有回复我。不过花间有个功能不错，不会让人空等——对方看了消息会显示已读。

当然，幸好他一直没看。

韩彻随意扫了一眼："你又在玩交友网站？"

"我没有！"我下意识地否认，随之又叹了口气，"我没想到线下见面，线上相思。"

我把机长的照片给韩彻看，让他看看是不是同一个人，好歹昨晚也瞥了几眼。谁料，韩彻斩钉截铁泼我冷水："不是。"

"不是？"我慌了，拿到他面前让他再看看，"长得差不多，都是开飞机的，如果不是也太巧了吧，开飞机的都这么帅的吗？"

他低声冷嘲："帅个毛线。"

"啊？"

"我说昨天那个还行，你这个太丑了。"

我又看了看，叹气："好吧。"

"还有，"韩彻放下哑铃，抄过我手机开始读消息，"啊啊啊啊啊啊啊！你还记得我吗？昨晚在酒吧我们一起跳舞来着。是你吗是你吗？"他看智障一样看我，"林吻，你约男人全靠头像？"

我很想反驳，但在他读出来的时候，羞耻感淹没了我的好胜心。我把脸埋进手心，太鲁莽了。消息是刚发现这个头像时发的，那一刻只顾着激动，直白冲动得像个愣头青。花间应该开发一个"撤回"功能，让搭讪者有反悔空间。

韩彻在 M 市的最后一晚，我们难得没有嗨，与他一道看了话剧。我只看过一场，韩彻说他也看过那个，看不懂，要不是旁边妹子看得认真，他早溜了。我握手表示赞同，我们大概没有文艺细胞。

他说，你不是自诩文艺青年吗？

"自从了解了真文艺青年的世界，我简直是钢铁直男。"

韩彻说前两年回成都聚会，有个同学在剧院工作，拉着大伙去看，还挺有意思的。话剧名字挺奇怪的，不过开场前的主持人热场很有意思，把我给逗乐了。结束时我还沉浸在剧中，拉着韩彻感叹，真搞笑，我以前当话剧都是那种一本正经的风格，读一整场热血沸腾的情诗，酸到人尴尬泪流，没想到可以这么好玩。

"下次再带你来看。"

"好啊！"

告别前，我抱着蓝色圆号："帅哥，一路顺风啊，X 市日照很厉害，买顶帽子吧。"

146

韩彻立在车旁，静静地看着我，好似无波无澜，又好似万语千言。

我的心瞬间像被只无形的掌捏住，爆出酸泛，我上前两步，刚要开口，唇舌如有磁力般，顷刻吸附在了一块。

也没什么缘由的，就这么亲了。

不记得身边有没有人经过，只感觉到怀里的蓝色圆号越来越重，接着被他拖住。

晚风吹在我们身畔。

分开时，韩彻瞥了眼怀里这支圆号，不满地嘀咕了声："这玩意儿真碍事。"

随后，他真的消失了两个月。

"他把我微信删了。花间显示他已经一周没有上了。"同事悄悄在茶水间与我聊天，"你说得没错，真的是渣男。"一周后，在同事和手机快产生超越物种的感情时，终于幡然醒悟，明白自己遇上了渣男。

我心中悄悄庆幸同事不了解内情。只是转身点开花间，我那也没有动静。我多么希望，能回我消息啊。

我问韩彻，最近追女孩了吗？

他拍了张戈壁图：【人类都没几个。】

他寂寞时分会给我打电话，多是夜半，有回他听见闹声，问我，你在哪里？

"酒吧啊。"

"和谁？"

"肥仔他们啊。"

韩彻没想到我迅速融入了他的社交圈，他一走，肥仔会叫上我一块。我多好叫啊，随叫随到，一点不拿腔调，来了还能热场，贼好使。但韩彻显然不太高兴，当即切了电话打给肥仔。肥仔手机倒扣在桌上，和女朋友出去买烟了。

就是这一晚，我又遇见了机长，这一刻距离上一次见他过去了一个月，我的花间软件也卸载半月余。没想到有生之年还能再相见，那一眼我惊得即刻高出2公分。

"嗨！"我行至吧台后，拍了拍他的肩膀。

他是一个人来的，闷着头一口酒接一口酒地灌，见到我露出许茫然。我将头发拨至耳后，含笑调侃他："你视力不是很好吗？"

他恍然，失笑地冲我招呼："不好意思，那天太黑了，没认出来。"

"哦？我见光不好看？"我故意讪他，见他尴尬，皱起眉头思考措辞，又主动替他解围，"好啦，我开玩笑的。"

他松了口气，转头往躁动的男女中扫了一眼："你常来？"

"我经常坐那里，"我指了指二楼，"你呢？"

"我很少来酒吧。"

我歪头："是吗？那你交友都通过什么方式？"

"交友？"他想了想，摇摇头，"我不爱社交。"

我努力在他眼里找寻伪装的痕迹，但都失败了，他淳朴得还真像一张白纸。我问："花间听过吗？"

他问什么？我凑到他耳边，大声说，花间！

他依然不解，我又觉得自己失策了，这个男人应该很会，我继续说，听过这首歌吗？

他呼吸一下粗重，但控制住了，只点点头。我说同名的 APP 软件，我在上面看到你了，还跟你打招呼了呢。

他低头想了想，又打开手机，半晌他告诉我，这个软件给海外留学生发过邮件，一键注册，他当时用了几天，觉得没意思便没管。

他打开花间，在几百条搭讪对话框里找到了我，笑得特别温柔："哈哈，你好可爱啊。对不起，我没及时看到。"

我半杯长岛冰茶下了肚，遗憾地鼓鼓嘴，道："我等了好久回复。"

他低下头，思考片刻，似有挣扎，但终是抬起头，真诚地看着我，说："可以请你喝一杯酒赔罪吗？"

"不行！"我斩钉截铁。

他喉结局促的上下滚动："那……"

下一秒，我朝他两眼一弯，笑得春情盎然，贴近他半分，娇声说："我酒量很好，一杯不够。"

他后退了半分，避开我的眼神，呼吸都紧了。

他叫苏宇鸣，是个机长，在国外拿的执照，属于大学毕业半路出家。

"上次我就想要电话的，"我两手撑着高脚椅，左右晃动，撒娇似的，"可是你走了。"

"是吗！"他腼腆地笑笑，"那我们真的错过好多次。"

我默默地看他，直到把他盯得再度低头，我简直到要捂脸了，这个男的也太害羞了吧。

突然肥仔出现在我面前，说时间不早了，要送我回家。我表示自己打车回去，肥仔不同意，说韩彻把他骂得狗血淋头，要是不送你回去，估计他要飞回来揍他。

我大着舌头，嫌弃道："我一不是他女儿，二不是他女朋友，他手也伸得太长了吧！"抱怨归抱怨，还是很鸡贼地阳奉阴违，"你告诉他我安全到家了，他又不在，难道还要监控我们的行踪轨迹吗？"

肥仔没玩够，也不是很乐意喝到一半中断，于是我俩一拍即合，各奔东西。

我跑去吃了顿烤串才回的家，和韩彻说我已经洗完了澡，准备看集美剧就睡，他还自恋道，这么早就撤了？没我到底不够嗨啊。

【是啊，今天我环顾酒吧，不得不提，我们韩主任的颜值，绝对能排第二！】

他问我：【第一是谁啊？】

终于轮到我自然地带出我的机长大人了！我抱着圆号在沙发上打了两个滚，才稍稍稳了下心情，向他汇报：【啊啊啊啊啊！韩彻！我今天遇见机长了！啊啊啊啊啊！】

韩彻秒速发来一串省略号。

第十二章

我把我一帆风顺的出师路口述了一遍，分了 8 条 60 秒的语音。中间一度乐笑了场，估计那头的韩彻听了不少我笑到打嗝的片段。

等我洗完澡，韩彻发了条语音来："就这也能上钩，这男的疯了吧。如此饥不择食。"

我很自然地回复他：【哈哈，这样更好。】

韩彻没有再回我，我看了眼时间，一点，不行，太早了，我看了部电影，等到两点半发了条微信给机长：【真糟糕，失眠了。】

机长的微信头像是一架战斗机。昨晚，他给我介绍这架战斗机的机型，三句不到又打住了："你们女孩子肯定不爱听这种吧。"

"怎么会，你知道吗？"我撑着脸，跷着二郎腿，稍稍前倾，"你讲飞机的时候，人会发光。"

我看见他眼睛一亮，心道，可真好骗。

我一夜睡得喷香，第二天早上，收到了韩彻的一条消息，给我整笑了——【我失眠了。】

我为这巧合的深夜消息发笑，问他：【为什么？】

他回得很快：【我以为我是带你识别渣男，免于受骗。但没想到你把盾当矛，变成了一个渣女。我为此心痛。】

我边刷牙边思考，最近的行为和尺度确实与以前大相径庭。可这也不能怪我，师傅是韩彻，还指望我继承哪里的名门之风？

【世界上的好女人太多，不差我一个。各有各的活法，以前挺好，现在也不赖。】

机长的消息被群消息压到底下，他很老实地问我：【睡眠不好？】

【本来还可以的，但是如果夜间遇到什么刺激的事情，我就会失眠。】

我疯狂暗示，机长却一板一眼：【是吗？那你其实不太适合去酒吧。】

【以后少去。】维持完乖巧的形象，想到自己犯了个大忌，我赶紧补上：【但有时候晚上无聊，不知道该去什么地方转转。】

【可以去环湖夜跑。】

【你喜欢吗？】

【喜欢啊，你喜欢跑步吗？】

我望向镜子，眼睛笑成一条线，这兜兜转转的。恭喜你，林吻，这点体力输出是跑不掉的。

最近健身有成，我特意穿了露半腰的运动背心，外面兜着一件网格运动衫，纤腰半隐半现。苏宇鸣穿得很简单，但在我看来，不管他穿什么我都像看见了机长制服。

我将想法如实表达，他避开眼含蓄地笑了。

"你什么时候上班？"

"下周，不过我们这行没有你想的那么轻松、光鲜，经常倒班。"

"是吗？但是空姐很漂亮哎。"我并没往酸溜溜上表达，"要是我上班能看到这么多漂亮姐姐，我超愿意上班。"

"哈哈，但我们驾驶舱很小，都是几个大男人，没有想象中美好。"

果然，职业就是职业，听起来光鲜，实际干的都是些苦力技术活。

在健身房跑步的时候，我全靠上涨的数字打鸡血，没想到和别人一起夜跑五公里竟毫无感觉，疲累被晚风吹跑，酸胀在月光湖的美景中消解。

我们聊了很多，他是M市县区人，月光湖旁有套小房子，我说我是北方人，今年准备买辆小车。说到车他来了兴趣，问我心理价位，我说15万左右。

他带我跑到一公里外的露天停车场，边走边介绍，我也看不明白，但见他说得起劲，我便跟着听听。一番罗列后，他给我推荐了一款车，女孩子开，小巧安全。

回去的路上，由于刚才的一番歇停，我显然没有去时那么有激情，两腿灌铅，开始拖步子。要是韩彻在，我铁定要要赖打车，但初识阶段不能暴露自己半途而废的本性，

151

于是撑着小跑了会，苏宇鸣见我蔫了，笑着问我行不行。

"行！我行！"我喊了两声，马上又小声说，"要是有根拐杖就好了。"

他还真左右看了看，捡起地上掉落的不及我小指粗的树枝，"只有这个。"

他给我看了下就扔了，幸好没往我手上递。

我两手负背，摇摇头："没事，我可以的！"

他看了眼马路："要么打车吧。"

"不要，我们要坚持到最后！"说好十公里的。

他带着我跑，没几米，我拉住他的手腕，借起力来，他拽着我往前，鼓励我："加油，越是累越是减脂。"

"我很胖吗？"

"不胖不胖，我不是那个意思……"

"哈哈哈哈哈，好啦，快点跑。"我玩笑都开不动了，拉着他的腕子一路狂奔，晃过不知多少个路灯后，终于跑到了起始的路牌下。

没想到这年头追个男人也能要人半条小命。

我站在原地盯着他喘气儿，带着点气恼，含着点诱惑，苏宇鸣根本受不住，转过身喝水，喝完见我没动，问我怎么了。

我噘起嘴巴，将水瓶往他眼前一递："我开不动。"

我都能想象，我要是这样对韩彻说，他肯定会一边开瓶一边笑我，你上回徒手拆快递的样子，我还以为是假象呢。

苏宇鸣笑着接过帮我拧开，开起玩笑来："那举得动吗？"

我冲他张嘴，在他诧异的目光下飞快闭上，哈哈大笑，接过矿泉水来。

也不知道谁规定的，女孩子喝水不可以狼饮，男孩喝得越大口，喉结越性感，女孩子抿得越小口，姿态越优雅。

我抿了两口，在他擦汗的时候转身咕嘟咕嘟，一下灌了半瓶，渴死我了。

苏宇鸣问我车学得如何，我说好糟糕的，大一暑假学的，现在都忘光了。

他说，今天有点晚，下次找个合适的下午，带我去郊区空旷的路段练练，我满口答应。

约会的满意度在于结束时是否有下一次！

只要不是韩彻这样的男人，一般结束时提出下一次约会，都代表了满意。

到家洗了个澡，韩彻问我约会感觉如何，我说帅是帅，但是不得劲，我想要那种心惊肉跳感!

现在的进度太缓慢,我习惯了别人主动递话茬,我只需漂亮接招便可,现在要我时刻自己想招式,推进度,不比跑十公里轻松。更糟糕的是,脑子和身体都跑了十公里,我却只抓到了手腕。

【妹妹,你有点着魔了。】

【什么?】

【你寻刺激过度了,我觉得我带坏你了 …… 我很愧疚。】

【没事,万物守恒,这个世界有坏男人也有坏女人。】

【我记得上回我说你渣,你还反应激烈,现在居然 ……】

【上次没看清自己,多谢韩主任点明,我现在明白了,难怪我正常恋爱老是谈得不愉快,我就不适合走那条路。】

【妹妹,冷静。】

我不!现在遇见男人都不循规蹈矩的了,只要不是穷凶极恶之徒,我都不害怕。

韩彻说,我靠的都是脸,实际技术非常不稳定。

我反驳,脸就是外挂啊,有外挂就是比普通玩家升级快。

韩彻发来语音:"妹妹,你就是高端玩家啊。感情游戏里,技术是次要的,不动心才是高端玩家。你这种没有心的人,开局必胜。"

我脑袋上炸开烟花,又听了一遍,惊叹道:"韩彻,今晚的你200分!"他总能把我气死,又让我受死。

练车这事儿都不需择日,好感度正盛的男女是一日都熬不住要见面。我收到机长先生的邀约时,得意地哼起流行歌,像上学得到老师夸奖一样,开心极了。我问韩彻,你得到了正在追的女孩的积极回应,会开心吗?

【不会,百发百中的事儿。】

【你这种人活着真没劲儿。】

约会那天我身着白衬衫牛仔裙出门,清纯如邻家妹妹。我有种在江湖沉浮多年的错觉,几乎忘了自己大学毕业才一年。

机长驶至我家附近,问我喝什么,我说随便,没想他买了好几种饮料、能量饮料、无糖茶饮、碳酸饮料、橙汁儿和矿泉水。我笑问,我是水桶吗?

"怕买得不称心,我最怕女孩儿说随便了,买回来脸色一点都不随便。"

"哈哈哈,有故事呢。"

苏宇鸣撇清："没有没有。"

我有点基础，开了半小时就会了。他带我来的是开发新区，楼盘商场都框架都搭得极好，马路宽敞崭新，还未造势宣传，渺无人烟，我开了会便心猿意马起来，开始没事找事，两手扶着方向盘："机长，我想喝水。"

他取了水为我拧开，取笑我："一般叫'机长'那都是出事儿了。"

他举了半天我也没停车，龟爬一样慢慢开，没一会儿他自己理解了，徐徐送到我嘴边，我小口微张，提醒他："你往上边儿点。"

我第一次这样喝水，可不就洒在身上了嘛，白衬衫沾了一片能量饮料的黄渍。

我一脚刹车，解了安全带，任他慌忙抽纸往我这边递。我也没接，定定地瞧他，不知怎么，看他着急的样子我有点冲动，终于在他纠结要不要帮我擦时，我喉头一把火熊熊燃起，倾身便吻了上去。

我们在午后的无人街区，吻了许久。情动间，我睁开双眼，看清他微微蹙起的眉头，动情颤抖的睫毛，不歇不止的嘴唇，忽然理解了韩彻，谁不喜欢这种上帝视角的游戏，既能动心动身，又能不陷泥潭。

共进晚餐后我们去看了场电影，我手指作祟，他则专心致志地控制住我的手："乖，别闹。"

我倚在他怀里，任这部无聊的英雄主义电影带我入梦。

我不太喜欢英雄，韩彻说他也不喜欢。他喜欢普通人，坦荡的普通人，直白地面对自己的人生，而不是舍身为人，将仅此一次的人生献给一群只有你服务才颂扬你的人。听来无比刻薄，但平凡的我们在茫茫人海中像是找到了知己，莫名其妙地碰了个杯。

他说这是不是叫马基雅维利主义，我笑骂，少往自己脸上贴金。而机长显然是个英雄主义者，他被结局感动得热泪盈眶，拉着我的手说，他的梦想是做个蝙蝠侠，我脑袋上的乌鸦叫才"嘎"了一声，便听他深情款款地问我，愿意做他的 Rachel 吗？

韩彻日常发来问候，妹妹，漫漫长夜，在干吗呀？

我告诉韩彻：【我正在看蝙蝠侠。】

他问，怎么想起看这个了？

【机长问我愿意做他的 Rachel 吗，我傻乎乎地点头了。到家看了电影才知道，原来是 Rachel 是蝙蝠侠的女朋友。你说现在的男人坏不坏，冷不丁给你埋个雷。】

过了半个小时，他直接打了电话过来，听背景音好像站在风里，呼哧呼哧挺多杂音的。"什么意思？"

154

我佯装苦恼地叹了口气："对不起彻彻，我不小心有男朋友了。"并且我的男朋友现在正在微信上问我，你睡了吗？

韩彻半天没说话，听见我笑立马语气不太好地开口："你是不是傻，怎么只会上当受骗。"

"我怎么上当了！"一切都在我的掌握间！

"莫名其妙做了人家女朋友不算上当？"

"这也叫上当？各取所需！不是你说的吗？他觉得我是，我觉得不是，我们对Rachel 有不同的定义。"我心道，我的 Rachel 是老友记的 Rachel。

"林吻！这是人话？"

"韩彻！你这是双重标准！"

今天通话信号真的挺差，没两句话断了。他打过来，我接起，听到一个模糊的音又断了，再来一个："听见了吗？"

我大喊："听见了！"刚说完，又嘟嘟忙音了。

如是好几个来回，韩彻改用微信，发来了十几条一模一样的消息——

【谈恋爱就好好谈，按步骤来，先拉手。】

【谈恋爱就好好谈，按步骤来，先拉手。】

……

【谈恋爱就好好谈，按步骤来，先拉手。】

我看着三分钟后他还在发重复的消息，赶紧拦截他这糟糕的信号：【来不及了，你能忍住？】

【林吻你给我记着！】

【林吻你给我记着！】

……

【林吻你给我记着！】

机长问我，你要听摇篮曲睡吗？

韩彻则说，林吻你给我记着！

韩彻的骂骂咧咧和机长的如水温柔左右夹击，我竟有一种做作的为难感。洗了把脸，望着镜子里水嫩嫩的皮肤，冒出一个巫婆的声音——长得这么美，这份纠结是你应得的。

我捂住脸，赶紧憋笑，都快成神经病了。

距离韩彻回来还有 28 天。快入夏了，换了床薄被。我直挺挺地躺下，任月光泼在脸上，很快就有了睡意。终于，感情的破事儿再也没有糟蹋我的睡眠，安安稳稳，一觉睡到天亮。

我醒来第一件事便是回复机长的消息：【天，早睡的我错过了什么！】

【真乖。】

【今晚补给我。】

我往下拉，同事出国兼职做了趟代购，我转账给她，再往下，韩彻凌晨三点发来消息：【妹妹，知道凌晨三点的沙漠是什么样子的吗？】他发了张图，是天际划破的沙漠与星空。【单反拍了不少，回来给你看。】

我放大又缩小，缩小又放大，被这猝不及防的宏大浪漫戳中，保存图片后终是没有回复。

他的不明朗，是我的保护伞。韩彻，你休要怪我。

机长是个耿直的妙人，他带我去了游乐园。我握着气球线，坐上海盗船，迎风舒爽了两下。我问可不可以坐跳楼机，机长震惊地看着我，然后陪我上了次天。

我直升至空中，大喊道："啊——你开飞机是不是也是这个感觉——"

"没有这个爽——"

"啊——我居然比开飞机还爽——"

三人一排，我旁边的男生吓得瑟瑟发抖，皱着眉头，看我像看神经病，我转头反射性地说："哈哈哈哈，韩彻，我们真的是天不怕地不……"看清机长脸的时候，跳楼机猛地下坠，带着我的头发乱飞，糊了一脸。我一颗心没由来地跟着空落了几秒，降至中段，它停了，耳边断续传来旁边、底下其他项目的游客的尖叫声。

苏宇鸣问我："什么？"

我胡乱抓抓："我头发乱了吗？"

他宠溺地笑说："没有，很好看。"

他这么一说，我眼睛都酸了，像回到了过去，一落地便扑进他怀里。我以前的男朋友对我都是这样温柔的，我预见命运的滚轮徐徐碾来。

我打开手机看了下生理期计时软件，只要伤春悲秋，那便是生理期临近，无一例外。

苏宇鸣是个很好的男人，好到我都不忍心伤害他。他问我要不要见他爸妈，我吓得眉毛几乎拧成八字："你说什么？"

见我如此，也明了态度，他揉揉我的头，说："没，就问问，我只是告诉你，如果你想见，我随时带你去见。"他摆出认真交往的态度，搞得我更加愧疚，但这份愧疚维持不到五分钟。

吃完他做的简餐，我抱住他，打扰他洗碗，鼻尖点上柠檬味的泡沫时，我们亲上了。

有一回亲完，苏宇鸣说，这么能憋气，改天带你去潜水吧。我问改天是什么时候？

我额头上可是有个催命符贴着呢，等韩彻回来，我很清楚，要么没了韩彻，要么没了机长。男人的世界根本容不下这番共存。

玩家不能有占有欲，可惜的是，我和韩彻都有。这非常没有游戏精神，谁都择不出局。但好在我的占有欲是呈下降趋势的，而他，就来电和找寻频率、态度和说话方式来判断，占有欲明显在上升。

机长是行动派，订了机票与酒店，飞往普吉岛。我本想坐他开的飞机，可惜他只开国内航班。

旅游很幸福，但对于打工人来说，请假太难了。我提前一周开始演戏，不舒服，上吐下泻，弱柳扶风。同事领导都劝我歇两天，我摆摆手，带病坚持，赖在工位。终于在旅游的前一天，我脸色苍白地走去领导办公桌，柔弱地开口道："领导我想歇两天，实在吃不消了。"

"快点休息吧！林吻，我都怕你殉职。"她扶我去工位收拾包，唠叨地关心道，"我就说，你这么瘦还减肥，吃什么鸡胸肉西蓝花，人不吃饭怎么行呢！你就是没有爸妈在身边管着，以后我得监督你们小年轻吃东西哦……"

我忙不迭点头。杀到地铁口，我摇摆起来，普吉岛！我来了！

机长迁就我年纪小，陪我玩幼稚的游乐园，猜测我喜好浪漫，为我安排一场旅游。飞机上，我想，如果没有韩彻，我应该会很踏实地和机长在一块吧。但这是个很荒谬的因果论，如果没有韩彻，我怎么会去闹吧玩儿，还能抛下架子，主动搭讪男生。

韩彻如常与我问好，但很规矩地再也没有越矩，这让我产生一个错觉，这个男人竟然真的挺有底线。没一会儿又忍不住咬牙骂道，渣男就是这样，没有心。

第十三章

到达普吉岛后，我们先去办理入住，放好行李后按照行程去潜水。

我看到了珊瑚礁，美得我不舍眨眼，上岸后我发消息给韩彻：【你去过海边吗？】

晚间给我发来一张冲浪的帅照，但那时候我和苏宇鸣已经结束了沙滩散步，他正在替我抹晒后修复乳，没几下，我人便卸了力。

在普吉岛这几天，一切都没有我想象的那么顺利。

普吉岛四天行程结束时，估计连苏宇鸣都感受到我们的关系到了尽头。飞机上，我难过地玩笑说，我大概是跟你分手分得最快的女朋友了。

他失笑："胡说什么呢。"

回国后没几天，韩彻发来两条消息：【终于到市区了。】【妹妹，我明天回来了，给我接风？】

【好。】

【怎么接？】

【给你当助攻，找个辣妹，好吗？】

他回了串省略号，对我再度无语。

苏宇鸣四点回家，问我想吃什么。我说随便，我不挑食。

买了束火吻红玫瑰，一进门我便送到他眼下。他不可思议："买给我是为了讽刺我没送你花？"

"当然不是，买这个就是好看。"我插好花，看见满桌子喷香的饭菜，叹了口气，"以后就吃不到了。"

这么好一个男人不是不惋惜的，但有些事情真的是勉强不来。

我提了分手，机长说，你要不要再考虑考虑？

我问，考虑什么？

他说先吃饭吧。

我捧住他的脸："你先说，我们分没分？"

他笑了："你想我说分还是没分？"

我目光坚定，甚至带了渴望："分了。"

机长神色一黯："哦，那分了。"

我仰起脸感慨道："我一直没有机会吃回头草，因为以前分手的时候，我从不会觉得可惜，今天谢谢你，机长先生，我圆梦了。"

他亲了亲我的额头："我也没分过这么特别的手。"

无甚寻常的一个夜晚，我打开电脑，追最新的一季美剧。这季网络留言争议甚大，一个男人和一个女人恋爱了，而这两人还是男主的好友和前女友，关系混乱。我津津有味，又五味杂陈。剧对我来说依旧好看，但助攻的荣誉圆号摆在面前就像一个讽刺，让你玩，看你能玩出什么花儿来！

肥仔问我，韩彻是今天回来吗？

我说是啊，怎么了？

他说这小子居然没约局。

我没什么心情，只回复，可能累了，想歇一晚吧。

韩彻这种精力过盛族会歇息才怪，他下午四点下的机，坐单位车回了趟家便去健身房了。

我下午六点约了私教打拳，在健身房碰到的他。

我戴着拳击手套，两脚分开与胯齐宽，膝盖微曲，拳头与面颊平行，拳心向内，收紧下颌，眼睛紧盯"对手"，一拳一拳打向靶子。跟着私教的好处是他盯得紧，没法划水，坏处便是因为没法划水，所以能累瘫。

韩彻抄手，虚倚着沙包，一动不动地盯着我，我想说句你知道你黑了吗，都喊不出来。终于在教练说休息五分钟的时候，我直接躺倒，大口喘气，望着健身房的天花板说："你变丑了。"话咽了会，再说整个意思都变了。

韩彻走近身旁，抄兜俯视我："是不是看惯了开飞机的，就看不惯我们路桥搬砖的了？"

"瞧你这酸的，"我翻了个白眼，"我是上天多还是走路多啊，当然是看你比较顺眼。"

"哟，"他手抄进运动裤兜，脸色活了过来，"容我算算，这次还是没超过三个月？"

我重重叹了口气："嗯。"

韩彻没追问，直到教练喝完水，笑嘻嘻地喊："林吻，再来五组。"

我耍赖："啊！不要。"

"快点，不是你说的吗？时间就是金钱。"

私教的时间就是我的金钱，可是太累了，我躺在地上不肯动弹："我不要钱了。"说完这话，自己数到五秒，还是站了起来。

打完这几组，我汗如雨下，整个人粉扑扑的，韩彻就这么看着，中间我扯开嗓子问他："这么好看？你不用锻炼？"

他还点评起来："还不错，我以后女朋友也要练这个。"

我练得脑袋充血，没好气朝他虚晃两拳，啐他："当你女朋友可真倒霉。"还要被按头练拳。

教练喊下课，我张开双臂，终于解脱，朝韩彻说："来，帅哥，抱一个。"

他嫌弃地上前两步："这汗出的，"说是这么说，仍是将我抱起空转了两圈。我环住他的脖颈，将额角的汗都蹭给了他，低落地说，"韩彻，我发现我有心。"

"嗯？"

"这次分手还是有点难过的。"

韩彻冷哼一声："等你把'有点'这种无情的形容词去掉，再说自己有心。"

"唔……好吧。"

韩彻带我去吃了意餐，挺不好吃的，趁他去打电话，我把账结了。

他意外，说道："这么主动？我是不会给你报销的。"

"不用报销。"

车子驶上高架，路灯一重一重闪过车厢。

我打开车窗，任风吻面，扬起发丝："韩彻，沙漠美吗？"

"比城市美。"

我转头，"是吗？"

"是，"他腾出一只手，将我的手捉住，"只是没有妹子，有点寂寞。下次我们一起去。"

我颓肩，丧气道："还有下次吗？"

"有个项目在那儿，估计还得跑几趟，但不会这么久了。"他摇摇我胳膊，"有兴趣吗？妹妹？"

"再说吧。"猴年马月呢。何况，我不确定韩彻对我和机长在一起这件事是否介意。

由于关系的难以界定，由于对感情的游戏态度，我无法用常人的思维去解读他的占有欲和接受度。当然也有便利，可以占此中空子的便宜。不是名义恋人，何来道德束缚。

出了电梯，韩彻一直在打公务电话，我等了会，心头火急火燎，拉过他空闲的手往指纹锁上按。

我熟门熟路地开灯，换了鞋便要往里冲，韩彻拽过我，由门后画开了个小机关，避开声筒："来，按一下指纹。"

我诧异，怕影响他没吭声，不停缩手摇头，但拗不过他的力道，盖下了我的戳。

这等于给了我他家门钥匙，其态度和关系不言自喻。

我坐在沙发上愣了许久，思路像老旧的炽光灯，发出"咯噔咯噔"的中断连接声，眼前的物景一闪一闪。

他结束通话，把将我捞进怀里："真吾。"

他如此之好，我良心发现："韩彻，你要不要再问一次？"

"什么？"

我咬唇："问我和机长的关系。"

"我不问，"他勾起唇角，"我自己感受。"

韩彻起身，赤足走到酒架前。先前我不知道这藤条架是做何用处，只当是别致的摆设，今日才知道是酒架，此刻摆满了各色的酒。我惊讶道："上次还没有的。"

韩彻随手取了两瓶，看了标签又放回去，蹲下身在底部找了起来："我最近才搞的。朋友的女朋友是飞行品酒师，找她采购的。"

我与他一道蹲下，抱着膝盖问他："你在找什么？"

"一瓶有你出生年份的酒。是王阿姨帮我摆的，不知道在哪儿，"正说着，韩彻挑眉一笑，将手上的瓶子转向我，指着上面的数字，"喏。"

我就这么蹲着，眨巴眨巴眼："那能喝吗？"

"能啊，今晚就喝。"他去厨房找开瓶器，优哉地说，"美人配酒谁喝谁懂。"

"韩彻！"我站起身来，语带恳求，"你要不问问吧。"

他玩味地看着我，一下一下地拧着开瓶器。他没说话，也看不出喜怒。精壮的手臂肌理毕现，原来健身后真的会注意到别人的健身效果。他的手臂线条确实很好看。

脚底的大理石都被焐热了，我也没冷下心肠来，韩彻对我真的很好，不管他在不在意，我不能骗他。虽然他能到最后一刻都骗，但我真的做不到。真希望我可以是个冷酷无情的女骗子，而不是被这突如其来的愧疚搅得局促不安的半吊子。

"砰"的一声，不响，空气中漫开淡淡的甜涩酒香。韩彻拎了两只葡萄酒杯，摆在茶几儿，暗红的琼浆灌入酒杯："喝一下，本来你生日那天就该喝的，但国际物流滞留海关，耽误了不少时间。"

原来他早准备了这酒，太有心了。我苦脸："韩彻。"

他没说话，细抿了一口："嗯，不错。"

我仰头咕嘟咕嘟灌尽，苦恼地挠了挠额角，一鼓作气："韩彻！我和机长一起出国玩了！"我站军姿一样立在原地，等待韩彻的反应。说实话，有时候我感觉很了解他，可有时候又对他全无把握。

也许他的本质就是这样，让人捉摸不透。

我说完，韩彻脸色一变，将酒杯重重摔在茶几上，我吓得腿软，被他一把压倒在地毯上："你干吗！"不是无所谓的吗，怎么情绪变化这么大。

他松开我，面无表情问："妹妹，你是想我生气呢，还是不想我生气？"

我一脑袋问号，垂眸想了想："不想。"

他冲我展颜："那我不生气。"

"哦。"我乖巧。

空气中有片刻静滞，我们一时谁都不知道要如何接续这个话题。他说了句等我一下，径直走入卧室，留我一人在客厅五味杂陈。事情结束得如此轻易，人飘飘忽忽的，这逻辑不在我的理解范围内。

"林吻！进来！"

我搁下红酒瓶，推门走入漆黑的卧室："啊？怎么没开灯啊。"

"别开灯！"韩彻高大的身影背身角落，猛地一转，"看！"

我看见了一个光柱，愣了一下，"这是？"我捏着夜光玩具，笑骂他，"你神经啊！"

气氛好像好了。

他说这是给我带的礼物："妹妹，我有话要说。"

"你说。"

他两手挑起我的下巴，迫我仰头："妹妹，你知道我喜欢你吗？"他的气息迫近。

我呼吸猛地一滞，过了好一会才反应过来是个问句，点了点头。想说我也喜欢你，可喉头跟堵着塞子似的，张张口终是没发出声音。

韩彻低笑，黑暗放大了他声线的温柔，附向我耳边："那你猜猜我喜欢你到什么程度？"

依旧是那副有些不着调的不正经语气，可我脑袋莫名发晕。脚掌面不平，人有些站不住，我紧紧抠住他的腰，傻傻地道："啊？"

韩彻自问自答道："喜欢到愿意放弃那部分自由。"

耳内神经都开始敲锣打鼓了。

他问："你呢？"

我蒙着脑袋，努力挤出思路，终是断闸般脱口："唔……我还好。"我飞快组织语言，出动自己所有的文艺细胞，想说几句中听的，能像韩彻一样触动我心，却不想下一秒，韩彻用力推开我，冷声道："我就知道！"

方才还温情的氛围瞬间肃杀起来。他磨牙嚯嚯："林吻，这个游戏你比我有天赋，不到一年就参透了。你是不是计划着要我玩，想让我吃醋，刺激我，再用力甩了我！"

我拟着嘴，不想承认自己的心思被猜透。跟机长交往，一面是为了快意恩爱，一面也是赌一把韩彻的反应。我几乎没往深里想，只冒出过一个浅浅的念头，说不定还真可以探探韩彻对我的虚实。

即便被猜中，我也有我的倔强："我没有……"

韩彻显然不信，两指捏起我下巴："真没有？"

我死撑点头，只是毫不坚定。

韩彻手一撑，再度将我困于桎梏："你没有？那我问你，既然知道我喜欢你，为什么要跟那开飞机的去普吉岛？"

"是知道我会生气，所以故意的，是吧？"

"为什么要惹我生气？因为我耍过你所以要报复我，是吧？"他抵住我的脑门，鄙视道，"我说'报复'你还真信了？"

"想骗我要我，又没狠得下心，一点甜头就让你缴械，自教了！"

　　我被他一句一句地，砸得比刚才的情话还蒙，整个人情绪再度被他搞得一起一伏。我几乎忘了自己原本是要瞒他、利用他，不知哪个环节被他撬动，倒下一片精心布置的多米诺骨牌。

　　韩彻没再看我，垂头喃喃自语般："这是游戏，只强调掉血，不说杀伐快感就是没有游戏精神！"

　　我拳头一紧，抓住这句话，急道："所以我和机长去普吉岛也是游戏，都是成年人，这并没有什么错，不是吗？"

　　最后三个字，气息明显跌了下去。

　　我们都知道我们什么都不是，又知道我们不止于此。

　　亲密接触是恋爱游戏中的一部分，韩彻后来很久没有过女人也是不可忽视一环。我有想问他，但终究源于自尊心，怕自作多情、怕先开口就输了，给憋了回去。

　　很难不多想，越久越难不多想，可他不说，我便只能憋着，猜着，此刻他反问我，我多少有些理亏，又多少有些委屈。

　　韩彻鼓励我玩，教我暗招，让我难以往男女私情上想，他只给了我感情游戏一个方向，一种自在洒脱的都市新型男女关系。我们交流各种两性观念，关系上，我们又是自由的。

　　我没玩过这个游戏，不知道边界与尺度，只凭着杀伐嗜血又贪图新鲜刺激的本能横冲直撞。那些世俗的、暧昧的男女情愫，何时萌动，何时发芽，都被我用力地忽视了。

　　他是韩彻，他说的做的都不能多想，想了便中了圈套，想了很难不沦陷。

　　韩彻侧脸对我，呼吸深沉，神色不明。我拉拉他的手臂，想服个软，下一秒，他用力地吻了下来，堵得我几乎窒息。他吻得又急又狠，毫无章法，手下力道失控到几乎把我腰掐断。

　　我刚动情，他又迅速冷却："先……把事情说清楚。"

　　"说什么啊！"我拖鞋一甩，自暴自弃道，"我是有一点想要你的心思，但不会像你一样对我制造实质性伤害的。"我特意强调这一点。

　　"这个我相信，你没那能力。"韩彻走到墙边，开了一盏很特别的灯。

　　之前看过从未见他打开，此刻才发现那个大圆球是个月球，莹亮硕大，表面深深浅浅的坑洼绘得极逼真，我下意识脱口："好美啊。"

　　他面色一凛："别偏题。"

　　我扁嘴，是他开灯吸引我目光的。我打量着这个灯问他："这个在哪里买的？"

他没回答，立在窗边背身思考。许久，窗外唧唧的虫鸣都歇了声，韩彻平空炸开一字脏话，再度跟我确认我跟机长的事。

我莫名其妙想笑，也真的笑了，他到底是知道我骗他，还是赌我骗他。是不是他没有那么神通广大，能勘破人心，只是一招一式一比画，把心理素质差的人比如我，给吓出真话来。

"林吻，"韩彻两手抱头，埋在被子里几乎气到发狂，不停发出兽类的嘶吼，末了软枕被锤出了个坑，他咬牙切齿道，"现在换任何一个男的，都要气死，甚至动粗。"

我看他这样又好笑又心疼，眼眶热乎乎，心头酸溜溜。

韩彻抬起脸，憋红的俊脸上还有几道褥印，继续说道："但我不会。"

我知道他不会。我想配合他的玩笑一下，刚扯动唇角，立马红了眼眶。看韩彻不爽又要强开玩笑的样子，我意识到，因为猎奇，我做了很糟糕的事。

他弹了下我的额头："怎么哭了？"

我摇摇头，却把眼泪摇了下来，他抽了两张纸冷淡地贴在我脸上："你本来挺乖的，上上网，斗斗嘴，是我把你带歪的，这点是我该承受的。"见我眼泪不止，他捏起我的两颊，叹了口气，"连个像样的恋爱都没谈过，感情处理得乱七八糟的，看着机灵，实际男女之事完全没有分寸。"

我擦了下眼泪，辩解道："我谈过的。"

"感情甜蜜都在前几个月，后面就会出现问题矛盾，那时候才是锻炼人处理问题，应付自己的毛病，通过一段感情向内挖掘的时候，你谈的那都是孩子气打闹。"

"你说什么就是什么吧。"我吸吸鼻子，反正我说不过他。

他勉为其难："这样吧，我牺牲一下，带带你。"

我汪着一双泪眼斜他，等他下文。

"带你谈场恋爱，怎么样？"韩彻松开我的脸，看我一脸茫然，"我喜欢你，你喜欢我，这个时候应该有一方提出在一起，而不是憋着，继续憋着就是天各一方了。"

并不感动，这种进展在意料之中。

我试探问："韩彻，那你还生气吗？"

他故作大方："不气，有什么好气的。"

"真的？"

"当然，你单身，和谁去旅游是你的自由。"他没看我，敛眸沉声的模样仿佛是在说服自己。

　　"哦，是，"我抱住枕头，用以防御，身体慢慢后退，"那我可以拒绝你吗？"

　　他猛地凑近我，将我眼前的月球灯光全数挡去，不敢置信道："为什么？"

　　"我不想谈恋爱！"

　　"林吻！"

　　"韩彻！我连拒绝的自由都没有吗！"

　　"你没有！"他一把推倒我，食指伸到我眼前凶巴巴地说，"你现在就两个选择！
一，现在答应，二，过会儿再答应！"

　　我憋住气，慢慢将两根手指竖到他面前："我选二。"

　　韩彻失望地撇过眼去，下一秒，我们同时笑出声了。

第十四章

"我在 X 市的时候就想：林吻不至于这么没有良心吧，不至于这么迟钝吧，我又不能让你立马分手，这太没品了。我就忍，赌了一把，没想到，你还真的没把我放心上。"他掌劲一用力，捏紧我的手，问我，"我要是当时让你分，你分吗？"

我想了想，正要回答，韩彻便没了耐心，翻了个白眼，咬牙道："这个时候不要思考！有些事情只有一个标准答案！"

我憋笑，拉长尾调回答道："会。"识时务者为俊杰。

"这个游戏你确实比我有天赋，又想夸你，又想骂你，左右不是，真的是搬起石头砸自己的脚。"

他说说又气上了，捏起我的脸蛋左右蹂躏。"还说什么不要沦陷，你倒是听进去了，我这说的人居然忘光了。"

我笑得不能自已，难怪刚刚他像个精神病似的，跳跃得不行。我噘起嘴，亲了他一下，夸他："师傅教得好。"

"妹妹，我教不了你游戏人间了，我只能教你谈恋爱。"他蹭蹭我的耳垂，调情般地问我，"你要不要学啊？"

我故意道："我不想学怎么办！"

他听出我的为难之意，继续哄我："先学两个月试试，我肯定比你之前那些小屁孩男友谈得好。"

我傲娇地摆谱："那行，我会考虑的。"

韩彻突如其来的表白轰炸，那事儿的重要性都降低了。被韩彻拎到面前讲情话，虚荣心得到极大满足。我都分不清是快乐，是虚荣，还是喜欢。只知道自己怎么克制，眼睛都控制不住地冒咸水，使劲眨眼才憋了回去，没让自己的感动暴露得太多。

"林吻，我终究还是个很俗的男人。"

韩彻牵着我的手说，大学那会儿谈恋爱占有欲都特强，管当下还要管以前。"但那天我疯了一样，"韩彻紧了紧我的手，"发现自己真的好俗，可这种俗欲被满足时，人是很快乐的。我知道这太不可理喻了，但还是偷偷地开心了。我以前所鄙视的那些男人的劣根性，那糟糕的占有欲、控制欲，我全都有。"

"因为你，我发现自己好俗好平凡。"

"也因为你，我觉得俗点平凡点也不赖。"

"这次去大戈壁，我每晚都会开车去看星空。有时候和同事，有时候一个人，但每次都会想到你，我就想，我一定要带你来看一次。"

我的心被猛地击中。天花板上，月球灯铺开朦胧的纱晕，宛如大戈壁的星空。我和韩彻牵着手，躺在越野车上。

"妹妹，你才 23 岁。经历的事少，胆子大，人活泼，对世界太好奇了，对男人、对恋爱有一堆问号，我既想满足你，又不想满足你，一边跟自己男性传统的本能对抗，一边希望你是自由快乐丰富的。我不想用我的占有欲把你圈禁在一个狭窄的二人世界里，但真的很难，我只想你跟我在一起。"

我的眼泪喷薄而出。韩彻果然跟那些嘴笨的小男生不一样，甜得我痛哭流涕，我埋进他胸口抽抽噎噎起来，他抱着我的头故意问我："妹妹，感动吗？"

"不感动！"我捶他。

"妹妹，和我在一起开心吗？"

"不开心！"我咬他肩膀。

他就是能让人心甘情愿，即便知道被骗了，也心甘情愿。我真想遛他，可我做不到。我不做到像电视剧里那样，说一句，你终于喜欢我了，现在你可以走了。

"你对别的姑娘都这么好吗？"

他装傻："别的姑娘是谁？"

"我在说正事！你不要耍贫！"我提醒他，并且阴阳怪气了一下，"我才不会吃陈醋呢。"

我们都是直来直去的人，说好恋爱，便一拍即合，看似不靠谱，实际很规矩地踩在线内。

我从来不知道恋爱中的韩彻如此黏人，还负责接送上下班。相熟的同事见过韩彻后对我说，你男朋友真好，第一眼我以为是个渣男。

我说他就是。

有一次我嫌烦，说我自己坐地铁听会儿歌不行吗？韩彻表示他谈恋爱就是这样，有点黏黏糊糊的，以前女伴处久了也会这样，就不太想换，我说你最久的女伴处了多久啊，不会产生感情吗？

他立时沉默。

"说话！"

"半年？一年？断断续续的那种，不会产生感情，因为都很忙，但习惯了就不太想换。"

"最后为啥换了？"

"女孩多数想要安定，一看我就不是安定的人，生活里出现个靠谱的男人，没多久都会走向结婚，这种关系很自然就断了。"

"没想过交往？"

韩彻叹了口气："说句你不信的，在你之前我真的没想过谈恋爱。"

"为什么啊？"

"可能习惯直奔主题，我的工作圈全是男人，没有遇见能培养感情的人，所以不会产生这种冲动。不过我不抵触谈恋爱，以前想过，等过几年，听家里安排相亲结婚，踏踏实实过日子，生个女儿宠着。"

"你对自己金盆洗手后的日子倒是安排得挺好啊。"

"那当然，我是个会享受的人。"

我问："你觉得你会安定吗？"

他轻笑，反问我："你觉得你会安定吗？"

想了想，其实我也不确定。

韩彻说："换个问法，你觉得童话故事最后'王子和公主幸福地生活在了一起'之后，他们过着怎么样的日子？"

我第一次听见这么新鲜的问法，还真没答案："不知道……"

"对，所以王子和公主的日子幸不幸福，要王子和公主自己过了才有答案。"

韩彻脚一钩，我屁股下的转椅便滑到了他身前。他两手撑在我身侧，满眼温柔："妹妹，我好喜欢你啊！"

"喜欢我什么？"

他经常说这句话，我也经常问他喜欢我什么，每次答案都很不一样。

我就想知道，他还有多少花花肠子，遂弯起眼睛，静候他下文。

"喜欢你问我谈过几次恋爱的时候，我不用回答'只有一次，和你一起之后，我才知道什么是真正的恋爱。'"

我捂嘴大笑："哈哈哈哈，有这种答案？"

韩彻见我乐，继续说："喜欢你问我以前的事情，我不用绞尽脑汁伪装自己是个好男人，洁身自好，专心工作，不混娱乐场所。"

"喜欢你给我自由，出门看见美女能一起欣赏，而不是问，我和她谁美。当然，在我心里，你永远最好看。"他说着还冲我点点头。

我轻咳一声："最后一句话骗人了。"

"哈哈哈哈哈，"韩彻将我捞进怀里，用力地亲了一下，"我以前真不信什么情人眼里出西施，好看就是好看，不好看就是不好看，为什么非要拿自己跟女明星的照片比呢，现在我知道，不管你在不在乎答案，在我心里，你真的比女明星都好看。"

我捏起他脸颊："说！有什么阴谋！"

人会因为爱情产生一种盲目的自信，我与旁人都不同，我于他独一无二。韩彻一直给我这样的错觉，我有想过，天哪，哪天这个泡沫被戳破，我大概会很难过吧，甚至我都不能想象，他说的"谈三个月"到了截止日，会是怎么样？

事实上，三个月的时候，我们完全没有感觉，我打电话说，韩彻，我们谈了三个月了。

"恭喜你，妹妹，我成了你生命中谈得最长最久的男朋友！"

"我第一次谈恋爱满三个月，我们坐跳楼机庆祝一下吧。"

"跳楼机多没意思啊，妹妹，既然你不怕高，我们去蹦极吧。"

我们到澳门的次日是韩彻的三十周岁生日，我说呢，庆祝恋爱三个月未免太隆重了吧，原来是给自己圆梦。我正要作一下，便听韩彻郑重地告诉我，二十四岁左右第一次产生了想要蹦极的想法，二十五岁生日跑去美国蹦了个 60 米的，当时觉得超爽，就想以后要是有喜欢的女孩就带她一起来，没想到在三十岁的时候遇见了。

"你倒是想得挺美的，哪个女孩乐意蹦极啊？"

韩彻蹑了我一下："你啊！"

我假装鄙视。虽然事实就是如此，我听到蹦极，激动得夜不能寐，韩彻说我出发前睡眠呻吟比平时厉害多了。

签了"同意书"，韩彻拍了张照，我像要结婚了一样，不对，蹦极对我来说比结婚还要刺激。

身边常有人恋爱结婚，却不是每对爱人都会来蹦极。

穿好背心，工作人员帮我们系上主绳，我的英文不好，听了个一半，韩彻捧着我的脸又给我说了一遍，问我紧张不。

我点头，亲了他一下："紧张，但是不害怕。"

明明是来玩的，却有一种生死诀别的情绪涌动。我们在跳台上接了很久的吻，工作人员还为我们拍照鼓掌欢呼，贴边走到站台边时，一低头便是眼晕的世界，好像真要跳楼一样。这和过山车还是不一样的，人会陷入完全失重的境地。

我紧张，手心全是冷汗，除了粗重地呼吸什么都不会，太刺激了，超过我23年人生的极限。

巨大的风响将周围的人声混成噪音，韩彻拉着我的手大喊："怕吗？"

我闭上眼睛，深呼吸一口气："你在我就不怕。"

"林吻，我爱你。"

我们跳下去的时候，韩彻对我说我爱你，这句话平时我们常说，倒也不震撼，世界的颠倒，人的失重让我联想到了某部电影中的主人公去往另一层空间时的那股感觉。弹跳结束，工作人员帮我解开腰带，我拉着韩彻说了我刚刚的感受，他耷拉张脸："你没有说你爱我。"

我失笑，捧起韩彻冰凉的脸，嘟起嘴用力往他唇上一戳："爱你爱你，怎么会不爱你呢。"

他指着GOPRO，颇为计较："我们蹦的时候你没说，它没有录到。"

原来还是这茬，不早说，我白他一眼："难道要再蹦一次吗！"

"明年再来！"

"和谁啊！"

"你说呢！"

我默了会，自我检讨完嘟嘟囔囔："明年我会记得说的。"

决定在一起的当天，我和韩彻顺理成章地同居了。有一天，我偷偷问王阿姨，以前有别的姑娘住在这里吗?

王阿姨很谨慎,回答我没有。

王阿姨事后应是转达了韩彻,这厮终于逮到我在乎他过去的证据,洋洋得意:"妹妹,想知道什么就直说。"

我问纯粹是出于好奇心,既然被发现了,索性敞开了问:"王阿姨说之前养了只狗。"

"那会儿是为了追女孩,小动物这个武器很好使,后来太忙没空遛,就送朋友了。"

我鼓鼓嘴问他:"那你喜欢狗吗?"

他淡淡地道:"不喜欢,也不讨厌。"

我对毛绒动物抵触,怕韩彻因为我不喜欢毛绒动物而放弃自己爱好,现在都市人总是喜欢猫猫狗狗的。韩彻没否认,说以前是想过,如果谈了恋爱结婚了,就养个小动物什么的。

我就知道!当即矫情地臭脸了。

月光朦胧,酒酣耳热。

我们在露台看蜥蜴。韩彻本提议养蛇,我眼睛一亮,但最终害怕王阿姨吓到,于是折中决定养蜥蜴。

我浏览图片,眼睛发亮:"我喜欢这个颜色!好漂亮啊!"

韩彻搂着我,贴唇告诉我:"它们会变色的,照片上的颜色不作数。"

"也对。"

"它们能活多久啊。"

"平均寿命 25 年左右。"

"哇!这你都知道!你是百科全书吗?"

"妹妹,你看一下右上角,有简介。"

我讪讪地道:"挺好的,我能陪它一辈子了。"看着图片竟产生会养它很久的感情,我说,"以后我们分手了,这个蜥蜴归我。"

韩彻捏起我的嘴,不满地道:"你想什么呢?"

我没管他这即将脱口的情话,继续说我自己的,得意扬扬地道:"我名字都取好了。"

"叫什么?"

"小骗子!"

男主视角番外

男主视角番外
第一章

　　韩彻认识林吻属于巧合中的巧合，意外中的意外。

　　一个阳光明媚的下午，某路桥设计院办公室主任、道桥设计师——韩彻在画完图后终得解脱，两脚往办公桌一搁，准备看部电影。

　　大国企分工细，制度严，小设计院人少，分工粗，基本什么都要自己来，一个顶好几个使。这不，刚打开电脑，毕业季进来的新人弟弟便敲门问问题来了。

　　他耐心指导完之后问，最近你们都在哪里找好电影？

　　"豆瓣？猫眼？"

　　猫眼上的评分虚高，瞧不出质量参差，于是韩彻上了豆瓣。

　　这个网站他不常去，一般就用来标记标记电影，参考参考影评。新来的几个弟弟倒是经常刷帖，听说上面有同城交友小组，还有人通过二手商品交易来交异性朋友，工科生谈恋爱的道路不可谓不崎岖。

　　韩彻是个例外，对他来说交异性朋友从来都不是多大的问题，这就是老天赏饭，一是脸帅，二是脸皮厚。

　　追女孩光帅没用，还要技巧。就算帅到天上，但是讲话耿里耿气，女孩看腻了脸照样嫌弃。

　　韩彻图新鲜，选了部极少涉猎的爱情片。

由于喜欢科幻、战争、恐怖题材，爱情片多少有些提不起劲儿，他随手开始翻影评，嗤笑与冷哼就没停过。一部爱情片的观影感受硬把上下五千年的经典都拿出来致敬类比，诗歌哲学心理学，每个学科都不放过。

理工科不能理解文艺青年世界的爱情有如高山流水，韩彻面对文绉绉的东西像不懂音律的痴呆，人家写宫商角徵羽，他说这不就是 12345 嘛，整那么复杂干吗？

随手滑了滑，正要关闭，扫见一条短评甚觉有趣，恰好戳中了韩彻欣赏的幽默点，遂点了进去，浏览主页。一条条地刷，不知不觉地将她和评论区豆友的插科打诨都浏览了。电影结束也没刷完，扑哧扑哧乐个不停，有一种看段子的快乐。

滑至相册，意外发现还是个美女。

先前对同事弟弟豆瓣交友方式的不屑立马消失。

豆瓣上的姑娘都这么有意思吗？不都是文艺青年吗，怎么还有段子手呢。

韩彻是个行动派，当即发了邮件，但忘了看回复。

韩彻与林吻的相遇，若韩彻去猫眼找电影便不成立，若韩彻选科幻战争题材便不成立，若韩彻沉迷电影便不成立，若林吻没写逗趣的影评便不成立。

一个必然背后藏着无数个偶然。

次日，韩彻被同事叫去帮忙，恰巧扫见人家豆瓣的绿标网页才想起这茬，只是 24 小时一过，昨日的惊喜被冲淡大半，他回到办公室点开，发现自己精心编辑的彩虹屁没有任何动静。

有点来劲，在她发布的最新动态下回了句话——"甚是巧思"，一语双关。

果不其然，人姑娘这次很快回复，两人在评论区你来我往逗乐了起来，十几个回合后，转战到豆瓣邮件私聊。

韩彻不厮混夜场那会儿也有乖乖少年的传统追女孩经历，譬如网络，但说实话，线上线下的体验感差距极大。

一是外貌，二是身材，三是性格。

大眼美女见面发现是个假睫毛比眼睛还大的照骗美人。

相册里摆着大长腿照片，见面发现是个矮妹。

一口一句粗口的辣妹见面却羞涩到声音低如绵羊，半天说不出一个字。

鉴于以往各种不愉快的体验，韩彻用小号 QQ 加了她，重登这个号，涌上股回春的感觉。

网上聊天比面对面轻松，再加上林吻一招一式接得极漂亮，活泼俏皮，韩彻不想线下见面了，见着了多少要存点追她的心思，这么有意思的对垒便没了。

中间他挑起过数次见面的话题，感受到对面的憧憬，知此事再拖延也无用，年轻妹妹总是渴望那点俗气的东西。约好见面，彼此互报了真名，知她叫"林吻"时，韩彻眼睛都直了，这名儿太得劲儿了。

他想也没想，报上假名，这一系列都是以前上网的招儿，他打游戏买卖装备装备什么都用假名，而且都是用"韩澈"这个假名。

姑娘听了还夸，你名儿真好听。

他没夸她的名字，这名字夸起来很难拿捏分寸感，稍有不慎会显得露骨，不夸更能吊着对面，反套路，无声拨弄心弦。

见面那天定了几个馆子，说不上心是不可能的，毕竟聊了很久，每天上班的那点闲碎时间全都交代给了这姑娘，有时候晚上嗨完也会想到她,扯上她唠两句,心情总能大好。

第一眼见到林吻，怎么说呢，是个美女，声音也不如刻板印象中北方的重味儿或粗声儿，比想象中高挑，气质不错，极其可塑。但身上那件衣服并不合身，到底刚毕业，撑不起这类风格，都市佳人的造型拗得不伦不类。

韩彻是社会人，心思不上脸，心中百转千回，嘴上赞叹连天，一句一个"美女"，车厢内顿时包裹了层油腻的味道。姑娘比较局促，丝毫没生反感，一双灵动的眼睛骨碌转动，不着痕迹地打量起昏暗的车厢。

约会瞬间索然无味。

韩彻带的组接了六个项目，正是分身乏术时，由着对姑娘的兴趣硬挤出时间，见了面发现，她没网上聊天时的兴奋劲头，羞涩含蓄，妆面并不精致，垂眸抬首间俱是拘谨。

这是个极力反对物化却人人都在物化的社会，追女孩更是实际，见面没有达到预设的分数线，韩彻败兴，维持基本礼貌的同时，不着痕迹地将话题往直白并不招喜的方向带。

"要是没什么兴趣呢就 AA，省点钱可持续发展，但是今天嘛……"结账时，韩彻给了姑娘一个好评。

本来就是，你走进一家餐厅吃饭，吃完赖人家不好吃，这实在没劲，搞得自己和对方都不开心，毕竟钱肯定要给，好评是彼此的体面。

林吻性格不算特别慢热，一顿饭的适应工夫，她的话多了起来。下车前的那段对话他也觉得乐，找到点网上的那古灵精怪劲儿了，瞧出姑娘的意犹未尽，他也想多逗她几句，只是替她解安全带时，看清斑驳的粉底，再次兴致全失。

韩彻心叹，果然是刚毕业的小姑娘，她们还需要社会与时间雕琢，他没那个时间与精力等饭煮熟，只想要一份掰开一次性筷子，便能下嘴吃的快餐。

韩彻送完林吻便回单位加班，走到楼下见弟弟们正在画图，想到刚请了妹妹吃饭，委屈了手下弟弟，于是点了对面的酸菜鱼请大家吃。他没跟着吃，抄手在一旁问："你们天天刷帖，到底刷到妹子没？"

"妹子都看不上我们工科男。"

"韩老师也要靠这个吗？"

韩彻呷了口咖啡，附和点头："我们工科生，找女朋友从来都是难事，"他起身拍拍弟弟的肩膀，吓他们，"别灰心，我都单身呢，你们不要着急，有得等呢。"

"不是吧……"

"哈哈，韩老师吓我们！"

工科生找女朋友不难，就是容易弄丢。这种哄妹子的技术型干货他只能在知乎上分享一下，祝福身边的弟弟早点无意刷到帖子。

韩彻熬了个通宵画图，到早上九点还是跟妹子打了个招呼，这就和电话回访一样，约会的良好回馈可以给人增加自信，虽然他们这段网友情注定是无可进展了。

韩彻跟成熟女性处得比较多，你来我往间，联络频率骤降，彼此便心知肚明，从不刨根究底，抑或死缠烂打。大学刚毕业的，这么些年接触的也就是耿直的工科弟弟，不知道现在年轻人如此坚持，半月之久仍没品出不对味。

林吻要求见面那天，韩彻真忙，这行本来就是忙一阵闲一阵，她巧碰上了火烧眉毛的关口，但她强硬与讽刺的语气还是让韩彻挤出了时间。

韩彻心肠不够硬，推三阻四后还是决定去见，出发前便置好退路。

【下班了，背着头儿悄悄溜出来的。】

这招很适合做退路，把自己不够优势的工作地位摊开，摆出一副小弟姿态，见状况不对把大哥搬出来，百试百灵。任谁代入一下自己面对领导的状况，都会理解。

韩彻是准备速战速决的，只是没想到，这次意外不少。

林吻素着一张脸，面无表情，一口一句冲话，辣得不行，活脱脱校园里的冰美人，眉眼间俱是灵动的神气。

真是女大十八变，简直了，半个月都能变个样。

林吻口气很差，表示不用吃饭，停在路边说会儿话，这正合韩彻的意，他本就没准备久留。

由于被美貌惊艳，车没停好，韩彻歇了火探出车窗瞧了眼，骂了句："真差。"

没有男人不在意自己的车技，林吻唤他，他都没心思回答。

林吻很聪明，虽涉世未深，但观察入微，看出这是个钓鱼局。

韩彻想夸她，可面对她一双勾人的清澈眼眸，莫名起了玩弄心，压低声音叫了声她的名字："林吻。"

她摆出不屑的表情，可飞快眨动的睫毛还是暴露了她心里的波动。小丫头片子。

韩彻看着她，不急不缓地道："那天我很开心，你是那种第一眼美女，比我想象的要好看，又瘦又美，可是你知道吗，我配不上你。"

林吻显然不信，那模样可真好玩，又气又恼还说不出话来，鼓嘴翻眼皮儿，小机灵劲儿十分可爱。

他又叹了口气："你知道吗？我有隐疾。"

林吻飞快地转过脸来，表情复杂地担忧："那你？"果然是小姑娘，又单纯又善良，这就信了。

"你上次不是问我多久没恋爱吗？"韩彻两手一摊，"我已经五六年没恋爱了。"一直避讳谈及自己话题的点也被这个谎言圆上了，只要逻辑在线，阅历丰富，谎撒多了不一定容易揭穿。

林吻显然心软了，没了见面时的秋后算账模样。当然，对他的异性好感度直接降为了零。

她低下头，咬着唇，正纠结怎么安慰韩彻，发丝在犹豫时滑落了下来。

阳光可真好，穿过丝丝栗发，将少女的绒毛染上金粉，恍如一帘幽梦。男人最俗的一点就是，好看的小姑娘都能联想到初恋，尽管自己的初恋面目早就模糊，且根本不长这样。有时候"初恋"就是一个形容词，用以激发老男人的少年欲望。

韩彻不可免俗，尤其如此近距离，温柔地为她将落发挽在耳后。

他的手没立刻离开，拨弄了下林吻的耳朵，意图轻松气氛："别这么沉重，我好歹长得帅啊。"

她倒像被激发了灵感，开始夸他，没几句便主动找借口开溜。

韩彻心叹，这个借口这么好使的吗？

但显然这段网络孽缘没有立刻结束，还没等韩彻浏览完手下弟弟发来的消息，林吻如警犬上身，转头开始罗列相处的疑点。

他好整以暇，扔给她驾驶证也没慌，倒是她说"你的驾驶证要过期了"，差点让韩彻破功笑场。

　　林吻很聪明，在韩彻一一回答后，戳破了问题的关键："我说什么你都准备了说辞，不慌不忙，也没有对问题的出处提出质疑，这恰恰证明我是对的。"

　　那一刻的林吻身上有光，灵气逼人。韩彻玩味地听她说完，没有否认。这个姑娘很聪明，一定程度上是有备而来，只是她太莽了，在一个陌生男性的车里揭穿这种事，真是初生牛犊不怕虎。

　　韩彻一言不发，徐徐靠近她，直到彼此的呼吸一点点交织。本想吓她，可她胆子很大，没避没让，和第一次见面的生涩判若两人。

　　他喉结滚动，越贴越近，直到触上唇珠，恐吓之意不知怎么变成了股子暧昧味道。

　　这么直接亲了，还真过意不去，韩彻贴唇辗转，试探，终是在那双清澈的眼眸下收敛了越矩之意。

　　韩彻和林吻成为朋友，比认识她这一步多一些人为的设计。

　　一个夜夜笙歌的人，比谁都怕寂寞，韩彻的朋友很多，26 岁之前一个晚上可以赶场赶到头晕，为了达到一种不负青春的状态，画图画到眼晕都要坚持社交，喝完通宵早上一边开会一边吐，还没到自己醒悟叫停，周围朋友纷纷缴械，回归正常的生活圈。

　　韩彻认为他们一定非常不愿意，却不想，搂上媳妇一个个被控制了似的，一副无可奈何又心甘情愿的别扭劲儿。

　　每次嗨得刚有点感觉，便紧着时间收家伙走人，有时候为了开车或回家好交代，在酒吧连酒都不喝。他们以前都烦在酒吧装老实的人，放不开，拿腔调，却不想到了年纪，自己心安理得成为酒吧品茗的装腔者。

　　那天白天组局，到中午还缺人，韩彻无意点开了网页浏览记录，看见了豆瓣绿标，灵机一动，给林吻回了条豆瓣消息。

　　第二次见面的惊艳之意尤在，本来说了拜拜的羔羊韩彻基本不回头反追，但林吻本身的趣味性大，总想着再会会，感觉没品够味。

　　成年男女之间，有时候只需要一个信号，尤其对于韩彻这种深谙少女心的社会男人，信号弹是射在肌肤上还是心窝上，是强还是弱，信手拈来，弹无虚发。

　　林吻真逗，上次他故意说自己清寡口味，她此番硬是浓妆艳抹，韩彻故意装没认出来，叼烟瞥别处，姑娘也不见局促或羞涩，晃到跟前招手。

　　他逗她："整了？"

　　林吻翻白眼："你这样说话，没病也没人要你。"

　　韩彻护着她进了酒吧，这家酒吧新店开业，酬宾活动不少来蹭迪的，甚是拥挤。他揽住林吻怕走丢，她却像个活泥鳅，使劲保持距离，韩彻索性放手，却不想下一秒她主动钻了进来，手揪着他的衣服。

韩彻失笑，这点声儿响都吃不消，估计平时不常来酒吧。

到了卡座，韩彻晾了她一会儿，见林吻脆生生打量的模样，唇角不觉勾起，走过去教她酒杯不离眼。

"来过酒吧吗？"

"大学的时候来过。"

"和男朋友？"

"也有和同学。"

没一会，好友要走，韩彻无奈，刚刚吹了瓶啤酒硬留了他一小时，再留也不像话。以前老韩爱留客，喝多了拉着人不让走，韩彻不理解，结果轮到自己毛病一样，不知道是老男人的通病，还是重感情的人的通病。

送完朋友回来，卡座只有四个人了。他走到林吻跟前想问她今天尽兴了吗，却见她抱着杯子气鼓鼓的："连九点睡觉也是假的。"

韩彻乐了，那点撤退的意思立刻灭了，逗她热场："要不这样，我们拼酒，你猜出一个我骗人的事我就喝一杯，你猜错了你喝一杯。"

林吻是又鸡贼又憨萌，一个接一个的问题，还反问自己喝多了怎么办。

要是不清楚她初入夜场的经验不足，难免要当成暗示。韩彻越听越嗨，故意道："喝多了我给你开间房，或者打车送你回家，不然能怎么办？"

林吻一杯接一杯，一句没问到点子，倒是把自己给灌蒙了，这姑娘到底有没有脑子，照这么喝，在酒吧很危险。

韩彻往她手边推酒，她倒也够上路子，没矫情。

"知乎上发的东西都是真的？"林吻樱口半张，呼着酒气。

"知乎？"韩彻看得出神，才反应她说的是"知乎"，立马僵住了，"什么？"

"不是你吗？回答问题的语气还有专业都一模一样。"林吻揉了揉太阳穴，斜刘海滑落在面庞，更显红唇妖冶。

韩彻没想到她看过自己的知乎，突然有一种大脑被解剖，展览示众的感觉，再加上林吻喝多的模样着实迷人，不禁燥热，解了两颗扣子，沉声蹙眉问："你怎么知道的？"

"Zach Han，并不难搜啊。"她淡淡启唇，因着酒意姿态慵懒了起来，没骨头一样歪在沙发垫上，肩颈的凹凸构成性感的弧度。

接下来，林吻的烈焰红唇与酒吧的昏暗便在韩彻眼前对撞起来，回答问题成了机械的本能，终是没耐住一口呼面的香气，韩彻倾身贴上林吻的耳朵说，若有若无地亲密："这样可以找借口不回消息或者开溜。"

林吻鼓起嘴生起气来，叽里咕噜又问了几个问题，林吻自己都没发现，她喝了酒声调拉长，讲起话来媚声媚气的，偏一双杏眸清澈无辜，娇俏得很。韩彻环上她的腰，贴颊说："你不是说初来 M 市就我这么一个投缘的人，我不能把你唯一的希望拔走吧。"

林吻眨眨眼，唇瓣张合似在组织语言，那副清纯又魅惑的模样叫人欲望大动，韩彻鼻尖零距离抵上，深深一嗅，问她："感动吗？"

她点头，韩彻挑起她的下巴："那我们接吻吧。"

他捧起她的脸便在酒精与欲望的冲击下热烈起来，十指穿过她柔软的发丝，在她脱力后仰时扶住她，任她倒在臂弯中，彼此勾缠。

韩彻很久没有在吻里找到这种原始纯粹的感觉，新鲜得很。他酒喝得不多，能清晰感觉到情绪的高涨。

送她回家的路上，林吻低声说："认识你挺好的，以后估计我看男人会更准一些。"

"嗯，基本遇到我这种人一回，智商正常点的，以后被男人骗的概率就是零了。"

"说不定以后还能跟玩家过招。"

她抬起头，一双眼睛里淬了两弯月亮，韩彻哑声问："你觉得什么叫玩家？"

"不动感情？"

韩彻停住脚，好笑地哼了两声，到底是真纯还是假纯。他抚上她的脸。"妹妹，不动感情就不好玩儿了。"

她疑惑地歪头，咬唇想了想，"那？"

韩彻捧起她的脸，呼吸一沉："是不要沦陷。"室外的吻缠缠绵绵，温情脉脉，这晚，韩彻刷牙时都觉得好笑，接吻居然接得那么舒服，沉迷，这事儿他也就大学异地恋的时候觉得亲个嘴就能满足。

几天后他自然主动联系起林吻了，和她发消息很有意思，有点矫情但很有趣。

尤其她口无遮拦提以及那事儿时，他总想笑，对反转施展自己雄风的场面充满期待。他很想看这嫩生生的小姑娘怎么被自己拿下。

再次见到林吻，她身着热裤，长发飘飘，又劲又辣。

烧烤店里，她一直在问高富帅的事，韩彻好笑，这姑娘又物质又单纯。他边说话，边伸腿将她漂亮的腿困住，左右暧昧磨蹭，看她乱着呼吸故作镇定："那天开心吗？"

她面无表情："还行。"

"我说接吻体验。"他故意往暧昧的话题带。

她腿试图挣扎了一下，低下头回避了这个话题，主动做起功课："哦，那酒吧里，如果我碰到不想接吻的情况怎么办？"

他教她："如果你不想跟这个男人接吻，你可以一直嚼口香糖。"

"这个主意很不错呢。"

"如果你碰到不想交往的男人，比如有隐疾的高富帅，"韩彻挑眉，见她鼓嘴，逗她，"你就说我只是想找个临时男友。"

她问："如果他没有隐疾，我又不喜欢他呢？"

韩彻倾身，她跟着凑耳朵。他含笑地盯着她的眼睛，暧昧道："你可以说，不好意思，现在我还没经验，以后有经验了，立刻来找你。"

林吻眼睛一亮，韩彻跟着轻笑，他可太喜欢她这副灵动的模样了，尤其眼里闪动着崇拜的光，满足了他卖弄的嘚瑟劲儿。

林吻这姑娘思路是很清奇的，还真一边享受友情一边享受暧昧，韩彻找她唠嗑，没两句就问，有高富帅吗？实在不行三项中有两项符合也可以。

韩彻失笑，这姑娘对男人倒也是信任，他问高有什么要求？

【180 左右吧。】

【那富呢？】

【这个我不好说，你看着办。】

【那帅呢？】

【可以接受你这个水平线下波动一点点。】

韩彻逗她：【我不行吗？】

她发了串无语的省略号过来，他继续逼问：【我哪儿不好吗？】

那头还不乐意了：【哪里不好这不明摆着呢嘛。】

韩彻去合肥学习的这阵，几乎每天都跟这姑娘聊天，反正听会议无聊，不如聊天快意，他们都是那种能把寻常事讲出段子风的人，时间一晃而过。

他回来前约林吻，小姑娘拿腔说，老跟他混，没好处，没有高富帅。韩彻主动想，行行行，给你打五折。【这个月新来的两个小弟弟和你差不多大，想认识吗？】

林吻很快回复：【好啊！】

你瞧瞧，前几句还没精打采的。韩彻提醒她：【打个预防针，我们工科生非常无聊的。】

【像你这么无聊就可以了。】

【要求还挺高。】

林吻晚上又来了兴致，问有得选吗？韩彻说有两个，都是名牌大学，一个是他师弟一个是另外一个学校的，身高差不多，175cm 左右，长得也差不多，不至于秀色可餐但勉强吃得下饭。

林吻非常势利眼，还挑上了：【我要另外那个学校的。】

韩彻来气了，母校不可欺！【我们 X 大哪里不好？】

那边安静了会，回复：【字太多了？】

韩彻洗完澡，姑娘还真的来劲了，问如果见到工科生要怎么交流比较合适。

他好笑：【这种事情不都是男生来嘛。】

【我学学，万一他不行，我好补台。】

林吻在社交上的好奇与热切很难让人对她冷淡。

韩彻没直接回复，将衣服晾好，点开电影调好投屏，倒了杯冰啤酒，长腿惬意地搁在沙发上方才定心地继续。

【想学交友？】

【要收费吗？】

【教你一招，可以用于中长线交友，利用刻板印象达到反转效果。】

【？】

韩彻放下手机，将电影前段空镜看完，才揣着点继续：【我说我是工科生，所以不幽默。】

【哇哦！】【我就说我是艺术生，所以学习比较一般？】

韩彻牵起唇角，故意发：【比如我说我有隐疾，那么你对我体力也不抱有期望。】

谁料对面一点没察觉，还沉浸在自己的欢脱学习脑洞里。【我说我比较瘦！别人可能会觉得我的身材一般？】

韩彻没来得及嘲笑林吻忽略他的坑，便被她带跑偏了：【是的，这样一容易有话题，二的话，刻板印象里的劣势都会成为你个人的优势，随时给人惊喜感。】

【啊！韩彻你好棒啊！】

韩彻都能想象她在那头拿着手机有多开心了，他深吸一口气，下一秒还是没憋住，沉浸在被小姑娘崇拜的虚荣里。真是越活越肤浅了。

但林吻完全没有按照韩彻设想的道路掉进陷阱，她真是机灵。

聚会那日，韩彻听老大的，请了合作公司的人一起唱歌，缓和未成单子的僵局。毕竟害人忙活，尽管韩彻认为这种能力和态度问题造成的流单是他们自己的问题，可人情世故是很多生意维持的根本。

他自然是没带弟弟来，还向林吻非常坦白地表明自己是故意的，本以为她在陌生的场合会局促，然后黏着自己，一套欲擒故纵还没使出来，她已经如鱼得水地勾搭上了人公司的同事。

韩彻坐在二楼听见"这首歌送给喜好相同的林小姐"，都要吐了，林吻可真行。韩彻这晚眼光并没多少工夫落在林吻身上，等被灌完一圈酒，那两人已经有说有笑了。

韩彻扫了他们两眼，给林吻发了条消息：【出来。】

KTV昏光暗影的，酒精会让人冲动，长廊虽色调依旧廉价，好歹亮堂不少。韩彻一出来吸上舒适的氧气，人便醒了不少，林吻立在眼前，他随意一掏口袋，恰摸上张名片："喏，上次答应给你的。"

她笑嘻嘻地接过："我会妥善保管……那我回去了？"

韩彻见她这副积极的样子估摸这心思转到别处去了，心里低骂了一声，还是非常上道地提醒她："记得要小心。"韩彻不了解胡闵，难免怕林吻吃亏，提醒她。

接着，韩彻都不需打听，便可嗅到林吻和胡闵交往的蛛丝马迹。他们的联系非常适度地拉开了距离。

韩彻忙碌后的闲暇难免怀念和林吻唠嗑的日子，后来去酒吧见着美女，聊几句都不怎么得劲，好友骂他："你最近发什么疯？"

"有没有那种……"他想了想，"灵的？"

"水灵？"

"哪方面？"

"哈哈哈哈哈，哪方面我们可不知道啊，韩主任的妹子我们不敢动。"

他们闹开，嘲成一团，韩彻也没想到关于林吻这个类型的形容词。

反正是一个奇葩，褒义的那种。

又有回约局缺人，肥仔便问，上次那个妹子挺好玩的，掰了？能叫出来玩不？

韩彻先摇了摇头，掏出手机，又想着算了，人家恋爱呢，别给自己惹腥，几杯酒下肚又不甘心起来，他还没追到呢！如若就此分道扬镳，他那欲扬先抑铺垫不白搭了？她不会这辈子都把他当作有隐疾吧，那他得气死。

他随手拍了张模糊的酒桌照片发去，编辑了条尺度得当的消息：【要是你没恋爱就

可以一起了。】

韩彻所在的设计院有些项目需要去别的市做，那天去临市，回来路上他和胡闵一辆车，见他一直在发消息，心中还嘲弄，林吻果然是个对谁都热情的生物。他试探交流："女朋友？"

胡闵倒是意外韩彻主动搭话，毕竟对方平时比较高冷，回答时只怕字说少了话题断了："没，我妈叫我相亲。"

韩彻垂眸点点头："哦，上次不见你谈了个吗？"

"林吻吗？"胡闵知道他们认识。

韩彻怕自己点头了对林吻有影响，装作不熟地挠挠头："好像是这个名字。"

"这姑娘挺好的，但是我们好像不太合适。"

哦？韩彻跷起腿，侧身问："哪里不合适？"

胡闵皱眉头想了想，不知道该怎么表达："可能她们学艺术的女生比较向往那种刺激的感情，我不太适合。"

Oops！

韩彻没有主动联系林吻，毕竟他事情很多，老韩住院张罗了两天，院里一堆事，没闲工夫追妹子，何况他们的关系和联络冷了两个多月，没理由还燃着熊熊烈火。

他没想到林吻会在一个夜黑风高的深夜主动联系，她发来消息的时候，他正在高速上开车。

【能聊一会儿吗？】

瞥了一眼，韩彻冒着生命危险回了条消息。【没流量了，面聊省钱。】

经收费站时，来了条话费到账的消息，这姑娘真是不按常理出牌。寂寞了不应该见面吗？聊聊聊，再聊都要聊成兄弟，没法证明正身了。

他想了想，下高速直接往老城区开，停在友邻小区门口，给她发去消息：【下来！】

林吻素颜出现的时候，韩彻打开车灯，特意看了两眼，还是没想到可以形容她类型的词。见她嘟囔着脸，没了之前的神气，他逗她，为她拨开碎发，手指挠下巴："妹妹，失恋而已，至于嘛？"

林吻叽叽咕咕一边检讨自己一边委屈巴巴地诉说自己遇见的糟心事。韩彻当时就有种"天助我也"的想法："有个方法可以解决此事。"

他提出去他家避几天，林吻自然是拒绝，他啧了一下，失望道："拿我当男人？"

她迟疑了一下，估计心里想，你不是吗？但还是乖巧地摇了摇头。

韩彻盯着她，故作调侃："拿我当外人？"

小姑娘被逗乐了，韩彻倾身，单手捧起她的脸，嘬了一下她的唇，深深地看了她一眼，笑着说："乖。"

韩彻上电梯时便开始思考这一晚的切入点，要怎么合理揭开自己"行"的事，是营造一个不错的暧昧环境，在关键时候直接坦白我骗了你，还是逗她招惹她，然后出其不意地解释。

男人在这种事情上自以为是得很，女孩儿跟着回家，便当她逃不出自己的手心。

韩彻躺在沙发上，一面想，是你自己跟我回来的，别怪我，一面看着她羞羞答答的白皙脚丫在眼皮子底下走来走去，又犹豫起来。

男主视角番外
第二章

　　"有一间客房，我睡客房啦。"

　　林吻的脚晃回了韩彻的眼皮子底下，他罩住深沉的眼色，假作疲惫地揉着山根。

　　"你早点睡。"林吻温柔地交代了一声，到底是深夜，声音软得猫一样挠耳朵。

　　韩彻一把拉住她纤细的腕子，哑声表达自己近日甚是辛苦，调戏她："三十岁的男人真不容易，你要不要考虑报个到？"

　　他玩味地看着林吻，在她愤愤地闭上眼睛，噘起嘴巴靠近时，韩彻的表情几乎都要绷不住了，这哪儿来的傻丫头啊。

　　从林吻的吻技可以感受出她是个经验丰富的姑娘，理应不该如此单纯，但凡对男人了解点，不至于深夜去男人家里，还对身处的危险环境全无感受。

　　"我是让你给我揉揉腰，你想什么呢。"

　　果不其然姑娘恼了，也是够猛，扑上来就锤。

　　韩彻将她紧紧箍进怀里，假装剧痛，将她压在身下，贴向她恨恨道："林吻你真狠。"

　　他们以最亲密的姿势暧昧着，林吻咬住唇，别开脸，娇嗔道："讨你胡说！"

　　韩彻嗓音不觉变沉："我哪里胡说了？"

　　他故意逗她，一重一重在她身上布下暗火，正欲摧城拔寨之时，他望着她羞怯又期待的表情又生了番戏弄心思，故意在她抬脚时撑着身子，叫她发觉。韩彻不确定她理解的隐疾是什么，但看到林吻的表现，立马明白了。

她两手扒着瓷砖连连后退，眼里充斥了惊讶，挨到沙发顷刻弹起，暴躁道："韩彻！你是不是骗我！"像只小狮子狗炸毛了。

韩彻撑在地上缓气，说实话，这样骗她还挺刺激的。他垂眸一咬牙，迷茫地歪头："什么？"

他就硬忽悠，想让她以好奇心试一把，然后一展雄风。但林吻基本就不按照预设出牌，明明接吻拥抱毫不介意，到了那重关头又没了主动性，不仅拒绝了，还安慰他："你比我前男友好一些。"

韩彻背身，前男友，她倒是很敢说。

他想继续追问下去，一转头，望见她同情的眼神，赶紧低头憋笑，这姑娘到底是精是傻？

韩彻自然不会轻易放过她，磨蹭着暧昧，支她按摩。力道拿捏得倒是很舒服，"单身男女""深更半夜"这两个关键词很容易让人遐想，只是韩彻那点儿心思，在她坚信他有隐疾的那一刻又兜了一个圈子。

韩彻不属于贼坏的类型，一向比较直接，有兴趣就上，没兴趣就撤，但林吻带给人的趣味性太大了，一招一式兼具槽点和萌点，他就想知道她什么时候能自己发现这个骗局，比如哪天他勾引到她欲罢不能，一咬牙说自己好了也行。

韩彻想想，脸埋在臂弯里乐了起来。老男人的恶趣味。

林吻问出前女友话题时，韩彻心头划过异样，知道她好奇，但这种深入的话题难免怕她走心。他怕招惹姑娘久了，她会动心，届时如若她难过他多少会有些愧疚，毕竟女孩子在割舍感情上终是不如玩家狠心的。

韩彻是自负的，毕竟百战百胜的战绩和林吻跟前跑后的黏性告诉他，这就是嘴边的羔羊，要吃随时张口便是。

次日，韩彻刷牙时才想起家里还有一个活人，在次卧睡着。跑去冰箱发现只剩一块牛排，随意煎了两人凑合吃了，林吻吃实在是少，半碗泡面就饱了，他扫了眼她瘦削的肩，后槽牙都磨了起来。他想起表姐家孩子不吃饭，几个大人拿碗追着哄着喂饭的场景，无语地照做，将牛排切好，一块块往她嘴里塞。

喂大人比小孩容易，但林吻左躲右躲的样子实在不像话，韩彻将她捞进怀里，把最后两块牛排非常不温柔地塞了进去，拿眼睇她："你知道你为什么平胸吗？就是肉吃得太少了。"

林吻来了气，瞪他飞快下咽，呼了口气，挺起胸强调道："我根本不是平胸！"

他托腮确认了一下："B plus？"

她还挺骄傲，勾起唇角用力点头。

韩彻玩味地转身，笑到房间都没歇下，真的很想撬开她的大脑看一下，是对男人完全没有防备，还是真的没把他当男人。

下午时分，韩彻带林吻去超市。

他很久没跟女孩子如此生活化地逛过超市，这几年他只跟他妈逛过两回，其他如果有，那也是快捷超市，随手买瓶水或者套什么的。

林吻进了超市脑袋一直在张望，韩彻当她职业病犯了，专注于超市的那些包装设计，他出门也总盯着城市道路设计。

"这是什么超市啊？"

"S Club，没来过？"

林吻摇头，抓着购物推车问，这个超市很有名吗？

韩彻看了她一眼，搂住她无所谓地道："就是普通的进口超市。"

韩彻领着她逛了一圈，走到进口膨化食品架前，问她："这个吃过吗？"林吻摇头，韩彻丢了两袋进购物车，"洋葱圈，你们女孩子很喜欢吃的。"

"这个吃过吗？"

"这个呢？"

"能吃多辣？"

林吻要拒绝，却耐不住韩彻一个劲往里丢，没一会儿她手里被韩彻塞了第二辆购物车，她赶紧抓住韩彻陷入超速购物状态的双手，皱眉说："我吃不掉的，我是小鸡胃。"

韩彻故意道："妹妹！你吃的时候我看着吗？"

林吻不情不愿地又被塞了一车东西，韩彻难得在购物的时候找了点温馨感，有个人陪着逛超市，平时不感兴趣的东西都变得让人有好奇心。

结账前，林吻问，这里的东西贵吗？

韩彻瞥了她一眼，不怎么贵，就是会员制，交年费的那种。

她眼睛都直了，左右看看："这么高级？"

韩彻好笑，替她拨开挡住眼睛的碎刘海："可能有钱人稀罕这种形式，物以稀为贵，全国也就十来家。也没多高级，和其他超市差不多。"

林吻人虽然瘦，力气倒不小，两大袋子东西扛得不气不喘，韩彻关上后备厢："臂力不错啊，有兴趣打拳击吗？"

好友发消息来，问韩彻晚上出来喝酒不？

本来准备带林吻去趟健身房，晚上在家看部电影，接下来的事便可顺其自然地水到渠成，一听有局，韩彻想，带林吻去玩玩也不错，她也挺喜欢泡吧的。

回到家，林吻有条不紊地把冷藏冷冻的东西一一归位，她问，零食有储存的柜子吗？

韩彻说随便放，正回着消息一抬眼，看见她前前后后忙忙碌碌的身影，心中一柔，将她搂进怀里，附至颈边细细嗅了一下，没过分亲昵，适度地满足私欲后，贴她唇说："走！我们去泡吧。"

韩彻特意换了跑车，他都忘了这车还有油没。上回是代驾开回来的，走前告诉他车子油不多了，后来再没碰过。

见林吻如此兴奋，还怕走不了，幸好还剩点，能撑到加油站。年轻就是单纯，喜怒皆在脸上，坐上跑车开心得一扭一扭，拉过韩彻的手摇来摇去："有隐疾真好。"

净胡说八道。

林吻属于漂亮姑娘里的标准身材，这么爱玩，假以时日，多些经验，脱去校园保守衣着的束缚，定是个比较有风格的美女。他随便扫了几件，都很辣，但她看都没看，约莫是觉得暴露。

他深吸一口气，拉过她，拎起一条 A 字裙："能接受穿短裙吗？"

林吻点点头。

这属于明知故问了，热裤都穿过了，短裙多是不介意的，他比画了一下："低胸呢？"

他挑了件颜色跳跃的。有些事一步到位确实不行，但他很有心机的没问背部接受度，直接让她进去试。

出来时她趿拉了双店里自带的高跟凉拖，长腿愈加修长，白得反光。韩彻呼了口气才勉强恢复思路，强行把单买了，拽她去买了双高跟鞋。

他终于知道几年前好友带一个姑娘去香港玩，为什么两天花了那么多钱。都说他是碰着个"捞女"不自知，友人两手一摊，她穿得那么美出来，就好像拍卖槌一样，一下就把他脑袋敲蒙了，脑子里只有一句话——"我要为这份美丽买单。"

买的是那一刻的心动，也是男人的虚荣心作祟，觉得花了钱就属于自己，其实想想，女人才是赢家。韩彻当时觉得朋友被女人坑了，这会轮到自己，也照样蒙。

幸好，林吻不是那种女人。

林吻对于他买单很是别扭，嘀嘀咕咕说朋友为何要买单，韩彻不知如何打消这份初出社会的不适应，她的少女自尊心是对的，他那老男人的油腻做派也没辙。

他搭了把大腿，缓解她拧巴的情绪，抚过才意识到，其实就是给自己找借口，不然就凭他这三寸不烂的情话能力，转移林吻注意力是小菜一碟。

路上林吻问他以前追女孩的事儿，不带酸的，纯粹好奇，韩彻在这种交流中很舒服，有问必答。

当林吻问道："如果你第一次见我那天觉得我很漂亮，你会如何？"

韩彻徐徐放松油门，眸中一道坏笑闪过，像第一次见面告别时一般意味深长地凑近她，避重就轻，替她解开安全带，照旧只说："妹妹，到了。"

他没继续这个话题，因为他正在实行，至于答案嘛，没多久她就会自己获得。

男女游戏，说破就没意思了。

韩彻与 Swindlers' 老板的老婆是高中同学，和老板算不打不相识，瞎吃醋白挨了一拳之后，他就获得了这个酒座，不管多爆的节点，只要他一个电话，都能留个位。

本来位置在一楼，他嫌视野不好，调去了二楼。韩彻喜欢酒吧是喜欢它的热闹，酒精能把人最真实最油腻的一面暴露，不用伪装什么绅士君子、淑女少女，酒后微醺出口、出手俱是本性直白。

这里的一切都是简单直接的，没有白天的过度包装。

那些迂曲修饰，被一键消除，那些男女推拉，被一键快进。

林吻是个初入酒吧的新玩家，对一切都很好奇，小嘴儿朝卡座的朋友努了努，问韩彻，你们都不用介绍的吗？

韩彻没遮掩，直说，都是来玩的，认个脸就行，不在乎酒吧外你姓甚名谁。确认一下谁带来的。

林吻哐了句，现实，乌目神气地一转悠，似是不屑。

韩彻拉她去舞池，这姑娘完全不需要适应，简直像到了自己的天下，腰臀扭得带劲极了。如果她穿的是条裙子，那效果估计是芭蕾舞裙。

韩彻怕她撞到别人，给人带去错误的暗示，两手把住她的腰。真不是故意趁酒吃人豆腐，如果有，最多占百分之五十……

林吻啐他是咸猪手，自己又非常自然地环上了脖颈，半矫情半爽快，两胯伴着节奏左右顶："酒吧好好玩啊！"

韩彻没一会儿也在四射的激光灯下，与低音炮融为一体，他们蹦了会儿就被人群分开。

他喜欢闭上眼睛蹦迪，能解放视觉世界给人身体带来的空间局限，直到黑鸦片香水味将他包围，才缓缓睁开眼。

是个很惊艳的姑娘，那狭长的媚眼一勾，信号弹不偏不倚正中他的欲望靶心，韩彻很自然地勾唇回应，酒吧就是这样，躁，燥，噪。

他们贴耳交流，说——

来玩儿吗？

常来？

一楼二楼？

东边儿西边？

刚刚的摇滚现场挺嗨的。

喜欢摇滚吗？

不需逻辑的废话在耳朵边热了一回又一回，烫得人耳朵都要烧起来了。一般这个时候，两人方向节奏一致，只要头一偏，嘴一努，便可离开舞池。

韩彻想到今天带着林吻，不可能去外面，环上她的腰正要说什么，恰好舞动的人群空出一片狭小的昏暗视野，他看见林吻身着亮片的连体裤闪动，下意识的，他追去了第二眼，眉心不悦地蹙起。

他眯起眼与身边的姑娘隔开点距离，说现在有点事，等会去找她。

姑娘还不放心了，掏出口红笔在掌心写下号码，并且当着他的面，将嘴唇匀满，在他掌心印了个唇印。

韩彻穿过扭动的男女，三步并作两步，在那男人徐徐靠近林吻的时候，飞快地将她揽进怀里，手臂因加速的呼吸而收紧。他亲昵地吻上她的额角，眼神不悦，语气友好地说："不如这样，让我来请你喝一杯吧。"说话间，手臂肌肉鼓了鼓。

酒吧规则，不会搭讪对象在现场的。

那男人没说两句便讪讪地走了。

林吻还惊讶韩彻的勇猛，居然不怕那文身男。

韩彻无语："肌肉同等的情况下，他就比我多了点文身，有什么怕的，还能封印我？"

林吻回头张望："那姑娘呢？"

"谁？"韩彻想装傻，却不想被林吻一下戳穿，"我都看到了。"

他迫于无奈伸出手，展示那香艳的电话号码，他没说那番艳遇行进至半程，正待继续。只找了个借口表明自己没意思。

　　不是不惋惜的，但是规则就是这样，有取有舍。林吻都在自己的臂弯里了，没道理再去招惹旁的，被发现了，嘴边这只羔羊估计得气走。

　　韩彻将掌心的口红印果断擦干净，口腔内牙关紧咬。

　　韩彻给她讲起酒吧规则，不喜欢就拒绝，刚那种情况她只要不留有情面拒绝则可，半推半就会给人一种欲拒还迎的错觉。

　　"拒绝一定要果断。很多男人会把'不要'理解为'要'，所以你说'不要'的时候，一定不能留给对方一个'要'的想象空间。"

　　林吻点头，又回头找了下那个美女，表情惋惜，好奇起他的喜好来，指了不少类型的美女，韩彻反应淡淡的。

　　当着身旁美人的面说别人丑，显得素质不高，说美显得情商不高，如此艰难的口舌钢丝中，韩彻走出了一条属于自己的偏锋路。"女孩各有各的美，但此时此刻，她们都没有你美！"

　　看见林吻羞涩地别过脸偷笑，韩彻又起了别的心思。逗姑娘嘛，不走心就不好玩了。

　　韩彻叫了三款不同的酒，教她品，她学得很认真，每细抿一口，都闭上眼睛唇舌微动，看得直叫人情动，韩彻也跟着喝了不少，眼前人的一切少女无心举动都在酒精催动下，被他读解为诱惑。

　　韩彻深谙男人的劣根性，但如若这劣根根除，有些事又会消了那份趣味。他告诉林吻，说"不要"要彻底，也是恶劣地给自己留了一条无耻的退路，老男人说话留一半，外面是糖衣，里面是炮弹。但林吻年轻，只品出了甜味。

　　韩彻调戏她："妹妹，我刚刚骗了你。那个美女留完电话让我去找她。"

　　林吻似笑非笑："然后呢。"

　　他假装苦恼："我没办法，只能指着你说那是我女朋友。"

　　他们姿态无比暧昧，因为酒精，身体随周围的躁动动个不停，但说话间脸贴着脸，始终没分开。

　　只消一人主动，便是一场唇舌失控的大战，可他们在热烈的眼神对视里由着若有若无的友情防线努力控制。她说："没事啦，下次等你快露馅需要撤退的时候，我就借你当女朋友。"

　　韩彻呼着酒气，假装感动："真的啊！"环着林吻，他们亲密无间地搂着，来回擦撞，却在说着有关义气的话题。

　　韩彻说："妹妹，你真好。"

林吻回抱："你也很好，给我地方住。"

他们说着平时不会说的话，唇碰来撞去，呼吸肆虐在空气，炸开火星子，韩彻数度想深入，料想林吻也是，但他们都没做第一个主动的人，直到所有人的目光被钢管舞吸引，他们方才意犹未尽，松开彼此。

林吻说她小时候去学过娃娃班舞蹈，初中因为比例气质比较好，被班主任拎上台强制表演，她妈发现她还挺有舞蹈天赋的，给她报了几年民族舞的班，学到高一结束。

韩彻说，跳给我看好不好？

林吻早就喝得头重脚轻，南北不辨了，在舞池边跳边翻白眼。这状态看着颇为奇怪。

韩彻盯着她，猛一个激灵醒了大半的酒。今晚确实生面孔很多，林吻摇头摆脑，真的很别扭，韩彻扶着她的头，扒开眼睛，却被她拼命挣扎，捂住眼睛，下一秒抠出一个东西送到他眼前，生气道："啊——我的美瞳——"

韩彻松了口气，幸好幸好，知道美瞳还差不到哪里去。

路上吹着风，韩彻醒了不少，揉着林吻的肩头呼吸不觉加沉。

洗完澡，他敲了敲林吻的房门，她没回应，想来是睡了，倒了杯水发现她趴在露台栏杆上。夜空墨蓝，楼宇环绕，她穿着白睡裙没精打采，晚风扬起发丝，俏皮摆荡，美得像幅画。

韩彻走近，邀她看电影。

不知道为什么，看她不情不愿的模样特别想逗她："看电影好不好？"

她故意装没听见，纤细的脚踝高傲地扭着，暴露了轻快的心情。

林吻"寄人篱下"很有眼色，基本不拒绝他什么事儿，韩彻故意说自己平时晚上没人看电影，于深夜捶打女孩儿柔软的心。

被安置在冰冷的瓷砖地上时，韩彻醒着。他沉沉地叹了口气，玩个游戏怎么突然玩出一股子不舍来了。

早上听见洗手间的动静，韩彻找林吻算账。他昨晚压抑不住自己，睡意解除暴露危机。林吻没反应过来，确认他呼吸平稳真的"睡着了"，还气呼呼地踹了他两脚，连块毯子也没给他盖一下。

待她一走，韩彻自己解决问题，忽地想起她踹的那一脚，笑得失掉兴致。

又荒唐又好笑。

只是韩彻还沉浸在这游戏中，林吻又杀出一个岔子："我明天就回去了。"

韩彻咀嚼的动作猛地一顿："你要回去？"

接着他便陷入了烦躁，早上有一个软绵绵的姑娘出现在视野里，十分美好，尤其逗弄她——暗喜她吃瘪敢怒不敢言的逗样、在她炸毛时绞尽脑汁顺毛捋。虽然听起来很变态，但有一种"初恋"的感觉。

韩彻把自己关在房间画图，鼠标点的特别大声，直到林吻搞了出乌龙，递来补酒，才稍稍算降了点火气。韩彻故意为难她，表示这东西不仅没有让他开心，反而加重了他罹患隐疾的心理痛苦。

"我换个东西送你？"

韩彻顺着她的报答之意，放下君子手段，就准备占这个便宜了："那就送美女吧。"他得逞地坏笑，手已然攻城略地，"正好喝了一杯酒无处发泄。"

林吻却没融在他的调戏中，非常冷静地做出了判断，在韩彻沉迷少女香味时猛地推开他，脑洞大开地尖叫道："今晚酒吧我做你的助攻如何？"

她手舞足蹈地抱着韩彻的胳膊，完全无视他喘息未遏制的欲望："今晚，你看中哪个美女，我帮你牵线好不好！"

韩彻望着她深喘，很想回一句，我需要你牵线？但还是顺着她的情绪，揉揉她得意的脑袋，意味深长道："行，不成拿你是问。"

一个女孩要给你介绍对象有三种可能——对你没兴趣，对你有点兴趣，对你兴趣很大。

男女之间的那点电波不需言明，韩彻与林吻之间一定是有不小火花的，她要真给他介绍对象，要么将假装大度实际心酸，要么就是潜藏的觉心玩家。

韩彻认为她是前者。

他故意挑三拣四，来去之间，有一个妹子投来了好几个眼神，他眯起眼睛，抿了口酒，打断了林吻的兴致勃勃："三点钟方向，那位西装男旁边的女士，能帮我拿下吗？"

林吻确认了两眼，遗憾道："可是人家有伴啊。"

韩彻说："关系不清楚，但除了坐在一起没有亲密举动，而且，"他势在必得地挑了挑眉，"她刚看了我好几眼。"

林吻脸沉了一下，韩彻玩味道："你去帮我拉个线呗，不是助攻嘛。"自己夸下的海口，就做一个全套。

林吻犹豫半晌终是迈出了脚，将将走出一步，又回了头，粗暴地拽开韩彻的纽扣，"这样好看。"

韩彻索性将衬衫领扯开，露出大片皮肤，暗影中煞是性感。他抚唇配合玩味道："你喜欢这样的？"

林吻磨着下颌，情绪明显不高："我今天喜欢这样的。"

韩彻看着小姑娘的步伐沉重得像是去抓人，忍不住捂住嘴低笑了会，目光一刻不离地盯着。

林吻很美，尤其在自信节节生长后，抬眸回首间将暧昧撩拨愈加熟练释放，信号弹若有若无，叫人开始猜测。她身上有股子野生般迅猛的适应能力，比如第一次见面后半程便能快速掌握与他的沟通节奏，比如在鱼龙混杂的酒吧越来越如鱼得水，待人接物间，越来越能释放属于自己的魅力。

社会上很大一部分人的适应方式是主动适应社会人文环境，典型被环境改变。而林吻很奇葩，或者说她和韩彻有一点很像，他们会在了解规则后依旧以自己的独特方式去处理一切，会有被改变的一部分，比如生涩比如天真，但"自我"始终没变。

坐在二楼，看她迅速融入那桌人，一颦一动俱是灵动。对，灵，什么美丽清纯幽默都不太适合，还是灵这个形容比较适合。

韩彻胸襟半敞，执杯陷于昏黄暧昧的灯光下，就这样远远看着她，心中输出不少评价。

她和那位姑娘一道消失，没一会儿发来了串省略号，韩彻当她还是下不了狠心为他牵线搭桥，正要去找她逗她，便看见那位美女向他走来。

林吻没有让韩彻失望，思路清奇，意料中地搅黄了搭讪，方式很绝。

韩彻在唐姓美女娇滴滴问自己，是不是喜欢丰满型美女时，他推说不是，推开她的手，拒绝了她进一步的邀约。因着这出不给面子，他被泼了一脸子酒，唐小姐恼羞成怒，说，我就是来骂你的，刚刚你敢偷窥我！臭男人！

韩彻沉脸抹开酒渍："什么？"

"酒吧其他人告诉我的，装什么君子。"

周围人投来围观的眼光，韩彻低头下，又来火又好笑，林吻，真有你的。

结束并不美好的交流后，韩彻去找林吻，在兜绕的酒吧巡睃两圈，发现她正同位男士打得火热，两人交耳交流，亲昵无比。

关于撩拨技能的进步，林吻给韩彻来了出现场汇报。

林吻勾起唇角，眼神欲语还休，高跟鞋尖不经意撞到对方，无辜地眨眼娇俏地表示无心，手指无意识地捞起耳侧一绺头发打圈。任谁能不心动。

他们拿出手机，像是要交换联系方式，那个男人起身靠近，一只手已跃至林吻肩头，韩彻健步上前，拽过林吻，佯作不悦："你这叫哪门子助攻？坑队友啊！"

那个男人也不是个善茬，霎时撸袖子，摆出强硬姿态。林吻欲要挣扎，韩彻一把箍住，侧脸看了眼她，唇终究只是划过颊畔，没烙下。

他冷冷盯着张铎，徐徐启唇："不好意思，处理点家务事。"

那是个典型的酒吧玩咖。

韩彻先找她算故意抹黑他的账，她倒是识时务，赶紧认错说自己搞砸了，韩彻牵起唇角，在她抬头的瞬间马上垮脸："这就是你说的助攻？"

她扯扯他的袖子："哎呀，对不起，我搞砸了。"

韩彻撇脸憋笑，看了会车水马龙的街道，才再度正色，看向她酡红的脸颊："你呢，和那男的聊得如何？"

她捧起脸蛋朝他醉笑："聊得挺好的。"说完又白了他一眼，明显责怪他的打扰。

韩彻嘲笑她："看你高兴的，遇到个花花公子而已。"

"谁说的！"她还来气了，将对方套词一一复述，韩彻都给听笑了，酒吧的世界她还是没懂，"被人一杯杯酒地灌还给人挽尊，你傻不傻？"

没承想林吻维护那个男人的架势十分坚定，还贬低起他来："别以为每个人都和你一样。"

韩彻语塞，确实，他和那个炒股的目的是一致的。他扶额紧眉，憋了口气，深深看了她一眼，故意诈她："当然，你要是有那意思就当我没说。"

没想话音一落，林吻笑了。

她一笑，两人的交流就冷场了。7-11温馨的灯光都没能将凝滞的空气热起来，半晌，韩彻挤出了句："你还真想过夜了？"

林吻捂起嘴巴，笑意淬在眸中漾得人心头甜丝丝的。这反应是默认了。

韩彻拳头在桌上一敲再敲，表情严肃，喉结上下滚动后，挣扎地开口："给我看你的包。"

他倒出她的包，全是脸蛋上用的，不禁提高音量，恼火道："你就带了这么点东西？"

林吻从来有眼色，马上跌下去半截："我忘了……"

林吻鼓鼓嘴，圈住韩彻的脖颈，眸里闪着星碎的街灯："韩彻，你真好。"

他轻笑，眯起眼睛，做出遗憾的表情："那你今晚还陪别人？"

"我哪有？"

"去吧。"

“去哪儿？”

韩彻说，不是没换微信么。

林吻一愣，犹豫地点点头，走出两步又转过身来：“刚刚赌输了，你还没说赌注呢。”

韩彻垂眸，思考了两秒，一指搭在唇上点了两下，面色淡淡的。

“好啦，去吧，”他看了眼表，挑眉道，“我等你半小时，如果半小时不出来，我默认你今晚有别的节目。”

看着她的背影缓缓消失在红蓝霓虹里，韩彻的眼睛眯了起来。

林吻出来得很快，估计才一刻钟，他飞快走出 7-11，车来车往，喧闹不迭。他给林吻发了条消息——【我就知道今晚你是我的！】

趁她低头看手机，他越过穿过斑马线，在她勾起笑脸的瞬间，气喘吁吁站定在她跟前。

他将林吻抱起，她说：“刚刚没接到吻，心里惦记着。”说完她噘起嘴巴，乌溜溜地瞧着他，韩彻嘬了一下，拧起眉头，“你能想点别的吗？”

她张开嘴巴刚要说话，韩彻捧住她的脸用力吻了上去，没给彼此呼吸留一点喘息空间。

游戏人间的浪子浪女，个人感情从来不被看好。可旁人不知道的是，他们每一段的无疾而终，都曾数度攀上过人生再无可能重复的快乐巅峰。

第三章

健身房里，韩彻暴汗后男性魅力爆棚，连续两个辣妹经过。

一个主动搭讪，与他聊起健身的问题，韩彻稍微指点了一下，正巧健身教练经过，三人一起聊了会，姑娘问他一般都什么时候来健身。

韩彻说有空就来，这才想到，上次准备带林吻来健身房打拳的。

他走到前台，找经理在自己的卡上加了个亲情套餐，刷卡时才看见手机，从她发的感叹号数量，就知道张铎给她带去的刺激有多大。

这场两人游戏的第一个 bug 是张铎。

韩彻选择的修复方法相当简单粗暴，把林吻扔进游戏里，让她自己看清那个男人的目的。象牙塔到底把这姑娘保护得多好，才会让她觉得酒吧里勾搭是要认真谈恋爱，相亲都不带这么天真的。

林吻明显觉得，虽然自己认识个男骗子，但世界上的男人不都是骗子。韩彻只是其中的一个大奇葩。

她坚信，张铎不是韩彻这种人。这把韩彻给气到了，亲自送林吻去 Swindlers'。他恨恨想，让你见识见识什么是真的"男人"。

他将车停在就把门口，指着 Swindlers' 说："你知道这什么意思吗？"

林吻蹙起眉头，拿手机百度，韩彻没好气："这就是张铎，这就是男人。"

她输入字母，跳出翻译时哈哈大笑："我才不信呢，这顶多就是你。"

Swindlers 是骗子的意思。

本来说好不进去，又担心人家用强，在韩彻眼里，林吻不是个擅长拒绝的女孩。他站在二楼旋转楼梯上远眺，才发现自己的担心多余了，林吻的防守技能很不错，玉腿交叉高跷，手肘一直搁在膝盖上，时而撑下巴专注对话，时而漫不经心拨弄头发，时而举起杯子晃荡，基本没给对方伸来咸猪手的机会。

要不是认识她，可能会觉得这是个老手。

但林吻注定是被溜着跑的，下到舞池那套肢体防守根本没有用，对方会默认舞动间的亲密碰撞是蹦迪的默契。

韩彻想了想，发短信提醒她下一步怎么走。

谁想她回了一个：【烦死了！】

韩彻额角神经一跳，是是是，是他多管闲事了，羊羔被别人先下手为强就当预热。但两曲听毕，韩彻还是耐不住烦躁，猛地站起，冲向了舞池。

他怕林吻不太乐意，由着好感半推半就，女孩子耳根软，一点好感便会降低底线，从而屈从或是迎合。尽管耳提面命，但看林吻对待自己的态度，便知道她这个人极易降低身体底线。

从 7-11 到酒吧，从吧台至舞池，再从看台回到酒吧外，韩彻取了车缓慢跟着前面那辆车，直到林吻走向自己。

"搞金融的就是不如我们工科生老实，才见了两面就要掳走。"韩彻冷眼瞥向林吻。她几乎没怎么喝酒，神色淡淡，瞧不出兴奋或是低落，不像从酒吧出来，更像是下班了。

她系上安全带，撇嘴道："人家没有好吗！"

还没有……

韩彻无语地启动车子。看台上，他看得清清楚楚，张铎数次附唇欲要深入，被她借动作暧昧化解，身体擦碰数百次，他的手就没有离开过她的腰，这番动势再说是个要正经谈恋爱的男人，那顺序实在是非常自我了。

路上林吻情绪不高，韩彻叹了口气，一看就知道口是心非，实际与期待产生落差，自己又没法一下接受。

韩彻加班加到暴躁，不停被甲方提修改意见的时候，一顿酒或是一顿夜宵能解决大半烦恼，他不想平时咋咋呼呼的姑娘嘟囔着张脸，遂提溜林吻去吃火锅。

香气一冒，林吻活了过来，韩彻看了她一眼，点了猪脑讽刺她："吃点猪脑补补。"

韩彻将张铎的追女孩思路稍做分析，林吻听进去了但还是不愿相信，也是，女孩儿对男性的印象还停留在校园，社会老男人的城府之深不是一朝一夕便能接受的。

睡前韩彻按照林吻说的，在网上搜到了张铎，给朋友发了过去，接着便一夜好梦到天亮。

韩彻醒来听见洗手间有动静，赤着上身，由着本能冲了进去。

没两下，韩彻迷蒙睁眼，看见镜中花容失色的林吻瞬间清醒，径直冲进淋浴间冷水浇头。

"韩彻！你疯了！"林吻尖叫，只是表情哀伤，好像同情一个没腿偏要跑的残疾人。

韩彻隔着水帘，沉默地醒了把脸，他可不就是疯了吗？一个好端端的漂亮姑娘搁在家里，也不碰，说是在遛她，其实压根就是遛自己。他颓然滑坐在淋蓬头下，沙哑着声音说："对不起，吓到你了。"

林吻说没事，自己洗漱完又提醒他赶紧洗漱，韩彻这头还顶着呢，尤其她声音不断响起，刺激一重一重。他任冷水淋着，推说："还没缓过来。"

韩彻长叹一口气，指望这丫头自己发现，估计是要真隐疾了。"你知道贤者时间吗？"

"不知道，但我知道你头发长了！"

韩彻头发向后一薅，白了她一眼，这姑娘思路可真清奇。"那下班我们去剪头发。"

"好呀。"她将淋浴关了，蹲下来捧起他的脸，"喂，我想亲你。"

韩彻没回答，她倒是没在意答案，闭上眼凑了上来，一股清凉的牙膏味撞进口腔，韩彻湿冷的身体在她的唇舌引领下渐渐苏醒。

这个早晨不算太差。

上班的时候，想到早上的唐突行为，韩彻搜罗起餐馆，表达歉意。只是还没先联系她，她倒是率先打了电话过来。

"想我了？"韩彻笑容未及眼角，马上弃拉下来，抬高音量，"你为一个男骗子放我鸽子？"

那头林吻又开始为张铎辩解，比如他不是骗子，比如他今天约她去正式餐厅不是酒吧，韩彻完全听不进，一屁股坐在了键盘上，屏幕亮起正好是大众点评的界面。

韩彻气得额角青筋暴突，就该早上告诉她真相。他跑到理发店，人问，要总监吗？

他心中腹诽，总监工龄满五年了吗，然嘴上还是很礼貌的："好的，麻烦了。"

都市青年，心里的脏话成吨，出口依旧是绅士。不过总监还是有两把刷子，对着韩彻左右比画，一顿海夸，建议理寸头。

而韩彻早就在密集的输出中失去了挑选的耐心，本来指望林吻给点意见，现在妹子跟别的男的跑了，剪头发也无趣极了，他随口应付："好的，麻烦了。"

一推子下去，韩彻一激灵，瞳孔猛一扩。

风能直接触到头皮，像姑娘冰凉的手指在抚摸，摘掉了一顶棉帽，神奇。

当然林吻的反应也很让人满意，韩彻故意做脸，她倒也皮厚，毫不遮掩，手直探入背心，在腹肌上来回抚摸："健身的男人也太帅了吧。"

韩彻目光将她的脸颊扫视一遍，口红完整，一看就是补过的，脸颊粉扑扑的，这模样，很难不让人遐想方才发生了什么。

他冷着脸，任她撩拨也不动声色，她讨好地问："怎么想到剪这个头？"

他睨她，反问："帅吗？"

林吻看入了神，一双眼眸含水，巴望着他一动不动，手已经不受控制地突破裤腰防线乱来了。

要不是心里有气，这是个很好的推倒前奏，但韩彻隐隐觉得自己像个备胎，她出门约完会回来，自己居然在家等她，荒唐！还被她反调戏一番。

韩彻当即准备找补回来，拽她给自己挑耳钉。林吻看着那排闪闪发亮的各色耳钉，不解地问："干吗？"

"出去玩，你玩完回来，我也得出去好好玩一通，"他拎拎她的耳朵，故意吹气，咬牙切齿，"你说是不是啊，妹妹。"

她点点头，没觉得有什么问题，还边挑边说自己约会的事儿："今天张铎叫我妹妹，把我吓了一跳，以为他知道我们的关系了。"

韩彻沉默了会，松开捏紧的拳头："有些地区会把小姑娘称作妹妹，开口习惯而已。"

"哈哈哈哈，原来是这样，他还问我好听吗？我说不好听，怪怪的，"她仰起脸来嘿嘿一笑，帮他取下耳钉，换上个粉色的，"我还是觉得你叫着好听，先入为主了吧。"

韩彻的耳垂被她指尖来回拨弄，怪痒的。他照了下镜子，不自在地说丑，林吻噘起嘴巴帮他取下。

林吻心情很好的样子，看来今天张铎非常良好地改变了战术，骗到了她心坎处，没像昨天那样横冲直撞直入主题。是个玩家了。

韩彻抄着兜，深深看了林吻一眼，怎么就这么傻呢。

林吻可能不清楚，两人游戏突然加入其他人，其中的磁场波动。

韩彻用实际行动告诉她，这番波动对人心情的 pH 值影响。

Night Breeze 没开之前，这个地方韩彻看中了。当时月光湖畔一圈正在开发，房价不高，商圈也没炒起来，要不是资金不够，他就拿下了。他眼看着这里发展起来，自己却无能为力，偶尔来喝口酒都要叹气。

由于熟悉，进来五秒韩彻便里外将女客巡睃了遍，锁定室外的一个女孩。

林吻问需要她帮忙不。

韩彻对付一人喝闷酒的姑娘向来有办法，冲她挑眉："瞧好了。"

酒吧搭讪还是那两点，一个是脸，一个是脸皮，只要风度不太差，都能和女孩聊上两句，清吧并不适合搭讪聊天，来这里人的人多内心有自己的闲情世界，但一张好脸和优质谈吐向来是搭讪无往不胜的通行证。

他们聊得很顺利，姑娘声音温温柔柔，聊起旅游的共同经历，松弛了不少，韩彻扫了眼酒吧，见林吻贴窗炯炯凝着这处，垂眼看了下手机：【你使了什么招？】

韩彻没搭理，轮到他就都是招，轮到张铎就是好男人，弄比，他哪里比张铎那鹰眼像坏人了？

姑娘抖了一下，韩彻问："冷？"

"刚刚看他朋友圈气到了，现在消气了，就冷了。"

"看来是我无趣，把气氛讲冷了。"

趁她摇头，韩彻邀请她入内饮酒，卖关子道："我点一杯东西，保证一喝心情就好。"

韩彻点酒时要求姑娘背过身，她捂起嘴巴，半笑半遗憾地说："你和他真的像。"

他没接话，只朝酒保打了个响指，做了个口型。

韩彻这边逗姑娘，那边一转头见林吻一个人缩在角落咯咯乐得直颤，他发去消息：【哟，我追女孩你这么乐？】

林吻打字速度很快，不消几秒，消息回了过来，一看就是手机不离手的姑娘：【我

在找下一个对象。】

【什么？】

晚间九点，韩彻将姑娘送至门口，祝她爱情顺利。

林吻见他如此快速结束，讶异地张望："美人儿呢？"

韩彻扭了扭抻了半晚的脖子，懒洋洋地道："干吗？"

推门而出，离开慵懒的清吧，淌入月光。"所以你给她点了什么，她就释然了？"林吻勾着韩彻的手臂，好奇地摇摆。

韩彻低头瞥了眼她，难以想象此刻拉着他手臂的少女模样是昨晚在酒吧将张铎完整防守的熟女："你猜啊。"

"莫吉托？"

"鸡尾？"

"朗姆？"

韩彻轻笑，淡淡地说："白水。"

林吻没理解，斑马线走到一半定住了："为什么？"

"因为白水最长情。她更向往平静生活，却只是放不下那个花花公子让自己陷入两难，其实呢，就算她离开眼下的男友，分手回头，那个人也不会珍惜的。"

林吻长呼了口气："所以，浪子是烈酒，好男人是白水？"

"是，长线平稳发展一定是白水更好，但感受过微醺忘我的人又怎么甘于清醒地饮白水呢。"人就是矛盾的，不仅是姑娘在酒和白水间取舍摇摆，男人醉走花丛时也会无耻渴望家里有一杯白水。

单选题的死循环，无法两全，只能权衡优解。

林吻后退一步，托腮上下打量韩彻，他歪头配合她的神气模样问："干吗？"

她眯起眼睛："我在算你的度数！"

韩彻失笑，一把揽住她快步往回走："95%纯工业酒精未稀释，无法直接饮用。"

"原来是我小瞧你们了。"

"跟各种姑娘聊天才能了解姑娘，去泡吧就是为了放松，跟漂亮姑娘聊天本身就是放松，看她们舒展眉头别提多开心了。"韩彻说着抚向林吻的脸蛋，唇还未附上，被林吻率先撇开，看向微信界面：【久站很考验腰胯力量。】

"你回'如果腰胯力量很强的话，核心力量也不能弱，不然 站久了还是会累'。"

林吻矫情地摇摇头，说太晚了，还问他要怎么回复。

韩彻叹气，指望她追男人也要对方心大，占有欲不强，不然能激得对方跳脚。想是这么想，但他很主动地教林吻回复，隔着一个男人互相调戏倒是很别致的享受，尤其在她激动不已的时机，韩彻把她捞在了怀里，真是人生难得几回的奇葩体验。

张铎回：【那我改天带你练练？】

林吻抓着手机尖叫，反身环着韩彻的脖颈蹭来蹭去："他要带我怎么练？"估计兴奋的不只是林吻，那头的张铎也意外鱼上钩的速度。

韩彻垂眸，控住泥鳅一样乱蹦的林吻，冷冷地道："你问的是方法，他回答时间，真是个老司机，避重就轻。"

她激动地少女捧脸，一脸花痴，完全沉浸在聊天里："我都觉得我快要成为情场高手了。"

"你不是吗？"韩彻斜睨她，"如果不是的话，那你很有天赋。"

会防守、会撒网、脸皮厚，不是扮猪吃老虎就是天赋异禀。

林吻完全当夸奖，舔舔唇，一脸期待地问："你觉得我要修炼多少年？"

韩彻挑眉，意味深长道："不需要多少年，只要一个够格的男人。"

林吻若有所思："张铎？"

韩彻脸色顿时耷拉，将她丢进沙发："那你们俩玩儿吧。"简直了。

"哎哎哎哎！他回了，韩彻别走，快教我！"林吻一路追着韩彻小跑，韩彻一扇扇门给她合上，两人幼稚地追了两间房，林吻直接跳上了他的背，亲了下耳朵，撒娇道，"快点教我啦！"那娇滴滴的鼻音挠得韩彻喉头发痒。

他憋了口气，无奈道："笨蛋！也不看看现在几点了。"

"十二点。"她低"唔"了一声，震得韩彻耳朵都酥麻得失去知觉了。

韩彻蹙起眉心，沉下气，驱赶杂念："所以不要回了！你是女孩子，十二点就该不小心睡着了。"让那个张铎等吧。

他们说到一点多的废话才分开洗漱，林吻说，哎呀，明天赶不及地铁了。

韩彻次日早起了一刻钟，开车送她上的班，林吻也算有良心，十点多发消息来说请他吃饭。

他自然不会为难初出茅庐的林吻，选了家便宜的餐厅。

韩彻将手机递到林吻面前，揭露了张铎这个低端渣男。就算是半开放式恋爱，张铎的手段都不入流的，骗人单身让人不齿。

林吻一动不动地凝视着照片，任服务员一道道菜上，一筷子都没动，韩彻本还不错的心情在她这丧气状态的影响下，也开始走低。

“你至于嘛？”韩彻不爽地把韭菜卷一扫而净，“你不吃拉倒，韭菜归我。”

林吻挤出笑脸：“你不是不信食补吗？”

“哟，终于来精神了？不就两张穿衣服的合影吗？”他冷冷地道，“一副被绿的惨样。”

林吻拉过服务员要点酒。还说自己不在乎，没实质性发展就已经要借酒浇愁。韩彻看她这副样子，心中冷哼，估计她发现被自己骗了都不定有这么难过。

韩彻不耐烦见她如此，走去柜台将单买了，不到两百块，林吻见状冲过来摁住他的钱包不准。

“我看起来需要小朋友买单？”

她还撒起娇来：“我们是朋友，我吃你的住你的喝你的，这样不好。”

韩彻捏起林吻下巴，嘬了一下唇：“乖。”

他心里想的是，欠着吧，欠的多一点这样他的负罪感小一点，她对男人的设想越天真，他心理包袱就越重。

本来他没准备今天来酒吧，但林吻这失恋模样非常适合扔去酒池醉一回，她倒也毫不掩饰，一口闷了杯长岛冰茶，到底年轻，韩彻都不敢这样喝。她喝完缓了会，狗腿子般挪到韩彻这边说：“韩彻，亲我。”

韩彻正跟朋友说话呢，两人皆是一愣，朋友捂住嘴巴直呼现在小姑娘真吃不消，也就你能行，赶紧挪座位。

韩彻扶额，身子往后退了退，对林吻正色道：“大庭广众，不合适。”

林吻噘起嘴巴，横里横气地推他：“真不够朋友。”

他呛她：“你跟朋友接吻啊？”

韩彻真想放个喇叭在她耳边循环播放，林吻你清醒一点，酒吧里的男人就是想睡你，别做正经恋爱梦。

林吻委屈地耷拉下脑袋，发丝将表情掩住，韩彻以为她不开心了，正要说点好听的，两手刚抄进她腰际，被她猛然抬臂挥舞的动作惊得避开身体。

“我决定以后要游戏人间，谁给我画饼我都不信了！”

她神气地冲韩彻笑，眸里淬亮晶晶地闪着得意。

韩彻欲言又止，在她乱扭动时赶紧控住她，免得发酒疯吓到别人。

“韩彻，我想接吻！”她喘了口酒气，那一瞬间的迷蒙像极了某时刻的失控，韩彻复杂地看了她一眼，忽略身后不时飞来眼神看好戏的朋友，将她箍进怀里，狠狠吻了下去。

他的吻带了点捣蛋的心思，也想逗逗她，可她酒喝得多，接吻忘了喘气，憋了几十秒的气，直接蔫在了怀里。

韩彻的眼神越发深邃。

肥仔他们正在看热闹，一边假装招手说别看，一边持续围观。

韩彻很少会在朋友面前搞亲热动作，但这刻的林吻很难让人保持冷静。

她遗憾地捧起韩彻的脸，漂亮的眼睛皱了起来："说句实话，韩彻，我们差点就不能接吻了。那天氛围超好，只要我一个眼神，"说到此处，林吻一个酒嗝上来，卡了话口，挣了挣额头才缓过来，"本来呢……我和他肯定就接吻了，可那个眼神我始终回避，你知道……为什么吗？"

韩彻眼神愈加复杂，在她的撩拨下失去了语言能力。

她见他不答，左右歪头，于他的瞳孔里找答案，一呼一吸间绵软不停地捶打韩彻的欲望和良心。她嗲声环着他的脖子扭来扭去，加砝码："你猜猜啊。"

喉结滚动，一轮呼吸后终是没说话。

林吻嘴巴一扁，自己先没了耐心："我想到我要是跟他亲了，就不能跟你亲了……"

咣当一声，人影重叠。

那头白热化的观看人群惊起一阵欢呼，韩主任牛。

对韩彻来说，这里根本不是酒吧，而是浇不息的火海。

对林吻来说，这里也不是酒吧，而是左右磨蹭也空无一物的无底洞。

次日，韩彻终于约到了自己的教练，健身教练这个行当跟明星似的，都要预约排档期。林吻上午接到电话还在电话里压低声音尖叫，等韩彻来接她，那张脸耷拉到脖子，他故意问："最近我没满足你？"

林吻一拳锤上他手臂："你觉得呢！"

林吻用实际行动证明，她的体力很好。

教练说，第一次打拳的女生打成这样很让人意外，力气真的挺大的，估计也有忽悠人办卡的意图。

韩彻给她拍了两张照片，虽然是直男拍摄，没什么角度和构图，但耐不住林吻手长脚长比例好，动作间英姿飒爽，她看着照片，一边吐槽韩彻拍得烂，一边被自己打拳的样子迷住，舍不得挪眼。里应外合一忽悠，小姑娘根本不禁骗，马上点头要找私教。韩彻借机祭出自己的健身亲情卡,给她减了点负担。

在教练做完体测说出林吻"偏肥"前,韩彻用眼神将她剥了一遍又一遍衣服。他插着兜,拳头一紧一松数个回合。

上车后,林吻抱怨完减肥餐,终于将情绪矛头转向张铎,大啐:"张铎真无耻。"

原来是这个原因,难怪下班不开心。韩彻说:"知道为什么男人不坏女人不爱吗?"

林吻嘴巴一张想果断反驳,同韩彻对视数秒又尴尬地闭上了,撇撇嘴:"算了。"

韩彻按引擎的动作顿了顿:"怎么?"

"没。"

他斜睨向她,故作不知:"想起哪个坏男人了?"

林吻转头看向窗外,又出声否认:"没。"

她沉默了会,又活了过来,对他说:"韩彻,我决定今天报答你!"

韩彻不以为意,单手操着方向盘,淡淡地道:"怎么报答?"

她凑近他,两眼聚光:"我今晚一定帮你追到全场最靓的姑娘!"

韩彻长叹一口气,声音懒懒地冷嘲她:"算了吧。"

话音一落,车厢陷入安静。林吻眼睛骨碌一转,立马认真起来:"我昨天不是说了吗!你今晚上!你上!我在后面给你殿后!"

韩彻眯起眼睛,一点儿没信:"真的?"

她梗起脖子,坚定道:"当然啊!"

"别我从温香软玉里回来,你再审问我,亲了多久?摸哪儿了?"

"我们是朋友!我问这干吗!"

韩彻牵起嘴角,低笑地驱车带她去往 Swindlers'。算上今日,满打满算这一周他们几乎都在酒吧,这都不仅是林吻的人生记录了,就连韩彻也没如此密集地泡过吧。

今日恰逢酒吧请外援,进来不少生涩的面孔,林吻拉着韩彻一个个问过去,他敷衍地打哈哈,本来真没想勾搭谁,但那位红衣白皮美女确实是酒吧非常少见的类型,她更像是出现在酒会上摇曳红酒杯的女伴。

她所经过之处一众男女,包括林吻,皆被吸去了目光。韩彻为证明个人魅力也跃跃欲试,其反应也被林吻捕捉了去,她肯定地说:"这个总是你的菜了吧。"

韩彻垂下眼帘,若有所思:"这是每个男人的目标吧。"

林吻一副毫不介意的模样,对今晚做助攻为他拿下妹子势在必得。韩彻没多推拒,稍做指点,转身叫了杯酒。

　　周围不少男的眼睛都直了，一直往卡座看，韩彻眼尖，几乎是计价扫描枪，心中一下有了估算。这一排的卡座是酒吧的四人座，低消2000，一圈皮带牌子尚可，只是腹部溢出的肥肉让均价两千的奢侈品牌子显出油腻感。手表没有一个超过六位数，他对自己的基本胜算有了把握，只差姑娘对自己有没有意思了。

　　林吻出发前问，把姑娘带过来有几成把握留住人，韩彻说五成，他以为，那五成把握来自对手。

　　林吻机灵，没一会儿便领了人走过来，韩彻与美人迎面对视，淡笑地发出歉意："不好意思，唐突了。"

　　不是个健谈的姑娘，但聊天这种事，男女规则里默认是男士挑话题大梁。韩彻说她听，不时捂起嘴淑女笑，倒也很和谐，借着今日并不躁的音乐节拍，韩彻靠近了些，姑娘没有排斥，回话时如果他表示没听清，她会踮起脚攀上他的肩附耳再复述一遍。

　　越过她白皙的肩头，韩彻遥遥望见林吻没精打采地垂着头，对着手机不时长吁短叹。

　　一杯酒下肚，美人不胜酒力，醉笑不止，韩彻问："想蹦迪吗？"

　　她咬唇，有点羞涩："我不太会。"

　　他犹豫地伸出手："我教你……"

　　下楼梯时，她的细高跟崴了一下，韩彻低头看了一眼，为避免太过唐突，脱下西装隔着衣料，蹲下帮她揉了一下脚踝，抬头确认："痛吗？"

　　她被这动作搞得无措，摇摇头。

　　接着很顺利，在楼梯拐角的阴影处，她便堕入了韩彻怀里。接吻前韩彻闭上了眼睛，新鲜的香气扑入鼻尖时，他的咽喉像被堵住了，脑海里冒出了一个想法，林吻的嘴唇挺薄的。推开姑娘的时候，韩彻叉腰垂头，颓丧地失笑了。

　　他的另五成失算来自林吻。

　　快步往回走，拇指用力拭去唇周的口红印，他并不想让林吻看出来，虽然她说不在乎，虽然他也很喜欢看她吃飞醋，可这一刻实实在在地不愿她知道。

　　奔至二楼，见卡座上的包儿都没了，韩彻便知她走了。

　　穿过挤攘人群，跃至繁华闹市，左右一巡睬便锁定了林吻。幸好她一个水塘一个水塘地踩着走，要不是这种奇葩的走法，他还真不定能追上。

　　韩彻好笑地跟在后头，看着她泥泞的高跟鞋，怀疑她在借鞋子报复自己，毕竟这双鞋是他买的。

"我看你还是打车回去吧，老子今天开的跑车！"

林吻没想到韩彻会出来，盯了他半晌都没说出话来："你不是……在追姑娘吗？"

韩彻逗她："我是在追姑娘啊。"

"那你怎么出来了？"

"我不出来怎么追姑娘啊？"

林吻撇开脸，皱了皱鼻子，看得韩彻心头一拧，快步上前揽住她，她还犟上了，不依不饶问："那姑娘呢？"

这时候只有一个正确答案："甩了！"

她胳膊肘推他："你有病啊。"

韩彻将她拥进怀里，哎哟哎哟，昨天还理直气壮借酒意勾引得他崩溃的姑娘，现在又醋成了一个傻妞，他啜了下她冰凉的脸蛋："我可真稀罕你。"

她整整表情，不露半分欣喜："你稀罕每个女的！"

两颗心膨胀得不像话，又说不出所以然。出租车上他们商量好看恐怖片，吃烧烤，对这一晚充满期待。

下出租他们一路狂奔，韩彻迫不及待想吻她，立刻马上，分秒不能耽搁，上电梯的时候，他将她箍进怀里，望见她迎合的唇，又想，他不只要吻她。

洗漱完毕，他将林吻抱在怀里，埋入颈间深深一嗅，是自己的味道，沁凉的薄荷味。这种私欲的满足将韩彻的心情推向顶峰。他搂着她许久没松手，直到烧烤送过来。

他看见林吻把健身房的节食清单遮盖起来，配合她，假装没看见。

这部电影好评颇多，他们正好都没看过，韩彻喜欢惊悚刺激，林吻也喜欢，但因为尝试少所以不太敢，这中间一直窝在韩彻怀里，各种少女的小动作，一会捂住眼睛偷指缝看，一会屏住呼吸瞪大眼睛，他还数她屏气的秒数，这样以后说不定可以试试窒息高潮。

她见他不怕，往他怀里猫了猫，问道："你不怕鬼吗？"

他将她环紧："我们这种人心里就住着鬼，怕什么鬼啊。"他心里的鬼可不是就在身边吗？

韩彻沉默地盯着投屏，实际心思早已飞到了别的地方。林吻看个电影特别折腾，一会喝酒一会排尿一会找酒，只有他们自己知道，没有人心思在电影上，那恐怖氛围不过是给彼此亲近找了个理直气壮的借口。

她借酒劲和惧意说了一大段表白的话，感谢这，感谢那，直到说完，被感谢的当事人韩彻也毫无反应。

空气一时与电影里无声气氛同步，半晌，韩彻若有所思地出声："我是渣男？"

林吻点头。

他一把推开林吻，来气了："你见过渣男吗？我这么好的男人怎么能叫渣男！"

他还什么都没干呢，这阵子的行为只要不揭露简直是五好青年，今晚他推开人漂亮姑娘的时候都觉得自己是疯了，就这样，林吻还觉得他是渣男？那她要是知道真相，他还有倒退空间吗？

"我有骗钱吗？我骗得到色吗？我有强上吗？我有说话不算话吗？我有放鸽子吗？我有脚踩两条船吗？我有放鸽子吗？"

韩彻一句一倾身，越说越大声，将林吻死死压在身下，她被喝钝了大脑，蒙着一双眼，眨巴眨巴，觉得有理，跟着点点头。

韩彻继续忽悠："那我是渣男吗？"

洗脑成功，林吻没犹豫，摇摇头，"不是。"

韩彻深吸一口气，将脱了筋骨般瘫软的她拥进怀里，蛊惑道："这才乖。"

接下来后半程，林吻给他表现什么叫"不乖"，那双手就没老实过，韩彻没准备好怎么说才不让小姑娘生气，不把他当十恶不赦的色狼，这头在挣扎，那头她又在点火。

他沉下气，控住她的手，直到电影的最后一刻，韩彻也没想出方法。

他没有骗过这么久的人，也没有在一个姑娘身上无意间投入那般精力，临近验收的每一秒钟，都在锤他的良心。

电影结束，韩彻锁着眉头，听林吻瓮声说："还不到一点，我们再看一部电影吧。"

"那你先起来。"

她抱住他，耍赖道："我不要。"

他去了趟洗手间，没想到她支着耳朵一直在听，嘻嘻一笑。

韩彻额角神经一跳。

韩彻垂眼，没理她，林吻完全无视男人的自尊心，大舌头刺激他："老天对你真的很不公。"

韩彻别过脸，梗着脖子说："你喝多了……"

林吻"唔"了半天，猛地抓起酒瓶倒出最后一杯，特别豪气地说："还有一杯，喝完拉倒。"

她喝一口发出一声娇叹，喘得人心里难受。

韩彻眉头一锁，夺过她手心的杯子仰头饮尽，以吻封缄，渡给了她。

韩彻把她转移到了床上，替她将被子扯平整，她没好气地蹬掉。

韩彻抿唇将她拥住，下巴抵在她的肩头，小声问："妹妹，生气了？"

她很久没说话，在他怀里沉默地一呼一吸，缓了许久，哑着嗓子问："你为什么骗我？"

韩彻像被审讯多日的犯人，抱着侥幸心理，抵死否认罪行。终于熬不住认罪的瞬间，如释重负，不遮不掩和盘托出："好玩。"

林吻甩开他，往自己身上胡乱套衣服，表情皱成一团，说不出的拧巴。韩彻拦住她，说外面在下雨，天亮了送她走。

她疯了一样推开他，一手隔开彼此距离问："你看我每次都信了的时候，是不是都在取笑我蠢？"她咬住唇，默算了会："居然骗了我半年多……"

"其实不到半年……"韩彻没说完被她喝令住嘴。他在嘴边做了个拉拉链的动作，表示不提此事，长叹了口气，目光恳切，"林吻，别闹，外面雨大。"

"混蛋。"她迈开腿原地皱眉喘了两下，吸吸鼻子，去往客房收拾东西。她这才意识到，自己住了多久，不知不觉东西多得一个包儿都塞不下。

凌晨四点，33楼灯火通明。

韩彻抄兜倚在门口，看她不断往包里丢东西，每一样都砸出不小的声音，当然也许是深夜太过安静。

"林吻。"韩彻叫了她一声。

林吻先是没应，收拾着又来了气，回首怒道："好玩！能有多好玩！你是不是变态！"她用力地踹了他小腿，"没见过骗人说这个借口的。"真新奇。

他没动，她更来气，一脚一脚踹得越来越大力，最后把自己又踹哭了："我第一次希望你是真的有病！……你怎么不继续骗我啊！"

韩彻抱住她，由情绪压缩的声道中挤出声音："舍不得了。"刚开始是舍不得自己憋着，再然后是舍不得她被蒙着。

一出套路，把自己给套得出不来。以前但凡有点这种小骗术，基本没几日都会在来去暧昧里由对方或由自己挑破，化为情趣，融在言语交流里。

他和林吻真的是把谎言不知不觉里过成了生活，一开始的无稽趣味终演变成惶惶不安，韩彻仿佛戴上了良心的镣铐。

林吻出门前钻进他怀里，韩彻以为她消气了，嘴角刚弯起，她很有礼貌地说了句：

"之前谢谢你，"转眼抬起头来，愤怒地瞪住他，"但我这辈子再也不想看见你这个大骗子了！"

韩彻见过女孩儿生气哭闹，但一般原因均非来自他，所以他能哄好或劝解，这回完全是自己的错，他除了一言不发驱车跟在后面，确认林吻的安全，没别的主意。

一夜折腾成这样，韩彻白天也没睡着。

肥仔打电话约酒的时候，让韩彻问问林吻有没有朋友一起出来玩。

韩彻直接回绝："没有。"

"怎么会，昨天她还跟我说有个同城网友喜欢酒吧来着，可以约出来的。"

"林吻不来。"

"啊？"

韩彻在沙发上沉思到三点多，人乏了，不经意中睡了过去。

他是被肥仔电话叫醒的，揉眼睛，下意识在昏暗偌大的客厅里找林吻，一个抬眼的工夫马上反应过来睡前发生了什么，无声地出了口重气，接起电话——

"我不想去……"

"没……就前阵去得多，人有点累……"

"啧……知道了……来了来了来了……"

驱车途中，群里消息震个不停，这小破单位似乎最近有什么新指标要完成，一波儿人激动得不行，韩彻划掉消息，看了眼对话列表，林吻把他拉黑了。

他们第一次加微信的时候是在烧烤店。林吻一边喝啤酒，一边晃着修长的腿，没好气地说，初识韩彻说加QQ，她还想，为什么要加QQ啊，现在都用微信呢，后来知道原因咬牙切齿。她指着微信头像，冲韩彻得意地扬下巴："看吧，你还不是落在我手上了！"

不知道她删除的时候有没有想到这一幕。

张铎的贸然行为给了焦头烂额的韩彻一个借口。

张铎人高马大，行至二楼最后一节楼梯时，韩彻便扫见了他，见他径直往这里走，身体瞬间绷紧，在他向自己迈步时酒杯就已经搁在了桌上。

可真有林吻的，韩彻推开骂骂咧咧的张铎，起身找林吻，估计酒后用力过猛，张铎全无防备，被推倒在地，由着惯性滑至楼梯围栏处。

本来两人推搡已经引起一波儿人关注了，这么大块头再一摔，都觉得是打架滋事，纷纷投来目光，脚步不自觉往这儿凑，人瞬间密集。

韩彻脾气上来压根没管他，拨开围观的人就要去找林吻，脑袋一嗡想要解释，被张铎再度拉住时才好笑，解释什么，自己精心布局骗无知女人，事后说什么都是活该。

张铎到底是个健身的，实力不容小觑，韩彻拳头也非白练，被拉拽的瞬间反身一个拳头送上，周围拥挤，惯性冲力两人重重掼倒在地，友人与安保同时出动，场面登时好看极了。

舞台上的 rapper 都无人关注了，再噪能噪得过现场无围栏式搏击？

被领去局子不可避免，韩彻心态好，左右打量起亮堂的局子，跷着二郎腿状态松弛，张铎则沉着一张脸，像在开一场漫长困乏的会议，面色非常难看。

做笔录时，两人没有商量，默契极其配合，还在警察同志面前握手言和。

张铎是个好面子的人，在局子里演完冰释前嫌的戏码，一出门指着韩彻再次装腔作势，韩彻懒得理他，准备叫代驾开他去林吻家。

肥仔站在路边抽烟，不解道："怎么今天没来啊？吵架了？"

"你觉得我们是什么？"

肥仔愣了一下，想了想说出不入流的答案。

生活和电影不同，生活的戏剧性很漫长，像凌迟，没有电影的下一秒转场，看不见喜剧结局的剧透。韩彻站在萧条秋风里，吹散并不浓郁的酒意。代驾一来，行进方向一确定，深锁的眉头顷刻松开。生活里有一个戏剧因素，比任何既定的结局都有意思——书写者是自己，而不是哪个不知名编剧。

韩彻厚脸皮上门："要么你出来要么我进去。"

林吻那嘴唇左右磨蹭，终是不情不愿地跟他一块儿出去了。

韩彻建议去车里，她拒绝，无奈地拿出药膏给她。接着，两人陷入沉默。韩彻没有挑起话题或是道歉，只立在原处，一言不发，任阵阵风习习刮过，直到她哆嗦了一下、两下、三下，抱着臂委屈地抬起脸："干吗！"

"我在等你消气。"

"消不了，有些伤害过不了。"

林吻没好气地用力翻了个白眼，韩彻抿起唇，见僵局破开一丝裂缝，上前揉揉她脑袋，柔声道："妹妹，别气了。我请你吃好吃的，喝好喝的，好不好？"

这一声激发了林吻内心的委屈，怒目圆睁，破口大骂："韩彻，你真是混蛋，我后悔认识你！"

韩彻定在那处，冷冷地让话摞在风里。

后悔认识他？

他转头望向黑夜中深浅不一的树影，几番不小的飒飒声后，韩彻慢条斯理地解开衬衫袖口，冷笑一声："林吻，我混蛋？你何必把自己摆在一个情感弱势的立场。"他活动了下手腕，两指挑起林吻的下巴，一字一顿冷厉道："我们这场男女关系一开始就是游戏，只强调掉血，不说杀伐的快感就是没有游戏精神。"

林吻眉峰耸起，显然被激到了，韩彻却一点没准备服软，下一句话像嘴巴子一样抽向林吻："你不傻吗？一个男人亲你摸你，你却把他当朋友。"

这是韩彻这辈子对女孩说的最狠的话，约莫也是林吻听过最狠的话，她明显就是被单纯的前男友和安全的象牙塔哄坏，运气不好，初出茅庐遇见感情骗子，幸好他非十恶不赦的异类，不然她哪能有现在完好站在原处的机会。

韩彻半真半假一说，林吻压抑的情绪瞬间崩溃，一把拽过韩彻的胳膊下狠嘴咬，哭得撕心裂肺。

韩彻张开怀抱把她揽进怀里，重重地叹了口气，任她疯狂地发泄情绪，就像兜了只泼猴一样，摇头甩脑，状况惨烈。

任她哭了会，听她呜呜咽咽半天说不出话来，无理取闹又可怜分分地喊着："怎么这么坏……没见过这么坏的……真的太坏了……"

韩彻低头护着她疯狂的脑袋，心说，幸好我是你见过最坏的，不然你可怎么办。

待林吻发泄了会，哭湿了一边衣袖，韩彻像是忽然反应过来什么，好声好气地低声道歉："完了完了，吓唬你这招演过了，不好使，怎么办，妹妹，我错了。"

林吻大喘了口气，抽抽噎噎地用尽全身的气力瞪住他，委屈得要命："你刚刚好凶！"她说完一扁嘴，金豆子又开始落，只是这次明显情绪好多了。

韩彻抱她空转了一圈，逗她："妹妹，还是你这招好使。"

林吻就是精怪，这时候还知道扬起下巴，说："你输了吧！"

其实在她昨晚闹着要走，他慌了的时候，这个游戏的局势就已经扭转。

韩彻苦笑，捏她的脸蛋，承认道："我输了。"

他捧起她湿漉漉的脸，半哄半逗地亲了会，见她还是哭个不停："还是接吻这招百试百灵。不过呢，我也是第一次用，以前觉得只有没用的男人才会用这招制'敌'。但怎么办呢妹妹，我现在在你面前什么招都没了。"

这场游戏里，女人是男人最大的敌人。韩彻从来都是按照尊重敌人的方式布局盘旋，可碰上新手，仍是不由鄙视自己的出发点。他太复杂了，复杂得攻不下单纯，反被单纯擒住。

他抵住林吻的鼻头，使劲顶蹭，以亲昵软化她。

林吻望着韩彻，被他搅得不知所措，但好歹陷在纠结的负面情绪缓解了，回落到解决问题的层面上。她丧着一张肿脸，问他："你还来干吗啊，不都得到了吗？"

骗人的最终目的都达到了，她就是被他全程玩转，她确实在昨晚对他那方面能力产生了颠覆性的惊叹。

这个家伙都成功了，还来干吗！她有些不解。

韩彻纠结："这个时候我是说真话好还是说假话好？"

她脸色骤变，一把推开他。

"真话是，有歉意。"

她脸色缓和，撇撇嘴："那假话呢？"

"你想听哪方面的？"

她低下头，踢了踢墙角，再度抬脸，狡黠地眯眼，讹诈道："我听了会欣喜若狂的那种！"

韩彻唇角一弯，脱口而出："妹妹，我对你心动了。"

林吻脸色一僵，看着他认真的表情眼眶又湿了，下一秒，她呸道："你个骗子！"

"哈哈哈哈哈哈哈哈哈。"韩彻叉腰大笑，歪头冲她扬下巴，问，"还要再听吗？"

林吻也觉得好笑，指着他说："你有种就继续说！"

"林吻，你长得特别好看，我一天看不到你就难受。"

"你知道酒吧找个像你这样又辣又纯的姑娘多难吗？在我找到备选之前，我不能没有你。"

林吻抄起手来，用力地"哼"了一声，别过脸去："混蛋。"

"妹妹，还气吗？"

"这不废话！"

"那就好好学习拳击，改天我们打一场。"

她踹他："混蛋，我们是一个重量级的吗！"

"那换一种，"他搂住她，"换你遛我一回如何？"

她气得都不想搭话了："神经病。"

"你知道怎么遛我这种人最好吗？"

林吻别过脸，懒得理他。

韩彻捧起她的脸，认真地传授道："让我也爱上你。"

空气静滞两秒，小腿又挨了一蹬子，她跟蹬上瘾了似的。

"韩彻！少给自己脸上贴金！"

男主视角番外
第四章

　　林吻拿起乔来，还真像在履行那晚的对话——遛韩彻。

　　韩彻约她，她用各种理由搪塞，什么开会、堵车、生理期、晕酒，总之平时身强力壮、喝瞎也能扶墙直立的人，那晚后，娇滴滴地宅了起来。

　　他故意吓她：【妹妹，我今晚在酒吧遇到个特有意思的姑娘。】

　　她平淡地回复：【恭喜你啦。】

　　她又很坏，有问有答，热情有佳，让人挑不出错。

　　韩彻根本没意识到，之前高频出入酒吧全赖林吻，组局都习惯有她，导致他和肥仔还有几个断断续续酒局的朋友在没有林吻的局里无所适从。两人某天在躁闹里隔着几个不熟悉的面孔无声碰杯："我想妹子了……"

　　韩彻故意问："想她什么？"

　　肥仔想了会，摇摇头："说不来……"

　　看来不是韩彻一个人说不来林吻哪里有魔力。他摇摇头，大概就是一朵奇葩。他怂恿肥仔去约林吻，人多机灵啊，直接打回来，韩彻借此跟她唠了一把：【姑娘大了，会跟男人跑了。】

　　韩彻与林吻是同一个拳击教练，本来想给她挑女教练，但她倒好，非常无耻地说，喜欢男的，打起来有感觉。

教练与韩彻都无语地笑了，直白到任谁都想追吧。

他忙里抽空约了教练练拳，去之前问林吻最近来了吗，人说来了一趟，韩彻说催催她，最好安排在我去的那天。

两人里头一应，但外面没合。过了几天，韩彻去打拳，教练告知他林吻没来，理由是，喝了假酒手麻了一天，得歇歇。

韩彻扶额，问她：【妹妹，最近有新欢了？】

【旧爱是谁？】

【哦……】

韩彻等了会，她没再趁热打铁贫回来。他想了想，说要在年前请她吃饭。

那天不仅林吻忙碌，韩彻也是挤时间的，单位弟弟领了六位数年终奖，献身单位的热情空前高涨，每个人的总结都两三页。

整个大土木走下坡路许久，大小设计院，不管私企国企都将业务瞄准至三四线城市与县区。路桥一般是政府投资，财政拨款，施工又不在本地，比较难收钱。他们这种小企业中标就是层层过关斩将，一张酒桌一张酒桌喝过来，一份人情一份交易地勉强撑到年关，结果要钱时又是重重阻碍，韩彻一边开车一边催款，到达中心商贸时在楼下还打了十几分钟电话。

他以为自己迟到了，没想到挂了电话才收到林吻的消息，说自己要晚点到。韩彻松了口气，逗她自己正在72层吃盒饭。

接到林吻电话已经是一个半小时后，中间他找餐厅要手机充电器，有想过这丫头是不是在耍他，毕竟放鸽子也算遛他。所以，当林吻在电话里气鼓鼓说"就问你生气不生气"的时候，韩彻拳头抵住唇，偷笑了一秒，怄她说："不气，我愿意被你骗。"

电话被挂断后，韩彻又追了一个过去，预备把今天准备说的话电话里说一遍，结果没接通。【我把吃的打包给你？】

【我吃好了，你以为我会等你？】

电梯"叮"的一声，韩彻踱至酒店大厅，看着旋转门外林吻招车的动作：【真骗我啊？】

【不然呢？】

【那你要不要考虑骗我一辈子？】

【我骗不了你一辈子，你在我半辈子的时候就挂了！】

韩彻看着出租车车门关闭，盯着屏幕笑了会。他打定主意年前要把林吻约出来，不然一个新年一过，一点点残留的恼意估摸要偷偷繁衍生息，不日壮大。

也好，她要了回自己，那点怨怼估计会消却些。

他约林吻前便从肥仔口中得知了她的归家日期，确认了下年前老爷子老太太张罗的行程，提醒肥仔，让他也帮忙搞一张，对方在电话里"嘶"了一声，调侃道："我闻着味道不对啊！"

"哪里不对？"

"有些人很不对！"

"扯！"

"我是不是扯你自己心里清楚，也老大不小了，心脏主动起搏一回不容易，别犟。"

"滚！"

韩彻没将肥仔的话往心里去，他一向是个执行力强的人，快满三十了，对林吻什么感觉还需要别人来提醒？又不是电视里一把年纪还对感情毫无所察的霸道总裁。

他出门前挑了件顺眼的衣服，收起斯文败类的穿着风格。站在镜子前，摸了摸头发，一两个月工夫，浅色的圆寸蓬勃成深色调。

手机震动打断了他的自恋：【出门了吗？】

韩彻从门口钥匙盘里取了车钥匙：【嗯，马上到。】

消息秒速追来：【啊啊啊啊啊啊！我忘了告诉你我搬家了，你开到景城花园南门口！】

【别已经开过了！】【韩彻！快回我！】

韩彻开门的动作顿了顿，按了下楼电梯才回复她：【急事建议打电话。】

【你收到就好，要是开过了只能麻烦你再倒回来啦。】

【什么时候的事儿？】

【就上周。】

三十三楼急速向下会有片刻失重感，老太太第一次坐这电梯直呼头晕。韩彻说，头晕就好，少来查岗。

他的父母属于控制欲比较强的人，所以他长大后很烦这东西，不管是对下属还是交往异性，抗拒用自己在原生家庭体验过的压迫感去约束别人。

虽然单位弟弟们说，他工作开会的时候非常严肃，有点吓人，和私下亲切随和、爱开玩笑的主任完全不同。这一点韩彻无法，作为领导，压力源与下属不同，没办法真的与他们打成一片，一定程度上也要树立威信。

但他自认在感情里一直处理得比较好，合则来不合则散。

现在想来，也许之前他所处的关系，没有约束的必要。也许父母给的性格封印，没那么轻易被揭掉。

　　在坐惯了的电梯里，韩彻感受到久违的失重感。电梯抵达地下车库，没一会儿将要合上时，才抬脚挡住梯门，迈步出去。

　　【找的搬家公司？】

　　【我就这么点东西找什么搬家公司。】

　　林吻的新小区离韩彻家很近，说是隔了一个区，其实也就两三公里，他开到南门口时林吻已经在踢石子了，看样子等了有一会了。

　　林吻一上车，韩彻便开口问：“他人怎么样？”

　　借着调节音量，他瞥了眼她的表情。她眨眨眼，唇角微动，平淡道：“三十三，不多幽默，贵在老实。”

　　韩彻心头嗤笑，语气则无波无澜：“三十三？”

　　“哦，结过次婚。”

　　出南门开了会，韩彻握方向盘的手紧了紧，随之打了个拐，回头往老城区的中心拥堵地段开。这片是他长大的地方，也是他长大后每每开车都避免经过的地方，太堵了，四个轮子碾过去比两条腿走过去都慢，今天倒是鬼使神差突然想带林吻去一趟。

　　林吻低头摆弄手机，完全没在意周围，直到停车她才反应过来：“怎么来这儿了？”这里离她以前住的友邻小区很近。

　　在她印象里，韩彻属于精致生活的新城区人类，不会出现在这种巷弄。

　　韩彻拧着眉头艰难停车，熄火下车瞧了　眼，倒抽一口凉气，搜着林吻头也不回地走。她当是违章停车好奇地回头。

　　韩彻赶紧掰正她的脑袋：“别看，停得太丑了，不能毁我形象。”他简直不能回忆最后车轱辘稳住的角度，难受得头皮发麻。周围非机动车各种刁钻角度倾斜地停了一圈，他再强迫症都无可奈何。思及此处，牙关都难受了。

　　林吻咯咯取笑他：“哈哈哈哈，上回也是。”

　　“哪回？”韩彻认真地回忆起来。

　　林吻想了想，嘴巴一撇，叹了口气：“就是你告诉我你有隐疾的那回。”

　　韩彻愣了一下，脚步一顿。下一秒，林吻拉起他的胳膊，催促道：“哎呀，快点啦，再晚都要赶不上飞机了。”

　　钻进巷弄，韩彻带林吻径直走入他最喜欢的也是 M 市鼎鼎有名的鼎兴堂。虽然外面分店无数，但哪家都不如这家老旧的总店。

吃完泡泡馄饨和莼菜汤，步入熟悉的少时环境，韩彻污浊的心都纯净了不少，他同林吻说了点小时候的事，带她去以前的住所兜了圈。

她问："会怀念吗？"

韩彻说："偶尔。人更多还是会活在当下。"

她仰起脸来，打趣道："就像前女友？"

他不以为意，拍拍她的脑袋，眯起眼睛："就像前男友。"

她欢腾地跑跳在这条老路上，周围是生疏的面孔与景致，可她却能快捷融入。

吃了一碗小馄饨竟像撑着了，不停拍肚皮儿，左右张望，盘算起来："这里的房子应该很值钱，我觉得你妈卖早了。"

"嗯，她卖的时候才几千块钱。确实早了几十年。"他讽刺回去。

"这里一套能上千万吧。"

"有价无市，没人买的，老城区不让改造，不会拆迁，住着嫌旧，出租价低，就一代传一代，要了干吗。"

他们你一句我一句，行至巷弄口，林吻笑眯眯踮起脚，捂住韩彻的眼睛："强迫症先生，从这里直走。"

韩彻弯起唇角，跟着她的指挥小步走。她提醒道："开锁。"

温热细腻的指尖搭在薄薄的眼皮上，半透了点光，软软的，暖暖的。

又走了几步，右侧的光线被黑色的高大车身挡住，在林吻手撤下的瞬间，他反身倾身，猝不及防在她唇上落下一枚蜻蜓点水般的吻。

林吻瞪大眼睛，刚提起一口气，韩彻飞快闪人，拉开车门猫了进去。

她转了一圈自己开门上车，一记眼刀刚飞过来，韩彻坏笑地舔了舔唇："Oops，妹妹，今天你的口红有点甜。"

接着一路，林吻都在气鼓鼓地用上下门齿吃口红。

到达机场时，林吻俏粉的嘴唇被自己啃得素净不已。

韩彻自嘲道："我们的关系已经倒退到礼貌性接吻都不行了？"

林吻没料到他会直接道明，一时想不出什么利落话，遂上前给了他一个告别式拥抱。

望着她甩动的发尾，韩彻扬声道："妹妹，我都带你去我长大的地方转悠了，你不礼尚往来一下吗？"

川流不息的归客中，她定住脚，僵着背："怎么礼尚往来？"

韩彻上前一步，清清嗓子："这我得教教你，你就随便说句邀请，然后我礼貌地说下次。这样我们都不会太尴尬。"

林吻瞪着他，挤出一个官方的假笑，按照他的方法说道："谢谢你带我去你长大的巷弄，有空请你去我家那块儿吃烧烤。

"好啊，我有空。"韩彻两手抄兜，得意扬扬地冲瞬间耷拉下脸的林吻挑眉。

她对于他的厚脸皮举动并无意外，讥诮道："我没空，改天吧。"

他掏出机票较真地询问，"改哪天啊，我现在改。"

登机，系好航空安全带。韩彻腿长，膝盖曲得稍高，林吻问，你是不是出门都坐商务舱啊？

韩彻失笑，表示林吻受影视剧影响太深，像他们这种基层技术人士都是经济舱，说着，他贴近她，当然啦，如果带漂亮妹妹出去，肯定要自掏腰包出点血。

林吻不避不让，同他暧昧贴着鼻尖，眨眨眼睛："我算那种妹妹吗？"

他牵起嘴角，神神秘秘地反问："你觉得你算吗？"

林吻娇嗔了他一眼，什么也没说，学他，点到为止。那一眼哦，叫韩彻最后半小时路程呼吸如气流般不稳。像是经过河岸的书生被浣洗的姑娘吸去目光，上前调戏，不想反被弹了一脸子凉水，被对方娇啐一口："登徒子。"

下飞机韩彻领着林吻吃了顿肯德基，他故意买的儿童套餐。她看了眼餐盘，又走去柜台换了个玩具："我喜欢黑色的。"

"我以为你会喜欢粉色呢。"

她将小玩具的几缕鬃毛理好，不屑地道："直男！"

林吻家离机场还有两个小时的车程，她问他："你坐得惯这种车吗？"

"别看不起人好不好！"韩彻一把拽过往反方向跑的林吻，长臂一挥，"看好车牌号，妹妹！"

林吻眼珠咕噜一转："你们那儿叫姑娘叫妹妹，在我们这儿叫老妹！"

"哈哈哈哈哈哈，那我叫不出口，入乡也随不了俗。"

"为啥？"

"不告儿你！"韩彻故意拖长"告儿"的尾音，特别当地腔调。妹妹听起来娇滴滴、嫩生生的，老妹一听就像哥们儿，缺了男女之间那点子暧昧的调调。

巴士上，林吻没一会儿打起瞌睡，脑袋一点一点，韩彻将她的脑袋压在肩膀上，她先是挣扎地支棱起脖子，没一会儿自己倒过来，还调整了一下位置，舒适入睡。韩彻弯起唇，同她一起跌入浅睡眠。

周围乘客啰嗦的收拾声扰了安静。他在车子到站前醒了，扶正林吻的脑袋，伸了个懒腰。

乘客少，到站一分钟车厢便清空，只剩下他俩。林吻熟睡中，呼吸深沉，乘务员阿姨估计急着下班，粗嗓门儿提醒道："把你老蒯也叫醒。"

"啊？"韩彻没听明白，正要问什么，林吻眉头蹙起，低低"嗯"了声。

"刚刚乘务员阿姨认识你？"

林吻接过韩彻给的水，摇摇头。他疑惑："那老什么是你小名？"

她一口水直呛到嗓子眼，边笑边咳嗽，见他给自己抚背还抽工夫踹他："你小名才叫老蒯呢。"

韩彻垂眸重复了下这个词，到快捷宾馆打开搜索引擎，对着屏幕傻笑了会。

其实心里隐隐对这个词的意思有所预感，但真的以"老婆"这个词呈现在眼前时，还是肉麻了一下。

韩彻舌尖抵着门齿，心情大好地打量起这间旅馆标间。

房间是林吻付的钱，她说本地人便宜点。其实也就便宜二十块，但韩彻是第一次住女生买单的房间，怪怪的。林吻拎着餐盒回来时，他道出了这点。

"你这就是矫情，就这么点钱有什么好你的我的。"

韩彻抬手想帮忙开饭盒，但林吻手脚麻利，没让，他讪讪地收回手，嘴上打趣道："我们已经到了不分你我的关系了？"

她冷脸，一把抓起手机递到他手上："现在，转账给我。"

韩彻刚还说不好意思，这会又马上变脸讨价还价起来："可以肉偿吗？"

林吻的手刀比画过来："说！哪一块？"

韩彻抿起唇，意味深长地看了她一眼，复又垂下眸子，顺着那一道垂直落下的目光，林吻语塞："我真切你舍得吗？"

韩彻是谁，反问道："你舍得吗？"

林吻是掰扯不过他。她算是明白了，由于自小的规训，在男女这事儿上，自己就算是女生里的厚脸皮大王，丢在男人堆里开这种玩笑，也永远占不了上风，句句都戳在羞涩点上。

韩彻向来懂女孩儿，在她心头挠趄痒，尝到甜头赶紧收手，说起电视频道和 M 市那边儿完全不同。

"现在电视都是我爸妈那辈看了，我们这一代不都线上看节目嘛。"

"所以，到了外地一定要开电视才能感受到当地的风土人情。"他看着电视剧里的溜冰画面，眼睛一亮，问，"这个这里有吗？"

吃完饭，他们打车去了两公里外的露天溜冰场。路上经过当地特色产业链，韩彻好奇地张望，"你认识人来过吗？"

"以前男朋友说来过。"

"我知道你们男人都好奇，"她脑门磕在玻璃上，嘟囔起脸来，"别说你们了，我都好奇，我高中时候听班上男生说这种事，可好奇了，只不那会儿胆子小脸皮薄，不好意思问。看古装片里有女扮男装出去的情节，还特别想效仿。"

林吻说着打开某绿网，找了篇珍藏的纪实帖子给韩彻看。她说，她每次看人发这种帖子，都很兴奋，那是个她未知的世界。

韩彻一边看一边不信，"太假了吧。"林吻微信不时弹出横幅消息，打扰他的正常浏览。先是看不懂的女孩儿嬉闹，没一会儿看到——

【小雯子肯定不需要对象！】

【雯雯应该分我们点对象！】

韩彻问："雯雯是谁啊？"

林吻正在买票租鞋，她知道韩彻的鞋码，没让他付钱，还是那个理由，本地口音不会被讹。外头风大，她没听清韩彻的话，"啊"了一声。

韩彻叫她："雯雯！"

"啊！你偷看我消息！"林吻快步走到他身边夺回手机。

韩彻两手投降状抬起，自辩道："消息横幅，我没点开看，不信你看红点数量！"

"我看看。"她捏着票去取鞋，嘴里不高兴地嘟嘟囔囔，拿起乔来，"也不知道有没有什么男生调情的话让你看去。"

"这个我看不得。"韩彻连连摇头，"看见了恐怕会切进微信界面。"

林吻眯起眼睛等他下文。果不其然，韩彻嫌弃道："我怕我会忍不住指导。"

"神经。"

韩彻溜过，但穿鞋的动作很笨拙。林吻僵着冻成红萝卜的手指，指挥他绑鞋子，轮到自己只能艰难地抻指头，韩彻穿好鞋后瞥了她一眼，弯腰给她穿。

她摆手："别，我可以的。"

韩彻没说话，鼻息呼出的热气跟烟囱冒烟似的，对着她脸喷气。见他系完一只要绑另一只，林吻再度摆手，他仰起脸，冲她乐，逗她："妹妹，感动不？"

这话一出,林吻马上跟点穴似的,手僵在半空,一点不好意思都没了:"站着不感动,跪下比较感动。"

韩彻穿了三条裤子,屈腿困难,无奈歪歪扭扭,勉强成单膝跪地的姿势,一面帮她绑另一只冰刀鞋,一面取笑道:"我以前一直以为我单膝跪地会是求婚。"

想得倒美。林吻被这北风刮得脑仁疼,拉低黑色毛线帽檐,罩住光洁的脑门,踩了踩绑得异常结实甚至有点紧脚踝的冰刀鞋,朝韩彻伸出左手:"小彻子,扶本宫起来!"

韩彻清清嗓,佯作拂袖,应了声"喳"!

来时林吻为了降低韩彻的期待值,不断强调这里很小,但真到了这儿,望着另一头掩在白炽光中的浅浅边际,周围密密压压的男女老幼,才知这里根本不小。

他张开双臂,滑出几米,兴奋得像个大男孩:"你们北方孩子太幸福了!"

林吻裹得像个小企鹅,露出白梭梭一张脸蛋,五官越发精致,站在光晕里看着颇为玲珑。

"你看起来好矮啊。"

"我标准身高好不好!"

"是吗?"韩彻朝她滑去,下巴抵住她的额头,虚虚比画了一下,"还行。"

"为什么要雯雯?不是吻吻?"

"我本名儿。"

韩彻问:"你改过名?"

林吻说:"不是,小时候登记户口,我舅去的,那人不负责,我舅也糊涂,搞错了。后来就上小学了,懒得换了。"

"我觉得林吻好听。"

"长大了会觉得这个名字挺有个性的,但是小学初中还挺痛苦的,老被取笑。"她可气死了,北方男孩嘴巴多坏,见着漂亮女孩更爱逗,这导致她从小就贼能揍男孩。

"那两年我家附近好多孩子名字都搞错了,大多数人都改回来了,我爸妈懒,我邻居本来叫杨凯,打成了杨开,开门的开,就很好听,还有好多,反正错好听了的都没换。"

"有意思。"

说了会话,林吻跟着遛,速度不快,情绪不高。韩彻见状加快速度,拉着她满场转圈,由于突然提速,人群密度和急缓没调整好,不时碰撞到旁人。

林吻尖叫,断续地道歉,又前倾着身子稳住、跟上,表情渐渐生动起来,不时喊道:"啊——韩彻你慢点!"

他故意问："什么？——"

"慢点！"她扬了扬音量。

"啊？"

"慢点慢点！"

"再说一遍？——"

"慢……"林吻一口气哽住，反应过来，半恼半羞半好笑地抓狂拍打他，"你无耻！"

她的动静不小，闹得两人摇晃，韩彻抱住她，笑得不能自已还装傻，"哈哈哈哈，我什么都没说！"

"臭流氓！"

"证据！"

"你刚刚……"她舔舔唇，脑袋被冻住了，一时想不出什么精辟的词，遂呆呆地说，"耍流氓了……"那种话怎么可以如此堂而皇之理直气壮地喊出来，她竟还无知地跟上节奏。

一阵朔风，风摆树动，周围那圈炽灯都在余光里晃动起来。韩彻笑傻在风里，温热的手捧起她冻得冰凉的脸蛋瓜子，舔了下她冰块温度的嘴唇，冲她挑眉，暧昧地明示："这才是耍流氓！"

林吻后倾身子避开他，委屈地皱起脸来。最近两人关系实在敏感，韩彻又想亲近逗她又怕过度了惹她不开心，看她臭脸立马点到即止，松开她的手，遛到灯旁，张开双臂，身着厚袄子，用力跳起舞来。

这风儿，这地儿，实在舒服，像是回到了高中篮球场。虽然此刻他笨重得不像话，手臂都伸不平，但林吻非常给面儿，被逗得直不起腰来，周围的人也投来注目礼，表情很礼貌，这让韩彻错觉自己跳的很好看，更来劲了，大声问她："像不像那谁？"

她两手扩成喇叭，明知故问："谁？"

"就那个……"韩彻能说出电影，但想不起来男主角名字，他只记得女主角是谁。

"猴子？"她歪头。

韩彻一愣，冲过去好笑地"报复"她。

一记猛的冲击，林吻重心不稳，几番不倒翁的左摇右摆后，拖拽着韩彻一道笨重倒地。

韩彻压在她上面，大口呼着白汽，氤氲了好看的五官。他用冰凉的鼻尖拱拱她脸颊，柔柔道："妹妹开心了吗？"

她撇开眼，否认说："我哪有不开心。"也是，两边唇角翘得跟摇晃的海盗船似的，其心情一目了然。

他作势一撑，又跌回了林吻身上，"哎哟"一声耍赖道："完了，我起不来。"

她故作凶态提醒他："你别乱来！"

韩彻自然有办法在这一晚挽留住林吻。

林吻是个软耳根子的姑娘，只要韩彻放下身段，不断试探，她一定会在某一个节点顺水推舟。

这是韩彻的笃定，但说实话，结束溜冰与烧烤后，林吻的拒绝出奇地果断。韩彻看着她倔强的背影，低下头苦笑，抄兜一言不发地送她回家。

话多的人突然沉默好像很脆弱，林吻瞥来好几眼，韩彻都假装没看到，仿佛打了石膏般继续垂脑袋，直到林吻赌气般跺了下脚："要不……"

韩彻眼睛一亮，猛地抬起头，二话不说将她揽入怀中，头也不回地往酒店走："不什么不，你不同意，我绝不动你！"

韩彻能感觉到，林吻的注意力全在手机上，以前他们在一起，她不会一直玩儿手机，就算不说话，听彼此呼吸都很有意思。

这只能说明，此时此刻，手机比他好玩。

"你和33进展到哪步了？"韩彻将浴巾一丢，紧了紧浴袍的带子，伏至她上方。

林吻将注意力从手机上挪开，挑衅道："接吻。"

那就是在一起了。韩彻："真渣！"

"你说谁渣！"林吻气到，指着他说，"你放心，就算你脱衣舞诱惑我，我也不会动摇的。"

"你放心，我不碰有主的姑娘。"

他们一人一句，不停呛对方，吵得热血沸腾，暧昧全无。看样子，今晚有些失误是不可能发生了。

但韩彻是谁！

林吻进去洗澡，微信声不断响起，她的群消息没有关闭提示，吵得本就烦躁的韩彻来回薅着寸头。先说没在一起，又说接了吻，等他提醒她渣，她便顺水推舟说那就算在一起了。

他心里清楚，照林吻跑火车的语言逻辑分析，那就是没在一起，接吻都不一定真的发生，可那种调侃他突然有些不能接受了。

韩彻从房间角落取出两打啤酒，起子一瓶瓶开，林吻取吹风机时见他拿着酒，诧异道："什么时候买的？"

"你回家那会儿。"

她狐疑了一下，吹起头发来，这家旅馆的吹风机功率小，吹半天没见干，胳膊举酸了，搁下手臂歇了会，韩彻则倚墙，喝着啤酒："要不要帮忙？"

她没回头，手捋着头发，弃去掉发："不用了。"

第二波她又吹了会，不断变换姿势，应该是最近锻炼少，当然，也可能是有男人在，肌肉开始矫情。她将吹风机送到韩彻手边："来，下次追人的可以给人姑娘表演一下温柔细心，拿我练练手。"

韩彻仰头饮尽，翻下马桶盖，将她按坐在上面，熟练地用手指隔开她的发根："都不知道吹了多少个了。"

林吻被他压着脑袋，脸正朝他的腰带，扭了扭脖子，稍稍偏下方向，谁料韩彻再度把她脑袋拨正："别动，小心烫着。"

林吻感觉他往自己脸上挨了挨，鼻尖都碰到粗糙的浴袍了。

她滞了口气，怒道："韩彻你！别有居心！"

他淡笑地明知故问："怎么？"

她推开他，不吹了，谁想一出洗手间发现房间开了一排啤酒，最后一瓶还冒着气儿，"你怎么全开了！"林吻惊讶地回头，"万一喝不掉怎么办？"

"有我们两个酒鬼怎么会喝不掉。"

"为什么孤单寡女共处一室要喝酒？"

韩彻握起一瓶酒，灌了一口，左右抛接，理直气壮道："因为找不到理由睡觉，还能为什么。"

林吻语塞，牙齿气得打战，赶紧摇头镇定，搬出他方才的话："你说过不进去的！"

韩彻一副纨绔样，点头附和："你等会也这么说，我肯定不会。"只要她自己能扛住攻势。

林吻自然没有搭理韩彻，她打定主意不让他如此轻易得逞，就算水流成河，也不会轻易妥协。

韩彻遛她半年，她一个季度总要撑过去吧！

她倒在床上玩起手机来，滴酒不肯沾，韩彻倒是一瓶接一瓶，喝得脚下发晕，重重跌倒在她身畔。林吻踹他："你自己上来的别怪我勾引你！"

韩彻呼了口酒气："我勾引你行了吧，"他枕在林吻瘦削的肩头，与她挨着，看她指尖飞速在九宫格上点动，回复群消息，搭茬问这人谁啊，那个呢。

林吻一一回答，只是对于是否是前男友持不确定态度，这让韩彻无语："林吻，你可真渣。"

在韩彻眼里，林吻这话确实很渣，怎么能连前任都不记得，又不是初高中擦肩而过的帅气校草。是拉过手的前任！

林吻否认自己渣，找补道："我当然记得，但是有些失去联系，社交账号和本人对不上号，把他拉到我面前我就知道……"就知道当时分手的原因了。她后面没说完，卡了一下闭了嘴，韩彻轻嗤一声，"就知道什么？"

"没什么。"林吻回避这个问题。是的，经韩彻这么一点拨，她确实有点渣，不算违德，内在逻辑无比自洽但禁不得别人挑明。她赶紧扯开话题，转移焦点："你把前女友的事儿记得那么清楚，就不怕你下一个女友生气？"

"唔……"韩彻思考了一下，贴着她的耳朵状似无心道，"那……你会吗？"

林吻手指一顿，气恼他如此无耻，还在用这方法调戏她，遂蹬了他一脚，却不想腿被绊住，稀疏的毛喇感划过皮肤，如过电般，咽喉口都像被挠得痒了起来。

几番挣扎，林吻动弹不能，反手钩住韩彻的脖颈，转了个身，身体交叠，每个关节都在摩擦，呼吸彻底变了味。

而韩彻的浴袍早在活动间拉扯松垮，见她低头扫了眼，他好笑地问："好看吗？"

林吻嗅到危险，扮作无心地躺了回去，拂开散乱的发丝："不都一个样，有什么好看不好看的！"

韩彻不爽："你确定？"

"怎么？"

"男人和男人还是有差异的。"

林吻尽量平静，但掩不住对这个话题的好奇，故意不屑道："哪里？"

"这种千篇一律的答案多没劲，每一个人都是独一无二的，"他说着，勾起她的一绺头发，淡淡问，"好奇不？"

"不好奇，谁知道你是不是吹牛？"

"真不好奇？"韩彻撑起身子，"我在这种事上会不会吹牛，你不了解？"

林吻鼓鼓嘴，语气勉强似的："那你说说看。"

韩彻长臂一伸，由桌上取过一瓶啤酒："喝了。"

林吻犹豫，尽管好奇，也知道是个坑。

韩彻将酒举在半空，自顾自地说了起来："什么钥匙能开始什么样式的锁，各有讲究，没有万能钥匙。"

林吻灌了 6 瓶啤酒，听韩彻说了一堆乱七八糟的知识，各种奇葩细节都给她解释了一番。她越喝越兴奋，一双乌瞳跟抛光了似的，越听越亮，直到把他知识榨干，直到把韩彻电晕，身体也不见分毫妥协，附至他唇边长长娇娇地呼了口酒气："哇……听起来好有意思啊。"

他环上她的腰，诱哄道："那要不要试试？"

被酒精泡软了意识的林吻没有如韩彻所愿推倒，这丫头铁了心要折磨他。

这事儿一提，韩彻的铺垫尽数崩盘，偏她还在此间摸到了规律，一点勾引，一点委屈，将自己防守得好好的。

字里行间对于那事的探索好奇，和对于此刻人不对题的惋惜，拿捏得韩彻牙关痒，只恨酒买低了度数。

最终韩彻认输，任自己在她的诱惑下失控，像被暴雨梨花针扎了一样，不知疲倦地做俯卧撑。

刚开始，林吻跟啦啦队似的："你好厉害啊，臂力真好，拳击真的没白练……"没一会儿开始找碴，发丝散乱地大着舌头，"腰那儿塌得有点厉害…….撞到我了……韩彻！我头晕……"

房间开的两盏床头灯，柱状灯管，映在墙上像是杵着什么武器似的。透着半片月光，白墙人影更迭起伏，不断地在墙上翻着"双杠"。

无数个俯卧撑后，都不只是韩彻，林吻也脱了水，赤足跑到桌边拿起最后一瓶啤酒，仰头闷完。韩彻抽了几张纸清理了自己："给我留一口。"

林吻瞥了他一眼，这时候好心了，拧了瓶矿泉水递来："运动后别喝酒。"

做了场无用功。

灯一熄，韩彻以为自己铁定酣梦一场，谁想林吻跟有心整他似的，没一会儿开始叫起来。韩彻一把掀开劣质的被子，由吱吱呀呀的窄床上腾地坐起，"林吻！不想睡直说！君子的消费额度也是有限的！"

那头被他突扬的声音吵到，不耐烦地哼了一声，颠了个身，抱着被子继续睡。

韩彻一愣，坐在黑暗里，竖起耳朵，这会儿又什么声音都没了。

他当自己反应过度了，阖目继续睡，过了会那哆哆的鼻音再度哼起，他踱至林吻床边，端详她的睡颜，手在她眼皮上晃了晃，捏捏她俏生的脸颊，确定她不是故意整他，兀自笑了会。

新年里，韩彻忙得分身乏术，M市拜年习俗非常耗时，再加上他不仅要打工画图还要担忧明年的生计，和老大一起走门访户时间飞快，中间他联系林吻，她都在嗨，朋友圈全是疯照，男男女女，他有回点了个赞后私聊她：【最近和33还联系吗？】

【进度正常！】

【他看见你这朋友圈没什么反应？】

【不好意思！暧昧期的男女朋友圈都是单独设置开放的。】

很好，善于举一反三。

韩彻捏着手机想了会，打了个电话过去。

他们很少通电话，一般都是文字，韩彻不适地语塞了下，那头先甩了声没好气的"干嘛"过来。

他唇角一抿，肩头松弛："明天我来接你？"

那头一瞬陷入安静，韩彻立马明白，问："你和33平时都聊些什么啊？"

"就一些生活工作，对于未来的设想。"

室内空调打得有点高，韩彻气儿不顺，一把拽开窗户，让冷风灌进来。到底是老男人，一套成功哲学的话术，让初出茅庐的小姑娘崇拜："无聊。"

林吻反驳："我们聊的都是很有内容的东西！"

"这只能说明你们不熟！聊天时90%都是废话的才是真正关系好的。"

韩彻本来是准备去机场截人，上演一出二虎相争的戏码，但这个幼稚的念头刚冒出了一秒，便打折成远远地扫一眼便成，又在接到出差通知时直接丢弃，爱怎么样怎么样！

新年伊始，公司一度忙碌得韩彻以为道桥这行要起死回生，重兴大土木风光了。有几晚他直接和同事睡在车里，醒了打开笔电就开始画图，有点像刚入行时的冲劲与充实。

过了二十七，逢到催婚，老爷子就拿钱施压，总说结婚就不要还钱了。但韩彻人犟，当初借钱咬牙写借条的情形还历历在目，23岁背上大几千万的债务，爹妈也是够狠心的。

今年意外两老缄口不提，韩彻主动说等过完年银行业务恢复，本金和利息就到账了。结果老爷子摆摆手，说不用，你年纪不小了，剩下的就不用还了，当老婆本吧。

这两人眉开眼笑，肯定是清楚家里住过个姑娘。他不让老爷子如意："老婆都不知道在哪儿呢，还是先还钱吧，别过几年翻脸说我讹钱。"

当时决定入股是因为他觉得顺利的话头几年就能把钱还上，结果第二年发现，这家公司三年内有过建筑事故，导致很多标都没有资格去竞争，一肚子无处发泄的闷气。但好在，一路也这么走了过来。

韩彻闷了口果汁，却没有那种庆幸感，忆及刚入行那几年经历的乱七八糟，想到了林吻。

林吻的状态与他无二，脸上也负着种过劳感。她左右张望："肥仔呢？"

他比画了一下："里面，"故作不爽道，"说实话，你是来看肥仔的还是我？"

她嘿嘿一笑，跑了进去。肥仔交了个女朋友，很漂亮，韩彻说时她不信，见着真人才承认，原来谈恋爱真的和长相无关，万花丛中过，总能学到点追女孩的技巧，为自己谋福利。

他低声说："他以前的女朋友都很漂亮的。"

肥仔就好这卦，大眼长腿性格软，几十年如一日的俗气。他本不爱玩，但酒吧里这种妹妹最多。肥仔跟韩彻玩儿，自己都不得不承认，他几乎是程序员里感情经历最丰富、最会哄姑娘的金字塔尖人群。

林吻漫不经心，压低声音："你俩还称霸直男行业了呢。"

对面是如胶似漆，她看了一会儿，叹气道："你以后的酒吧拍档怕是要更少了。"

韩彻没应，反问："你呢？"

"我啊——"她低下头，闷了口酒，冲他苦笑说，"韩彻，不知道是坏男人多还是我运气差。"

韩彻手中的竹签倏然一紧，骨节分明："怎么了？"

初春尤寒，月亮拖着长长的尾巴。林吻因丧气，步子拖拉出尾音。

韩彻明天述标，不准备喝酒，只给她一听听地开，听她倒苦水。

"我觉得每当我自以为懂男人的时候，就会发现我不懂。"

"你哪里懂了？"

她扭头撇嘴："男人不就是好色嘛。"

韩彻笑："我也是吗？"

"你不仅好色，还心眼儿坏！"

随着脚边的空易拉罐越丢越多，她喝酒的姿势反倒越发局促，他问她："要上厕所吗？"

　　林吻脸一耷拉，抱着膝盖，苦哈哈地说："要……"

　　韩彻笑得不能自已，"那去啊。"

　　她吸吸鼻子，委屈地哼唧："可是这家烧烤店没有厕所……"

　　他使坏，指了指对面的小丛林："那边可以，我帮你挡着。"

　　林吻看了两秒，没好意思，摇摇头，决定憋着，但酒还是照样往里灌。

　　韩彻起身入内，问了一下老板洗手间，领着林吻去了斜前的酒店，她应该是憋了挺久，尽管酒精有时会麻痹尿意，但她显然已经到了绷不住的程度，一起身就呼了声。

　　他问："不能走我背你？"

　　她还真听了，只是腿一抬起，马上苦脸，拽上他的手，开始狂奔："快走吧。"

　　男人解手快，韩彻在外面等了会，林吻一出来，醺醉着张脸，扑进他怀里，长长舒了口气，"舒服多了。"

男主视角番外
第五章

　　林吻解放完彻底放松，往酒店门口旗墩子底下一坐，吹了会风，估计觉得闷，指挥韩彻去买酒。"我们就在这里喝，喝完了我进去上厕所。"

　　韩彻知她心情不佳，自是顺着，这心甘情愿的因素多少抱着这死丫头终于回头是岸的心理。只是没想到，她灌了几听黄汤，竟抽风给那33开始拨电话。

　　这真是小姑娘小伙子才会干的事儿。成年人的感情脆弱不堪，一拍两散轻飘飘，一丝微弱的冷却信号就能崩裂都市男女之间的信任。林吻真是轴，非吵着要答案。

　　又偏是这种较真，拆穿了他的谎言，有了他们后续的发展，可这情况转嫁到别人身上……

　　韩彻一把箍住她，用行动制止她，无语道："不是吧，人家的态度已经摆明了，别闹。"

　　林吻喝多了，没了管顾，力气特别大。韩彻怕弄伤她，手臂没带劲，反倒被她推了个趔趄，倒退好几步。

　　她鬼祟地溜到一边，醉醺醺地抱着旗杆，一个接一个地拨号，完全没注意到韩彻的脸臭得不能看。

　　回去的路上，林吻蔫在韩彻怀里像个失恋的姑娘，嘴里絮絮叨叨没头没尾地说狠话——再也不相信男人了！男人都是大骗子！

外套被她捏得不像样，没了原先坚挺的版型，韩彻手搭在她肩上，防止滑落。

他木着脸，冰冷地道："你才谈了多久，就动这么大感情？"至于吗？

林吻愣了会，被他问得自己都疑惑起来。

下车前她噘起嘴巴，于迟钝的大脑中搬出答案："我不喜欢别人甩我。"

理直气壮的自私鬼。

韩彻到家已经很晚了，早起犯困时还告诫自己要早睡，结果一顿烧烤又拖过了零点。

他发现自己一旦进入稳定生活、无欲无求的状态，便会有发胖的倾向。前几年他是没健身习惯的，人年轻代谢快，怎么吃都不胖，直到在某生活特别稳定的阶段，肌松肉懒，做功时一低头发现三圈，猛一个激灵，被岁月的突袭打了个措手不及。

他执行力向来强，次日便办了健身卡。

今天累了，本准备做个五组卷腹和肩背肌训练，疲倦懈怠时刻思及林吻，火气蹿高，体内猛地注入股暴躁力量，一鼓作气做完还额外加了两组。

述标结束，本阶段密集的爬坡工作终于告一段落，不论结果，整个人是彻底放松了。

林吻拒绝韩彻的邀约，语气蔫蔫的，没一会儿便关了机。

聚餐结束，韩彻不放心，决定去看看她。路上接到朋友发来的组局消息，油门不由踩得用力了点。到小区南门，韩彻方才意识到自己上次只到过这里。又试着打了个电话，该死，还是关机。

这丫头一向元气十足，就算被他逗，就算遇渣男，也没断过电，怎么昨天又是喝酒又是伤心，这会居然还不接电话，那个三十三有什么魔力。

联系不到人，不知道单元号。韩彻看着后视镜缓缓倒车，即将退出小区，一脚急刹，于惯性前倾时分，用力捶了下方向盘。

花了两百块向路边开卡车卖水果的师傅买了个喇叭，打点好门卫，以四栋楼为单位，每处预备停留15分钟，音量调至最大。

第一轮他录的是"林吻！嫁给我好吗！"为了圆保安那里撒的谎，贯穿首尾，所以真的搞了个"求婚"主题。

只是没想到，小区的叔叔阿姨在旁边一听，觉得这个求婚没有诚意——

阿姨："小伙子，你这样说小姑娘才不要嫁给你呢。"

叔叔："谁说的，现在小年轻么就是喜欢这种类型的，说什么根本不重要，长得好就行了。是不啦。"说着冲韩彻笑笑，想获得认可。

阿姨不依不饶："喏，都求婚了，脸肯定已经看腻了呀，求婚就是要搞花头精的，不然怎么人家现在都没反应。"旁边跷腿拉筋的阿姨也附和，韩彻点头应"是"，果断站到阿姨的队伍里，将那位叔叔无情孤立，礼貌问："那阿姨，您觉得说什么比较好？"

"要朴实一点。"

"表达上还是要有诚意。"

"房子车子你有不啦。"

"小孩什么时候要？"

经热心阿姨商讨，最终定稿——"林吻！我爱你！请你嫁给我好吗？我保证一生一世照顾你爱护你，给你美好的生活！"

韩彻第一遍录的时候说得不顺，很草率地就准备这么循环，又被阿姨勒令重录，严肃批评没有诚意。

林吻出现的时候，韩彻松了口气，真有种求婚成功的释然。她再不出现，求婚的谎言就要穿帮了，哪有不知道女朋友住哪里的！

简直是浪子生涯一大危急时刻。

林吻穿着件黑色卫衣，帽子兜起，还煞有介事地戴了个口罩，于一群叔叔阿姨的夹道围观中牵新娘一样领走了韩彻，那头低得好像他见不得人似的。

"韩彻你有病！"

"我确实有。"

林吻没好气地摘下口罩，两脚把鞋一蹬，刚要进屋就被韩彻拽进怀里，捧住脸蛋。她皱眉："干吗！"

韩彻拿眼打量，"我看看是不是哭肿了。"

"我从不为感情流泪！你忘了吗！"林吻骄傲地昂起脸。

是是是，空心渣女。

看她一副无所谓的样子，韩彻忍了会，一口闷掉蜂蜜柠檬茶还是问出了口："那个33……"

她好似在等着，无缝接续："复婚了。"没了昨晚的失意劲儿，眉目间俱是春风吹又生的神气。

"行，既然你单身了，那我们出去嗨。"

"我单不单身跟我们出去嗨有关系吗？"

"啧，就冲你渣之程度，这朋友我交定了！"

林吻是真无情，路上插科打诨一点没耽误。

韩彻左右不是滋味，一手想给她比拇指，22 岁，拿得起放得下，具备游戏人间的高端玩家素质，另一手扶着方向盘，长吁短叹，矛盾地岔开话题："妹妹，想去旅游吗？"

副驾镜子弹回，林吻将口红塞进小包，语调懒懒："想啊，谁不想旅游。"

韩彻节后几乎没踏足过酒吧，走到红蓝霓虹下，恍如隔世，跟头回进大观园似的，还"哇"了一声。刚踏进漆黑的内场，他眼睛都没适应这暗光，林吻已经兴奋得活蹦乱跳，灵活的脖颈跟着节拍点动，腰肢在他臂弯里划"8"字。

他心叹，到底年轻。

恰临节假，朋友来得多，半数林吻都见过，几人拽过韩彻凑头惊讶道，还在一块儿，这个也太久了吧。

韩彻扯扯嘴角，但笑不语，倒了杯酒与友人碰杯，对方别有深意地推他。韩彻只挑眉，男人之间这种事心照不宣。当然，酒精上头，那劣性也心知肚明，半瓶子洋酒一灌，他们商量好似的，集体鞠躬，朝林吻开玩笑齐叫嫂子。

韩彻刚下肚的酒精立马消散，一下杵直了身。谁想林吻不以为意，朝那帮人举了举杯，非常赏面儿，既没撇清也没承认，好像这只是一个无关紧要的称呼。

见林吻在欢场越来越如鱼得水，拿捏到位，韩彻一头高兴，一头苦涩，还真有种被带大了的徒弟甩在身后的酸涩感。他被自己这老掉牙的迂腐劲儿恶心到了，猛灌了几杯酒。

今天运势走低，玩儿行酒令连输，韩彻一下喝得有点蒙。那帮家伙看你喝酒还要劝，挣大钱了，都不是韩主任了，应该要升级韩总，设计院老大。

灌了酒的老男人都一副臭德行，又土又俗。

韩彻在事业上多少还有野心，这话搁 20 岁，他嗤之以鼻，可在 30 岁一听，无比上头，一杯杯来者不拒，真像升官发财了似的。

林吻回来时，春秋大梦刚做完，乌暗中的激光灯像是阴郁天空中的破出的阳光，林吻慵懒地拨弄着长发，背光而来，颦动间剪影撩人心弦。

韩彻被酒精中虚无的彩虹屁吹到仿佛抵达人生巅峰了，喝得两颊酡红，流里流气一胳膊揽上她，却不想眼前重影了，只抱到了大腿，额头抵在曲线姣好的腰际，他说："妹妹，我们去旅游好不好？"

"没空。"

"请假！"

林吻嫌弃地掰开他的手："你有病啊。"

他两手将腿圈得更紧了，仿佛是个条形抱枕，一字一顿地霸气道："那就辞职。"

林吻非常用力地翻了个白眼，只是韩彻醉得迷迷糊糊，顺着裙摆一手就这么摸了过去，她倒抽一口气，一边制止他的手，一边敷衍他道："好的好的！"

韩彻被她甩出手，刚要说话，被她抢了先，嘴里嘟嘟囔囔，"没见过这么无耻的！这么多人……."她回头看了圈，庆幸都喝得东倒西歪，使劲拧了下韩彻的大腿，韩彻这才反应过来刚刚他凭着本能都干了什么，他低哼了一声，传到林吻耳朵又被骂了几句："叫什么叫！"

他抬起手，晃到她眼前，吓得林吻抓住他的手便抱进怀里，不敢回忆刚才，想想气不过，抓住他另一只手，送进嘴里，用力咬了一口。

韩彻被酒精抽皮剥骨，瘫在沙发上散打惨败动弹不得的模样。他在闹腾不迭的酒吧陷入睡眠，梦里旖旎无限，简直不想醒来。

离开酒吧时，还有三小时天明。

这一晚特别漫长，先是工作聚餐，再是狗血"求婚"，转至夜场与老友喝酒吹牛，跟妹妹打情骂俏，丰富到何止不负青春，就算有人一天有48小时，都不会有韩彻充实。

他立在晚风中，倚着林吻，涌上感慨。酒精绵延四肢百骸，像得了软骨病般，非得有个妹妹夹着，旁的还不行，　定得叫林吻。

本来是肥仔撑着的，他一把推开，着力点不当，卡着她的长发了，她娇呼地拧开他的桎梏，捋好头发。

肥仔当他酒没醒，再度扶上他，韩彻"啧"地皱了下眉："有没有眼色！"

舌头没捋直，但立场很明显。肥仔扑哧一笑："就这么会能碍着你们什么！"他掰过韩彻，赶时间回去睡觉，催他，"赶紧的。"

"你先回去，我带林吻走一段路，醒醒酒。"

林吻的注意力不在他们身上。

半歇火的城市，零星霓虹映在柏油地面，像是染料没泼匀，一个小丑装扮的人，顶着标志性彩色爆炸头，呆若木鸡地坐在对面7-11门口，捧着一束玫瑰，几瓣失意的火红掉在地上，小丑妆被眼泪糊成一片。

街道一下子有故事感了。

韩彻搂上她的腰，同她一道看向对面："怎么？"

"你说他是不是失恋了？"

"你觉得他发生了什么？"

"表白失败了，或者被甩了。"

"嗯。"韩彻半眯着眼，歪在林吻肩上，下颌思考状左右活动。

"嗯？"林吻偏头，下巴碰上他的额角，规则的寸头痒痒地挠着皮肤，意外地道，"这时候你不应该反驳我，然后给我讲道理吗？"

"我有资格吗？"他扯扯嘴角，两手抄兜摇晃着往前走，"我以前也这么干过。"

"你在那马路上哭？"林吻惊讶地扬起声音，意识到自己声儿大了，赶紧转头，见那个"哭泣的小丑"没听见，松了口气，踩着高跟快步跟上，撒娇道："你走慢点。你哭了？韩彻你居然为了感情哭过！"

韩彻没说话，越走越快，像是默认了。

林吻越想越兴奋，借着酒精疯狂嘲笑他，原地转了个圈尖叫："啊啊啊啊啊！"转完赶紧打开手机，自言自语道，"我要赶紧用备忘录记下来，万一明天醒来忘了就不好了。"

韩彻登时噎住，折回去夺过她的手机："没哭！没哭！只是干过在路边发呆的事儿！"

她眼睛一亮："为什么为什么为什么！"

"就你这样肯定没少让男的吃瘪，"就连他心这么宽的人都被她捏爆过好几回醋包，"你去问问你的前男友。"

林吻下巴一扬，两手一背，超级理直气壮："我对他们不感兴趣，对你比较有兴趣。"

如此无情的话，这跟电视剧里的男人说，自从见了你，别的女人都是背景有什么区别？

韩彻却被她搞得不知所措，无言以对，拉过她的手梗着脖子往前走。

"哎呀，说说啦。"林吻晃着他的手不停怂恿他吐真言，"不说我就猜啦！是不是高中那个！我觉得你那时候年纪小，比较幼稚。"

那些说来多少有些荒唐，难以启齿，尽管轻描淡写，不过林吻倒是听得认真，"那后来呢？"

"后来没谈过恋爱。"

"你是被刺激了吗？"

"不是，就觉得确实没意思。因为没过几个月，我也觉得自己好蠢，没过几年，我也看不上那年的自己。"走到桥洞下，韩彻抬手蹦高，努力够手碰桥底，"刚刚那个男的年纪也不大，多经历经历总是好的。没有真正失恋过，就学不会恋爱。"

林吻没想到后茬在这里。月影涟涟的桥洞底下，她脚随意地踢动安全链条："那我岂不是很会恋爱。"

韩彻给自己醒酒的动作随着她的话音按下暂停键，他僵硬地扭头："妹妹，你一定是在鼓励式教育下长大的吧。"这么盲目？

林吻不解："什么？"

"我说的失恋是，认真恋爱过，然后不幸失去过。而不是，玩着玩着就散了的那种。"他说完，林吻愣住了，看表情像是在思考，韩彻失笑摇头，扶着她的肩摇了摇，"别想了，这样就很好。"

"每次你讲道理，我都像个白痴。"人生浅薄到自我嫌弃。她是有自尊的，也想在正经话题上占领上风，可是逻辑思维根本没法跟三十岁的老男人比，回回被砸得一愣一愣。

"傻乎乎多好，你要是不傻了，我还舍不得呢。"话音一落，林吻抿起嘴，睫毛失措了几下，韩彻揉揉她的耳垂，扯开话题，"快到生日了，想要什么吗？"

冷风穿过桥洞，林吻边思考边打哆嗦，韩彻将她揽入怀里。酒后身体发热，酒精消散后身体温度降低，在室外很容易感冒。

半晌，她在他怀里猛地杵直，两手比成小喇叭，对着空旷的桥洞大喊："我想要变有钱！"声儿大得韩彻耳朵都痛了，他被逗笑，掏出钱包拿出几张一百的，朝她一甩："够吗？"

面对面拥着，韩彻手虚搭在她腰上，看她嘟着嘴数了数，表情嫌弃："五百块，流落街头的乞丐动嘴不动手都不止这个价！"

他故意嫌弃道："你一业余的还要专业的价格了！"

她还不服气了："你怎么知道我业余！"

"你……"他推开她，生硬诱骗道："实践是检验上岗资格的唯一标准。"

"呸，"她带着矫情的酒劲没收力，直蹿了上去，啐他，"无耻！"

这话题一上来，韩彻忽然热了起来，叉腰呼了口气，趁林吻娇羞，捧起脸便亲了上去。这吻的含义是相当丰富了，她瞪着眼睛半天说不出话，不想低头但不得不承认其厉害的吻技造诣，说道："你可以考虑改行。"

他们一路胡侃，说着以前的事，走了将近一个多小时。

大部分话是韩彻说的，林吻像个捧哏："哇！""真的吗！""啊啊啊啊啊！""怎么会这样……"

兜了一圈，话题又绕回了生日礼物，他问她想要什么。说实话，他绞尽脑汁也没想出来什么新奇的。不如直接问，投其所好。

林吻先是摇头，没一会儿露出精怪的表情："你还记得你那天说让你也爱上我吗？"

韩彻胸口像被猛地锤了一拳头，挤着眉头问："你信了？"

林吻当即跳脚，甩着头发扬声道："不信！我做梦都想你爱上我，然后我再用力地甩了你，接着！你跪在我面前，求我爱你。"

说这话时，她表情丰富无比，声音清脆亮堂，像他看过的一部无聊话剧里，主角声情并茂地郎颂着无趣矫情的情诗。

那会儿他特别烦这群人，这会带着不同的情绪，林吻的话和那部不知所云的话剧隔空对撞，在韩彻的心头激荡。

他跟着林吻笑，只是笑意未及眼底。

她不服气了，叉腰问他："你这种人怎么才算爱？"

多么俗气的问题，可韩彻却被问住了，自问自答地说："对啊……怎么算爱？说'我爱你'算吗？"他顺着胸口涌动的情绪，跨出两步，脚踩湖墩，扯开嗓子，于感性本能驱动下大声喊道："林吻——我爱你——"

荒唐。

韩彻站在三十三楼，俯瞰月光湖，没一会儿坐在竹藤桌上看空荡的客厅。

象牙白的大理石上，阴影像水墨画中不均匀的笔触。

收起人前的没正形，韩彻超负荷的一天走到了尽头，由于句点画得用力了点，所以到家半天没回神，又过了一会儿，他的黑影仿佛融进了露台月色。

恰一片沉云掩住弯月，彻底陷入黑暗。

述标结束乱七八糟的收尾忙了一阵，不过韩彻这几天每天都会翘班外出，主要是张罗礼物。他是瞄到同事弟弟摸鱼看剧时想到的蓝色圆号，虽然当时人家看的是一部肥皂剧。

林吻和他都看过一部不错的美剧。这剧他无感，当睡前剧刷刷，跟跟热点，而她则对美剧里的人物情节有如家人般的热情，韩彻拿到成品的那一刻，几乎可以想象林吻咋咋呼呼蹦蹦跳跳的少女模样。

林吻生日的零点，韩彻自然掐着点拿起了手机，像少年时期那样严谨认真。

他拍张蓝色圆号的照片给她，想发一句【自己来拿。】怕自己错过她兴奋的第一反应，又觉得这样说不够好玩，指尖在 26 个字母上滑来滑去，结果都过了零点了。看过她微信朋友的热情架势，知道自己是排不上号了，手机往床头一搁，睡觉！

第二天林吻没说生日祝福，只问投标结果出来了吗，当时确实没出，只是回完消息，韩彻看到老大接起电话，三秒后，人跟漏气的气球似的，立马萎了。

韩彻倒比较能接受这些事儿，毕竟自己不是一把手，整个公司的担子没搁自己肩头，虽然距离在老头那儿扬眉吐气还差不少距离。

"彻子，甘肃那活儿还是要去。"

"行。"

韩彻驱车去往 Swindlers' 的红灯间隙，赶忙订机票，小公司这些事儿都要自己弄。他老同学前几年读个研究生，吃糠咽菜熬过三年，现在都有秘书了，派头十足。只是有钱也不能换好车开，国企规矩多，他们各自羡慕彼此，倒也没谁真的混得差。

韩彻打了个拐，抢到地面停车场最后一个车位。

春宵一刻值千金，创作时是讽刺权贵，句意直解为夜晚珍贵，现常用于抓紧亲密。

这话用于霓虹深处的夜场再合适不过，一夜的最低消费顶月薪族大半工资，开瓶皇家礼炮季度奖都得交代进去。但对于韩彻他们这种常客来说，四位数的消费就像去超市买瓶水。

有回老太太问他，酒吧一瓶酒多少钱，他说看什么酒，普通的一杯 100 左右，高档的酒不论杯卖。

"哟，那你这个酒量一晚上得花不少钱吧。"

韩彻稍微形容了一下，当场挨了个毛栗子，四位数喝顿酒，谁家钱是大风刮来的。

他故意气他妈："资产千万的人可能消费要谨慎，省下几笔可以多买一平方米，但我这种负债千万的人，花这种钱根本都不带眨眼的好嘛！"

都说父母管得越紧，孩子的叛逆值反弹得越高。韩彻当属其中典型。26 岁前，清晨接到爸妈电话会直说自己刚通宵，酒还没醒，过了 26 岁，偶然看到父母头上白发，叛逆的脊柱如被痛打，也开始粉饰太平，扮起改邪归正的乖仔。

酒能带来快乐，为了快乐花钱、消费健康，二十九岁半的韩彻认为值得。说到底，不过就是成年人为自己的行为买单。

林吻生日，他准备开瓶贵的酒，有排面。可林吻是谁，一个初阶设计师、酒吧新手玩家，听说他们要给她开瓶皇家礼炮，吓得抱住韩彻，像生病的小孩拒绝吃药，疯狂甩头："太夸张了！又不是什么整数大寿！"

最后，见众人坚持，为避免扫兴，于是顺着精致的高档酒单，指尖往下哆哆嗦嗦移动，选了黑桃A。

Swindlers'的老板夸她有眼光，皇家礼炮没有这个有格调。

果不其然，拿到桌上，木质酒盒相当吸睛，玫瑰香槟的艳色灯光一打，高档与劣质碰撞出低俗的优越感。

肥仔笑称，今天我们绝对是酒吧最惹人注目的一桌。话一说完，身旁女朋友羡慕道，我生日也想要。肥仔本能地耷拉下表情又飞快吊起笑容："好啊。"

林吻开心的同时有点不是滋味，毕竟她不是玩家，也不是捞女，无法心安理得接受男人为自己花这么多钱。韩彻他们叫了五瓶，她吓得都花容失色。

"喝不完的！"

"喝不完带走。"

他们理所当然地点头，眼神鼓励她再点点别的，难得韩主任大方。

韩彻的行业还比较质朴，只是他比较有头脑，家底也不错，才能顺着阶梯在三十不到年纪爬到这个消费档次。服务生将酒杯推来，韩彻友人让她不要有心理负担，那些搞投行的人挥金如土，经常花十几万买高档酒，哄客户开心，韩主任博美人一笑，就出这么点血，已经算抠门的了。

林吻笑笑，接受他们的调侃与台阶。她的美色哪儿值这个价啊，不敢想象今晚的酒单金额。

这是另一种脸皮和眼界的进阶，她如是劝慰自己，鼓鼓嘴，佯作自在地融至酒塔的搭建中。

玫瑰味的黑桃A好难喝。冰块的凉劲一过，林吻眉头飞快蹙起，忙背过身避开他们吐舌头。韩彻凑至她耳边说，是不是很难喝？

"没有，很好喝。"她挤出笑，见他一脸了然，心知自己表情僵成这样确实太假了，遂掰扯道，"可能我喝不太惯吧。"

"我也觉得不好喝。"韩彻坦白，"但来酒吧过生日，不点这种酒不好玩。"

不是自己花钱，林吻依旧肉痛："好贵哦……"

韩彻说："一年反正就一回。"

香槟还是普通的 MOET、DOM 或是 KURG 好喝，但是在高端酒吧喝这些，就像在高档牛排店喝二锅头，像来搞笑的。一桌人喝了两瓶黑桃 A，然后醺醉地摇头摆脑，在躁动的音乐中把林吻拉到中央，惊呼、起哄。

林吻在升腾的酒精里痴笑起来。

韩彻沾了点酒花，弹在她脸上，趁她眯眼避让，玩味地于暗影中将点点斑斓的酒珠以唇点了去，凑近她耳边暧昧地来回擦碰："妹妹，上次求婚不难忘，这次生日难忘不。"

她带着酒后倦意，昂起脸蛋，竖起三根手指比了个发誓的姿势，讨好金主："我保证，以后我的生日都不会有这个精彩！"

"胡说八道。"

"没有……"惆怅涌上，她望着那片欲望的玫瑰色，感慨道，"见识过这样的纸醉金迷，很难再甘心人间烟火罢。"

走向感性的对话被惊起的钢管舞介绍打断，酒桌的朋友们四散，蹦迪的蹦迪，游走的游走，看钢管舞的看钢管舞。

这种销金窟如果不喝点酒，清醒地遥望一圈，俱是低廉与荒唐，可喝点酒，此处顷刻幻作酒池肉林。

林吻对钢管舞不感兴趣，他们先去蹦迪。没一会儿，朋友来叫韩彻，说今晚钢管舞是泰国的神级表演者，一定要看。韩彻看了眼迷醉在节奏中的林吻，没叫她一起。

就这半会儿工夫，谁能想到她能聊上帅哥。

韩彻看了会钢管舞，往台上丢了点小费，再回头，林吻已与一个修长的男子搂作一团。

腰臀扭摆得甚是带劲。激光灯扫过，明暗交错间，韩彻看到了她脸上有久违的娇羞。

这份娇羞已经很少出现在他面前了。林吻深谙韩彻的调性与套路。

一个人的招数终究有限，她又如此聪明，眼里早就没了被他支配感情的茫然与失措，一招一式接得熟练漂亮，还能反手撩他个"老鹿乱撞"。

韩彻燃了支烟，半眯着眼睛，目光深邃，在林吻跌跌撞撞走下舞池时，缓缓将还剩两嘴的烟掐熄。

韩彻心哏：还挺奇怪的，跳了这么久，酒意居然没消散，两眼还懵懵懂懂的，跟个二愣子似的追光灯一样追着人家背影。

林吻痴汉到没看见韩彻，越过他直往前冲。乐动鼓噪，韩彻下颌磨动，没沉住气，扬声喊住她。

　　林吻抓着汗湿的白衬衫扇风，半透的衣料露出半片旖旎，煞是勾人。她见着韩彻跟见着闺蜜似的，西子捧心状尖叫道："啊！好帅！"林吻没注意到韩彻的脸色，激动得根本停不下来，"简直了！这绝对是我在酒吧见过最帅的男的！"

　　韩彻冷眼看她，一言不发，低头呼了口气。难得抽烟，口中竟泛着苦意。他没接茬，只问："开心吗？"

　　她表情配合耷拉，眉头皱起，使劲摇头："不开心！"

　　韩彻突然很想甩开她的手说，那你不开心吧。思及今天是她生日，喉结滚动后还是压下脱口的脾气话，"那再喝点酒好了。"

　　他转身欲走，立马被林吻扯住袖子，急道："韩彻，我没要到电话号码！"

　　酒吧的音乐也太小声了吧！

　　韩彻没回头，仰起头长呼了口气，咬住下唇，有些甩脸子的话就要憋不住了。

　　她抱住他的胳膊，两手勒得贼紧，使劲摇，撒娇说："韩彻，你是我的助攻！"

　　躺在家里的蓝色圆号在眼前晃过。

　　原来除了定情之物的含义，还有这层讽刺意思。

　　按照林吻给的卡座号，韩彻找了过去。她说是个机长，人很帅，声音很好听，嘴唇很好看。

　　除了职业不对，其他都很符合他。要不是亲眼所见，他大概率会以为这姑娘正在切换新鲜的撩男技巧，可击碎他自信的就是来自"亲眼所见"。

　　他倚着栏杆，从裤兜里又掏出了烟来。

　　肥仔是程序员，平时烟不离手，这是他刚从他那儿捞的。两根烟结束，他转身走出了酒吧。

　　玫红色耳钉，小一码的T恤，还得是粉红色的。

　　韩彻年轻学的，只是这招经年不使，人还是很别扭。毕竟这种用在妹子面前和用在直男面前，体验感差距极大。

　　酒泼上，韩彻顺其自然地抽纸巾往他那儿擦，机长正在玩手机，先没反应过来，说没事没事，待察觉到触感不对，恶心地直往后倒退。

　　他的朋友也注意到了，蹭地站起，纷纷义愤填膺，一个个伸出手来指着韩彻。

　　他撇起嘴角，状似无辜，可眼神非常挑衅："怎么了？"

　　那个开飞机的人脾气不错，见裤子湿了，保安也上来了，颇为扫兴，摆手说自己先走。那几个朋友捏着拳头朝韩彻虚挥，骂他死变态，小心点。

韩彻毫不示弱，穿着粉色的紧身衣，上身勒紧，表情依然痞得霸气，擦过那个开飞机的耳边，攻气十足道："你也给我小心点。"

韩彻灌了半瓶人头马过去的，那帮人散了，卡座迅速坐上新一波人，他慢慢走出酒吧，坐在外头冷风里醒了会酒。就这个时候，他还记得确认一眼明天的航班时间。

他站在垃圾桶旁，单手将劣质的小码衣服捞起，脖颈一扭，面无表情地丢了进去。

赤着精壮的上身，将冲动的焦躁吹散，韩彻才穿回衬衫。

饱和的烟酒、各色的香水、油腻的体味、过量的人腥，再次回到 Swindlers'，韩彻闻见了各种不舒适的味道。

他先去把单买了，然后才慢悠悠地回到卡座，告诉林吻没找到。他连表演都懒得表演，因为话音一落，林吻满脸不敢置信地冲了出去。

肥仔问他，真的去要号码了？

显然，刚刚林吻有跟他们说自己的去向。呵，也是够搁他面子的。

韩彻低头苦笑，把口袋里烟盒丢给他，斜睨肥仔，冷声反问："你觉得呢？"

默契对视，他俩没再多说。

林吻回来的时候，头发有些乱，头顶蓬松，显然刚刚有苦恼地抓挠过。

她脱力，失望地跌进沙发，灌了口酒，转头看向韩彻。

韩彻喉头有点发紧，正要组织措辞，便听她疑惑道："你的衬衫纽扣扣错了一整晚？"

林吻白日在花间上犯了错，晚上还惦记着，把那软件下了回来。

韩彻嫌今晚酒喝得不对味，于 7-11 买了小瓶装洋酒，一边小口喝着，一边看她下载登录，小心翼翼打开，一条一条查看留言。

都说男人油腻，韩彻也因着酒局交际和夜场游戏，在三十岁的年纪不可避免得沾上油腻感。除非一句话不说，或者遇见讨厌的人，不然句里行间俱是藏不住的"生活的真相"。

只不过，看到林吻收到的私信，韩彻知道，自己还是属于上乘。

"花间这个名儿有意思。"

她抬眼："很好听？"

韩彻轻笑，抿了口酒："你听过一首同名的歌吗？"

他以为这话是讽刺林吻今天的事，没想到隔阵再度应验在自己头上。

林吻很喜欢蓝色圆号，爱不释手抱着转圈圈，眼里的惊喜掩都掩不住，估计是早有预料，也可能是酒喝得不够多，韩彻没有想象中的开心甚至还有些低落。

林吻非常有良心，娇声主动问他要什么补偿，只是说话时，目光逼视，仿佛就等他的下一句了。

韩彻捏上她的肩头，垂下眸子同她对视，犹豫后还是顺了她的意："那我们……"

林吻得逞，飞快撇下勾起的唇角，演技劣质地撒娇："可是……韩彻，我怕……"

一招将军。韩彻抿起唇，无奈道："那我们先看电影吧。"

她噘起嘴巴，做了个鬼脸："韩彻，你真好。"

蓝色圆号被小心翼翼地搁在沙发上，韩彻往沙发角落一靠，仰头饮尽手中的酒，将小玻璃瓶随手往地毯上一丢，撑头陷入沉默。

韩彻的客厅是打通的，南北通透采光非常好，沙发也是定制款，米白色，半环形，长约三米多。

两人一人一边，像是隔着片海。

电影放了会，林吻说去洗澡，进了洗手间又犹犹豫豫地唤了声他，扒着门框发丝滑落，露出一侧直肩与半条纤腿："我没有睡衣……"

韩彻飞快别过眼，再多两眼，素质教育和法制教育都要不够用了。

"不动感情就不好玩了，是不要沦陷。"林吻适应规则非常迅速，女性行为处事很容易受感情牵绊，一般来说，如果能挣脱出此中枷锁，多是玩家级别。玩转自己的一颗心。

23岁连男人都没完整经历几个，对男性本质一知半解，如何能行事至此，要么就是……压根没动心。

忙的时候没空想，闲下来一想，哪儿都不对劲。

林吻长腿交叠搁在沙发上，脚趾钩钩韩彻："要不我们看点别的吧。"

韩彻漫不经心地说："随便。"

为电影布置的黯淡光线，恰勒出衣摆下长腿的精致线条，形容词已经无法跻入韩彻的大脑，他现在脑海里只有动词。

正在天人交战，林吻恼人的声音又在耳边响起："你下了多少片子啊，都内存不足了。"

韩彻假作疲惫得揉着太阳穴，调整呼吸，走到她身边："你下多大的片子啊，怎么会内存不足呢。"

"没有多大啊，3.6G。"

他俯身握上鼠标，余光里，她还仰起头，笑得一无所知，反调戏他道："你的脚真好看。"

韩彻不动声色，妖精主动上门。

她贴过来，问问题："上次你告诉我，当男人让你觉得忽远忽近的时候，他就是没那么喜欢你。"

"嗯。"韩彻沉沉出了口气。

"我又有一个问题了，"她挑起他的下巴，舌尖舔过下唇，压低声音别有用意地说，"那如果他随叫随到，有求必应，供大于求呢？"

林吻目光直白热辣地落在韩彻脸上。他盯着她勾魂的眼，表情淡淡的："两种可能，一种，这个男的他很喜欢你。"

说完，林吻的眼睛飞快眨动，这让韩彻心中松了口气，非郎有心妾无意，这丫头今晚莫不是试探？那这招颇为高明。

林吻覆上唇瓣，来回挑动唇珠："第二种呢？"

韩彻拿起手机，避开眼神，语气如话家常般："他是个渣男。"

韩彻复杂又深情地抬眼："妹妹，我下周去 X 市两个月，你会想我吗？"情绪太饱满，满到攻击性暴露，满到林吻泄洪的闸口刚开就气堵上了，一瞬清醒，怒道："那你最好两个月都别出现。"

夜半，韩彻躺在床上，潜意识回放着前半夜的对白。沉静中猛一个蹬腿，韩彻睁开眼睛，坐了起来，两眼一片清明。刚刚就不应该说话！

太疯狂了，感情这东西让人情商低得好像没恋爱过。

即将离线的玉轮冰盘隐至云后，韩彻在太阳升起时分歇了会眠，想到还有不到 24 小时便要离开，赶紧醒了醒脸爬了起来。

林吻还在睡。

她睡觉的时候完全没有攻击性，软趴趴的，脸有点水肿，嘴巴一噘一噘。

韩彻坐在床尾玩了会手机，听她哼了一声，没忍住，凑近亲了她一下，想到这样很幼稚扑哧笑了出来。

一股突袭的气流将睡美人吵醒了。林吻蒙眬睁眼，看清韩彻的脸顷刻炸毛，蓬乱着头发丢枕头。

阳光四溢，象牙白色调的房间被男女吵闹声喧满。

韩彻背着林吻玩笑，昨晚的禁忌现场凌乱地呈现在面前。

清醒时分看着，多少显得荒唐。

几个酒瓶子滚得七零八落，薯片口子大开，泡面盒汤汁浮上辣油痂，沙发上微微的皱褶都能看出昨晚他们在什么位置，做了什么，又没做什么。

林吻趴在他背上，不好意思道："哎，等会得收拾收拾。"

韩彻说："不用，我明天走了，王阿姨会来收拾。"说罢，背着她做了好几个深蹲。

这丫头看着瘦，体重倒是不轻，他睡眠不足，年纪也不轻，脚下多少虚浮。打战的时候，他自己都惊了一下，赶紧站稳，左右换腿，松弛肌肉。

"啊？"林吻手下意识地箍紧，勒得他青筋暴凸，"对不起对不起，你真的要走这么久啊？"

韩彻假装咳嗽两下："舍不得？"

她直起身顿了一秒，又趴回他肩头说了实话："有点……"说完又凑到他耳边，不信似的，"你没骗我吧。"

说话就说话，凑那么近干吗。大清早的，昨晚火也没消，今早又开始点。韩彻偏脸，散去耳边的暧昧热意，垂下眼眸："妹妹，你没发现吗，我已经很久没有骗过你了。"

她想了想，自问自答般，萎靡道："是嘛……"

韩彻故意逗她，抚着大腿颠了颠："你信了？"

她一秒精神，扬声回击："你居然信我信了？"

林吻来了精神，支他去洗手间。韩彻虽然累，可舍不得放她下来，就这么背着去了。

"扶好了。"韩彻挤好牙膏，将牙刷递给她，一抬首一垂头，镜子里的画面美好到失真。

林吻手钩着他脖子，脑袋挨在他额角，柔柔地蹭动，囫囵地说："你的寸头长了，不算寸头了。"

"长了就长了呗。"

"可是我喜欢你很短的那种。"

他说："我为什么要照你喜欢的长……"除非你是我那谁。后半句在口中咽了咽，又觉得突兀，没有很好的情景承接这样的郑重，脱口而出显得非常痞气，很容易被当玩笑话忽略。索性按自己的套路调戏她，捏捏大腿，"不过呢，你要是给我听一晚睡眠呻吟，我就为你再理一回寸头。"

"呸！你想得美！"

　　晚间，韩彻带林吻去看了话剧。门票当时在二线城市不算难买，首部爆红电影还未开拍，所以同名话剧还没有人尽皆知。林吻进去时兴趣不大，出来时蹦蹦跳跳。

　　姑娘可真好哄。他看着她笑也跟着笑，一下子，出差的事也没那么恼人了。

　　话剧结束，还有六小时登机。

　　驶至景行小区，下车前，林吻在埋怨："怎么买后半夜的机票啊，太辛苦了吧。"

　　"因为赶，小公司就是这样，缺乏规划，计划都是很近期的，随时来活也随时跑单。"他摊手，"没办法。"他没说，因为前半夜想陪你。成功男人搞感情都是要靠压缩睡眠的，而且别的姑娘也没你这么难搞定，没心没肺的。

　　接触到完美男人背后的不易，林吻心软成一摊水，走近他，体贴道："帅哥，一路顺风啊，X市日照很厉害，买顶帽子吧。"

　　韩彻立在车旁，静静看着林吻。

　　今晚就餐时，他想说的，哎，我不在这段时间，你要不要考虑考虑一些事。

　　这话在嘴里吞吞吐吐，组织了半天，怕太郑重吓坏她，怕语态轻浮像是玩笑。迟疑间，她小声问："可以要黑胡椒汁吗？"

　　韩彻点头，招手向服务生要了一份，但没给她浇上，而是先让她细细品一下黑胡椒粉和牛排的味道。

　　"一般会吃牛排的人不会蘸黑胡椒汁。"

　　林吻切好牛排再度塞到口中品尝，乌眸转转，顿了会，认真问："是肉的鲜美不会被浓郁的黑胡椒汁盖住吗？"

　　韩彻笑笑。

　　"嘿嘿，我知道啦！"说完利索地给自己的牛排浇满黑胡椒汁，淋得看不见牛排，自在道，"我口味重啦，跟你吃就不讲究了，"她抛了个媚眼，狡黠一笑，"我们谁跟谁呀！"

　　韩彻眼尾漾起笑意，跟着她将自己的牛排也浇了一遍，津津有味地吃起来。

　　好像也没那么重要了。

　　戈壁。

　　血红的月亮冉冉升起，烟霞是胭脂色的，团团簇簇的缭绕，美得不似人间。

　　韩彻离开M市的第一天，最后一吻尤留的甜蜜便消失殆尽，林吻果然没心没肺，人走茶还没凉呢，就开始点火——

　　【为什么机长还是没有看我的消息，我可以联系花间的后台吗？】

【你说肥仔做程序员，会不会认识花间的开发者？】

韩彻捏着手机，恨那晚素质教育与法制教育的成功。

他们对于这段关系的理解错位了，错位得厉害。

韩彻看着美景，额角神经疯狂跳动。

男主视角番外
第六章

塞林格说，爱是想触碰又收回手。

韩彻说，不爱了！不忍了！行不行！

沙漠地区，人也在一望无垠中没了节操，尽寻思些原始的事情。

尤其看不见，摸不着，就没有安全感。

喜马拉雅山的雨影效应阻挡雨云抵达，渐而形成戈壁。在这里时间被拉长，手机时常没信号，与都市隔离，仿佛回到小灵通时代，打个电话常要跳一场卡带版广播体操。

每天，韩彻要解决很多以前没有遇见的问题，职业生涯里没有想象过的问题。

设计人员与建筑人员同吃同住，不分工种，因为这里遇见的问题太多样。

刚来第一周，由于地质特殊，塔吊车一进来便陷入沙里，不能动弹，所有人都崩溃了，像是面对世纪难题。在这样的情况下，韩彻有不少时间都忘了林吻，他就是个忘我的路桥工人。

天气好的时候，他们下班会开车去城镇宾馆集体洗澡，韩彻蹭个 wifi 通上良好信号。

韩彻傍晚才收到【妹妹，你觉得我们是什么关系？】的回答。这是他中午吃饭的时候发的消息。

倒真应了那首诗——《从前慢》。

　　林吻在现代都市，手机长在手心，信号一流。【助攻！】还发来一张图，是她给蓝色圆号弄了个玻璃框，安置在客厅原先摆花瓶的凹槽里，甚是别致。

　　他看着回复笑了笑：【你连个像样的妹子都没帮我追到！折翼的助攻吧。】有阵没好好摸手机，触屏动势都生疏了。

　　她倒是很淡定，回得很快：【等你回来呀，来日方长嘛。】

　　是是是，等他回去，他必须要把她亲得明明白白。这丫头靠暗示是搞不定了。

　　她在暧昧的交界线上比他溜达得要自在。

　　韩彻本来耐心是足的，两三天一通电话，走到信号好的区域便会找张凳子坐下，和她唠一会，讲些摸不着重点的废话。

　　她回复热络，一如往常。

　　韩彻还当一切在掌握里，结果某天情况逆转，林吻像个小疯子一样，尖叫叙述她和机长的重逢，包括一切被她强行加上浪漫色彩的细节描述。

　　从激动的语音中不难发现，林吻是一点都不在乎他的感受。或者她在乎他的意见，但不认为他对此事会有感受。是的，在她眼里，他们就是可以为彼此感情出谋划策的人。

　　【那你准备下一步干吗？】

　　【追！】

　　韩彻紧咬牙关，打出一句脏话又用力点下删除键，曲线救国，说起人话：【白教了。】

　　韩彻在超市货架噎住，一动不动，被同事提醒才晃神，继续飞快回消息。【那我算什么？】

　　他清楚这个男人不管是好男人还是坏男人，林吻都能十拿九稳且不会吃大亏。她的尺度已经开到劈叉级别，底线比男人还低，别人不吃亏就不错了。

　　前头人喊："走咯！回大临！"韩彻牵唇点头，跟着大部队上了车。

　　他们称施工地为大临，大型临时施工暂住处，蓝白集装箱式的铁皮房。韩彻作为设计人员很少住这种地方，只是这里偏远，来回一天，没必要为个住处让人车接车送。

　　这是个蛮苦的差事，吃得差住得差，以前读大学都说搞土木能做设计就别下工地，他心高气傲，深以为自己是高人一等，后来却发现，其实设计比施工要苦得多，施工只是环境差，设计简直是伤脑筋。

　　校园真是象牙塔，谣言都是闭环传播。

　　这次的项目有不少业内经验丰富的老师，以前遇到无法解决的问题这次都得到了些中肯的建议。业内资深的前辈多上四十岁，不会在互联网上冲浪，所以知乎上很多关于土木的问题多为刚从业、土木相关文职或是学生进行的解答，有理论或是有职业建议，但关于实操性强的设计问题，很少有人进行解答。这是他总逛知乎的原因，兴起的问答网站不能全被那帮金融和IT的家伙占了，大土木最后的尊严他一定要守住。

韩彻坐在颠簸的车上回着消息。

他们热烈赞美这里的自由与美好，他的脚趾则在运动鞋里暴走。林吻是真的想玩儿，之前是半遮半掩躲在窗帘后，好奇地窥探这个世界，现在彻底罩开帘子大步迈出，用力体验。

他说：【你以前是想认真谈恋爱的……】

【我以前这么俗？你赶紧失忆，不好意思，不怪你当年看不上我，我确实太肤浅了。】

我没有看不起你，只是当时我们不是一路人，无法并肩而行。

【可是妹妹，我不想玩儿了，怎么办？】

韩彻理想的在一起的状态，应该是郑重感动，花里胡哨，毕生难忘。这句话发完，身上的包袱骤然卸下。算了，迫不得已迈出不浪漫的一步。

韩彻等了很久，手机都没有震动，他想，也许她吓到了。

可老天戏弄，消息发出的瞬间信号弹回2G，第二天早上，他看见消息前的红色感叹号，没发出去。

【我失眠了。】

林吻痴迷这个游戏、这个机长的程度由她回复消息的漫不经心可见一斑。

他们之前滔滔不绝，不说到拍床尖叫不停不歇的对话密度明显下降，且趣味性与衔接性断崖式下跌。

一个人的热情是有限的，此中消失的能量自然在彼方滋长。

韩彻有一万句脏话想骂，尤其跟这帮子土汉子待一块儿，专业实践知识提高不少的同时，本地脏话也飞快进阶。

韩彻是最快跟本地建筑公司打成一片的路桥设计师。

那天理发师拎着箱子来给大家剃头，韩彻问林吻：【你说我要剃寸头吗？】

【行啊，不过等你回来估计又长了。】

韩彻准备说【那等我回来去理】，才打了三个字，这个"键盘侠"就发了一大段过来：【机长的头型也很好看！侧脸弧线很硬朗！我要建议他试一试！】

他怒道：【林吻！你最好跟他结婚！】

【这个太远了吧……】

【开飞机挣得多吗？】

刚燃起的交流热情又泼了下冷水。他们的对话核心点已经不是彼此了。

韩彻离开的一个半月里，存在感急速下降，想来如果不是足够优秀，应该已经沦为她某任记不起名字的前任了吧。

【我不算大富，但应该比开飞机的有钱。】他居然在争这个！发出去他被自己的卑微气到疯狂薅头。一把将手机扔在床上，没有再继续聊。爱谁谁吧。

求而不得，思而不见，对方又陷在热烈的游戏氛围里，韩彻无可奈何。

从林吻的反馈和疯狂程度来看，那个开飞机的是个非常优秀的男人，她给出的唯一缺陷是不够有趣。

【有趣的男人本来就是低比例单身人群。】所以记得珍惜。

他没继续打，有些东西已经暗示得够明显了，字里行间都透露出自己的那点子酸意，要么故意视而不见，要么便是故意言之，反手遛他。

韩彻恼恨自己的小心眼和占有欲，这让他失控，也厌恶。那些在知乎上讽刺花花公子的帖子直接大嘴巴子甩回他脸上。

男人的劣根性十足十印证在他身上。俗不可耐，令自己发指！

现代自由思维和男性传统本质在这片苍凉的辽阔中疯狂撕扯。西风卷动沙尘，扫过干燥的地表，枯枝斜影如日晷般幽幽转动。

韩彻自省后决定让林吻自己选择。她是自由的，而他也相信，他们不是单箭头。也许在某个关头，就像他在酒吧与红衣女郎的交锋，林吻会默契做出和他一样的选择。

强扭的瓜不甜，遍走江湖，如果要靠表白这种把感情 PPT 一样直白放映的招数，他酒吧都白泡了！

韩彻被男人骨子里另一股神秘力量一叶障目——盲目的自大。他说服了自己，继续他们之前的节奏，玩笑逗趣。

韩彻去兰州那天给林吻发去一桌子美食照片：【好吃！】

【左上角的是什么？】

【雪山驼掌！】

【名字好酷！】

【下次带你来。】

【好啊！】

谈起以后理所当然，还能是什么！他这辈子对他爸都没说过下次带你来这种人话。

林吻说她恋爱的当晚，韩彻在听本地一个叫低苦艾乐队的现场。他们唱了一首情歌，那句"无法停止亲吻着你……"一遍遍在耳边循环，柔软他异乡思春的心肠，低头掏出手机，在他们无法畅快嘶喊的压抑歌喉中，想念起她。

现场有不少美女，可每个都不特别。一起来的朋友没怎么来过，好奇地研究酒单、灯光、清吧设计，连空间排布合理性都掰扯了一番，韩彻没有加入，静静地听歌。

喜欢一个人的时候，可以从工科男变成文艺男。

【妹妹，漫漫长夜，在干吗呀？】

发完与同事抢单，分散了注意力。

看到她说恋爱的消息时，是在回去大临的路上。韩彻在城区待了一周，中间他们打电话暧昧，他远程指导她自我快乐的方法，与她闹腾不休，维持良好的高质量网络交流，就算有机长的消息时不时穿插在对话里，都被他无视，甚至因为互动的激情，而越发坚定她是故意遛他。结果他要回那个鸟不拉屎的地方了，她告诉这个能让人自信和理智崩盘的消息。

信号差透了。

滴酒不沾的同事开车开到半路，韩彻说麻烦去个信号好一点的地方，信号一到三格，他立马下车。

月亮清冷，夜风四起，夹着细沙，吹得人脸颊发疼。

电话一接通，韩彻厉声质问："什么意思？"

什么喜欢是自由的，胡说八道！喜欢就是占有。

"你是不是傻，怎么只会上当受骗。"

"莫名其妙做了人家女朋友？"

"如果是不小心那就应该说清楚！"

"林吻！这是人话？"

信号断了，韩彻拨过去，断了，拨过去。"听见了吗？"满格信号瞬间归零。这里的信号塔是故意整他的？

他对着空气骂脏话，同事在车内面面相觑，酒意消散。

【去说清楚！】微信对话框的圈圈不停旋转，没一会儿弹出感叹号。

【林吻！收到没？】

【有些话现在说不清楚，但你等我回来，我有话跟你说。】

一句都没发出去。

他举高手机，直到手酸，信号也没回来，他坐回车里，歉意道："陈哥，再往前开点，不好意思，女朋友闹脾气。"

"没事没事，我家的也经常闹，女人嘛……"车上几个都一副了然的样子，哼哼一笑，同情韩彻。

韩彻为深夜耽误大家行程自责，说自己发个消息就好。

【妹妹，我想你，很想很想。我一次都没跟你说，但每天都很想你，说晚安，要你亲我的时候，是真的想让你亲我。你知道意味着什么吗？】没发出去。

他都脑补了林吻的接茬【因为你想干坏事！】。

死丫头得意扬扬的娇羞含恼语气，气到人无语。

车子快速行驶，信号格一动不动。

韩彻在颠簸里渐渐平复，直到几分钟后找到信号，喊了停车。

下车后，他扶着车门沉了口气，随之敲下：【谈恋爱就好好谈，按步骤来，先拉手。】

【来不及了。】

【林吻你给老子记着！】

手机被重重地掼在了地上，命丧 X 市。

到达大临，韩彻取了单反和工作用的手机，独自驱越野车驶向沙漠。

风拂过细沙摩挲听觉世界。

冲锋衣拉链拉好，韩彻支起三脚架，调整位置。人生难得有赏味期长达三个月的原始风光，他又从来都是个抓住当下的人，不可能错过。拍了很多照片和视频，还网购了个 2T 的移动硬盘。

今夜月亮特别圆，烦躁的颠簸中，柔柔的月色抚慰了他。老大说，这种经历对公司发展和个人履历都有帮助。早有出苦差的准备，但没想到是戈壁，他期待的一直是西藏。

硕大玉盘和万里黄沙是另一份的惊喜，以前就连旅游，都没想过来沙漠。

白日游客很多，导游拿着喇叭，旅客吵吵嚷嚷。一到夜晚，这里便像月球般荒凉死寂，坑坑洼洼铺至天边。

零星有几个帐篷，是露营的游客。他们还没睡，支着柴，灵火点点，远远看去像是林吻说过的"仙女棒"。几个小小的人影在火光中若隐若现。

林吻说，车开得快的时候，M 市的路灯像仙女棒。

他拍了下来：【沙漠也有仙女棒。】

当然，完全没信号，发不出去。

他叹了口气，调整机位，按下摄影，利索地攀上车顶，躺望天空。

斗转星移，银河万里。日复一日，怎么也看不腻。幸好这份赏味期随时可以买到，如此便没那么多遗憾。

前半夜的烦躁在开阔的世界里消去。

这就是自由，这样东西从来都是双向的，选择了自由就是选择了孤独，与老友的交际圈渐渐疏远，与稳定关系疏远，甚至也会反噬到与喜欢的姑娘如同极磁铁般左右磨合却始终错道。

都是债。

人要为自己的选择买单。

都市思维在这里单调而僵死，辽阔的景色裂开韩彻的格局。

他回到大临宿舍，天已经完全亮了。摄影电量耗得特别快，一般拍两个小时就会自动关机。录完星幕又录了会日出，沙漠的日头火红火红淌出天幕。

韩彻背着日头，一路向西，开开停停，拍了会自己开车的飒影。

回到宿舍，韩彻意外发现有几条消息在凌晨三点多借了某颗星星的光，偷到信号，传给了她。

【妹妹，知道凌晨三点的沙漠是什么样子的吗？单反拍了不少，回来给你看。】

接下来半个月，韩彻空了就开始整理硬盘，通过照片串联、视频抽帧，压缩剪辑，准备做段视频。

视频剪到一半，韩彻又去了趟城区，车一开到有信号的地方，便打开了微信，点开朋友圈，林吻说过几天要去泰国玩，不知道如何请假，求八方好友支招。

韩彻切了信号，继续回归原始。就算到了城区，也没连网。突然紧急的旅游，过来人太知道这意味着什么。

说想通了，其实没有，只是没再继续想。

韩彻不轴，这个车轱辘转不出来，他不会一直不停滚。他会钻出来，研究失误原因。或者，索性放弃。

他们那段时间很少聊天，男女在彼此"恋爱期"心照不宣地避嫌，是一个尊重的尺度。

　　只有愣头小伙子才会试图从女人的嘴里挖答案，而韩彻，万花丛中过的情场浪子，早已从低频的回应中捕捉到她恋爱的信号。不管是顺水推舟的游戏还是真情实感的投入，韩彻都不会干涉，一个是不屑做这种事，一个是不想自讨没趣。

　　表达得够明白了，如果谈了，就算了。如果是试探，那他接受，只是他也有脾气，没有主动去找她，也是他的不悦回应。

　　韩彻和公司确认完返程机票的信息，合上电脑，那个剪辑到一半的视频也自此搁浅。

　　抵达 M 市是下午。老头说要开车来接韩彻，他回绝了，只说次日下午回趟家。

　　老太太不满他又去玩。

　　"不去玩哪来的姑娘，没有姑娘哪来的孙子？"

　　瞧，男人臭嘴皮子德行，说的好像自己多能似的。可那姑娘都不记得自己的归期。

　　昨天他问她，最近忙什么呢，怎么都没消息。

　　林吻过了挺久才回复的，说正在约教练，明天打拳。

　　看着消息来去的间隔时间，韩彻冷眼切了对话框，和私教说明天下机就去打拳，西北啤酒喝得肚子都铺出来了。

　　【明天下午有课你约几点 】

　　【谁啊，我认识吗？ 】

　　【就小林吻 】

　　韩彻解放一阵子的花肠子在回都市前，再度绕起弯来。【她几点？ 】

　　【五点。 】

　　【那我四点半来。 】

　　天空像偷酒喝红了脸，熏得一片绯红缭乱。健身房一排跑步机上被泼下暖色染料。韩彻看着都市半遮半掩在各种棱角中的夕阳，心头遗憾，这打了马赛克的美景到底不如沙漠那么辽阔。

　　林吻的私教课程自然而然被改期。韩彻有想过，也许她会因为身份避嫌不来。如果她不来，那么答案明了，而如果她来了，事情又要打拐到另一个方向了。

　　直白询问，多少有些掉价。三个月，足够冷静看清一段感情，足够他放下原始冲动，重新审视彼此。

　　男人是特别务实的动物，在女人看来，他们时常冷漠理智到堪称无情，韩彻觉得这是自己在两性中的优势，可对手是林吻，同样带此属性的 BUG 型女玩家，结果彻底走向未知。

一小时的有氧加无氧，韩彻被搞得服服帖帖，毛孔随着呼吸剧烈起伏，不断向外蒸腾热意。他躺在地垫上，呼哧呼哧地喘着粗气，看着彩色的拼接眼睛骨碌来回，漫无焦点地转动。

红的蓝的黄的，饱和度高，充满活力。应该是从心理学的角度进行的颜色选择，非常商业的精心设计。

林吻的脸突然出现在他眼前，盖住天花板。韩彻一动没动，一时没反应过来是真人。过了几秒，迟钝般眨眨眼，滞了口气才恍然，语气淡淡："干吗？"

"先来后到懂不懂！插队可耻！"她鼻孔冲他，用力哼了一声。三个月没见，重逢还挺平常的，好像昨天才见过。他撑起身，见她做热身活动，没话找话，"还挺专业的。"

"那可不，我很认真的。"她轻松地跳了两小步，又看了他一眼，问，"你没带毛巾吗？"

来得匆忙，直接拎了健身运动包，没检查东西。

他摇头，头刚一撇，林吻手伸近，拭去他眼皮上一滴坠落的汗珠。

皮肤相触，好像封喉的刀。韩彻飞快擒住她的手腕，加重力道捏住腕骨，拽进怀里，本能地调戏起她："妹妹，想我了吗？"

以为会被反嘴，却没想到，林吻嘴唇左右蠕动后慢吞吞吐了个："想。"

热力环绕紧贴的两人，烧得人脸越发火红。韩彻意外，后退一步松开了她。下一秒，脖子上甩上条白色毛巾："我汗少，你用吧。"

她继续热身，扭头见他愣着没动，坏笑地挑眉："哥哥，感动不？"

这声儿叫的，让人彻底没了脾气。韩彻低笑，一颤一颤地同她对视，两双眸子沁着彼此，意味颇耐人寻味。

这姑娘是把他自来熟的招儿学了去，用松快的玩笑化解自己或对方的尴尬，招数太熟悉，以至于韩彻被杀得措手不及。

林吻打拳的姿势很漂亮，出拳利落，眼眸锋利。韩彻坐在地上旁观，有一搭没一搭："最近练拳挺勤？"

"一周两次，从来不落！我要争取那个上五十节私教赠五次的奖励！"

"缺钱？"

"就没有不缺过。"

"你的富婆梦还做吗？"

"我没有做梦！我只是在行动！"

韩彻玩味地活动下颌。没见过把小心思说得这么理直气壮，让人鄙视不来的。

他兜来转去，拧着股气，一直没问核心问题。只是将她的举止言行串起条逻辑链，从细枝末节的转折处推敲出答案。

林吻躺地歇息时，韩彻踱至她头顶，沿着她的脑袋来来回回，她皱起眉头，大喘气地嫌弃道："你别踩到我。"

韩彻脑子里突然冒出一特别俗的段落，女孩说，你好烦，别在我面前走来走去，男孩说，谁让你在我心里走来走去了。他正在组织，怎么说不那么肉麻，便听她"啧"了一下："你变丑了。"

一盆冷水，兜头泼下。

他定住步子，抄兜冷眼俯视："是不是看惯了开飞机的，就看不惯我们路桥搬砖的了？"

韩彻现在敏感得像青春期少女，有些东西根本提不得。

被开飞机的人截过和，连坐飞机都不爽。他下机就把机票都撕得粉碎。

"瞧你这酸的，"林吻翻了个白眼，"我是上天多还是走路多啊，当然是看你比较顺眼。"

这就是公布结果了？

韩彻蹲下，凑近她调侃道："容我算算，这次还是没超过三个月？"

"嗯。"

"怎么？吻技不好？"

她眨眨眼："贼好。"

韩彻眯起眼睛，咬牙道："那是？"

这个世界上除了智商税，还应该有个税叫脸皮税。就是以前厚脸皮太久，突然认真时，皮薄得不像话。正常男人这个时候追问一下怎么了，韩彻憋到内伤也没问出下一句，任林吻沉默。

这时候的沉默是什么意思？给个痛快话！

结束拳击课，林吻烫得像个火球，毫不自觉地湿嗒嗒地钻进韩彻怀里，低落地说："韩彻，我发现我有心。"

她一反微信中的热情，冷冷淡淡，没怎么提开那飞机的，是个好男人不应如此，是个渣男也不至于这么冷静。

他问："怎么说？"

"这次分手还是有点难过的。"

韩彻冷笑："等你把'有点'这种无情的形容词去掉，再说自己有心。"

她埋入颈窝，想了想，闷闷地应了一声。

汗湿的头发划过颈脖，汗珠顺着韩彻锁骨蜿蜒滑下，热热的，痒痒的。

"那我呢，林吻？"

她疑惑抬起脸："你什么？"

韩彻咬紧牙关，咽了回去："没什么？"

林吻最讨厌他说话说一半，不爽道："说！"

说说说，他没说吗？那晚发了那么大的飙，她都视而不见，这时候让他说什么？

韩彻别过脸，沉了口气："林吻，"她看向他，等他下文。他吞了口小口唾沫，"你和那机长谈的时候想……"过我没？

林吻认真地看着他，等他说完。

韩彻的脖子像被人掐住了似的，大脑缺氧，舌尖一打滑，脱口："想我了吗？"

她眯起眼睛，一拳头捶向他的肚子，"刚刚我已经说过答案了！再多说就不是这个价了！"

她昂起脑袋，心里憋着别的主意。

他们各怀鬼胎，吃了顿并不如何的晚餐。

他说适合运动后清肠，林吻磨牙不爽："你是在大西北大肉吃多了才需要清肠！我现在一周就允许自己打两次牙祭。"

"都和谁啊？"韩彻问出口就在心里扇了自己两个嘴巴。他有些后悔面对林吻了，还不如微信聊天，适应了网络可经思考的交锋，和经常把蠢话截断得意外，蓦然面对面，像卡顿的磁带，发出的声音有些不中听。

林吻全不在意，顺着话茬说："朋友啊，网友啊。"

全天下就属我朋友最多。韩彻腹诽。当然，他并不在意那些人，他只是介意："那那个开飞机的呢？"

她用叉捣了捣食物，应付道："也会。"

"他哪里好？"

"说不来。"

"那哪里不好呢？"

"也说不来。"

三次。林吻都没有正面回答。

一路不灭的仙女棒，沿途金焰四溅，鼻尖风沙尤留的最后一点味道被独属于城市的金属腥气盖去。

车厢内难得安静。

韩彻扶着方向盘，指尖摩挲纹理，意味深长地说："林吻你变了。"

大学毕业次年，同学聚会，恰遇前女友。他们憋了一晚没说话，最后道别时被同学们推搡至一块，她也有些不自在，对韩彻说了句，韩彻你变了。

要强的气焰燃起，他特别没技术含量地接茬，变帅了是吗？

"变油了。"

人都想在前任面前打个帅气的翻身仗，韩彻却自此对"你变了"这中性句子起了逆反心。

林吻满腹心事，没有回应他说的"变"。打开车窗，任风吻面，扬起发丝，幽幽开口问他："韩彻，沙漠美吗？"

"比城市美。"

她转过头，眼睛一亮："是吗？"

"当然啦，肯定没这里方便快捷，"不然他也不至于连个消息都发布出去，连通电话都要断断续续找信号，如果保持高频的有效沟通，他定不会被那该死的机长截和。"但是，风景真的值得。"他将林吻的手捏在手心，"当然，没有妹子，有点寂寞。"

她不信似的眯起眼睛，"这么说，这三个月你……"

他指尖挠挠她掌心，压低声音逗她："你觉得呢？"

夜凉如水，晚风呼哧。

她故意曲解，担忧道："那技术不会退步吧。"

"试试咯。"刚回到城市就上本垒，韩彻不敢置信。顺利到开挂，敌方 boss 主动送人头？三个月如此神奇，把她对有隐疾谎言的不爽都消去了？

"不过，我觉得你也没什么退步空间了！"

"林吻！"

"好啦！我开玩笑的！"她昂起下巴，口头颁发小红花，"你厉害！"

　　说起那边几个有意思的西北风酒吧，韩彻拿手机搜歌放给她听，前奏一响，想到了美景没给她看，打开相册对林吻说往后翻："下次我们一起去。"

　　"不会翻到什么不太好的照片吧……"她做了个鬼脸。

　　"这么一说……有点不像话了，居然没有，"他遗憾地咂了咂嘴，打趣道，"那我们今晚拍。"

　　"滚！"

　　拇指滑动，是各个角度和时间段的沙漠、朝阳、烈阳、夕阳、夜空。她白皙的脸上，明明暗暗变幻沙漠背景色。

　　林吻感叹道："好美啊……"将照片放大缩小，先兴致勃勃，又突然泄了气，颓在座儿上没什么精神，语气懒懒问，"下次是什么时候啊？"

　　"有个项目在那儿，估计还得跑几趟。有兴趣吗？"

　　"再说吧。"她按灭屏幕，又扫了一眼，"怎么换手机了？"

　　还能为什么，韩彻喉结滚动，应付了句："现在手机质量不行。"

　　林吻将手机翻转，指着LOGO："质量不行你还买一样的？"

　　"那怎么办，就看中这个了。"

　　林吻皱眉盯了他会，翻了白眼，心啐，神经逻辑。

　　音乐流泻。音乐外放的质感不错，她听到歌词不断重复的"亲吻"，低低笑，眼睛挑起暧昧的弧度："你听这歌的时候在想什么？"

　　"你觉得呢？"

　　"肯定在想不好的事。"

　　他看向她，故作不解："亲吻是不好的事？"

　　姑娘脸上似有一丝羞涩略过，又被飞快滑过的斑驳树影掩去。

　　驶至小区附近的绿化带，林吻让韩彻减速，他问干吗。

　　林吻没回头，扒着车窗找便利超市，理所当然道："买东西啊！"

　　他沿边找了家24小时超市停车。

　　一左一右，同时下车。

　　韩彻的过程中有意无意再抛出那个问题，她还是没有正面回答。

　　韩彻使不出火，大步一迈，开了副驾门就坐了上去。林吻慢吞吞挪到副驾窗口，敲了敲。

　　车窗降下，韩彻冷脸。

她奇怪："你挪过去呀。"

"你不是学了车吗,开给我看看。"

林吻坐上驾驶座不满他的车大,前前后后调整座位。新手毛病多,正好韩彻也堵着口气呢。

他一句话就把她那些准备动作按下了暂停键:"那个机长的车多小,开的Smart?"

林吻闻言,迅速进入司机角色,再不调节了。

她开车挺顺,但是停车非常烂,这是韩彻很在意的事,停了半天她拍拍手很满意,韩彻抿嘴摇头,手朝她比画停车线,计较道:"不行,你这个根本就不平行!"

她咬唇,重启启动,又大费周章打着方向盘停了一遍,没想到韩彻比驾校教练还要狠,还不行。

林吻今天练了拳,又打了挺久方向盘,手臂酸了,背上也附上层薄汗,火气上来怀疑他公报私仇,又不想主动提这茬,于是拉过他的手,越过百褶裙边缘,做作地摇摆:"教练,给我及格行吗!"

韩彻拍拍她的肩,让她下车:"我来停。"

林吻看了眼时间,嫌弃他这臭毛病,趁着他下车的工夫,捂住他的眼睛拉着他往电梯走。

"快点啦!"

林吻是真的急,韩彻这头正在打电话,耽误了会儿开门,她拽过他的手便往指纹锁上按,熟门熟路地"啪啪"将一排灯全数打开。

韩彻顺便想给她录个指纹,没想到她抵抗。他箍住她,避开声筒小声说,"以后我忙你就可以自己来了。"

她埋进他怀里拼命摇头,缩手,抵抗。不想发出声音打扰他通话,也不想接受他过度的好意。

韩彻没松手,对着她耳朵低唤了声:"妹妹乖,这儿打电话呢,"她哼哼唧唧地软化,伸出一根食指,录完便将自己丢进沙发,发呆去了。

电话是领导打来的,问韩彻明天来不来公司,他说明天想休息一天,大概说了一下大临那边的事。

他背靠着墙,盯着林吻,直到电话结束,她也没动,不似方才火急火燎的模样。他单膝跪在扶手上,亲热地抱住她,贴唇顺着她的耳朵、脸颊一路寻迹,哑声撩拨:

"好香啊，换香水了？"

"沐浴露吧。"她没有特别的香水嗜好，之前去酒吧都是拿他的，随便往身上喷两下，敷衍了事。

韩彻贴上唇角欲要深入，林吻一根食指抵在他的唇上，拦住风雨欲来的吻，眉头纠结地开口："韩彻，你要不要再问一次？"

韩彻咬住那根坏事的食指，挑逗地打圈啃咬，明知故问地眯起眼："什么？"

林吻败北。一路遮掩，装傻避讳，结果这会又受不了他的温情攻势，一个指纹锁就把她俘虏了，决意主动挑明："问我和机长发展到什么地步了？"

韩彻垂眸，敛去寒意，含弄着手指，下齿一点点啃咬指腹："怎么？"

"你再问一次。"

"我不问，"他勾起唇角，"不是你说要我自己感受的吗？"

她憋不住，啐他盲目的自信："你能感受出才怪。"

这话一出，韩彻没了方才的正经神色，喉间溢出憋笑声，人伏在沙发上，自嘲般笑得一颤一颤："是啊，那这事儿还重要吗？"

声音低得像自问自答。

这段关系叫作"友达以上，恋人未满"，韩彻没有资格去要求她做什么，也没法理直气壮像个男人生气。

可越是没理由，越是气炸了。气她，也气自己。

男人如果心里有惦记的姑娘，是可以控制自己的，而她如果心里真有他，完全没可能和另一个男的恩恩爱爱，再没心没肺都要遮掩一下。所以当林吻避开这件事本身，不愿回答时，韩彻矛盾了。

林吻知道他在乎，知道他会不爽，所以才会去隐瞒这件事。可为什么知道，还要做，就因为好奇？还是并不在乎他。

韩彻的情绪藏着场未名海啸，呼吸一重一重卷着浪。林吻盯了他会，见他没什么反应，带着点赌气："那行。"

"等等。"韩彻走到酒架前，找到那瓶酒，指着那四个数字对林吻说，"这是一瓶有你出生年份的酒。"他起身找开瓶器，留林吻眼带愧疚地站在那处跺脚："韩彻！我再给你一次机会，你要不问问吧。"

他沉默地拧着开瓶器，不动声色，不露喜怒。

"砰"的一声，酸涩的酒香冲进鼻腔，闭上眼睛，深深嗅了一下："真香。"

他拎了两只葡萄酒杯，倒了一杯送至她面前："试试看，年代酒。"

"韩彻……"林吻秀眉紧蹙，嘴唇磨动，甚是挣扎。

他恍作未觉，细抿了一口，舌尖感受着久久不褪的涩意，随口夸赞："嗯，不错。"

林吻仰头咕嘟灌尽，将高脚杯重重搁在桌上，一张脸拧巴起来："韩彻！我和机长一起出国玩了。"他不问，不就是他猜到了吗？

声音炸开在安静的客厅。韩彻原本波动的情绪反倒像是冻住了，不怒反笑："挺能啊。"

林吻像个做错事的小朋友，两手负背，小心翼翼地问："你……生气了吗？"

"你觉得呢！"韩彻脸色一变，猛一个扬声，失控地将酒杯重重摔在茶几上。林吻被吓到，连连倒退，估计被吓狠了，左脚绊到右脚，人眼见要倒，韩彻伸手捞住，谁料她抬腿就蹬，索性倒下压在她身上。

"我……"她回避眼神，嘀咕道，"我记得你说的话。"

"你记得我说的话，那我那晚生气，你怎么不记得了？"

林吻的后脑勺枕在韩彻的掌心。倒下时，他下意识地护住了她的头。她转头诧异地看向他，被他的眼神冷到，又别了过去，细软的发丝蹭来蹭去，挠得韩彻发痒。

她委屈道："我怎么知道你是开玩笑逗我……还是真的呢。"

他怒道："有拿这种事开玩笑的？"

"有男人拿自己不行开玩笑的？"

信任本来就是很脆弱的东西，辛苦搭建，一招摧毁，何况韩彻来去间虚招甚多。男人喜欢这种哥们儿，靠谱稳重，可女人就算爱上这样的人，内心也是充满无奈的。

林吻想着也来了气，推开他："算了。"

林吻没理他，知道他在开玩笑，拿起酒瓶倒酒，酒红色刚铺了层透明的底，她摇摇头，举起瓶子直接对嘴饮了。

韩彻看着她这么唱，却一点都不想讨论酒，五指交叉搭在膝上："妹妹，你知道我喜欢你吗？"

林吻"咕嘟咕嘟"重重咽下口中的酒，迷茫地看向他，顿了一下，点了点头。她想说我也喜欢你，可喉头跟堵着塞子似的，张张口终是没发出声音。

"那你猜猜我喜欢你到什么程度？"

韩彻当然喜欢林吻。除了说不出的特别，还有没心没肺，有点像他，又不太像他。

他二十三岁也很傻，可是相比她而言，感情上精明很多。

都说女孩儿敏感细腻，林吻身上少见这点，有，但被她稀释了，或者说，在进入游戏后，她很有游戏精神地调低阈值。

她有娇憨嗲腻的柔软，也有粗枝大叶的随意。有意料之内的反应，更有出乎意料的举动，韩彻在把握住她和被她溜走的来去间，自以为玩儿她，却被她玩儿了一手。

当她是条可爱的泥鳅，却不想是条农夫的蛇。

在韩彻看来，表白是没经验的直男才会干的事。

韩彻以为他肯定不会，下一句却脱口："林吻我喜欢你，喜欢你到愿意放弃那部分自由。"

你也得为我放弃。对，他就是要道德绑架。

韩彻出口又开始厌烦，看着林吻意外，后退，咬唇，失措，气愤她怎么就这个反应，不应该流两滴眼泪吗？

他这辈子都没表过白，大学跟前女友在一块儿也就是直接把她的手攥住，死活不松，直到对方在他直喇喇的目光下娇羞，羞到红脸、红眼睛。而今，韩彻倒退到连大学的自己都不如。

在林吻说出"我还好"的瞬间，韩彻心里的天平再度倾斜。他在吹西北风的时候，林吻居然跟那个开飞机的出国玩了。到这一刻他都没完全信，想着说不定林吻在骗他。

拜托是耍他，也别真的。他真受不了。

他这么风流的人居然在喜欢一个姑娘后染上了洁癖，简直了，感情这东西，能让人返祖。

韩彻擦过林吻的耳郭，一拳头直锤向墙壁。闷闷的一击重响，是骨节与砖石的硬碰硬。

她被吓得倒抽一口冷气，往拳头另一边瑟缩，韩彻闭上眼睛重重叹了口气："要是换个男人，这拳头指不定打哪儿。"

"你好凶啊……"林吻委屈地耷脸，无辜得像个脆生生的少女。"我们什么关系都不是！为什么不可以？"他的指责太过自说自话。

爱情是个贼，将浪子经验值一键清零。

什么都不是，让你说什么都不是，就算你说的是对的，我也不能接受。

韩彻猛滞了一口气，擒住她的下巴用力地亲了下去，每一口都下了狠嘴，是惩罚，也是给自己的台阶。还能怎么办呢，本来也什么都不是。

两人的腿在地板上打转，方向前前后后，膝盖弯弯直直，随着床垫的凹陷，沉重的呼吸与挣扎也在空气中悠悠荡荡成了另一股味道。

拖鞋在纠缠中甩脱，模糊的墙影看不出气氛，林吻在窒息的深海中奋力挣出海面，大吸了口气："韩彻，扯到我的头发了……"

她苦脸，可语气颇为强硬，有委屈，又觉得他俩都活该，悲哀地眼眶都湿了："我觉得我就是遭报应了。"

韩彻抬起头刚吊起气要冲她，看清她湿漉漉的眼眶，喉头一紧："你……哭什么……"

林吻嘴巴一扁，泪花泛滥："哭什么！我讨厌死你了，肯定是你把我的异性缘败光的。"她病急乱怪人，"如果我老老实实谈恋爱，是不是不会这么惨？"

"什么啊？怎么了，"韩彻拇指拭去她眼角的眼泪，亲亲她的嘴唇，着急地哄她，"是我刚刚没控制住情绪吓到你了吗？"

林吻抬腿蹬他膝盖："你是没控制住吗？你是故意发泄！"把那烂摊子感情全赖在她头上。

她哭得越来越凶，最后咬住他肩头，磕下两排牙印，才止了眼泪，韩彻在咸泪珠里融化，手乱七八糟地胡乱给她擦眼泪："下次不会了，下次不凶了，好吗？"

韩彻的指腹并不粗粝，但由于焦急使的力不小，把她脸都擦痛了，源源不断的泪珠烫着皮肤，隐隐刺痛。她拍开他的手，将眼泪蹭在他的 T 恤上："家暴的男人也说自己不会第二次家暴！"她得寸进尺，蹬鼻子上脸了还，说完自己也笑了。

韩彻愣住，以为自己刚才的反应真把她吓成了这样，将她搂紧怀里，使劲晃小孩一样晃她，下巴磕在她肩头来回磨蹭，好声好气道："我打自己也不会打你的，别害怕。"

林吻止住哭，人也软了下来，埋在他的颈窝，小声说："韩彻，我今天下午去看医生了。"

在林吻没前没后半遮半掩的叙说里，韩彻的情绪经历了几重起伏。她非常没轻重，这个时候还讲她和别的男人的进展，韩彻是在她后面才松开颞颌关节，表情悄然舒展。很没有良心，完全没有刚才抱着林吻道歉的卑微样。

她低落地说："我好难受啊。"

韩彻低着头，眼里噙满笑意，快乐流遍全身，连着脚也抖动了起来。

不是不清楚她发生了什么，还是庆幸她和机长的失败，而且这种失败无比安抚人心，她说什么都没发生，他估计也要纠结一阵这死丫头是不是骗他，可如此详细的一番叙述，配上苦巴巴的脸蛋儿，韩彻快乐得毫不遮掩，直勾勾地盯着她，也不吱声儿，见她恼了，还逗她："就这？"

男性可笑的占有欲，人类低级的地盘意识。

林吻别扭，嫌恶他说宣扬游戏自由，又墨守男女之规："还说我是自由的。"

他揉揉林吻的脸蛋，坦白道："林吻，刚刚窝火死了。不过，现在我舒服了，妹妹。"他在林吻的唇角蜻蜓点水，妥协道，"你是自由的，但我的情绪不是，你的自由绑着我的情绪。你下次自由的时候想想我行吗？"

"我在 X 市的时候就想，林吻不至于这么没有良心吧，不至于这么迟钝吧，我又不能让你立马分手，这太没品了。我就忍，赌了一把，没想到，你还真的没把我放心上。"他掌劲一用力，不觉又开始较真，"我要是当时让你分，你分吗？"

林吻想了想，正要回答，韩彻便没了耐心，翻了个白眼，咬牙道："这个时候不要思考！有些事情只有一个标准答案！"

她憋笑，配合他回答道："会……"

好吧，不管真的假的，如此尘埃落定。

韩彻望着她充血的眼睛，抚上她的脸颊："妹妹，这游戏你会了，我们进入下一个游戏好不好？"

"什么呀？"她盘着腿傲娇地晃着身子，嘴角羞涩的抿起。

"双人游戏。"

"哦，"她转动眼珠作势想了想，"可是游戏有输有赢啊，不知道刚结束的那场……"

韩彻打断："你赢。"

他牵起唇角，我认输。

林吻敛起笑意："可是，我不一定能加入你的双人游戏。"在她不了解的情况下，也觉得可能只是遇到了差劲的男人，可三番五次痛苦不堪，她想到那事胸口会闷上块大石头，无比郁闷。

"游戏嘛，总归会有很多难关的，"韩彻拉过她的手，认真道，"现在我教你第一步。"

"什么？"

"相信你的搭档。"

"我信你才怪！臭男人！"进了下一关，上一关的坏记忆依旧在！

韩彻倔强劲儿上来了："别的不信，这玩意你还不信我，第一轮游戏的了解白搭了？"

　　好吧。林吻收起狐疑的眼神，低头看了眼自己："好吧。"

恋爱番外篇

恋爱番外篇

　　林吻是个旱鸭子，不会游泳。

　　韩彻什么项目都爱涉猎，于是领她去游泳，先教她憋气，把她摁到水里的瞬间便松了手，从她接吻的状态可以看出，憋气能力非常卓越。

　　果不其然，林吻一下憋了 2 分多钟，出水就喘了一口气，还责怪韩彻，怎么不压着她脑袋。

　　韩彻问："那你能憋多久？"

　　"刚刚多久？"

　　"两分十几秒吧。"

　　她眼睛一亮！大言不惭："我觉得我可以憋三分钟。"

　　韩彻左右巡睃，今天来的是健身房室内游泳馆，比较小，虽然人少，但如果……

　　林吻正要表演给他看，手抬起刚捏上鼻子，被他偏头附上，嘴唇一堵，拽入水下。

　　像鱼一样，咕嘟咕嘟。蓝色浅线将韩彻的面孔勒出雕塑感，林吻轻轻眨眼，猛地意识到自己不仅被韩彻拉下来接吻，还在水下睁了眼！她的泳镜还在岸上呢！

　　蓝色世界将一切感官都变了形。因着意外，没了专注，憋气的节奏打乱，林吻开始左右晃动，下意识挣扎。

　　韩彻闭着眼睛，显然吻得舒服。长长的睫毛上，俏皮清澈的微珠附着，舌头顺着冰凉的水涌入口腔，不疾不徐地扫过她的门齿，尽管画面美好，林吻却无暇欣赏，几欲窒息地拼命拽他。韩彻感受到怀中的动静，顺着愉悦奇妙的感受睁开了眼睛，对视瞬间，星目一弯。

那眼神要以前林吻是看不懂的，如今她一眼明了。

男人嗜凉，水下真是再好不过的地方。韩彻上了瘾，可林吻快闭过气去，腿越过阻力蹬了他一脚，用力推开他冒出水面，疯狂换气。

她趴在岸边，揉眼睛，耳边炸开一道水花，韩彻搂住她的腰，蹙眉道："别揉，下水还戴美瞳，别感染了。"

林吻赶紧收手，眨巴眨巴眼睛，想了想，徒手摘了放在泳镜里，韩彻看着那东西开口问她道："那你等会还戴吗？"

"不戴了，扔了。"

"哦，是那种一日装的是吧。"

林吻点点头，狡黠地眯起眼睛，捏住他的脸故意为难道："哎哟哎哟，这都怎么知道的呀，别告诉我是知乎上了解的。"

"不是，"他嘶了一声，假装很痛，"我那天看你买了好几盒，如果是按月或者按年换的，肯定不会买这么多。"

林吻噘起嘴巴，饶他不死，下一秒被韩彻牢牢箍进怀里，掐了下腰弧，不爽道："报复心可真强，就因为昨晚我打扰你了？"

林吻一下跌了理直气壮，讪讪要逃脱。韩彻不依不饶，偏不让她跑，两人在岸边压根儿没好好游泳，惊起一朵又一朵奇妙的水花。吵得像鸭子，又般配得像鸳鸯。

昨晚，Swindlers'，苏宇鸣在。

他们是在舞池蹦迪的时候遇见的，林吻朝苏宇鸣招手，热情地蹦了过去，对方正在休假，难得放松。

大家蹦迪还是比较沉浸的，就林吻到处看，但凡有个熟人都逃不过她的眼皮。

灯光昏暗，苏宇鸣第一眼没认出她，林吻脸过敏，只涂了红唇，又素又艳，与平日判如两人。是另一种好看。

"好久不见！"

"是啊。"

他们分手后好几个月没见，中间有间断地聊过两次天。

第一次她主动，苏宇鸣认识离职空姐专职代购，渠道靠谱，分手前提了一嘴忘了要微信号，分手后某天林吻买面霜想起来这茬，非常没脸没皮地去要了。

第二次，也就是要微信的三四天之后，机长主动，先是几个表情包，再日常问候，那番架势明显就是有重归于好的意图。

林吻抱着薯片袋吃零食，是韩彻把不停震动的手机丢到她眼前，并且看到了弹出的备注。她查看消息，韩彻则背身暴躁，对着被子一通乱拳。林吻删了对话框，没有回复机长，好笑地问他："你是不是要家暴！"

韩彻两眼放光，一巴掌已经拍上了被子，磨牙嚯嚯道："可以吗？"

韩彻对于这个苏宇鸣肯定是记恨的，他这辈子的醋基本就指着这个男人灌了，当他退出舞台，没想还活跃在林吻的手机中，这让他不上不下。不过林吻现在是他正牌女友，有些要求可以理直气壮地提："妹妹，在恋爱的时候要跟前任保持距离。"

"我有啊！"

"那？"刚刚手机是谁发来的消息？

"只是问候罢了。"她歪头，"我们一没有见面二没有打嘴炮，三身体保持肉眼不可见的距离，我哪里没有保持距离了？"见韩彻张嘴，林吻伸出食指给堵了回去，"韩彻，还记得你说的恋爱游戏第一课吗？"

"什么？"

她冲他打了个响指，奉送一个 wink："相信你的搭档！"

搬起石头砸自己的脚。

昨晚，韩彻看到林吻和一个男的聊天，玩味地冷嗤，这死丫头，男朋友在还要撩男人，今晚好好教训她。他下意识眯起眼睛，于昏暗中聚起目光，恰好苏宇鸣身子侧了侧，露出半张英俊的侧脸。

他没有立刻反应过来，缓了会才迈出步子，林吻刚好结束聊天，饮尽最后一口酒朝机长挥手告别，指了指二楼示意他可以去那儿找她。

他们相会在二楼的旋转楼梯口，林吻嘿嘿一笑，仿佛什么都没发生，拉住他的手问他喝了多少。韩彻这头目睹半程，气得青筋暴突，将她拽进怀里，压在扶手打拐处便开始亲。

凌晨两点的酒吧，早就没了前半夜的秩序，鼻腔早已适应浓郁的烟味，酒精混杂各色汗水香水，附在衣衫与皮肤上。

意识飘散，酒客歪倒，激光灯的光线都漫不经心起来。

林吻以一种非常别扭的姿势承受着他山雨欲来的吻。先还抵抗，没一会儿便放弃了，跟他一块抽风，抱在一块无视场合疯狂地搅弄风雨。

不知何时开始，林吻会在接吻的时候突然开小差，半睁开眼睛看看韩彻什么反应，他多比较专心，闭眼享受，偏头磨动，甚是性感。她心里飘过不解，亲这么久，他舌头不酸吗？今天她亦如此，小拳头在他胸口徒劳抵抗，乌珠则探究起他的专心致志。睫毛扑眨，没一会儿，韩彻也睁开了眼，半片清明半片冷厉。

猝不及防的对视，唇舌还贴在一块，眼神却没了情欲，冷静一如过去。

"怎么了？"

苏宇鸣穿上风衣，准备去二楼与林吻告别。她说自己恋爱了，他愣了一下，说真好，那那个男的挺幸运的。

"你也觉得是吧。"她目光狡黠，没有任何妆感的眼皮显得她特别灵动。

他不知道该怎么接话："什么……"其实面对林吻，他一直不太知道要怎么说才能接得住话茬，她太古灵精怪了。

"我变相夸我自己呢，你居然没听出来！这叫我怎么接啊！"她愤愤地磨唇，可爱得让苏宇鸣除了笑，做不出别的反应了。

"我以前就觉得，能跟你谈恋爱很幸运。"

她闪过丝羞涩，低声对他说了声，谢谢。机长，你真的好完美，只是我们没啥缘分。

苏宇鸣知道自己拿不住这样的姑娘。

林吻漂亮的眼睛骨碌骨碌，好奇地转向每个角落，她总问些角度新奇的问题，而他根本反应不过来，经常需要她重复一遍，然后想一想。她脾气好，嘻嘻一笑说，听不懂没事，都是些无用的废话。

他懊恼又无奈，心说，你再说一下，废话我也想听。

他们的思维实在不在一个频率，他焦急，也跟不上。

"那你们……合拍吗？"问出口后他懊悔，摇摇头，"抱歉，这么问不合适。"

"没有没有，我百无禁忌的。"她拦住他道歉的动作，"其实那次之后我去看了医生，生理没有问题我就调整心态，现在……"她吐吐舌头，眸子闪着叫人心动的光，"就……还不赖。"她也不好夸得多天花乱坠，毕竟他们不是能赘述细节的关系。

"那真好。"那个人是真的很幸运了。"我也觉得你是太紧张了。"只是这种细节没法拿出来调侃了，他举起酒杯，敬了杯友谊之酒。

道别时分，他很巧地撞见了林吻与男友接吻，从身形背影来看两人极其匹配，恰好一红一黑。

不知不觉苏宇鸣看完了全程，直到身后传来脚步声才猛地清醒，失笑地攥了攥拳头。

那男人意犹未尽地为她擦拭唇角的口红，表情好像不太高兴，林吻噘起嘴巴凶神恶煞地骂了回去，两人看着甚是恩爱。

果然是个幸运的人。

那人转身与苏宇鸣对上眼神。他下意识地慌张返身，迈出两步，觉得此人眼熟，回过头又看了那人一眼。可能是帅吧，好看的人都是相似的。

林吻学了两天游泳，除憋气进步外，泳衣添置也卓有成果。一排抽屉各色各样，韩彻要求她穿给他看，她不肯，非要等下池子的时候，不然就没新鲜感了。

正逢国庆，他索性定了豪华酒店，那里有个大泳池。

两人交往的次月，韩彻便把自己的信用卡给了她。那一瞬间什么感觉知道吗，林吻当时想犯罪，问韩彻，可以用多少钱？

“额度 20 万。”

“啊！才 20 万啊。”她嫌弃地塞回他手心，“我以为我怎么也可以有七位数的信用卡拿。”

韩彻指着自己的脸：“你看我长得像冤大头？”

一点都不浪漫。她娇哼一声，气鼓鼓地走了，不过韩彻出手一向比较阔绰，没卡开销也都不抠，他们在一起后酒吧餐厅去得少，经常自己在家倒饬美食，据韩彻自己说，恋爱后省了好多钱，特别划算，难怪都要娶媳妇，这不就是稳赚不赔吗？

两人行李少，就一个简单的背包出门。

林吻两套衣服两套泳衣，韩彻两套衣服一条泳裤，再加上她的化妆包其余没别的东西。

两个都是爽快人，装备比较随性。韩彻说，在国内住酒店就是为了换个地方“睡觉”。

林吻以为家住三十三层是个巧合，没想到他酒店也爱住高层。

“男人都喜欢高层，会让我们有一种一览众山小的感觉，”韩彻点点她的鼻尖，“成功的味道。”

林吻翻了白眼：“谁说男人都喜欢，我爸就不喜欢。”

韩彻一鲠，这话很难找角度怼回去，只得吃鳖咽下。

林吻将酒店房间溜达了一圈，将自己的化妆品摆好，韩彻则非常居家地将两人的衣服挂到橱内，顺便很专业地查看救生用品是否齐全，这是他每次住酒店都很神神道道的一点，大概是工科生强迫症，必须看救生用品，必须看安全出口。

她开了瓶矿泉水，指尖在瓶盖上若有所思地比画："韩彻，我有个问题。"

"说。"

"你是什么时候喜欢我的呀。"林吻咬着唇蜷起脚趾在地上画圈，明明将男女之事做尽，怎么回到原始问题上，还莫名其妙地娇羞了。

韩彻动作一顿，瞥了眼她，冷淡地反问："你要我说什么？"

"嗯？"

韩彻："一般问出这个问题，女孩心里都有个答案，你是想我说一见钟情二见倾心还是……啊啊啊啊！"

林吻伸手掐他，紧着皮肉拧，一点没留情："我问你问题，你跟我说这些干吗！不需要猜我想什么，就事论事，我问的是你什么时候喜欢我的！"

扯那么多皮，还不是不想说实话！林吻看透他了。

韩彻话多的时候，基本就是用逻辑绕她，一旦进入他的逻辑圈，对于她的智商来说，基本就是进了一个闭环，兜死了都出不来，所以她现在拒绝上当受骗。

韩彻迟疑了一下，试探地抛出答案："在戈壁？"

她狐疑地歪头："是吗？"

答案错了。韩彻深吸一口气，往床上一坐："看电影那晚？"

"韩彻！你在敷衍我！"林吻扭身不理他了，没句实话。

她不想听韩彻反倒来劲了，想试出她心里的预留答案，是那次带你看话剧？是在7-11外玩儿？还是黎明带你去月光湖散步？

越说林吻表情越不好，表情嫌弃："你到底会不会谈恋爱？"

"我不会，"韩彻一向无所谓这种输赢虚名，绅士手一摊："不如由谈过多场恋爱的林吻小姐向我公布答案吧。"

林吻懒得和他闹，抄起手轻咳了两声："那我问你，上次甩下酒吧里的红裙姐姐，你是怎么跟人家说的？"如若敢用忘记遛狗这种话搪塞，她要他好看！

虽然时间过去近一年，但韩彻对于那件事记忆犹新，那天他也很意外自己会做出那样的选择。"我说……我和我女朋友在玩真心话大冒险。"他特意强调"女朋友"三个字。

果不其然，戳中女孩心坎，林吻努力抑制住上扬的唇角："哼哼。"虽然这个答案早听过了，可由他卸下玩笑面具，坦白道出时，心跳还是出卖了自己，漏掉一小拍。

他拉过她的手问："怎么突然问这个？"

林吻鼓鼓嘴，别扭地转过身："我就是觉得你特别坏……"

"我哪儿坏了！我喜欢你喜欢得这么早！"

韩彻自认现在的自己绝对称得上好男友，除了爱戏弄女朋友这一点改不掉，其他都是能顺就顺，连她对帅哥的好奇心都一并包容了，还能有再好的男朋友？

林吻则不以为意。她的前男朋友们对她都是这般百依百顺，这一点韩彻并不突出，何况有珠玉机长在前，他嘚嘚瑟瑟的模样让人找不到话口夸他，刚娇羞地夸完他，那气焰立马就会嚣张起来。

"喜欢我这么早，干吗不早说！"

"我……"韩彻嘴巴张张合合，终究是闭上了，喜欢是喜欢，但当时喜欢的量没有达到一个可以质变的程度，缺乏最后一点催化。女孩儿都想听，我为你倾心，非你不可，毫不犹豫选择和你在一起。而不是听在选择与你交往时，男人进行了如何的考量和挣扎。韩彻识时务得很，真话说出来怕是要给林吻这股子莫名的怒火添柴，遂闭了嘴。

林吻往脑袋上扣上遮阳帽，一边抹防晒霜一边数落他："所以不要怪我和机长，那都是你自作孽。喜欢就要说出来，你不说我怎么知道啊！"你不说，我怎么知道是真是假，你不说，偷偷使绊子，我怎么知道你这么在意我。

自从收到机长消息，说曾在初遇她的当日被这个男人骚扰过，让她小心，别被骗了，林吻的自信值径直冲顶，飙过临界值，哐哐亮红灯。

韩彻也太喜欢她了吧，居然为了她去骚扰别的男人。当他是个有话直说的行动派，没想到也经历过忸忸怩怩的时刻。

她调整了下帽子的角度，拿了下来挂在衣钩上，走进洗手间，边换泳衣边吐槽："还骚扰别人，有毛病……"

她二十三岁犯傻，做出要人的傻事，尚可归责于年轻和冲动，他三十岁有话不好好说，用可笑的招数吓跑情敌，除了有病没别的可能了。

韩彻穿泳裤的动作一顿，僵硬地扭头问："谁告诉你的？"

酒店洗手间扩音效果极好："不告诉你！"

还能怎么知道的，韩彻蹙起眉头，拉开洗手间的门，无视她护着胸口的掩耳盗铃举动："你又跟那开飞机的在聊天？"

"我们聊你也不行？"

"不行！不可以和前任瞎聊天！"

她飞快将肩带拨正，长发甩至背后，大声嘲笑他："哈哈哈哈，是不是自己的丑事被戳穿，恼羞成怒了！"

韩彻在她毫不留情的取笑中难得尴尬了。当时喝了酒，此时清醒想来，多少也觉得荒唐，尤其那晚还教训林吻，说她冲动办蠢事。

韩彻一言不发，没有就那件事说明，偏偏林吻嘴皮子劲儿得不行，不依不饶，披上半透明的白色纱衣，搂住他的胳膊，好奇地问："说嘛说嘛，说说为什么要这么做嘛！"

他冷瞥她一眼："想听真话假话？"

又来这招？

不过，有意思！

林吻两腿一伸，稳稳落地，手则搭在韩彻的腰际，指尖作祟，"先听假话。"

"因为我不想你们有联系。"

她仰面，追问下文："为什么啊？"

他挑眉，坏笑道："我还没追到的人怎么可以让别人觊觎。"

笑意在林吻素净的面上消失，这一刻的韩彻与她又有了距离感，像是最初她捉摸不透他的样子。她喉头发紧，呼了口气，嗫嚅着唇问："那……真话呢？"

"真话就是……"韩彻顿了顿，亲昵地凑近林吻的鼻尖，茫然开口，"真话就是我也不知道。"

"叮咚——"梯门在三楼缓缓拉开，进来了一家三口，小朋友好奇地看向举止暧昧的两人。

林吻一把将韩彻推开，拉开距离，屁股抵上扶手，不自在地蹭了蹭："什么意思？"

真话是他也不知道？

抵达一楼，梯门再度打开，韩彻大步迈了出去，背朝林吻，低啐道："也不知道当时抽的什么风。"

林吻愣在电梯里，一家三口出去了她也没动，缓缓回过神来，望着韩彻，嘿嘿傻笑。

她兀自回味为她做傻事的韩彻，大脑空白的韩彻，情不自禁两腿就扎在了原地。

"你是想再回 28 层？"

她身体前倾，磨磨膝盖，抬起只素手朝他说："我走不动道儿，你扶我。"

韩彻胳膊挡了下即将合上的电梯，弯腰替她揉揉腿，疑惑道："怎么走不动了？"看着好好的啊。

　　林吻两手交握，羞答答地说："你这么爱我，怎么舍得我走路，不应该把我抱在怀里嘛。"

　　韩彻当即转身，理也没理她，林吻哈哈大笑，追着他喊："别跑！"

　　韩彻臭着张脸活动筋骨，进行热身。林吻则得意地扑棱到水里，撑头看他。她不具体提那茬，但嬉皮笑脸就没停过，笑意中的意味深长直叫韩彻嘴角抽筋。

　　之前韩彻认真表白就把林吻感动得稀里糊涂，此刻知道他竟在那之前就做出过如此疯狂的行为，感动翻倍。韩彻一定爱惨她了吧。

　　他见她直接下水，吓她："你不热身小心下水抽筋。"

　　"抽筋了爱我的人自会来救我。"

　　"开飞机的不知道水性好不好？"

　　"幼稚！"

　　林吻学会了动作和憋气，缓气和动作间连贯还需练习，韩彻盯了她一会儿，便自己去游了。泳池人多得要命，他游得很不爽，入眼全是人，入耳俱是小孩的尖叫，失策失策。

　　他回头找林吻，想说去室内泳池看看，却瞟见个男的扶着她，顷刻来火，厉声叫道："林吻！"

　　"啊？"她回头嘻嘻一笑，往他这边慢慢走，回头朝那个男的说，"他……"

　　韩彻扒边儿就上了岸："你自己游吧。"

　　一臂之遥就要挨到了，怎么就走了呢。"韩彻！"结果他头也不回。林吻噘起嘴巴，这人真小气，不就是调侃他嘛，脸这么臭。

　　林吻在岸边坐了会，方才嗨得有点过，韩彻一走，情绪猛地下落，人有点蒙，拧着眉头在心里骂了韩彻几百遍，一回头韩彻换好T恤衬衫正站在她身后，帅得人想抽他。

　　她收起委屈的表情，冷眼一瞥："不是走了嘛。"

　　他好笑地捏捏她嘟囔的脸："我走了，你要是故意气我，乱勾搭人怎么办？"

　　她看了眼泳池，才明白刚刚他为什么走，抬脚就是一蹬："神经病。路人的醋也吃。"

　　"那我现在去教个妹妹游泳，手搭在她肩上肚子上，都可以？"

　　她眼珠骨碌一转，昂起头："那妹妹有我好看吗？"

　　韩彻一噎，本能地道："世界上没有比你好看的姑娘。"

　　她扑哧一笑，神经病。"死骗子。"

　　她随手将白纱往肩上一搭，挽住他的胳膊："我刚脚抽筋了，那人就是扶了我一把，问我有没有朋友在。"

"如果没有朋友就可以带你回房间。"

"啊啊啊啊！他老婆孩子都在后面！"

"哦，这样啊。"韩彻讪讪的，摸了摸鼻子，"是我把人往坏处想了。"

"本来就是。"

韩彻也是气恼过度。他哪儿是气自己被揭短，也不是气有个男的搭讪，纯粹是气那开飞机的与林吻还有联系。

确实，恋爱不应该绑架对方的社会关系，这是不健康的，可是那开飞机的不是普通前任，他出现的时机和发生的事情太过敏感，韩彻在意得不行，想到便头皮发麻，却要努力控制自己，做个大度的男人，给林吻一段很自由舒心的恋爱。

回到房间，林吻嘀咕今天都没好好游泳，人好多，来得不是时候。刚拨下肩带便被韩彻撸回原位，哑声说："别脱。"

韩彻单手箍住她，下巴抵在她肩上，指着酒店的梳妆台半身镜，"你看你，穿红色真好看。"

林吻望着镜中紧紧贴牢的俊男靓女，挪不开眼，也扭不开身，嘴巴还在犟："这时候怎么不说我穿什么颜色都好看了？"那套公式化说辞呢？

韩彻失笑，可真记仇。他望着镜中人，诱哄道："穿着这身做是不是更好看？"

韩彻趁林吻腻在怀里的时候，问她："你跟那开飞机的说我什么了？"

"哈哈哈，"她低笑，"骚扰他的事嘛。我说你是装的，你嫌我不取悦自，就破坏我桃花。机长说，说如果装，男人也不会装这个吧。"

韩彻冷嗤："还挺懂行，你也挺会往自己脸上贴金。"

她咬住他的唇，威胁道："不是吗？"

"是是是。"

"嘿嘿，他主要怕你骗我。"

"我可能长得像个骗子，"他挑起她的下巴，佯做打量状，"可你长得哪里像上当受骗的人？"

她扮出无辜的表情："我哪儿不像了。"

韩彻垂眸想了想，牵起唇角："这么说，你跟他说你谈恋爱了？"

"当然！"

韩彻长舒一口气，抽出被她枕麻了的胳膊，伸了个舒服的懒腰。"算你有良心。"

林吻抱住被子，软被子垫着下巴："你以为我会脚踩两条船吗？"

脚踩两条船他倒是不担心——"林吻，你知道吗，我是收不回我付出的感情的。"

林吻咬住被子："为什么？"

"因为你没有心。"

"你给我滚！"

全新番外 1

林吻是女生，逛街的爱好是跑不掉的。她一般不会叫韩彻一道，毕竟女生有私物分享，他怎么说都算男人，与他逛街，林吻像个介绍大自然的老师，嘴巴都说干了，小朋友一脸不在意，一副配合你的工作随便问问的表情。

一日韩彻加完班，林吻和同事逛完散伙，他们约在商场顶层，找家排队等号的烤鱼馆进餐。

林吻在韩彻到达之前率先坐了进去。两人在一起时间一久，口味调节一致，不需交代便替他点好。刷手机间隙，透过假窗户的木质镂空结构，林吻扫见了韩彻，他没直接进来，似乎在门口遇到了什么人，只看清天青色旗袍裙摆。

韩彻进来神色淡淡，并无交代之意，拿起菜单瞄了一眼，将白水饮尽，调戏起林吻来："妹妹，今天忙得连口水都没空喝。"

林吻搁下手机："刚刚在门口遇见谁了吗？"

"你看见了？"

她点头。

他故意卖关子："你猜是谁？"

林吻斩钉截铁："一个女人！"

韩彻手掩至唇边，轻咳一声，遮挡笑意。

"不想说？"林吻不解。她又不是吃醋的人。

就是有这么巧的事，上周他们巧遇那位单身前任。

周末，他们与肥仔情侣一起出去野炊。

红格餐布铺开，凉凉的青草地生机勃勃，屁股挨上去还有脆弱的折断感。肥仔女友家是开日料店的，带了十种寿司，各种日本清酒，精致的食盒打开，淡淡的醋香飘过。林吻做作地扶额叹气，没想到白天也逃不过喝酒的命运。

"我们在哪里，哪里就是酒吧！"

"哈哈哈哈！"

林吻和肥仔女友嘻嘻哈哈，那两个男的一个拿着电话，一个抱着电脑，公务繁忙。

林吻无奈摇头，语气像极某人："当代三十岁男青年的困境，爱情需要为事业让道。"

韩彻听了，手揽上她的腰，笑得不能自已。徒弟总结能力如此杰出，完全出师。

就这就餐时，韩彻的前女友迎面走了过来。

她和友人正在放风筝，长蜈蚣似的劣质丑风筝在低空挣扎，她不停地扯动，微微有些狼狈，恰是此时，见到的韩彻。两人均面露讶异，也是这一秒的微妙，林吻撇起了嘴角，凑到他耳边，问："是大学那个？"

韩彻没听见："啊？"

"装傻？"

韩彻冲人点点算打了个招呼，对林吻说："大学时的前任。"

肥仔女友第一个追去眼神，这四人除了韩彻都八卦地看了过去。韩彻扫了眼大家的反应，叹了口气，也配合地看了过去："有意思没意思？"

"没有林吻好看！"

"我们小吻子最好看。"

这对情侣的求生欲比韩彻强，他抄起手，夹起块寿司，不急不缓地品尝起来："这个有点辣。"

林吻拿起补妆的小镜子："要去打招呼吗？需要我补个口红啥的吗？"

韩彻捏上她的下巴："不用，超美！"

林吻狐疑，不过没多说什么。没一会儿注意到远处风筝放失败了，同行的姑娘正在绕绳子，似乎准备再试一次。"不去帮忙吗？"

韩彻往绿茵尽头的湖边扫一眼，抬高音量："我有病？"

林吻吐吐舌头："哦，我想显示我的大度来着。"

韩彻膝盖微动，林吻以为他要起来了，没想只是调整坐姿，他摇头，说不用。"前任就是过去的一部分自己，不需要耀武扬威，不需要意气争个现状高下。也不用过度关心。"

"好深刻啊，"林吻想了想，还是不想承认前任是过去的一部分自己。

白日偶遇前任篇章翻过，这晚韩彻一举一动斟满可解读的笔墨。

"为什么今天没精神？不会遇到前任有力无心了吧？"

"为什么不看我的脸？"

林吻一个劲逗他，韩彻明白，可每个句子冲进耳朵，男性的心虚像本能一样，一定要把事情掰扯回来。他无奈地醒了把汗湿的脸颊，撑了撑肩和腰："我错了，我发现跟现任讲前任就是错误。"

林吻咯咯直笑。在和韩彻的恋爱交手中，她越来越会抢夺胜利旗帜了。

韩彻发现她上涨的胜负欲，无可奈何，只能做个惯输，看她得意扬扬。

烤鱼上来，韩彻丝毫没有讪讪的表情，林吻还嗤笑他："是不是知道有个大度的女朋友，所以连老实交代都不准照做啦？"她年纪小，踩着性别优势，有恃无恐。

"那亲爱的女朋友，"韩彻故作停顿，"我可以叫她进来吗？"

"可以啊，我点的大份，一起吃。"她牵起唇角，并没当真。

林吻笃定韩彻不会照做。他是个过往不咎的人，曾说过，如果他们分手，他冷静后也不会吃回头草。林吻气恼过他的直言，也无可奈何承认这一点，她也是认可这一点。说完决绝的下限问题，没吃过回头草的两人越发珍惜彼此之间的关系，这倒是奇妙的交流。

万没想到，韩彻拿起手机，很自然地拨通电话，对方接起前，他还煞有介事朝她晃晃手机："你确定。"

林吻自然要把当代先锋女性的板凳坐稳，点点头。真来了，她也想好了，搬出韩彻的坏话，和前女友一起数落他。

"喂，在哪儿？一起吃啊，有空位。"他语气轻快熟稔，林吻眉头微皱，嗅到危险的气息，待他牵起唇角挂断，立马问道："谁啊！"

韩彻理所当然："我妈啊。"

话音一落，林吻顿时想逃。

她没做好准备迎接韩彻妈妈的准备，一时傻掉，逃到洗手间，慌慌张张的，就知道韩彻怎么会让她好过，太突然了。

她拿起手机，发消息给韩彻：【你混蛋！】

【怎么了？没纸？】

她捏紧拳头直锤向大理石墙，一拳不够又来了一拳，方才解气。那头韩彻不装傻了，【放心，我妈不会吃人的。】

【混蛋！】

【掉进去了吗？要我来接你吗？】

【混蛋！】

【前女友都可以一张桌子吃饭，未来婆婆不行？】

【混蛋！】大混蛋！

林吻莫名窝火，被摆了一道，还是自己铺的砖。她咬紧牙关在洗手间又锤了一拳才理头发，卸下耳环走了出去。

她今日和女同事逛街，穿的是吊带背心和破洞牛仔裤，两个金属大耳环晃荡在颊畔潮感十足，可这形象，见长辈太不郑重了。

她深吸好几口气，再次迈入烤鱼馆，见着韩彻就使劲瞪，也不说话，他笑道："妹妹，干吗呀，我妈又不恐怖。"

林吻不想跟他争，调整气息，端坐等待，见韩彻大快朵颐，已经破坏了鱼形，手用力一拍："长辈没来你就吃，像话吗？"

韩彻搁下筷子，装傻道："那我们一起等？"

林吻思及他最近每天都加班，反正是他亲妈，扬扬下巴："算了，你吃吧。"

结果等了一刻钟，韩彻飞快把自己喂饱，才交代，知道她不高兴，也感觉到这样见面可能唐突，在她刚刚去洗手间的时候，告诉他妈没位置了，别来了。没想这一招把林吻彻底惹恼，一晚上僵硬肌肉，紧张得胃都痉挛了："韩彻你有病！"

她飞快起身，韩彻意识到她生气，伸手就拉："生气了？"

她拼命挣扎，大力地扭开，径直杀出烤鱼馆一路小跑。怕他追来，一圈一圈冲下自动扶梯，直到跑到底层，眼泪都气出了眼角。穿成这样见家长，真的把她吓到了，又搞这么一出，吃了两口杧果冰沙，林吻才冷静下来。

结果杧果冰沙吃完了，手机也没动静，人也没追来。她四下张望，心头不对劲，再度拿起手机，电话终于响了，她松了口气："干吗？！"

"在哪啊？"有气无力的。

小骗子在爬虫沙上爬动，周围一圈堆叠着雨花石与沉木。

不喜冷血动物的人会觉得它眼冷、皮冷、血冷，但同属都市冷血动物的林吻和半个冷血动物的韩彻，很喜欢这只不黏人的小宠物。

灯光一亮，小骗子缩了缩，跳至玻璃缸边，没一会儿便被一只温柔的手放到肩上："妈妈回来啦。"

它被训练得很好，已经会站在人肩上，出去散步也能带着，不会乱跑。

韩彻扶着腰，指尖点点它的脑袋："爷爷回来了。"

"无耻，又占我便宜。"她嘴上骂他，手一个劲给他揉，担心道，"行不行啊？"

"行！男人不能说不行。"韩彻逞强。

实际上，他腰拧痛有几天了。方才在烤鱼馆与林吻拉扯的那几下彻底扭了，有一瞬间根本动弹不得，好不容易缓过气想要追出去，结果被拦下结账。

韩彻这腰扭得很值，林吻给他洗澡，擦身，按摩油按摩，温柔地亲了亲他的太阳穴，抚摸他的鼻梁："你真弱，以后我下手轻点。"

韩彻失笑，趴在床上，捏她手心："你见过哪个女的力气像你这么大？"

韩彻没说上次他就有点闪腰，公事繁忙一直没好好休息，积劳成疾演变成今日这般。

半夜时分，林吻睡得迷迷糊糊，心灵感应般睁开了眼，看清韩彻额角晶亮的汗水，伸手一抚，凉得她心惊："韩彻，你是不是很疼啊？"

他低沉地应了一声，眉头紧锁。

林吻赶忙驱车买止痛药，回来一边倒水一边焦急，碎碎念个不停："你们单位有医保吗？"

韩彻将止痛胶囊吞下，艰难地扯开痛到发白的唇角："妹妹，私人企业不是二元企业。"

"医保卡在哪？我们去医院吧。"

"没事，睡一觉就好了。"他闭上眼睛，感受她的轻揉，"别按了，一会儿就不痛了。"

"以前痛过吗？"

"前两年有，刚健身的时候。"

"后来呢？"

"睡了一天就好了。"

林吻拗不过他，好在没一会儿他呼吸平稳，睡着了。

她枕着他肩上，心事重重，想着以后不能下手没轻重。她本来力气就大，再加上练了拳击，出拳力道非常精准，韩彻经常为了保护她本能扭让，这种即时反应力有时候导致受力失当。还有，他年纪大了，都三十了……她想着想着，徐徐跌入睡眠。

次日是周日，林吻在一声关门声里醒来。韩彻又去单位加班了。

之前暧昧期，总觉得他很闲，现在谈起恋爱愈加明白老男人的不易，以及自己之前被重视的程度。原来他这么忙，还随叫随到。

她发了消息过去，问他还痛吗，直到下午都没回复，傍晚时分，韩彻的下属驱车送他回来。

两个工科小男生拘谨，异口同声喊："嫂子好！"说完彼此对视一眼，犹豫要不要换鞋。他们没想到韩彻家里有女人，一直当他是单身汉，完全没准备。

韩彻向她介绍，是单位的同事。

"直接进来吧。"林吻忙引路，推开卧室门，急切询问："这是怎么了？疼得这么厉害？"

"去过医院了。"

"医生说什么？"

韩彻张嘴色话就要来，意识到下属在，又咽了回去，轻咳一声只说："没什么。"

"什么没什么呀！"林吻心急如焚，回头看向小兵小将，还颇有领导家属模样，拍拍围裙："你们是从单位来的吗？"

她今天就做了一盘子醋熘土豆丝，看人忙前忙后，下午还去医院挂号排队拍片，紧着下了两碗面，全交代给这两小伙子了。韩彻说他没胃口，给弟弟吃吧，他们是外省人，租房子住，回去估计就吃外卖。

她喂饱两个大小伙，知道韩彻只是腰肌劳损，平躺一周，休息好就没大碍，松了口气，嘻嘻哈哈跟他们聊起韩彻，特意提高音量，玩笑说帮忙看着韩彻，看看有没有比她漂亮的妹妹围着他转，记得跟她打小报告。

弟弟没想到领导的女朋友这么可爱，比他们还小，暗叹到底是有钱人，住这么好的房子，女朋友也年轻漂亮，饱餐完后默契道："我们以后要努力。"

"真的，有钱真好。"

"韩老师也不只有钱吧。"

"那有钱和长得帅之间总归要有一个吧。"

韩彻在卧室躺着，隐隐听他们聊天。林吻自来熟，社交方面不需他从中斡旋，她都能应付好。

等她进了屋，他笑问："我们弟弟有趣吗？"

"没有你有趣。"

"求生欲这么强？我只是想让你给他们物色物色女朋友。"他得意地咧嘴。

"这不是求生欲，这就是事实。"她也是跟路桥专业的男生交往过的人，工科男生基础思路什么样，她清楚得很。"你可真是年纪大了，腰居然不行。"她做出鄙视的眼神。

韩彻前几天腰不舒服的时候就知道，要是林吻发现他腰部不适，铁定要往歪处损他，也没否认，还鼓励她："那以后只能拜托妹妹多出出力了。"

她傲娇地睨他："最后还不是要靠我。"

韩彻学了几句她平时难受时喊的话，马上被她一掌封口，失笑改口认输道："是是是，你最厉害。"

"那是！"

他眯起眼睛："既然这么厉害，那怎么不肯见我妈？"

林吻的笑意僵在嘴角，话题重回昨晚的尴尬。其实她也不是怕，只是感觉关系在一步步前进，稳定，像一列人生的火车，往一个命中注定的方向驶去。她很爱这辆特色火车，可沿途的风景终是陌生而冲击的。

林吻在韩彻的只言片语中，感受到他的母亲是个事业强干型的女人。她事业心不强，生活能力一般，家境一般，除了男人喜欢的年轻漂亮可爱，似乎父母钟爱的那部分她并无出彩之处。心头终是惶惶不安的。

"我哪有不肯。"她回避韩彻的眼神。

他拉过她的手，摇摇，见她还别着脸。"我妈很喜欢年轻小姑娘的。"

"哦。"

他继续："见见面也没有什么别的意思。"

林吻点点头，大脑空白。

韩彻定睛注视了她一会儿，见她耷拉着张脸，压力很大的样子，叹了口气："好啦，不逼你，就提提，不见就不见，无所谓的。"

林吻别扭道："我没说什么呀。"她没说不见，但也没说见。她没想好。

他们很少在影响心情的话题上掰扯，马上转移到开心的事上。睡前他们已经讨论到，腰不好，以后怎么办。

"我这不是腰不好！这是暂时性的！劳累过度！"

"我觉得吧，年轻时真的不能说太多谎，老天有眼，会成真的！"

"林吻！现代科学没有上帝！"他不是腰不好！

韩彻逗她，假装害怕。

林吻笑倒在他肩头，直拍他胸：“神经。”

见她咬死他腰不好，韩彻也不辩解，反正好不好以后都要让她好看，嘴上威风没意思，拿起手机，接着她的话自嘲：“既然腰不好，那我们买个按摩椅吧。”

“那个带弹力的椅子吗！”

“你不是一直想买吗！”

“啊啊啊啊！韩彻我爱你！”

韩彻这晚又吃了颗止痛药，林吻没睡好，担心他药效过了会痛，夜里醒了两回。早起开完晨会，下午找借口回家画图，跟韩彻说，自己年纪轻轻居然要给相好陪床，老夫少妻真不易。

韩彻索性撂挑子，饭也靠喂。

林吻啐他，你又不是高位截瘫。

三点钟左右，肥仔来了一趟，送了张床上电脑桌给韩彻架好，嘲笑他：“韩主任的腰竟然劳损了！”

他接过韩彻怒甩的抱枕，笑个没停，林吻也跟着嘲笑。

一唱一和停止在客厅门声响起之时。

林吻还在嘻嘻哈哈，韩彻猛地坐起，意识到了什么。他昨天看的主任是老韩的老同学，他没想到两个老头子能这么快通气。

“家里有人啊。”人未到，声先至。韩彻的妈妈听见了卧室的动静。

林吻咬住下唇，肩下意识地后拧，与韩彻对视了一眼。

其实这时候有肥仔在，要想不麻烦，说是肥仔的女友就行。可这会导致后续麻烦，如果他们能走下去，这是个注定要拆穿的谎，如果只是疯闹尽兴一场欢，没必要上升至见父母的高度。

韩彻的过往父母清楚，能住到他家里的姑娘肯定不一般。留给林吻的时间很短，肥仔失措转身，刚说完“阿姨好”，林吻飞快调整心态，掬起温和如春风般的笑容，腰稍曲，鞠躬道：“阿姨好！”说完给韩彻递了个眼神，具体什么意思，她也不知道，就看韩彻自己能不能悟到。

韩彻的亲妈也不是吃素的，锁定林吻问：“这位是？”

韩彻：“咳。”

林吻抿起嘴巴，羞答答地看向他，见他不语，噘起嘴巴：“哎呀，阿姨，看来韩彻不想介绍我，"她腼腆一笑，"我是韩彻的 …… 朋友。"

韩彻妈妈意味深长，笑眯眯来回扫他俩："朋友啊 ……"

肥仔尴尬，两手无措地蹭裤子中线。

韩彻方才故意不作声，不想给林吻压力。林吻说她是什么，他便跟着肯定，见她这般打趣，也跟着不正经："一辈子的那种。"

林吻脸色一讪，飞快眨眼，害羞地低下头去，心里骂了韩彻八百句。死不正经，活该你腰不好。

韩彻妈妈"哎哟"了一声，见林吻害羞，啐韩彻："人家明显没答应你！"她笑得合不拢嘴，揽过林吻的肩，吴语口音普通话飙出，"妹妹哪里人啊？"

"北方。"

"北方好啊，一南一北生娃娃最漂亮了！"

进度太快了！堪比火箭！林吻搭上趟快乐列车，没想到超速，快到看不见沿途的风景。

韩彻捂嘴笑得不能自已，被他妈这个急性子给逗得乐不可支。难得见林吻吃瘪，傻瞪着眼睛愣住，他居然有点看戏的感觉。

听见笑，韩彻妈妈脸立马拉长，反身就是一瞪："就是年纪轻轻腰不好，也不知道生不生得出小孩！"

林吻冲他鬼脸，被阿姨瞟见，两人默契对视一眼，扑哧一笑。

全新番外 2

【关于结婚你有什么想法吗？】一过三十，韩彻就像王端之一样，又土又俗，还要求她汇报思想了。发出去他就后悔了，但收到回音，韩彻更来火了。

【结婚？我不是说过嘛，我应该不着急。】

【……】韩彻盯着屏幕盯了半天，他都没敢说过这种话。

林吻发回复完捂着嘴偷了半天乐，韩彻突然问这个问题干吗。她故意怄他，用了上回想的理由，人真是精怪起来潜力无限，谎话还能循环用。

那边很久都没回音，林吻以为这茬就这么过了。下班收拾东西，与同事道别，耳边响起了喇叭声。

她弯起眼睛，瞪着高跟小跑过去，一拉车门没动静，她敲敲车窗，唤他："韩彻！"

锃亮的车子没一点动静，好像不认识她似的。

林吻两手挡住光线，贴上车窗，见韩彻正低头摆弄手机，几秒后微信消息来了：【昨天不是叫老公的吗？】

林吻无语，都面对面了，还发什么消息。

【再喊一声！】

【滚！】

林吻扭头就往地铁口走，没那四个轮子谁还不能回家了。刚奔至扶梯，脚步声便追了过来，她没回头，带着气恼飞快往下跑，过了安检刷了卡，想也没想就冲了进去，好像真有个坏人在抓她似的。

韩彻没有地铁卡，只能站在安全围栏外，看林吻朝他吐舌头。

漂亮精怪，捉摸不定，又无比招人疼。

他撑着栏杆叹气，拿出手机：【其实我是想说 …… 我可以做你的法定老公吗？】

这种事情居然要靠发消息。

韩彻等了会，扶梯上没上来人，手机也没动静。还真走了？

地铁呼啸而过，带起手机的震动。

林吻得逞的笑容还没落下，眼眶不知所措地酸了。

她想了会，扭头上了扶梯。

扶梯缓缓上升，刚至一半，韩彻手上拿着地铁卡踏上了下行扶梯。

人来人往，他们隔着一米的空隙对望，两人表情错愕，瞬间都慌了，前后左右地张望。

林吻苦起脸，委屈地喊道："啊，怎么办，我们错过了！"

"怎么可能！"

韩彻转身拨开乘客，飞快地冲了上去，气喘吁吁地立于上行的电梯口，看着林吻笑嘻嘻的脸蛋缓缓浮出。

韩彻张开双臂，可林吻没抱他，一个劲儿将他往旁边推："别闹，都是人。"

"那你说话。"

"说什么啊！"

"叫人。"

"神经病。"

一切都在无可挽回地走向庸俗，可是林吻愿意。

既入局便要尽兴而归。

林吻拨弄手指上的戒指，一边比画大小，一边表情嫌弃，任他搂着往地铁口走。

"干吗突然想结婚啊，好土哦。"

"我也觉得好土，什么生老病死，什么一生一世，想起那些誓词我都起鸡皮疙瘩，可是怎么办呢。"怎么办呢，好像谈着谈着，就想结婚了。

他们踏上扶梯，夕阳在尽头。

林吻将手展平，对着余晖欣赏戒指。

韩彻搂着她，碎碎念般说道："以前也觉得一生一世是诅咒，哎，我这种人能跟谁一生一世啊，可遇见你，我怎么也没办法接受只和你在一起一阵子，突然了解什么叫一生一世了。"

"你倒是说话呀。"

一辈子会坐很多次不同的过山车，但是林吻永远记得和韩彻蹦过极。钻石在夕阳斜晖下闪光，像那天世界倒置时，眸中的流光溢彩，美得不像话。

林吻这才在他抬高的音量中回过神，弯起笑眼，嘬了他一下："好呀，"她将戒指送至他眼下，"那我可以换个款式吗？"